Grace Divine

Aberdeenshire Library and Information Service
www.aberdeenshire.gov.uk/libraries
Renewals Hotline 01224 661511

1 0 DEC 2012

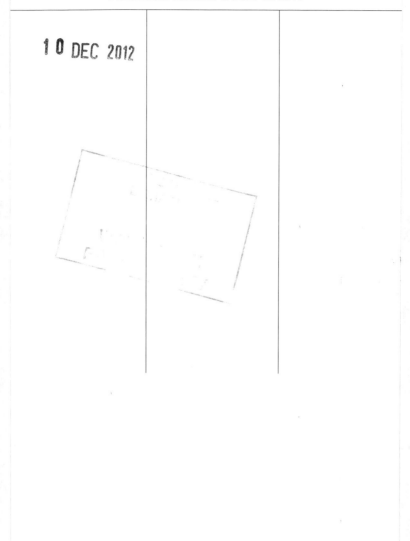

Bree Despain

Grace Divine

Traduit de l'anglais (États-Unis)
par Sabine Boulongne

La Martinière **j.**
FICTION

Du même auteur, aux éditions de La Martinière :

Dark Divine
2010

Lost Divine
2011

Y843

Édition originale publiée sous le titre *The Savage Grace*
par Egmont USA, 443 Park Avenue South, Suite 806,
New York, NY 10016

Pour la traduction française :
© 2012, Éditions de La Martinière Jeunesse,
Une marque de La Martinière Groupe, Paris.

ISBN : 978-2-7324-5159-6

Conforme à la loi n° 49-956 du 16 juillet 1949
sur les publications destinées à la jeunesse.

La boucle est bouclée

Il me connaissait trop bien.
Il pouvait lire dans mon cœur.
Il savait exactement ce qu'il faudrait –
Pour que j'accepte cette sauvagerie.
« Que choisis-tu ? me demande-t-il. Tu me laisses partir, ou
je le tue. »
Je lève le fusil. Le braque sur son cœur.
« J'ai pris ma décision. »
Il ne bronche pas. Ne cille même pas.
« Il te suffit d'avoir envie de me tuer pour te perdre.
– Je sais. »
J'appuie sur la détente. Une balle en argent jaillit du canon.
Je n'ai aucun regret…

1

Hurlements

Vendredi soir

Il faut que tu fasses quelque chose, Gracie !

Aveuglée, je plissai les yeux en regardant l'écran de mon portable, seule lumière de ma chambre plongée dans l'obscurité. Ça faisait tellement longtemps que je fixais le vide noir entre mon lit et le plafond que j'avais du mal à concentrer mon regard – et mon esprit – sur le texto que je venais de recevoir.

Je battis des paupières avant de le relire : *Il faut que tu fasses quelque chose, Gracie ! Il va avoir de gros ennuis s'il n'arrête pas.*

J'aurais bien aimé pouvoir dire que je dormais à poings fermés quand les hurlements avaient commencé. Je n'avais pas besoin de le voir pour savoir que c'était le loup blanc. Les plaintes lugubres qui emplissaient ma chambre semblaient provenir de derrière ma fenêtre, mais il était dans les profondeurs de la forêt.

Il s'aventurait de plus en plus loin.

De plus en plus loin de moi.

De ce qu'il était jadis.

Quand les hurlements avaient repris quelques minutes plus tôt, je m'étais redressée. Sans même jeter un coup d'œil aux chiffres lumineux de mon réveil, je savais qu'il était plus de deux heures du matin. Je m'étais forcée à ne pas regarder l'heure toutes les trois minutes, à ne pas compter le nombre d'heures de sommeil qu'il me restait avant le matin – si je réussissais à fermer l'œil ; ce qui n'est pas facile quand, au plus profond de votre être, une partie de vous cherche désespérément à ne plus jamais dormir.

Car le sommeil faisait naître des rêves de Daniel – le Daniel dont je me souvenais. Des rêves si merveilleux, si tangibles, qu'à la seconde où je me réveillais la terrible réalité m'assaillait immanquablement et je me rendais compte que ce n'était qu'un rêve. Je n'étais pas sûre que ma santé mentale y résisterait une fois de plus.

Papa et Gabriel m'avaient renvoyée à la maison vers onze heures sous prétexte que je devais profiter du week-end pour récupérer avant de reprendre l'école lundi. À mon avis, ils cherchaient surtout à m'éloigner, ne supportant plus ni l'un ni l'autre de me regarder en face après toutes ces heures – ces jours entiers – consacrées à compulser des livres sur le folklore des loups-garous, la mythologie des métamorphoses, et même les Écritures, sans que nous ayons réussi à dénicher quoi que ce soit.

Quoi que ce soit susceptible de nous aider à rendre à Daniel sa forme humaine.

Six nuits s'étaient écoulées depuis celle, épouvantable, que nous avions passée tous les deux dans une geôle de l'entrepôt des Rois de l'Ombre, convaincus que nous mourrions à l'aube. Et cinq jours depuis que Daniel s'était miraculeusement changé en un grand loup blanc pour me sauver de la meute enragée de Caleb. J'avais échappé à un sort terrible – mais pas lui. Enfermé dans une prison d'os, de fourrure et de griffes, il était piégé dans le corps d'un loup blanc.

À chaque page tournée en vain, je voyais bien que papa et Gabriel avaient de plus en plus la conviction que Daniel resterait ainsi à jamais. Plus le temps s'écoulait, plus il ressemblait au loup et de moins en moins à lui-même, et cela n'augurait rien de bon.

Les premiers jours après sa métamorphose, il m'avait suivie partout – m'empêchant d'aller où que ce soit –, mais alors au moins il était auprès de moi, et j'arrivais à retrouver Daniel dans les yeux bruns profonds de ce loup blanc.

Il y a deux jours cependant, devenu moins docile, il avait commencé à s'enfoncer dans la forêt pour quelques heures, réapparaissant dans le jardin quand je l'appelais. Aujourd'hui, mes cris avaient été vains. Il n'était pas revenu.

La forêt le réclame, grogna une voix dans ma tête.

Je la fis taire, refusant de laisser le loup démoniaque qui m'habitait se nourrir de mes doutes. Je n'avais pas la patience de m'adonner à ces petits jeux de l'esprit ce soir.

Les hurlements de Daniel s'amplifièrent, et mon cœur se serra. Je souffrais pour lui, pour nous. Je me demandais si ses plaintes résonnaient aussi fort aux oreilles des autres, ou si mes super-pouvoirs me jouaient à nouveau des tours, quand mon portable vibra sur la table de chevet. Un texto de papa.

Je ne m'y habituerai jamais !

Je me frottai les yeux. Ma vue oscilla à plusieurs reprises entre une vision nocturne surhumaine et une vision normale avant que je parvienne à concentrer à nouveau mon attention sur l'écran pour taper une réponse.

Je sais. Tu es toujours à la paroisse ? On entend fort de là-bas ?

Depuis une semaine, mon père passait presque toutes ses nuits à la paroisse. En plus de leurs recherches, Gabriel et lui surveillaient à tour de rôle mon frère Jude enfermé dans une petite « cellule » à la cave.

Quand nous l'avions ramené de l'entrepôt, notre priorité avait été de décider que faire de lui. Il avait passé dix mois en cavale avant de rallier le gang d'adolescents paranormaux sous la houlette de Caleb – la meute qui avait tenté de nous tuer, Daniel et moi. C'était lui qui avait conduit les Rois de l'Ombre jusqu'à nous.

Finalement, il s'était rendu. Nous implorant de le prendre avec nous. Même si j'étais soulagée de le savoir sain et sauf, je n'étais pas prête à le laisser rentrer à la maison. Pas tant qu'on ne serait pas sûrs de ses motivations. Pas tant que je n'aurais pas la certitude que c'était bien mon *frère* qui était revenu chez nous, et pas un des chiens de la mort de Caleb.

Tout le monde avait été étonné de m'entendre suggérer qu'on l'enferme pour observation dans la cage de stockage au sous-sol de la paroisse, mais une fois la surprise passée papa et Gabriel avaient abondé dans mon sens. Seule April s'était insurgée, mais son avis ne pesait pas lourd dans la balance.

Elle n'était pas là quand Jude avait laissé Caleb se déchaîner sur moi, prêt à m'anéantir…

Un nouveau message de papa interrompit le cours de mes pensées : *Oui, toujours à la paroisse. Les hurlements sont assez forts d'ici.*

Ce n'était pas la réponse que j'espérais. La paroisse se situait à plusieurs pâtés de maisons. Si on entendait clairement Daniel de là-bas, toute la ville devait l'entendre aussi.

Texto de papa : *Il va se faire tuer.*

Je sais, tapai-je avec des doigts un peu tremblants.

Rose Crest avait subi plusieurs attaques de « chiens sauvages », et des plaintes lugubres provenant des forêts alentour suffiraient à faire resurgir toutes ces rumeurs à propos du monstre de Markham Street. Des rumeurs qui n'en étaient pas vraiment. Et ces commérages donneraient lieu à coup sûr à des initiatives individuelles...

Papa : *Tu DOIS faire quelque chose pour qu'il se taise.*

Moi : *Je m'en occupe.*

Je n'étais pas sûre de pouvoir faire grand-chose puisque Daniel ne répondait plus à mes appels. Mais il fallait au moins que j'essaie. Je ne voulais pas qu'il lui arrive malheur. Après tout ce qu'il avait sacrifié pour me sauver.

Je mis ma veste par-dessus mon pyjama en flanelle rouge et glissai mon portable dans ma poche.

Ma cheville encore fragile m'élança quand j'enfilai mes bottes doublées de fausse fourrure. J'espérais qu'elles étaient assez rigides pour éviter que l'os remis depuis peu ne se déboîte à nouveau. Je descendis discrètement l'escalier, bien que je fusse toute seule à la maison. Papa avait envoyé Charity et James passer la semaine chez tante Carol parce que maman était... dans un endroit auquel je n'avais pas envie de penser pour le moment.

Je sortis dans le jardin par la porte de la cuisine. La maison voisine, où Daniel habitait jadis, était éclairée. Je vis la silhouette de monsieur Dutton se découper à la fenêtre. Il regardait vers la forêt – se demandant sûrement d'où venaient ces cris de loup qui l'avaient tiré de son sommeil. La lumière allumée devait l'empêcher de voir quoi que ce soit.

Je restai sur la terrasse de derrière jusqu'à ce qu'il se soit écarté de la fenêtre. Avant qu'il n'ait eu le temps d'éteindre pour essayer de mieux voir dehors, je puisai un peu dans mes forces particulières et piquai un sprint en direction de la barrière qui séparait la forêt de notre jardin. Je la dépassai d'un large saut en évitant que les rosiers n'agrippent mon bas de pyjama. Quand mes pieds se posèrent à terre, une violente douleur s'empara de ma cheville. Je fis la grimace. En dehors de ça, j'avais réussi un atterrissage parfait, presque imperceptible.

L'espace d'une demi-seconde, je songeai que Talbot, mon ancien mentor, aurait été fier de moi – nous avions travaillé assidûment l'atterrissage en douceur pendant mon entraînement. « Pour une fille aussi minus, tu te poses comme un tas de pierres », m'avait-il dit un jour pour me taquiner, avec un chaleureux sourire qui faisait ressortir ses fossettes.

À cet instant précis, comme s'il savait que je m'étais laissée aller à penser à lui, un nouveau texto fit vibrer mon portable.

Talbot : *Tu as besoin d'aide ?*

Je rangeai mon téléphone sans répondre, résolue à ne plus jamais lui adresser la parole, ni même à lui envoyer de texto – si toutefois j'y arrivais.

Il était bien la dernière personne que j'appellerais à la rescousse. La dernière en qui je me fierais. *Quand je pense à toutes ces salades qu'il m'a racontées à propos des sentiments qu'il a pour moi...*

Je pris une grande inspiration en m'efforçant de le chasser de mon esprit. Daniel avait besoin de moi, je devais le trouver avant que quelqu'un d'autre en ville – Marsh, l'adjoint du shérif, muni de son fusil, par exemple – ne décide de dénicher la source de ces horribles hurlements.

Un buisson bruissa à ma droite. Je pivotai – consciente que je n'aurais rien entendu sans mes super-pouvoirs auditifs – avant de m'accroupir en position de défense. Mon pouls battait dans mes oreilles sous l'effet de la panique.

Un grand loup brun surgi des taillis se planta devant moi, bientôt suivi d'un loup gris légèrement plus petit. Ils me regardaient, les yeux brillants. Je leur fis un signe de tête en m'efforçant de cacher ma déception qu'ils ne soient pas la bête que je cherchais. Au moins ce n'étaient pas des chasseurs.

Ils s'écartèrent pour aller se poster de part et d'autre du chemin rocailleux, telles des sentinelles attendant mon passage. Cinq jours plus tôt, ils avaient fait partie de la meute prête à me dépecer sur ordre de leur chef, Caleb. Comme je me faufilais entre eux, ils inclinèrent leurs têtes duveteuses en signe de déférence

Si je doutais des intentions de mon frère, ces loups me posaient un tout autre problème, dans la mesure où je ne comprenais toujours pas pourquoi ils me traitaient avec autant de respect – comme si j'étais leur reine pour ainsi dire.

J'avais interrogé Gabriel à ce sujet quelques jours plus tôt.

« Comme je te l'ai dit à l'entrepôt, Daniel est leur alpha désormais, m'avait-il expliqué dans le bureau de papa alors que nous regardions le loup blanc couché près d'un bol de ragoût en boîte que je lui avais apporté et qu'il n'avait pas touché. (Je ne voulais pas encourager ses instincts en le poussant à aller chasser dans les bois.) Apparemment, il a… montré qu'il t'avait choisie comme compagne. Les loups en sont conscients, j'ignore comment, et t'ont acceptée comme leur femelle alpha. »

Il avait malheureusement fallu que mon père, le pasteur, soit juste derrière nous à ce moment-là. Bien qu'il soit habituellement quelqu'un de plutôt équilibré, en entendant le mot *compagne* il avait pété un câble.

Jusqu'à cet instant, j'avais évité de penser à la réaction qu'il ne manquerait pas d'avoir quand je me déciderais à lui raconter ce qui s'était produit cette sinistre nuit passée dans le cachot de l'entrepôt. Mais l'expression de son visage un tant soit peu furibard m'avait clairement indiqué qu'une explication s'imposait, avant que son imagination ne l'entraîne trop loin.

« Daniel m'a… plus ou moins demandée en mariage, avant que Caleb me jette dans la fosse aux loups, avais-je balbutié. Et j'ai accepté.

– Ah ! je comprends mieux maintenant ! » s'était exclamé Gabriel, comme si le fait de se fiancer à presque dix-huit ans était parfaitement normal.

En attendant, le teint de papa avait viré au cramoisi, et il s'était lancé dans un long discours à propos de notre extrême jeunesse. Ce n'était pas parce que maman et lui s'étaient mariés à vingt ans que cela m'autorisait moi aussi à avoir un comportement irresponsable. Comme je n'arrivais pas à placer un seul mot, j'avais fini par crier :

« J'ai juste dit oui parce que je pensais qu'on allait mourir ! Je voulais qu'il soit heureux. »

Papa avait fermé la bouche brusquement, et ses yeux s'étaient emplis de larmes. Il m'avait serrée contre lui à m'étouffer à la pensée qu'il avait failli me perdre. Non sans une pointe de culpabilité, j'avais jeté un coup d'œil au loup blanc qui était couché près du bureau, les yeux fermés, apparemment endormi.

J'espérais que c'était par pure coïncidence que Daniel avait entamé ses pérégrinations quelques heures plus tard.

Boostée par la culpabilité et le flot d'adrénaline déclenché par la brusque apparition des deux loups, je me mis à courir en dépit de la douleur qui me vrillait la jambe. J'avais pu utiliser mes pouvoirs pour accélérer la guérison des blessures que la cruauté de Caleb m'avait infligées, mais Gabriel m'avait recommandé d'y aller mollo. Ignorant sa mise en garde qui me revenait en écho, je m'élançai à grandes foulées en direction des hurlements. Les deux loups trottaient derrière moi, si près que je sentais leur souffle chaud dans mon dos. Je puisai plus profondément en moi en quête de davantage d'énergie, et accélérai l'allure au point de les distancer – même si je savais qu'ils continuaient à me suivre.

Ignorant la douleur que l'air frais faisait naître dans mes poumons et les élancements dans ma cheville, je quittai bientôt le chemin de terre pour m'enfoncer entre les arbres avec les plaintes de Daniel pour seul guide. Je m'abandonnai à la vitesse, la laissant me dominer de peur que toute mon énergie ne s'envole si je ralentissais. Mon être était réduit à un cœur battant à tout rompre, à des pieds martelant le sous-bois, à une succession d'inspirations haletantes.

Je n'avais plus envie d'être autre chose.

Pas sans Daniel.

Sans l'aboiement sonore d'un des loups derrière moi, je ne me serais certainement pas ressaisie à temps pour éviter une chute vertigineuse. À l'instant où mes bottes dérapaient sur le rebord bourbeux d'une ravine, je m'agrippai à la branche tortueuse d'un vieil arbre. Adossée au tronc, je glissai un coup d'œil au fossé de six mètres sous moi. La ravine devait faire à peu près la même largeur. En explorant les alentours du regard, je me rendis compte que c'était l'endroit où Baby James avait fait une chute qui aurait pu se révéler fatale l'année précédente, à Thanksgiving.

Le souvenir émouvant de Daniel sauvant miraculeusement mon petit frère à cet endroit précis s'imposa à moi et fut rapidement effacé par la vision du grand loup blanc dressé sur un affleurement rocheux de l'autre côté du fossé. En inclinant la tête en arrière, il hurla à l'adresse de la lune aux trois quarts pleine comme s'il attendait désespérément qu'elle réponde à sa plainte. Ces accents perçants firent vibrer mes tympans ultra-sensibles. Je me retins de me couvrir les oreilles.

« Daniel ! » criai-je, ne sachant trop si ma voix chevrotante lui parviendrait au milieu de sa plainte. Je me redressai contre le tronc en m'y cramponnant pour garder l'équilibre. L'acide lactique me brûlait les jambes, et ma cheville ne cessait de vouloir plier dans le mauvais sens – menaçant de céder sous moi. Si j'avais pensé avoir souffert quand je me l'étais cassée, ce n'était rien comparé aux violents élancements qui s'emparaient de moi maintenant que l'adrénaline déclenchée par mon petit sprint s'était dissipée. « Daniel, arrête ! »

Le loup blanc pencha encore un peu plus la tête en arrière, et une autre plainte désespérée déchira la nuit, plus troublante que jamais. Les deux loups derrière moi ajoutèrent leurs hurlements aux siens. *Génial, juste génial !* La ville entière devait être à sa fenêtre maintenant. Je voyais des balles en train de se loger dans les chambres de plusieurs fusils.

« Filez ! » lançai-je à mes deux compagnons en frappant le sol de mon pied valide. « Fichez le camp d'ici, tout de suite ! » ajoutai-je d'un ton plus autoritaire que je n'en avais l'intention. Ils reculèrent en gémissant, la queue traînant à terre. Dès qu'ils furent partis, je fis de nouveau face au loup blanc.

« Daniel ! » criai-je plus fort, ma voix se faisant l'écho de sa désespérance. « Daniel, s'il te plaît. Dan… » Mon estomac se serra à la pensée que si je n'étais pas seule dans les bois à chercher la bête hurlante, mieux valait que je ne braille pas son nom. « Arrête, s'il te plaît... » Je m'abstins cette fois, à mon grand désarroi, de l'appeler par son prénom – comme si je reconnaissais ainsi qu'il n'était plus lui-même.

« S'il te plaît, arrête ! Il faut absolument que tu cesses, tout de suite. » Mon cri resta coincé au fond de ma gorge. Je plaquai une main sur ma bouche. Je ne pouvais pas me laisser aller à pleurer. « Arrête, je t'en prie, avant qu'il t'arrive un malheur », murmurai-je entre mes doigts.

Le hurlement s'interrompit brusquement, et quand je me tournai à nouveau vers l'autre versant de la ravine, je vis qu'il me dévisageait, la tête penchée de côté, d'un air intrigué. Je croisai un instant son regard étincelant, après quoi il recula lentement.

« Non ! protestai-je. Ne t'en va pas. » Je levai la main pour lui faire signe de rester – le même geste que je faisais à l'époque où je dressais Daisy, ma chienne à trois pattes. « Ne recommence pas à fuir, s'il te plaît. »

Le loup fit deux pas en avant jusqu'au bord de la ravine et leva à nouveau les yeux vers moi, la tête inclinée. *Me reconnaît-il encore ?* L'espoir me brûlait la poitrine, je demeurais aussi immobile que possible pour ne pas l'effrayer. Et je jure que, dans le silence qui enveloppait maintenant les bois obscurs, je crus entendre battre son cœur.

Non pas les doubles battements de cœur communs à tous les autres loups-garous que je connaissais. Mais les battements d'un cœur solitaire. Je ne savais toujours pas ce que cela signifiait. J'ignorais encore ce qu'il était devenu.

L'espace d'un instant, on aurait pu croire que le loup Daniel, les pattes arrière légèrement repliées, allait sauter par-dessus le fossé qui nous séparait pour me rejoindre.

« Viens, dis-je en lui faisant signe. S'il te plaît, Daniel, ajoutai-je à voix basse. J'ai besoin de toi. Nous avons besoin l'un de l'autre. »

Je crus le voir tressaillir en entendant son nom. Il baissa les yeux, et j'eus la sensation que mon cœur était tombé dans les profondeurs de la ravine quand je le vis se détourner de moi.

« Non ! » hurlai-je, les deux mains tendues comme si je pouvais l'attraper, le retenir, alors qu'il s'éloignait à grands bonds dans les bois, plus loin que nous ne nous y étions jamais aventurés ensemble. L'espace d'une seconde, je songeai à lui courir après – à sauter par-dessus le fossé, même si je n'étais pas sûre d'avoir la force d'y arriver. J'étais prête à tout pour être auprès de lui. Mais sans le soutien du tronc contre lequel je m'étais appuyée, ma cheville finit par céder, et je m'effondrai comme une masse au pied de l'arbre.

Je remontai mes genoux contre ma poitrine en écoutant les hurlements qui reprenaient de plus belle dans un coin inaccessible de la forêt, comptant les battements de mon propre cœur solitaire à mesure que les minutes passaient. Bientôt, plus aucun autre son ne se fit entendre. Un soupir d'épuisement me saisit – qui mêlait le soulagement de savoir que les plaintes avaient cessé au remords. Je n'avais pas réussi à faire revenir Daniel à moi. Et pour la première fois depuis que nous nous étions échappés de l'entrepôt, je me laissai aller à pleurer. J'émis un long chapelet de sanglots contre le sol de la forêt jusqu'à ce qu'une terrible voix intérieure me chuchote : *Tu es en train de le perdre. Et tu ne peux rien y faire.* Un autre gémissement tenta de s'échapper de ma gorge, mais je le retins. « Non ! » protestai-je à l'encontre du monstre dans ma tête. Je me relevai et essuyai les larmes terreuses qui inondaient mon visage, me maudissant d'avoir cédé à la faiblesse. « Daniel et moi avons traversé trop de choses, nous sommes allés trop loin et je ne vais pas le perdre. Ça n'arrivera pas. »

Quoi qu'il m'en coûte, cela n'arrivera pas.

2

Les garçons perdus

Six mois plus tôt

« Tu as froid ? » me demanda Daniel, qui était assis derrière moi sur un banc en pierre où j'étais en train de dessiner au fusain. Ses bras m'enveloppèrent et il se serra contre mon dos. Je pouvais sentir sa chaleur rayonner à travers sa chemise ; sous mon pull léger, je fus prise de frissons. Je tremblais, mais pas de froid. Il avait eu vite fait de me réchauffer.

« Mmm… », fis-je en posant mon carnet sur le banc.

Il me frotta les bras et enfouit son visage dans mon cou.

« Je te donne une heure pour arrêter ça », dis-je en riant doucement, bien que nous soyons à peu près les seuls à venir au jardin des Anges.

« Que dirais-tu de deux heures ? » Quand il pressa ses lèvres sur ma peau, je me sentis fondre. Il m'écarta les cheveux et déposa un baiser derrière mon oreille.

Je poussai un soupir. Le fusain me glissa des doigts. Il heurta le bord du banc et roula jusqu'aux pieds de la statue que j'étais en train de croquer. Celle de l'ange Gabriel que Daniel m'avait fait découvrir la première fois qu'il m'avait amenée là.

Sa bouche ferme glissa sur ma nuque jusqu'à ce qu'elle atteigne la fine chaîne du collier dont je ne me séparais presque jamais. Quelque chose remua en moi, et, instinctivement, je saisis la pierre de lune. Daniel s'écarta un peu.

« Ça t'aide ? » demanda-t-il. Son souffle était merveilleusement chaud dans mes cheveux. Je frémis à nouveau alors que des picotements remontaient de ma nuque vers mon crâne. Je serrai le poing autour du pendentif et laissai les pulsations presque brûlantes qui émanaient de la pierre propager leur force apaisante dans tout mon corps.

« Oui », répondis-je sans préciser que j'avais l'impression d'en avoir besoin plus souvent qu'au cours des premiers mois qui avaient suivi ma contamination. Je ne voulais pas qu'il s'inquiète.

« Tant mieux. J'aurais bien voulu en posséder une dès le début, comme toi. »

Il écarta ses mains de mes épaules et recula, me privant de sa chaleur. « Je me demande si j'aurais pu me retenir de céder au loup la première fois… » Il laissa sa phrase en suspens. Je n'avais pas besoin de davantage d'explications. Tant de souffrances s'étaient immiscées dans sa vie – dans nos vies – à cause de ce qui s'était passé ce soir-là.

Je pivotai vers lui. Le vent frais de mars agitait doucement sa tignasse blonde.

« Arriveras-tu jamais à te pardonner pour ce soir-là ? demandai-je en plongeant mon regard dans ses yeux bruns profonds.

– Quand ton frère lui-même m'aura pardonné », répondit-il en fourrant ses mains dans les poches de sa veste.

Je me mordis la lèvre. Il fallait déjà que nous retrouvions Jude, ce qui paraissait de plus en plus improbable à mesure que les semaines passaient sans qu'il se manifeste.

« Il finira par te pardonner. Forcément. Tu ne penses pas ? »

Mon père avait dit un jour qu'au bout du compte, quelqu'un qui refusait de pardonner se retrouvait inévitablement dans la peau d'un monstre, dès lors qu'il s'accrochait à sa colère et la laissait le ronger de l'intérieur. C'était chose faite dans le cas de Jude. Il s'était bel et bien changé en un monstre – et dans un sens nettement plus littéral que ne l'entendait papa : un loup-garou qui m'avait transmis son mal avant d'essayer de tuer Daniel. Tout cela parce qu'il n'arrivait pas à pardonner à Daniel de l'avoir contaminé le soir où il avait lui-même succombé pour la première fois à la malédiction du loup-garou.

« Tu crois qu'il arrivera à se remettre de ce qu'il a fait ? demandai-je. Je veux dire, si on le retrouve, penses-tu qu'il redeviendra un jour la personne qu'il était jadis… ? » Une douleur lancinante me transperça le bras à l'endroit où mon frère m'avait mordue. Je frictionnai la cicatrice pardessus ma manche.

« Je n'en sais rien, répondit Daniel. J'ai réussi à le faire, grâce à toi, mais ça ne veut pas dire que tout le monde y parvienne. Il faut qu'il le désire très fort. La domination du loup est telle qu'il est presque impossible de se rappeler qui on était avant. »

Je hochai gravement la tête en me demandant si ce même sort m'attendait. Daniel se rapprocha de moi. Il prit mon pendentif dans le creux de sa main et effleura le bord rugueux de la pierre à l'endroit où elle s'était brisée en deux quand Jude l'avait jetée du toit de la paroisse trois mois plus tôt.

« Je remercie chaque jour le Seigneur d'avoir pu la retrouver. Même si ce n'est que la moitié de la pierre d'origine, ça suffit à te protéger. Elle t'aidera à ne pas te perdre comme je me suis perdu moi-même. Comme Jude s'est perdu. Elle te permettra de rester humaine. »

Daniel lâcha le pendentif pour prendre mon visage entre ses mains. Il plongea son regard dans le mien tandis que ses pouces me caressaient les joues.

« Merci, murmurai-je.

– Pourquoi me remercies-tu ?

– Pour la pierre. Parce que tu crois en moi. » J'esquissai un sourire. « Pour être resté en vie. Je t'aurais tué si tu étais mort », ajoutai-je en plantant un doigt dans sa poitrine.

Il éclata de rire. Un son que j'adorais. Puis il se pencha et pressa ses lèvres sur les miennes. Nos bouches fusionnèrent en un baiser qui me prouvait que tout ce que je ressentais pour lui, il le ressentait pour moi.

Je frissonnai dans ses bras.

« Tu as froid, en fait », murmura-t-il quand nos lèvres se séparèrent, et il me serra plus fort.

Samedi matin

« Est-ce qu'elle est morte ? demanda une voix quelque part à proximité, me tirant d'un profond sommeil.

– Non, fit une autre voix, un peu plus jeune.

– Moi je crois qu'elle est morte. »

Un « mmmmmmm » s'échappa de mes lèvres. *Pourquoi ai-je aussi mal à la cheville ? Et pourquoi mon matelas me fait-il l'effet de lattes de bois ?*

« Elle est morte, je te dis. Il va être fou furieux.

– Elle vient d'émettre un son et sa… euh… poitrine bouge. Elle n'est pas morte, c'est évident.

– Morte, morte, morte. Tu crois qu'il va nous tuer ? C'est ce que Caleb aurait fait. Tu penses qu'on peut choisir le mode d'exécution ? Je n'ai pas envie qu'on me noie. Ça semble tellement atroce quand on voit ça à la télé.

– C'est un loup. Comment veux-tu qu'il te noie ? Il y a plus de chances qu'il t'égorge. De toutes les façons, elle n'est pas morte.

– On dit de toute façon, pas de toutes les façons.

– Quoi ?

– Les garçons », tentai-je d'articuler, mais le seul son que je parvins à émettre fut « Gaaah ». Je m'éclaircis la voix. *Quelle heure peut-il bien être ?*

« Tu te trompes. On dit de toute façon. En disant "de toutes les façons", tu as l'air d'un idiot. De toute façon, elle est morte. À quelle vitesse faut-il qu'on coure à ton avis pour arriver au Canada avant qu'il s'en rende compte ?

– Tu es vraiment bête ! »

J'entendis comme une bagarre, suivie d'un cri. J'entrouvris un œil, juste assez pour voir Ryan tout près de moi en train de cravater Brent. Le reste de ma vision restait floue.

« Arrêtez les gars ! » m'écriai-je.

Ryan lâcha sa victime, et ils se redressèrent instantanément, presque au garde-à-vous, comme des soldats répondant à l'aboiement de leur sergent instructeur. Je ne m'habituerais jamais à la manière dont ils réagissaient à mes ordres. Brent s'inclina vers son camarade et chuchota d'une façon peu discrète :

« Je t'avais bien dit qu'elle était morte. »

Les narines de Ryan se dilatèrent.

« Ça alors ! »

Je m'esclaffai en voyant la tête de Brent. Il n'avait pas son pareil pour exprimer la suffisance. Je ne le connaissais que depuis quelques jours, mais il me faisait rire – et ces temps-ci, j'étais reconnaissante de tout ce qui pouvait m'arracher ne serait-ce qu'un sourire. Mon hilarité se changea en une quinte de toux. Ils se penchèrent sur moi comme s'ils redoutaient que je ne rende l'âme pour de bon.

Je les écartai d'un geste pour reprendre mon souffle.

« Bon, auriez-vous la gentillesse de me dire ce que vous faites dans ma chambre ?

– Génial ! s'exclama Brent. Elle a perdu la tête maintenant. »

Ryan le repoussa.

« Tu n'es pas dans ta chambre, Miss Grace. Quand on t'a raccompagnée hier soir, tu t'es endormie sur la balancelle. On est restés là pour te protéger. Tu te rappelles ? »

J'ouvris les deux yeux cette fois-ci et attendis quelques secondes qu'ils s'adaptent à mon environnement. Brent. Ryan. Les branches du noyer. Le ciel mauve de l'aube. La balancelle. Et, apparemment, le truc qui me faisait mal dans le dos était mon portable sur lequel j'avais dû m'endormir. De vagues souvenirs remontaient dans ma cervelle. Je me rappelais avoir suivi les hurlements de Daniel dans la forêt, puis tenté de rentrer à la maison en boitillant sur une cheville de nouveau cassée. Y renonçant à mi-chemin, j'avais laissé un des loups qui me suivaient anxieusement me porter jusqu'à chez moi – pour m'apercevoir que je m'étais enfermée dehors. Je m'étais assise sur la balancelle avec l'intention d'appeler mon père à la rescousse. J'avais dû m'endormir avant de composer son numéro.

Endormie !

La vérité me fit l'effet d'une claque en pleine figure quand je me rendis compte, une fois de plus, que le moment passé avec Daniel dans le jardin des Anges la nuit dernière n'avait été qu'un rêve. Un rappel vibrant du passé qui tournait en boucle dans ma tête chaque fois que je me laissais aller à dormir depuis que nous nous étions échappés de l'entrepôt : Daniel et moi au jardin des Anges, six mois plus tôt. Avant le retour de Jude. Avant Caleb et Talbot. Avant que Daniel ne se retrouve coincé dans le corps du loup blanc. Le paradis.

Ce rêve m'avait tenu chaud alors que j'avais dormi dehors par une nuit glaciale de novembre. J'avais froid comme jamais maintenant que je comprenais que Daniel n'avait pas été là pour me serrer dans ses bras.

Il ne pourra peut-être plus jamais le faire.

« Vous avez passé toute la nuit ici avec moi ? » demandai-je.

Ryan et Brent étaient les plus jeunes des cinq membres de la bande de Caleb qui avaient choisi Daniel comme leur nouvel alpha. Ryan ne devait pas avoir plus de quatorze ans. Brent allait sans doute sur ses seize ans, mais il avait un visage rond de gamin et pressait à tout bout de champ ses doigts sur l'arête de son nez, ce qui m'incitait à penser qu'il avait dû porter des lunettes avant de se changer en Urbat. Et puis il y avait quelque chose de franchement risible chez « Brent le loup-garou ».

J'avais de la peine à les imaginer parmi cette meute de loups-garous féroces qui avaient tenté de me tailler en pièces sur l'ordre de Caleb. Je ne pouvais pas m'empêcher de voir en eux des garçons perdus, comme dans la pièce de Peter Pan que maman nous avait fait jouer à la paroisse quand j'avais dix ans. Parce qu'ils n'avaient jamais vraiment grandi et vivaient dans cet entrepôt près du club le

Dépôt. Ils s'étaient bien amusés, j'en étais sûre – jusqu'au jour où ils s'étaient mis en tête de tuer.

Ryan hocha la tête.

« Ta sécurité est notre priorité absolue. C'est ce qu'il veut. »

Je me redressai et parcourus le jardin du regard. Si Brent et Ryan étaient là, je ne serais pas surprise que les trois autres se trouvent aussi dans les parages. Ils formaient une meute après tout.

J'aperçus Zach et Marcos assis au pied du noyer. Quant à Slade, il rôdait au bout de la rue, si loin que sans mes super-pouvoirs visuels je n'aurais pas remarqué sa présence. S'il m'était difficile de voir en Brent et Ryan des loups-garous assoiffés de sang, j'avais un tout autre point de vue le concernant. Ses manches déchirées révélaient des tatouages en forme de flammes qui allaient des poignets aux épaules. Il arborait un clou dans un sourcil, une dizaine de piercings dans les oreilles et tripotait presque toujours un briquet qu'il actionnait rien que pour voir la flamme danser, ou se brûler les poils des bras – ce qui apparemment l'amusait. Mais ce n'était pas tant son apparence qui me troublait que sa manière de me regarder. J'étais presque certaine que c'était le grand loup gris qui avait planté ses crocs dans ma jambe lorsque la meute de Caleb m'avait attaquée dans l'entrepôt. De temps en temps, je surprenais une lueur dans ses yeux, comme s'il avait goûté à mon sang et n'était pas rassasié.

Je détournai les yeux en me demandant dans quelle mesure il était véritablement dévoué à Daniel, son alpha. Je ne savais s'il ne représentait pas finalement un danger pour nous tous.

« Qui tient tant à me protéger ? demandai-je à Ryan.

– Alpha.

– Daniel, tu veux dire ?

– Le grand loup blanc. Ta sécurité doit passer avant toute chose. »

J'esquissai un sourire à la pensée que Daniel m'était toujours attaché, d'une certaine manière.

– On t'a juste laissée seule quelques instants pour aller se changer », précisa Ryan. Je comprenais ce qu'il voulait dire : reprendre forme humaine *et* remettre leurs vêtements. C'était l'un des problèmes que posait la transformation du loup-garou. Il fallait bien se rhabiller.

« Merci », marmonnai-je, contente de ne pas m'être réveillée dans un jardin rempli de garçons à poil. Les voisins n'auraient certainement pas vu ça d'un très bon œil, en imaginant que l'un d'eux ait eu la mauvaise idée d'épier par la fenêtre de bon matin. Je me réjouissais aussi que mes compagnons n'aient pas traîné dans le coin sous la forme du loup. Avec tous les hurlements qui avaient ponctué la nuit, c'eût été risqué.

« Heureusement que tu n'as pas clamsé pendant qu'on n'était pas là, dit Brent. Il aurait été furax. Et puis, tu serais plus parmi nous, tu vois. Ce serait pas cool !

– C'est gentil de te faire du souci pour moi, mais je suis à peu près sûre d'être en sécurité sur mon porche.

– Sauf le respect que je te dois, Miss Grace, notre père – Caleb, je veux dire – et le reste des Rois de l'Ombre sont toujours dans le coin. Tu devrais être plus prudente.

– Tu as raison », répondis-je. J'avais eu tort de baisser ma garde ainsi. C'était la « règle numéro 1 », Daniel et Talbot ne cessaient de me le rappeler. Caleb était encore dans les parages. Impossible de prédire ce qu'un fou de son espèce serait capable de faire. Vu l'état pitoyable de ma cheville, je n'aurais eu aucune chance de m'en sortir si je l'avais rencontré la nuit dernière, lui ou un des disciples qui lui étaient restés fidèles.

Je me penchai en avant et concentrai mes pouvoirs guérisseurs sur ma cheville amochée jusqu'à ce que la douleur devienne à peu près supportable. Puis une idée me vint.

« Comment savez-vous ce que Daniel veut ? Pouvez-vous... discuter avec lui quand vous êtes sous la forme du loup ? »

Un frisson d'espoir me parcourut la colonne vertébrale au point que j'en oubliai ma cheville endolorie. Et si l'un d'eux pouvait parler à Daniel pour moi. Lui dire...

« Non, répondit Brent. C'est juste qu'on *sait* ce qu'il veut. Et on le fait. Ça marche comme ça avec un alpha.

– Comme de la télépathie, tu veux dire ? » Mon cerveau fonctionnait au ralenti ce matin. Cela dit, il ne devait pas être plus de six heures. J'avais dormi à peine trois heures. C'était compréhensible. Cependant, une autre pensée nettement plus rapide – trop, pour qu'elle m'appartienne – me traversa l'esprit. *Si tu étais un loup, tu pourrais communiquer avec Daniel toi aussi. Vous pourriez être ensemble.*

« Non, répondit Brent. Ce n'est pas comme si on était capables de lire mutuellement dans nos pensées.

– Encore heureux ! », marmonna Zach. Marcos et lui venaient de se rapprocher du porche.

« Les espèces animales ont chacune leurs propres modes de communication, reprit Brent. Des expressions, des vocalisations, ce genre de trucs. Avec l'alpha, c'est plus une *sensation* qui se manifeste parfois en images, en impressions. Le plus souvent, en gros, on ressent ce qu'il ressent. »

Je ruminais la chose un instant.

« Que ressent-il ? » demandai-je finalement, même si je craignais de connaître la réponse.

Ryan et Brent échangèrent un regard que je ne parvins pas à interpréter.

Marcos s'avança.

« Il t'aime beaucoup, répondit-il avec son accent brésilien. Il veut qu'on te protège... en même temps, il a l'impression qu'une partie de lui... je ne sais pas trop comment le dire... qu'une partie de lui s'en va. »

Je hochai la tête en me mordant la lèvre. C'était exactement ce que j'avais redouté d'entendre. Je n'avais pas besoin d'être un membre de sa meute pour sentir qu'une partie de son être – celle qui était *Daniel* – était en train de nous quitter.

Tu ne peux pas l'arrêter. En tant qu'être humain, tu es trop faible, gronda le monstre dans ma tête. Je ne supportais plus d'entendre sa voix continuellement. Je portai la main à mon cou pour attraper ma pierre de lune dans l'espoir de museler la bête. Mais elle n'était plus là, bien sûr. Caleb l'avait fracassée contre un mur de l'entrepôt, en même temps que l'essentiel de l'espoir que j'avais eu de nous soustraire à son plan diabolique.

J'avais porté ce pendentif tous les jours pendant près d'un an. Du coup, j'oubliais sans cesse que je ne l'avais plus jusqu'à ce que je tende la main pour le saisir et éprouve la désagréable sensation d'avoir le cou tout nu. Dans mes rêves, Daniel ne cessait de me répéter qu'il m'avait donné la pierre de lune pour m'aider à garder le contrôle – à rester humaine –, et il y avait des moments où je me demandais si j'aurais la force de rester moi-même sans...

« C'est ça ! m'exclamai-je en me levant brusquement de la balançoire, envoyant pratiquement valser Brent. Ô mon Dieu ! Je crois que je connais la réponse. »

Je dévalai les marches du porche, les mains sur la tête comme pour maintenir en place mes pensées fulgurantes et les empêcher de s'échapper. Brent, Ryan, Marcos et Zach bondirent dans mon sillage. Slade lui-même se rapprocha jusqu'à la lisière du jardin.

« Daniel n'arrête pas de m'apparaître dans mes rêves. Je fais toujours, toujours, le même rêve. Et s'il essayait de me dire quelque chose ? Si je sentais bel et bien ce qu'il ressent ? Ce qu'il veut que je ressente ? Nous sommes peut-être connectés aussi, lui et moi. Et s'il cherchait à m'expliquer comment je peux l'aider ?

– Ce n'est pas impossible, commenta Brent.

– Qu'essaie-t-il de te dire à ton avis ? demanda Marcos.

– Ma pierre de lune ! » Je m'élançai dans l'allée, ignorant une fois de plus les recommandations de Gabriel à propos de ma cheville fragile. Il fallait que j'aille à la paroisse. Que j'explique à Gabriel et à mon père ce que je venais de réaliser. Les garçons m'emboîtèrent le pas. « Dans mon rêve, je n'arrête pas de revivre un souvenir. Je revois Daniel insistant sur le fait que mon pendentif m'aidera à rester humaine. Et s'il cherchait à me faire comprendre qu'une pierre de lune est ce dont il a besoin, lui, pour redevenir humain ? »

Ça ne pouvait pas être si facile que ça, si ? Et pourquoi Gabriel n'y avait-il pas pensé avant moi ?

Ma main se porta instinctivement à mon cou pour attraper ma pierre de lune.

« Non ! » hurlai-je presque en m'arrêtant net. J'aurais dû me douter que ce ne serait pas aussi facile.

Toutes les pierres de lune dont j'avais connu l'existence avaient été détruites.

À moins que…

Je fermai les yeux et passai en revue chaque détail de ce rêve dans le jardin des Anges. Le carnet de dessins. Le doux baiser de Daniel sur ma peau. Ses doigts chauds s'attardant sur le pendentif... qui n'était que la moitié de la pierre que Daniel portait avant qu'elle ait été brisée par...

La réconfortante vision de Daniel fut subitement remplacée par un de mes souvenirs les plus atroces – celui de la nuit où Jude avait succombé à la malédiction du loup-garou. La nuit où il m'avait contaminée et avait bien failli tuer Daniel. Jude nous avait pourchassés sur le toit de la paroisse. Il avait voulu se mesurer à Daniel, mais ce dernier avait refusé de se battre. Je me mis à trembler quand je revis Daniel ôtant son pendentif – la seule chose qui l'empêchait de se changer en loup à la pleine lune – pour le donner à mon frère. Le suppliant de le prendre.

L'espace d'une seconde, Jude avait semblé sur le point d'accepter. J'avais cru que tout allait s'arranger. Je me rappelais avoir crié quand Jude s'était emparé de la pierre pour la jeter du haut du toit. Elle avait disparu dans le vide noir...

Et là j'eus le déclic. Je rouvris brusquement les yeux. Je savais exactement ce que mon rêve avait cherché à me dire.

Une demi-pierre de lune !

« Daniel n'a pu retrouver que la moitié de la pierre de lune que Jude avait lancée du toit... et je pense savoir où se trouve l'autre moitié. »

3

La pierre de l'espérance

Quinze minutes plus tard, devant la paroisse

Je me tenais sur la pelouse morte, glacée, du jardin de la paroisse, près du saule où Daniel et moi pique-niquions de temps en temps après la messe du dimanche. Papa et Gabriel étaient assis sur les marches. Les cinq garçons faisaient cercle autour de moi ; ils avaient insisté pour m'accompagner et je n'allais pas m'en plaindre. J'aurais besoin d'un maximum d'aide. Ils se demandaient certainement tous pourquoi je fixais le toit de la paroisse depuis plusieurs minutes, comme une demeurée. Une seule personne manquait pour compléter notre petite assemblée, et je profitais du temps qu'il me restait pour mettre mes idées en ordre avant de leur révéler mon plan.

Un crissement de pneus se fit entendre dans le parking. Dès qu'April sortit de sa voiture, son parfum à la poire me chatouilla les narines. Il se mêlait à d'autres odeurs... du sirop d'érable, du... bacon ?

« Qu'est-ce qu'il y a de si urgent ? » demanda-t-elle en s'approchant. Sa voix me parut étrangement enjouée pour un samedi à six heures et demie du matin.

Je détournai les yeux une seconde du toit de la paroisse pour lui jeter un coup d'œil. Je n'avais accordé que dix minutes à tout le monde pour me rejoindre. Papa avait des plis sur la joue comme s'il s'était endormi sur sa table, la tête posée sur un livre en guise d'oreiller. Gabriel avait les yeux bouffis. Mais April avait l'air d'être en route pour le Megaplex d'Apple Valley un vendredi soir. Impeccablement coiffée, maquillée, bijoutée, dans une tenue qu'elle semblait avoir piquée à un mannequin de chez Gap. Quant à moi, j'étais toujours en pyjama sous ma veste.

En décochant un autre regard rapide à April, je remarquai le sachet de la boulangerie de Day's Market qui dépassait de son sac fourre-tout rose. Le mélange d'odeurs s'expliquait ; j'étais prête à parier qu'elle avait apporté des donuts au bacon et au sirop d'érable – les préférés de Jude.

Je fronçai les sourcils. *Pas étonnant qu'elle soit sur son trente et un.* Depuis une semaine, elle avait passé presque toutes ses journées devant la cage de fortune de mon frère.

J'ignorai la question qu'elle m'avait posée. Elle devait s'être mise en route avant de recevoir mon message parce qu'elle était arrivée bien plus tôt que je ne m'y attendais, et je n'étais toujours pas prête à leur faire part de mon idée.

Pendant près d'un an, j'avais refoulé les souvenirs des événements de cette nuit fatidique passée sur le toit de la paroisse. J'avais à présent besoin de toute ma concentration pour en faire resurgir les moindres détails.

« Grace a suggéré qu'il nous fallait une pierre de lune pour aider Daniel à reprendre forme humaine, dit Brent, à croire qu'il avait senti ma répugnance à m'exprimer.

– Qu'est-ce qui te fait penser ça ? me demanda Gabriel. J'ai moi-même exploré cette voie.

– Elle croit qu'il a essayé de communiquer mentalement avec elle, répondit Brent à ma place. Dans ses rêves. »

Gabriel se leva.

« Intéressant. Ça pourrait être lié au fait que tu es sa compagne alpha. » Il plongea son regard dans le mien. « Ou à autre chose… »

Papa se mit à grommeler en entendant le mot « compagne ». Je levai la main pour le faire taire avant qu'il ne se lance dans un sermon et brise ma concentration.

« La question est de savoir où nous procurer une autre pierre de lune, dit-il au lieu d'entamer son prêche.

– On ne pourrait pas en acheter une sur Internet ? demanda April. En faisant des recherches pour Jude sur eBay, j'ai trouvé un type qui dit en avoir une vraie récoltée pendant l'expédition qui a eu lieu sur la lune dans les années soixante. Il ne la vend que trois cents dollars. J'ai fait des économies pour la fac…

– Houlà ! s'exclama Gabriel. Garde tes sous. La plupart des pierres dans le commerce sont fausses. Seule une poignée de vraies pierres de lune ont le pouvoir de neutraliser la malédiction des Urbat. Elles m'ont été offertes par une prêtresse babylonienne devenue esclave. Elle avait béni quelques fragments de météore dont elle m'a fait cadeau pour me remercier de l'avoir libérée de son maître. Aucune autre pierre que j'ai eue entre les mains n'avait le même effet que celles-là.

– Oh ! » fit April. J'avais presque l'impression de l'entendre compter mentalement tout l'argent qu'elle avait failli perdre sur eBay. Jude lui avait-il demandé de lui trouver une pierre ? Si tel était le cas, je trouvais cela rassurant. « Appelons cette prêtresse alors, ajouta-t-elle, et demandons-lui de nous donner quelques pierres magiques. »

Gabriel la gratifia d'un regard d'une patience infinie.

« Il y a plus de sept cents ans de ça, mon enfant.

– Oh ! » April eut un sourire penaud. « J'oublie à quel point vous êtes vieux.

– Grace pense savoir où trouver une pierre de lune, intervint Brent. C'est juste qu'elle ne nous a pas encore précisé comment.

– C'est quand tu veux, maugréa Slade. Ça caille là-dehors.

– Va te chercher une veste », répliquai-je. Il ne devait pas être originaire du Minnesota s'il trouvait qu'il faisait froid. « On risque d'être là un petit bout de temps. » Sans quitter le toit des yeux, je fis quelques pas en arrière pour avoir une meilleure vue sur le clocher – le clocher auquel Daniel s'était cramponné ce soir-là, pour ne pas tomber. J'imaginai l'endroit où Jude s'était tenu par rapport à lui puis je tentai de retracer mentalement la trajectoire de son lancer.

« La pierre de lune que j'avais au cou presque toute l'année dernière était un vestige du pendentif que Daniel portait avant. Jude l'a jetée du haut du toit de la paroisse. Quelques jours plus tard, Daniel l'a cherchée dans la neige mais il n'en a retrouvé que la moitié, qu'il m'a donnée. La pierre avait dû se briser en heurtant le sol. Ce qui signifie que l'autre moitié doit se trouver encore quelque part dans le jardin. »

April en resta bouche bée. On pouvait toujours compter sur elle pour réagir avec emphase.

Je reculai encore de quelques pas, les garçons s'écartant pour dégager le passage. Puis je fis volte-face et me mis à avancer lentement en m'efforçant de déterminer la distance que le pendentif avait pu parcourir quand Jude l'avait expédié dans les airs. Les autres me suivirent tandis que j'arpentais clopin-clopant le pourtour de l'église. Je m'arrêtai en atteignant l'endroit qui me paraissait être approximativement le bon – l'aire de stationnement tapissée de gravier située derrière la paroisse.

« Elle est là. Elle est forcément quelque part par ici. » Je m'agenouillai et entrepris de remuer les cailloux. Il y en avait des milliers – des centaines de milliers –, mais je ramassai une pierre gris noirâtre que je serrai dans le creux de ma main avec l'espoir de sentir ces pulsations chaudes qui ne peuvent émaner que d'une pierre de lune.

Rien.

Je la mis de côté, en testai une autre. Puis une autre.

« Tu plaisantes ou quoi ? râla Slade. Ça va prendre une éternité de vérifier tous ces foutus cailloux.

– Mettez-vous au boulot alors. »

Brent et Ryan obéirent aussitôt à mon ordre et se penchèrent à mes côtés. Bientôt, Gabriel, mon père, April, Marcos et Zach se joignirent à nous. Slade finit par s'asseoir par terre et ramassa quelques pierres sans conviction.

« Mettez de côté tous les cailloux gris ou noirs, que je puisse les tester. La pierre que nous cherchons pourrait encore avoir un croissant de lune gravé dessus, mais ce n'est pas sûr. Dieu sait comment elle s'est cassée. Il y a peut-être plusieurs fragments. »

Il s'était écoulé près d'un an. Trois saisons étaient passées. La neige, la pluie, des tas de voitures avaient transité dans cette cour. Mais il était possible que l'autre moitié de la pierre de lune de Daniel soit toujours là, et je n'arrêterais pas de chercher tant que je n'aurais pas retourné tous les cailloux de ce parking.

4

Intervention

Dimanche soir – près de trente-neuf heures plus tard

« Si tu crois que je vais renoncer maintenant, tu me connais vraiment mal ! lançai-je.

– On ne te dit pas de renoncer », répondit mon père en se penchant par-dessus sa table pour ramasser délicatement le petit tas de pierres posé devant moi.

Nous avions déplacé l'essentiel de l'opération « Trouver la pierre de lune » dans son bureau de la paroisse, la présence de huit individus à quatre pattes dans le parking d'une église en train de récolter des cailloux risquant fort d'inciter les passants à se poser des questions. En outre, papa avait refusé qu'on s'active alors que l'heure de l'office approchait. Les autres s'étaient donc relayés pour apporter discrètement des seaux pleins à ras bord dans son bureau ; ils en versaient le contenu sur la table, et Gabriel et moi les passions au crible. Il y avait une heure qu'ils avaient arrêté pour se restaurer et, dans l'intervalle, semblaient avoir pris la décision de se liguer contre moi.

« On te propose juste de faire une pause, poursuivit mon père. Tu n'as rien mangé, tu n'as pratiquement pas dormi et tu as tellement de caféine dans le sang que tu trembles. »

Je jetai un coup d'œil aux gobelets vides provenant de Java Pot et aux diverses canettes de boisson énergétique qui jonchaient le bureau, avant de croiser résolument les mains sur les genoux.

« Ça va très bien.

– Il faut que tu rentres te mettre au lit », insista Gabriel. Papa, April et lui me faisaient face de l'autre côté de la table.

Je secouai la tête. Je ne voulais pas dormir sachant que je ferais à nouveau ce rêve de Daniel et moi – celui qui m'avait fait comprendre que je devais chercher la pierre de lune. Rêve qui s'était fait de plus en plus pressant les quelques fois où j'avais essayé de me reposer les yeux, et j'avais émergé de ma torpeur quelques minutes plus tard, plus déterminée que jamais.

Sans réfléchir, j'attrapai le gobelet le plus proche et engloutis les quelques gouttes de café qui y restaient.

April me l'arracha des mains.

« Seigneur, Grace. Tu as des cernes de la taille de palets de hockey sous les yeux. Il va falloir que je te file un fond de teint super-couvrant avant qu'on reprenne l'école demain. Les gens vont croire… »

Je lui jetai un regard noir. C'était ma meilleure amie ; elle était censée prendre mon parti.

« Je me fiche de la tête que j'ai et de ce que les gens pensent. » Au moins, je n'étais plus en pyjama. À un moment donné au cours des dernières vingt-quatre heures, April m'avait apporté des habits en même temps qu'un nouvel approvisionnement en boissons énergisantes. « Et je n'irai pas à l'école demain. Comment le pourrais-je sans… ? »

Ma voix resta coincée dans ma gorge. Je repoussai la vague d'émotion qui montait du fond de ma poitrine chaque fois que j'essayais de prononcer le nom de Daniel. « Comment veux-tu que je reste assise à côté de sa chaise vide en faisant comme s'il était simplement malade à la maison ? »

C'était l'excuse que mon père avait concoctée pour expliquer l'absence de Daniel. Il ne fallait pas qu'il perde le bénéfice de sa bourse maintenant que les vacances s'achevant nous devions reprendre le chemin de l'école. Papa avait obtenu un certificat médical Dieu sait où, et pour tout le monde en ville, Daniel souffrait d'une grave pneumonie. Je me demandais encore comment il s'était débrouillé pour qu'un médecin signe ce document sans avoir examiné le patient... à moins que le pasteur Divine n'ait fait un faux !

Je l'avais interrogé à plusieurs reprises à ce sujet, mais il n'avait pas daigné me répondre.

« Pas question que tu rates l'école, Gracie, me dit-il en s'emparant de la pierre que j'avais essayé de piquer dans un tas devant moi. Vous devez soumettre sans tarder vos dossiers de candidature à l'université et tu ne peux plus prendre le risque d'avoir de mauvaises notes. Pense à ton avenir.

– Mon avenir ? Quel avenir ? Si on n'arrive pas à rendre forme humaine à Daniel, je n'en ai aucun. » *Pourquoi ne comprennent-ils pas ?* « Le remède pourrait se trouver dans cette pièce. Je ne renoncerai pas.

– Je viens de te le dire, Grace, on ne te demande pas de baisser les bras, mais de faire une pause. Cela pourrait prendre des semaines, des mois même peut-être, pour examiner tous ces cailloux. » Il avala péniblement sa salive, s'efforçant selon moi de dissimuler le sentiment d'impuissance qui transparaissait dans sa voix. Il ne croyait pas un instant qu'on allait la trouver. « Tu ne seras utile à personne si tu tombes malade ou si tu disjonctes… » Il marqua un nouveau temps d'arrêt. Je savais qu'il pensait à maman. L'instabilité mentale était héréditaire dans la famille. « April va te ramener à la maison pour que tu puisses dormir un peu. Gabriel et moi reprendrons le travail demain. »

En les dévisageant tous les trois, je compris soudain à quoi j'avais affaire : une intervention.

Comment osent-ils t'empêcher d'aider Daniel ? chuchota une voix âpre dans ma tête. *Ils ont déjà abandonné la partie et veulent te pousser à en faire autant. Ils ne se rendent pas compte à quel point c'est important pour toi. Personne ne te connaît comme je te connais.* Je secouai violemment la tête dans l'espoir de me débarrasser de la voix de ce loup démoniaque et portai la main à mon cou, cherchant le collier qui n'y était pas, puis tentant de déguiser mon geste en tiraillant sur le col de ma chemise.

Mais je ne pouvais pas duper Gabriel. Il opina d'un air entendu.

« Plus tu seras fatiguée, émue, perturbée, Grace, plus le loup réussira à envahir tes pensées. En t'épuisant ainsi, tu te rends vulnérable. Que penserait Daniel si tes inquiétudes à son égard te poussaient à te perdre au bénéfice du loup ? »

Je serrai les poings. La voix dans ma tête m'exhortait à lui rétorquer qu'il se trompait – nous n'avions jamais eu de bons rapports lui et moi –, mais au fond, je savais qu'il avait raison. Depuis que j'avais perdu mon pendentif à l'entrepôt, il m'avait fallu redoubler de prudence et me préserver plus que jamais du loup… *Oh ! L'entrepôt !*

« Il faut que je retourne à l'entrepôt, bredouillai-je avant même d'être allée au bout de ma pensée.

– Et pourquoi au juste ? » s'étonna April en tripotant le bracelet de perles à son poignet – sûrement une de ses récentes créations. Si elle n'avait pas passé une longue pause déjeuner dans la cave auprès de Jude, j'aurais estimé que c'était un drôle d'accessoire pour aller fouiller dans des cailloux. « Je n'aurais pas la moindre envie d'y retourner, si j'étais toi, ajouta-t-elle en frissonnant. J'ai la chair de poule rien que d'y penser. »

Je frissonnai à mon tour. *Elle n'a pas tout à fait tort.*

« On a besoin d'une pierre de lune. Et papa a raison, ça pourrait prendre des mois de tester tous les cailloux de ce parking. » Je désignai les seaux et les bols pleins à ras bord en essayant de ne pas me sentir découragée à l'idée que c'était pour ainsi dire mission impossible. « À l'entrepôt, Caleb a fracassé mon pendentif et celui de Jude ; comme sa bande d'ados n'est pas particulièrement douée pour faire le ménage, j'imagine qu'il doit y en avoir des fragments éparpillés un peu partout là-bas. Si on arrivait à en trouver suffisamment, April pourrait peut-être les souder pour en faire une sorte de collier. » Les chances étaient minces d'en récupérer assez pour que cela fasse une différence, mais passer en revue des milliers de cailloux paraissait encore plus dérisoire.

« J'y vais, déclarai-je d'un ton déterminé.

– Certainement pas, protesta mon père.

– Mais, papa, il faut que…

– Tu es fatiguée, Grace. Tu ne crois pas tout de même pas que je vais te laisser retourner dans cet antre où tu as failli te faire tuer. Ta mère ne s'en remettra jamais si…

– Si quoi ? coupai-je. Si tu lui dis à nouveau la vérité ? »

Nous avions des points de vue divergents sur la question. Lorsque j'avais disparu de la fête d'Halloween avec Talbot – quand je m'étais fait enlever en d'autres termes –, papa avait pris sur lui de tout raconter à maman. Inutile de préciser que ça ne s'était pas bien passé.

Surtout si l'on songeait à l'endroit où maman se trouvait maintenant. Grâce à ce bon Dr Connors, elle avait décroché un aller simple pour le service psychiatrique du City Hospital où on l'avait enfermée de force.

« Euh, c'est pas que j'aie envie que tu m'en veuilles encore plus, mais ton père a raison, intervint April. Imagine que M. Caleb Kalbi, ce fou terrifiant, fasse surveiller l'entrepôt au cas où tu reviendrais ?

– Je doute qu'il y retourne un jour. En plus…

– C'est hors de question, m'interrompit papa en plongeant son regard dans le mien. Et n'oublie pas que tu as promis que tu n'irais nulle part sans ma permission.

– Toi, tu as promis de m'écouter. Tu as dit qu'on œuvrait ensemble – en famille. Daniel a besoin d'une pierre de lune. Je le sais. Je le *sens*. Et tu me dis de laisser tomber avant que j'aie pu…

– Ce qu'on te demande, c'est de te protéger. » Papa tenta de me prendre la main par-dessus le bureau. Je me dérobai. « Je t'ai vue boitiller tout le week-end. Sans parler des lésions internes que tu as subies. Tu n'es pas encore en état d'affronter un potentiel danger. »

Pour ce qui était de ma cheville, il avait raison. À rester accroupie sur le gravier, j'avais encore aggravé les choses. Je me levai, feignant d'ignorer l'élancement qui remonta tout le long de ma jambe quand je tentai de m'appuyer dessus.

« Ça va très bien, tu vois. »

Gabriel se frictionna le visage des deux mains.

« Essaie d'avoir une vision plus globale des choses, Gracie, ajouta papa. Songe à ton avenir.

– La vision globale, je ne pense qu'à ça ! Non seulement le garçon que j'aime s'est changé en loup, mais en plus on a un loup-garou psychotique accompagné d'une bande de démons assoiffés de sang à nos trousses. Sans parler de Sirhan et de sa meute. Dieu sait ce qu'ils me veulent encore, ceux-là ! Daniel est peut-être le seul capable d'empêcher Caleb de nous tuer tous, de prendre la tête de la plus puissante meute de loups-garous du pays et de commettre Dieu sait quelles autres horreurs. Car le jour où Sirhan mourra, Daniel sera le seul vrai alpha restant dans ce coin de la planète, peut-être même dans le monde entier. Voilà ce qu'est la vision globale à mes yeux ! »

J'avais haussé le ton plus que je n'en avais eu l'intention. À leurs visages, je pris conscience que je devais avoir l'air d'une folle. *Comment leur faire comprendre ?*

« Et puis Daniel me manque, ajoutai-je, radoucie, il me manque terriblement. Mon cœur souffre. Il va finir par éclater. Je rêve qu'il me prenne dans ses bras. » Je me tournai vers April parce que j'étais plus à l'aise pour lui parler de ces choses-là qu'à mon père ou à Gabriel. « La lueur qui brille dans ses yeux quand il peint avec passion me manque. Son regard, quand il m'enveloppe. Je pouvais tout lui dire, ça aussi ça me manque. J'avais la sensation d'être la personne qui comptait le plus au monde pour lui. Je ne sais même pas s'il me comprend quand je lui parle maintenant. »

Je secouai la tête pour empêcher papa de m'interrompre.

« C'est comme s'il était mort. En fait, c'est pire parce qu'il est encore là. Sauf que ce n'est pas complètement lui. Il est là physiquement, coincé dans le corps de ce loup blanc. Pourtant, il ne m'a jamais paru aussi éloigné. Ce n'est pas Daniel. On ne sait même pas *ce* que c'est. » Je reportai mon attention sur Gabriel et sur mon père. « J'ai juré de ne pas l'abandonner et je remuerais toute une montagne si ça pouvait le faire revenir. Comment peux-tu me demander de renoncer alors qu'il suffit peut-être que j'aille fouiller dans un entrepôt abandonné pour l'aider à se transformer ?

– Il est hors de question que je te laisse y aller dans cet état...

– J'irai trouver Sirhan dans ce cas, rétorquai-je bien que cette idée me terrifiât encore plus que l'entrepôt. C'est lui qui détient le reste des pierres de lune, non ? »

Gabriel hocha solennellement la tête, et je compris qu'il pensait la même chose que moi.

« Il faudra que tu me passes sur le corps d'abord, décréta papa. Aller trouver Sirhan, c'est du suicide. J'ai failli y laisser ma peau moi-même. Je n'autoriserai aucun d'entre vous à prendre ce risque. Il déteste Daniel parce que c'est le fils de Caleb. Qu'est-ce qui te fait croire qu'il acceptera de t'aider ? »

Papa n'avait pas tort. Gabriel aurait dû rejoindre Sirhan des semaines plus tôt – en me prenant comme otage. Si on l'envoyait chercher la pierre de lune pour Daniel, je doutais fort de le revoir un jour. En outre, j'ignorais ce que Sirhan voulait de moi, mais le simple fait qu'il ait ordonné à Gabriel de me ramener avec lui m'incitait à le craindre plus encore que Caleb. Si j'allais trouver Sirhan moi-même, on ne me laisserait probablement pas repartir. Sans compter que si Daniel avait été banni de la meute de Sirhan, c'était non seulement parce qu'il était le fils de Caleb mais aussi parce que Sirhan reconnaissait en lui un vrai alpha. Je n'osais même pas penser à ce qu'il risquait de lui faire subir maintenant que Daniel avait accepté son statut d'alpha. Sirhan voyait peut-être en lui la menace suprême.

« Je te promets de ne pas aller voir Sirhan si tu m'autorises à me rendre à l'entrepôt. Mais je dois faire vite. Daniel s'enfonce de plus en plus dans la forêt, et j'ai peur… qu'il ne revienne plus jamais. »

Nous l'avions entendu hurler de nouveau la nuit dernière, et cela semblait venir de beaucoup plus loin. J'avais envoyé Marcos et Ryan le calmer et ils m'avaient dit qu'ils avaient dû courir près d'une demi-heure à fond de train pour l'atteindre.

Papa soupira.

« Laisse-moi y aller à ta place dans ce cas.

– C'est une très mauvaise idée, Paul, intervint Gabriel. Si quelqu'un doit s'y rendre, c'est moi.

– Vous avez école, les filles et vous. J'irai demain quand il fera jour. Jeter un coup d'œil au moins, voir si je trouve quelque chose.

– Hors de question. Vous n'avez pas le moindre pouvoir. »

Cette conversation avait pris des accents surréalistes. J'avais l'habitude que papa s'évertue à me dissuader de me rendre dans des endroits dangereux. Le renversement de situation me fit comprendre tout à coup pourquoi il se rongeait tant les sangs.

« Et si quelqu'un montait la garde là-bas…

– Tu vois le danger maintenant ? » fit-il en croisant les bras sur sa poitrine.

J'ouvris la bouche, mais rien ne sortit.

« Je vais vous accompagner », lança une voix familière.

En me retournant, je découvris Talbot sur le seuil. Il portait sa casquette de base-ball bleue fétiche et tenait un bol provenant de la cuisine de la paroisse, rempli de gravier. Le pouce de son autre main calé dans la boucle Texas Ranger de sa ceinture, il me jeta un regard embarrassé, telle une personne consciente de s'être invitée dans une soirée.

« Qu'est-ce que tu fais là ? demandai-je en fronçant les sourcils.

– Bonsoir à toi, petite », répondit-il en soulevant sa casquette avant d'adresser un clin d'œil à April.

Je serrai les poings. Je l'avais pourtant prévenu de ce que je ferais la prochaine fois qu'il m'appellerait « petite ».

« Je ne viens pas les mains vides au moins, souligna-t-il en désignant le bol. Ces gosses là-dehors étaient sur le point de s'écrouler de fatigue. Je les ai renvoyés chez eux pour la plupart. Marcos et moi, on va se partager le boulot un petit moment. »

Par « chez eux », je supposais qu'il faisait référence à l'ancienne maison de Maryanne Duke où la bande logeait en attendant que papa et moi décidions quoi faire de cinq loups-garous adolescents sans abri.

« Ça ne m'explique pas ce que tu fais là, rétorquai-je. Je t'ai dit de me lâcher les baskets.

– Je lui ai demandé de prendre la relève auprès de Jude cette nuit, intervint Gabriel. J'ai besoin d'un peu de repos vu que j'ai quelques centaines d'élèves à gérer demain. » À cette perspective, il étouffa un bâillement. J'avais encore du mal à croire que papa avait embauché un loup-garou âgé de huit cents ans pour enseigner la religion dans une école privée chrétienne, mais c'était encore plus difficile d'imaginer que Gabriel et lui puissent faire confiance à Talbot, étant donné les liens qu'il avait avec Caleb.

« Tu veux qu'il baby-sitte Jude maintenant ? »

J'étais d'accord qu'il fallait avoir l'œil sur mon frère, le temps qu'il... s'adapte à son retour à Rose Crest. C'est juste que Talbot ne me semblait pas la personne la mieux indiquée pour le faire. Certes, il était l'arrière-arrière-arrière etc. neveu de Gabriel, mais j'espérais que cette obligation familiale qu'il avait l'air de prendre au sérieux ne se retournerait pas contre lui.

« Merci, Talbot, dit mon père, ignorant mon commentaire. J'accepte ta proposition. Tu viens avec moi à l'entrepôt. » Il prit quelques livres qu'il fourra dans sa mallette. « Tout est réglé, Grace. April va te raccompagner pour que tu puisses dormir un peu. J'ai des visites à faire à la maison de retraite de bonne heure demain matin. Talbot et moi nous rendrons à l'entrepôt vers midi. Je veux que nous en soyons repartis avant la tombée de la nuit.

– Ça me va, annonça Talbot.

– Mais…, protestai-je.

– J'ai dit que tout était réglé. » Papa ferma sa mallette en me décochant un regard qui sous-entendait que si j'insistais encore, *personne* n'irait à l'entrepôt. Puis ses yeux s'adoucirent. « Laisse-moi faire ça pour toi, Grace. Permets-moi de jouer mon rôle de père et de te protéger tant que je le peux encore. Je tiens à ce que Daniel ait des perspectives d'avenir.

– D'accord, répondis-je d'une petite voix. Marcos est toujours dehors ? »

Talbot hocha la tête.

« Demandez-lui s'il veut bien venir avec vous. » Je n'étais pas prête à l'avouer, mais il était hors de question que papa aille où que ce soit seul avec Talbot.

« Entendu », dit mon père.

Je pris ma veste.

« Tu devrais peut-être passer voir ton frère avant de partir, suggéra-t-il. Il serait content de te voir.

– Pas ce soir », murmurai-je avant de sortir de la pièce en contournant Talbot.

April rassembla ses affaires et me suivit dans le hall. Au moment où je passais devant l'escalier qui conduisait à la cave où Jude était détenu, elle s'arrêta.

« Je vais lui apporter à dîner, dit-elle en brandissant un sac en papier du café Rose Crest. Tu viens ? Ton père a raison. Ça lui ferait plaisir de te voir. »

Je secouai la tête et m'adossai au mur.

« Je préfère t'attendre.

– Tu vis pour ainsi dire à la paroisse depuis plusieurs jours et tu n'es même pas descendue une fois. Après tout le mal que tu t'es donné pour le faire revenir… ça ne te ressemble pas de l'ignorer comme ça.

– Je sais. » Ce n'était vraiment pas un comportement à la Grace. Seulement, j'avais vu quelque chose de terrifiant dans les yeux de mon frère la dernière fois que je l'avais regardé en face – à l'entrepôt, alors que je venais d'apprendre qu'il désirait rentrer à la maison. Ce n'était plus vraiment ses yeux. Comme s'il avait cessé d'être lui-même. Était-ce juste la marque d'une émotion fugace – culpabilité, colère, remords –, ou avions-nous ramené un monstre avec nous ?

Je n'étais pas encore prête à aller le voir tant je redoutais ce que je risquais de discerner dans son regard.

Et si je ne reconnaissais pas mon frère ?

April me sourit tristement avant de descendre les marches.

« Fais attention, lançai-je. On ne sait toujours pas pourquoi il a tenu à revenir. Je ne voudrais pas qu'il t'arrive quoi que ce soit. »

Sur le plan physique ou psychique.

Elle hocha la tête. J'éprouvais une pointe de culpabilité à la laisser descendre à la cave sans moi.

« Grace ? »

Je me tournai vers Talbot en soupirant. Il nous avait suivies. J'aurais dû me douter que je ne lui échapperais pas si facilement. Je serrai les lèvres, déterminée à ne plus lui adresser la parole.

« Ce que tu as dit tout à l'heure, à propos de l'incapacité de Daniel à…

– Arrête ! » m'écriai-je. Je n'avais jamais su tenir ma langue bien longtemps. « Je t'interdis de me parler de lui.

– Laisse-moi au moins te demander quand tu te décideras à me donner une seconde chance ? À me faire de nouveau confiance ?

– Je te faisais confiance avant, Talbot. À l'époque où je pensais que tu étais la seule personne dans mon camp. Tu étais censé être mon mentor. Je croyais que tu étais mon ami. Alors que tout du long tu travaillais pour Caleb. Tu étais *l'ennemi*. Tu es en partie responsable de ce qui est arrivé à Daniel.

– Tu oublies que je me suis retourné contre Caleb pour essayer de t'aider à t'échapper. Après ça, je me suis servi de mes pouvoirs pour tenter de te guérir. Tu te rends compte à quel point c'était difficile ? Je l'ai fait quand même, parce que je tiens à toi. Parce qu'on est amis. Je suis de ton côté maintenant. » Il soupira. « Qu'est-ce qu'il faut que je fasse de plus pour te prouver que je suis un autre homme ? »

Je gardai le silence jusqu'à ce que j'entende les pas d'April remonter l'escalier.

« Assure la sécurité de mon père demain », lançai-je avant de franchir la porte sans me retourner.

5

Balles d'argent

Lundi matin à l'école

Papa croyait qu'une journée d'école ferait du bien à ma santé mentale mais il se trompait.

En conséquence de son fameux « certificat médical », j'avais pour mission de récupérer tous les devoirs de Daniel auprès de ses professeurs. Chaque fois qu'ils me demandaient comment il allait, je prenais un coup dans le plexus solaire. Il fallait en plus que je mente : son médecin pensait qu'il serait remis dans quelques jours et Daniel leur était infiniment reconnaissant qu'ils lui accordent un délai. Je devais avoir les joues écarlates à force de raconter des bobards.

Comme si ça ne suffisait pas, la pile de cahiers récoltée pesait tellement lourd dans mon sac à dos qu'il me fallut puiser un peu dans mes super-pouvoirs. Daniel avait raté presque toute la semaine de cours avant les vacances, et comme la politique en vigueur pour les absences était qu'on devait quand même tout rendre avant la fin du mois, j'allais devoir mettre les bouchées doubles au cours des semaines à venir pour éviter qu'on le flanque à la porte.

Comme si je n'avais pas déjà assez à faire.

La situation se compliqua encore en dernière heure de cours quand M. Barlow me remit deux minces enveloppes en papier kraft en plus d'un tas d'exercices de dessin à l'intention de Daniel.

« Tu vas avoir besoin de ça, me dit-il. Daniel a dû te les réclamer. Tranquillisons-le. Il se rétablira plus vite. »

Je devais avoir l'air perplexe parce qu'en posant les enveloppes sur le haut de la pile, Barlow ajouta :

« Ce sont vos lettres de recommandation pour Trenton, à Daniel et à toi.

– Les lettres de recommandation pour Trenton ?

– Ne me dis pas que Daniel a oublié la date de remise des dossiers de candidature ? Si c'est le cas, on a intérêt à dépêcher toute une équipe de médecins à son chevet pour l'examiner. Il souffre peut-être d'amnésie à cause de la fièvre, ou quelque chose comme ça. »

Oh non ! Je faillis lâcher tout mon barda. *Comment ai-je pu oublier ?* S'il y avait une chose à laquelle Daniel tenait (à part retrouver forme humaine, je dirais), c'était d'être admis au Trenton Art Institute d'Alemia où se trouvait l'un des meilleurs départements de dessin industriel du pays – sur lequel Daniel avait misé tout son avenir.

« Non, répondis-je. Bien sûr que non. Il lui faut un peu de temps pour s'organiser, du fait qu'il est… malade et tout ça. » Je me mordis la lèvre. « Vous pensez qu'ils accepteraient un dossier en retard ?

– J'ai bien peur que non. » Barlow caressa ses roufla-quettes. « La sélection est rude. Toutes les places disponibles seront prises avec les dossiers qui arriveront à temps. Ainsi que la liste d'attente. Vous devez impérativement rendre vos dossiers de candidature complets pour vendredi prochain – quelle que soit la qualité de votre travail. » Barlow posa une main sur mon épaule. « J'aimerais pouvoir faire mieux que ça.

– C'est déjà beaucoup », dis-je en désignant les lettres. Je sortis du bureau et me dirigeai vers ma table de classe. Comme j'avais les mains qui tremblaient, je tenais à poser tous ces papiers avant de tout perdre.

« Ça va ? » me demanda Katie Summers en se glissant sur le siège vide que Daniel aurait dû occuper.

J'avais envie de l'envoyer promener, mais m'efforçai de sourire.

« Oui, oui, je suis juste inquiète pour Daniel, tu comprends.

– Je lui ai acheté un petit cadeau pour le consoler d'être malade. » Elle sourit à son tour, gentiment, mais je ne pus m'empêcher de remarquer que, sur elle, le pantalon et le polo kaki stricts exigés par le code vestimentaire du lycée étaient carrément jolis. Elle faisait partie de ces filles sexy, quoi qu'elles aient sur le dos. « Je pensais passer le lui déposer cet après-midi.

– Non ! hurlai-je presque. Il est super contagieux, tu vois. Je ne te conseille vraiment pas d'y aller. » La dernière chose dont j'avais besoin, c'était qu'elle débarque chez Daniel pour s'apercevoir qu'il n'y était pas et qu'une bande d'ados loups-garous y avait élu domicile.

« Ah bon ! D'accord, fit-elle en plissant le nez. Tu veux bien le lui remettre alors ? »

Elle sortit de son sac un petit paquet enveloppé dans un ravissant papier orné de dessins alambiqués. Qu'elle avait dessinés elle-même, à l'évidence. Elle s'était donné beaucoup de mal pour un cadeau destiné à *mon* petit ami.

« Pas de souci. » Daniel m'avait juré qu'il ne s'était jamais rien passé entre eux, mais j'avais la conviction qu'elle n'aurait rien eu contre.

Mon regard passa du cadeau à la lettre pour Trenton posée sur la table. Une pensée restée longtemps inavouée s'insinua dans mon esprit – en plus de tout ce qui me hantait déjà : et si Daniel et Katie étaient tous les deux acceptés à l'institut, et pas moi ?

Je les imaginais partant à la fac ensemble…

Houlà ! Rien de tout ça n'était bon pour ma santé mentale. Je pris le cadeau de Katie et le fourrai dans mon sac à dos avec tous les devoirs de Daniel et les miens.

Quelle autre catastrophe allait encore me tomber dessus aujourd'hui ?

Plus tard

La cloche du déjeuner finit par sonner. Ce n'était pas trop tôt.

April me rejoignit, ses clés de voiture à la main.

« Je vais chez Day Market chercher de quoi manger pour Jude », m'informa-t-elle. Heureusement qu'elle était là, sinon mon frère serait probablement mort de faim vu tout ce que j'avais d'autre en tête.

« Je viens avec toi. » J'avais besoin de m'éloigner du bahut un moment.

Elle me gratifia d'un sourire plein d'espoir, pensant sans doute que j'avais changé d'avis à propos des visites à la cave. J'espérais qu'elle ne serait pas trop déçue de découvrir que je ne comptais pas aller plus loin que l'épicerie.

Alors que nous nous dirigions vers le parking, nous nous retrouvâmes nez à nez avec Ryan, Slade, Brent et Zach, plantés sur le trottoir devant l'école. Je pensais qu'ils auraient trouvé à s'occuper au lieu de m'attendre toute la sainte journée.

En même temps, je me réjouissais qu'ils ne soient pas livrés à eux-mêmes...

Je les laissais nous accompagner chez Day Market, bien que Brent fût d'une humeur particulièrement sarcastique – pratiquement au point de pousser ses compagnons à lui clore le bec d'un coup de poing. J'insistai pour qu'ils attendent dehors pendant qu'April et moi faisions nos emplettes.

April se dirigea vers le rayon traiteur pour commander des sandwichs. Je déambulai dans une allée jusqu'à ce que je tombe sur une pile de Powerbars. Exactement ce qu'il me fallait pour tenir le coup jusqu'au soir. J'en pris trois avant de sortir une canette d'Ice-tea d'une vitrine réfrigérée voisine.

Un brunch de champion, pensai-je en me glissant dans une file d'attente à une caisse, me rendant subitement compte que j'avais omis de prendre mon petit-déjeuner. La sensation de vide dans mon estomac m'empêchait de me concentrer. Et je ne prêtais guère attention à ce qui m'entourait jusqu'à ce que j'entende M. Day demander au client qui me précédait ce qu'il comptait faire à propos de ces hurlements qui avaient empêché tout le monde de fermer l'œil la nuit dernière.

En relevant brusquement la tête, je m'aperçus que le client en question n'était nul autre que le shérif-adjoint, Marsh. À peu de choses près, la personne en ville que je portais le moins dans mon cœur – et bien la dernière que j'avais envie de voir intervenir contre le tapage nocturne de Daniel.

« Plusieurs gars du club de chasse trépignent pour qu'on organise une battue, répondit Marsh en tendant un sandwich au saucisson et un milk-shake protéiné préemballé à M. Day. Ces hurlements ne présagent rien de bon pour notre communauté, surtout si on songe à l'histoire de notre ville. Il semble que nous ayons déjà une victime sur les bras.

– Qui ça ? » demanda M. Day que cette information n'avait pas l'air de surprendre. À son expression, je compris qu'il pensait à Jessica, sa petite-fille, elle-même victime d'un de ces infâmes chiens sauvages qui avaient assailli Rose Crest près d'un an plus tôt.

« D'après les médecins du City Hospital, le jeune Pete Bradshaw aurait été attaqué par un animal et non par une personne, comme on l'avait cru initialement. Il est toujours sans connaissance, mais son état est stable. Je suis impatient de l'interroger. »

J'avais réprimé un soupir de soulagement en comprenant que Daniel ne serait plus un suspect dans l'affaire Bradshaw – Marsh avait conclu un peu trop hâtivement que Daniel avait cherché à se venger de ce que Pete m'avait fait subir en décembre dernier –, mais en entendant la réponse de M. Day, je faillis lâcher mon panier.

« Si vous réussissez à organiser une battue, je vous fournis les munitions. » Il sortit une petite boîte de sous son comptoir et la posa devant Marsh. J'inclinai la tête pour essayer de déchiffrer les instructions marquées sur le côté. La plupart étaient en langue étrangère, apparemment mais une ligne en gros caractères disait clairement : BALLES EN ARGENT FAITES MAIN. « Je les ai commandées spécialement en Roumanie. »

Mal à l'aise, Marsh ricana en prenant la boîte.

« Des balles en argent ? Quel genre de loup pourchassons-nous selon vous ?

– On n'est jamais trop prudents », répondit M. Day sur un ton on ne peut plus sérieux. Il avait toujours cru au monstre de Markham Street, surtout depuis qu'on avait retrouvé le corps de sa petite-fille, mutilé, dans une benne derrière sa boutique. J'aurais dû me douter qu'en un rien de temps quelqu'un comme lui aurait fait le lien et compris que le monstre devait être un loup-garou.

« Vous êtes un vieux fou, Day, mais je ne refuserai pas une offre de munitions gratuites. »

J'étais sur le point de protester quand Michelle Evans, qui achetait un gros sac de croquettes pour chien à la caisse voisine, me devança :

« Vous ne pouvez pas tuer des loups comme ça, lança-t-elle en jetant un regard noir à Marsh. Même s'ils ne figurent plus sur la liste des espèces en voie de disparition, il vous faut un permis.

– On l'a demandé, madame, répondit Marsh en soulevant sa casquette. Une attaque de plus et le département de la Faune et de la Pêche nous en adressera un. Et alors là, je pars à la chasse ! »

Horrifiée, je le vis glisser la boîte de munitions dans sa poche avant de sortir d'un pas alerte. M. Day me posa trois fois la même question avant que je me rende compte que c'était à mon tour de passer à la caisse.

« Comment va Daniel ? répéta-t-il alors que je me rapprochais.

– Toujours pareil », bredouillai-je. Si M. Day avait su que ces balles en argent mettaient en péril son employé préféré !

« Il nous manque en tout cas par ici.

– À moi aussi », dis-je.

April faisait toujours la queue. Après avoir réglé, je sortis à la hâte du magasin avant qu'on ne s'aperçoive que j'avais sérieusement la tremblote.

Des balles en argent. Des chasseurs traquant Daniel, c'était déjà terrible, mais s'ils étaient équipés de munitions susceptibles de le tuer…

Les garçons m'attendaient près d'un arbre au fond du parking. Ryan et Brent s'étaient engagés dans une sorte de match de boxe sous les encouragements de Zach. Slade porta une cigarette à ses lèvres et aspira une longue taffe. Marsh qui se dirigeait vers sa voiture de patrouille bifurqua brusquement pour foncer droit sur eux, sans doute persuadé qu'il était sur le point de coincer une bande d'élèves du lycée public d'Oak Park en flagrant délit d'école buissonnière.

« Vagabondage interdit ! cria-t-il.

– Ce sont mes cousins, dis-je en le dépassant. En visite du… Michigan. Je vais leur dire d'aller ailleurs. »

Il me regarda en plissant les yeux.

« C'est ma pause déjeuner de toute façon, bougonna-t-il en regagnant sa voiture.

– Éteins-moi ça », lançai-je à Slade en désignant sa cigarette. Brent lâcha Ryan en me voyant.

Slade me glissa un coup d'œil narquois.

« J'ai dit : Éteins-moi ça ! »

J'attrapai la cigarette aux coins de ses lèvres, la jetai à terre et l'écrasai avec vigueur. Il grogna comme s'il s'apprêtait à se jeter sur moi, mais les trois autres s'interposèrent.

« On a des choses trop importantes à faire pour que vous traîniez par ici jusqu'à ce que la police vous cherche des noises. L'adjoint du shérif que vous venez de voir a l'intention d'organiser une battue. Ils ont des balles en argent ! Ce qui veut dire que vous êtes en danger, et Daniel aussi. Vous devez rejoindre mon père à l'entrepôt pour l'aider à trouver une pierre de lune ! Allez-y sur-le-champ ! » J'aurais dû dire à papa de les prendre avec lui dès le début, et pas seulement Marcos. En se dépêchant un peu, ils arriveraient à temps pour leur prêter main-forte.

Papa n'avait-il pas dit que Talbot et lui ne pourraient pas s'y rendre avant l'heure du déjeuner ?

Slade eut un rictus indigné, mais Zach et Ryan s'inclinèrent, prêts à obéir à mes ordres. Brent m'attrapa par le bras.

« L'entrepôt des Rois de l'Ombre ? On peut pas aller là-bas ! s'exclama-t-il sur un ton impérieux qui ne recelait pas une once d'humour.

– Pourquoi pas ?

– À cause du plan B de Caleb, pardi ! Il a toujours un plan B. Son système de sécurité intégré, au cas où il devrait évacuer les lieux.

– Que veux-tu dire ? Il fait surveiller l'entrepôt ? Les Rois de l'Ombre y sont retournés ?

– Ils n'iront pas là-bas. Personne ne devrait y aller. C'est bardé de détonateurs prêts à faire sauter la baraque.

– Quoi ? » Je lâchai mon sac de provisions et ma bouteille d'Ice-tea se fracassa à terre. « Comment le sais-tu ? »

Brent blêmit.

« C'est moi qui ai fabriqué les explosifs. »

6

Un incendie dévastateur

Dix secondes plus tard

J'avais sorti mon portable et saisi le numéro de papa plus vite que je ne l'aurais cru possible. Je tombai directement sur son répondeur.

« Ahhhh ! Pourquoi ne recharges-tu jamais ton téléphone ? » hurlai-je. *Et si ce n'est pas la raison pour laquelle son portable ne marche pas ? Si…*

« Qu'est-ce qui se passe ? demanda April qui s'approchait d'un pas alerte avec ses sandwichs.

– J'ai besoin de ta voiture, April. Passe-moi les clés. C'est une question de vie ou de mort.

– Ben voyons ! Ma mère m'interdit de prêter ma voiture à qui que ce soit. À cause de l'assurance.

– Je suis sérieuse. C'est *littéralement* une question de vie ou de mort. Mon père court un grave danger.

– Tu vois, voilà quelqu'un qui sait correctement employer l'expression "littéralement", lança Brent en flanquant une tape dans le dos de Ryan.

– Ce n'est pas le moment ! aboyai-je à son adresse. L'entrepôt est bourré d'explosifs, ajoutai-je en me tournant vers April. Je n'arrive pas à avoir papa au téléphone. Il faut que j'essaie d'arriver là-bas avant qu'ils pénètrent à l'intérieur.

– Oh ! » April pêcha ses clés dans son sac et me les jeta.

« Lequel d'entre vous est capable de conduire le plus vite ?

– Slade, répondit Zach. Il faisait des courses de rue avant. »

Évidemment, il fallait que ce soit Slade !

« Zach, Ryan, pouvez-vous courir en ville ? »

Ils hochèrent la tête.

« Foncez. Vous serez peut-être sur place avant nous. Brent, viens avec Slade et moi. Tu m'expliqueras tout ce que tu sais sur cette bombe en cours de route.

– Et moi, qu'est-ce que tu veux que je fasse ? demanda April.

– Retourne à l'école. » C'était presque un ordre. Je ne voulais pas qu'elle nous accompagne.

Dieu sait ce que nous allions trouver là-bas.

Dans la voiture

L'instant d'après, nous roulions à tombeau ouvert sur l'autoroute dans la guimbarde d'April. J'avais rappelé papa cinq fois avant de penser à essayer le numéro de son bureau à la paroisse – au cas où il ne serait pas encore parti. On décrocha à la septième sonnerie.

« Dieu merci, papa…, commençai-je avant d'être interrompue par une voix qui n'était pas la sienne, mais celle de Gabriel.

– Grace, écoute, quoi que tu fasses, ne reviens pas à la paroisse ni à l'école cet après-midi.

– Pourquoi… ?

– Ton père a laissé son portable à charger ici, ajouta-t-il. Si tu le vois, dis-lui de rester à l'écart aussi. »

Il raccrocha.

Abasourdie, je gardai un instant mon téléphone à la main. Qu'est-ce que c'était que cette histoire ? Fallait-il le rappeler ? Non. Je n'avais pas le temps d'essayer de comprendre pourquoi Gabriel s'était montré aussi laconique. Mon père avait des ennuis, c'était la seule chose qui comptait. Au moins je savais pourquoi il ne répondait pas à mes appels. Ce n'était pas parce que son téléphone avait explosé.

Mon angoisse s'intensifiait de minute en minute, et on n'était même pas encore en ville – en dépit de la manière démente dont Slade conduisait.

Je me contorsionnai sur mon siège pour me tourner vers Brent, assis sur la banquette arrière.

« Explique-moi pour la bombe. »

Il se pencha vers moi.

« C'était le plan B de Caleb, au cas où il devrait abandonner l'entrepôt. Il voulait détruire tous les indices qu'il aurait pu laisser derrière lui – ou anéantir l'individu qui l'aurait détrôné. "Rira bien qui rira le dernier". C'est son proverbe favori.

– Dans ce cas, pourquoi ne pas avoir fait sauter l'entrepôt après avoir pris la fuite avec le reste de sa bande ? On est restés sur place des heures après son départ. Il aurait pu se débarrasser de nous tous d'un seul coup.

– Ça ne pouvait pas marcher. Pas tout de suite. Je n'avais pas fini de bricoler le détonateur à distance. Maintenant ça fonctionne. Caleb a un clavier dans sa chambre. Chaque soir, il doit taper un code dessus. S'il ne le fait pas – s'il a quitté les lieux par exemple –, le déclencheur sera activé. La bombe a été conçue pour péter quatre-vingt-dix secondes après qu'on a ouvert une des portes de l'entre-pôt. De cette manière, la victime sera à l'intérieur quand les explosifs sauteront... » Brent avala péniblement sa salive. « ... rendant toute évasion impossible.

– C'est toi qui as conçu ce système ? demanda Slade en empruntant la voie de gauche à plus de cent cinquante à l'heure. « Eh mec, j'ignorais que tu étais aussi balèze. J'aurais pas dû te casser autant les pieds. Je savais que c'était toi qui fabriquais ces cocktails Molotov dont on se servait pour faire des cambriolages, mais putain, là tu m'épates !

– Va dire ça à la kyrielle de parents adoptifs que j'ai eus. Personne n'apprécie d'avoir un gosse adopté qui s'amuse à bidouiller des explosifs dans son garage. C'est comme ça que j'ai fini par me retrouver dans la rue, là où Talbot m'a trouvé avant de me conduire chez Caleb. Je crois bien que c'est mon côté "balèze", comme tu dis, qui les intéressait.

– Pourquoi tu ne nous as rien dit à propos du piège ? intervins-je, tentant de recentrer la conversation.

– Je pensais pas que vous seriez assez dingues pour retourner là-bas.

– Talbot était au courant, non ? » Avait-il entraîné mon père sciemment dans ce piège ? *Je savais bien qu'on ne pouvait pas lui faire confiance.*

« Non, répondit Brent. J'étais le seul à savoir. Caleb est ultra parano. Son plan B, c'était pour se venger de toute personne susceptible de se retourner contre lui. Si je suis encore vivant, c'est uniquement parce que j'ai traîné pour fabriquer le détonateur à distance. Talbot ne pouvait pas être au courant.

– *Talbot* ! » J'attrapai mon téléphone et composai son numéro. Six sonneries, puis sa boîte vocale. Je laissai un message d'avertissement avant de le rappeler. Encore et encore. « Pourquoi ne décroches-tu pas ? »

Slade fit une embardée entre deux semi-remorques avant de faire une queue de poisson au premier. Sans doute Caleb l'avait-il choisi lui aussi pour ses « talents » particuliers. Je me tenais le ventre à deux mains quand il bifurqua subitement à droite pour prendre une bretelle de sortie. Nous étions encore à cinq bonnes minutes de l'entrepôt. J'ouvrais mon portable dans l'intention d'envoyer une flopée de textos à Talbot – tout était bon pour attirer son attention – quand il sonna subitement.

C'était Talbot. Le soulagement me troubla tellement que je faillis ne pas répondre à temps.

« Talbot ? m'écriai-je. Dieu merci…

– Wouah ! Vingt appels manqués ? Et tu oses prétendre que tu ne m'aimes pas…

– Tais-toi. J'ai besoin de te parler. N'allez pas à l'entrepôt. Vous ne devez en aucun cas…

– On y est déjà. Je fais le guet. Les autres s'apprêtent à y entrer.

– Non ! Il y a une bombe. Empêche-les d'entrer.

– Il y a quoi ? Désolé, ça a coupé. Je suis dans le couloir souterrain entre… Dépôt et… l'entrepôt. Donne-moi une seconde. »

À sa voix distante, je compris qu'il avait écarté son téléphone de son oreille avant d'achever sa phrase. Je hurlai aussi fort que je pus dans l'espoir qu'il m'entende quand même :

« Non ! Écoute-moi…

– Allez-y, dit-il, s'adressant à quelqu'un d'autre. C'est juste Grace…

– Il y a une… »

Je n'eus pas à finir. Ce n'était plus nécessaire. J'avais entendu ce qui s'était passé : une succession d'explosions allant crescendo, mêlée à un son si atroce que ça ne pouvait être qu'un cri humain. Puis la communication fut coupée.

Deux abominables minutes plus tard

Je vis presque aussitôt la fumée montant en panache à quelques pâtés de maisons de là. Slade appuya sur le champignon, et la voiture alla à la vitesse de l'éclair tout le reste du trajet. J'avais pourtant l'impression qu'on roulait à la vitesse d'un escargot.

J'ignore comment je réussis à faire ce que je fis ensuite. Comment j'ai pu avoir la présence d'esprit d'appeler police-secours. Il n'empêche que c'est ce que je fis. Je ne suis pas sûre qu'ils aient compris un traître mot de ce que je leur racontais – qu'il y avait eu une explosion près de l'ancienne gare de Murphy Street, que des gens se trouvaient à l'intérieur du bâtiment, mais je parvins à crier tout ça avant que mon portable n'échappe à mes doigts tremblants.

Je jaillis de la voiture pendant que Slade l'immobilisait d'un dérapage contrôlé à quelques centaines de mètres de l'entrepôt en feu. Des passants assistaient, hagards, à ce spectacle que j'arrivais à peine à regarder. L'entrepôt était déjà presque entièrement réduit à une masse de décombres fumants. Des débris jonchaient la rue, et des langues de flammes léchaient le ciel au-dessus des ruines. Même à cette distance, la fumée noire et les cendres m'irritaient la gorge.

Comment pourrait-il y avoir des survivants ?

« Papa ! hurlai-je en scrutant les visages du petit groupe de badauds. Talbot ! »

Où étaient-ils ?

« Venez, lançai-je à Brent et à Slade. Il faut qu'on les retrouve. »

Je m'élançai aussitôt, m'attendant qu'ils me suivent, mais en me retournant pour leur dire quelque chose, je me rendis compte qu'ils n'avaient pas bougé de la voiture.

J'ouvris la portière de Slade à la volée.

« J'ai dit : Venez. C'est un ordre.

– Je ne peux pas », me répondit-il en se cramponnant au volant comme s'il craignait que je ne tente de le sortir de force de la voiture et que sa vie en dépendait. Il fixait les flammes, à croire que leur danse mortifère le mettait en transe.

« Comment ça, tu ne peux pas ? J'ai besoin de ton aide. »

Il se borna à secouer la tête sans quitter la fournaise des yeux. Je me tournai vers Brent. Il était plus blanc que la gelée matinale. Et soudain je compris ce qui se passait. J'avais lu quelque chose à ce sujet au cours de mes multiples recherches, mais je pensais que c'était juste un mythe : les loups-garous sont censés être pétrifiés par le feu. Pas une petite flamme comme celle du briquet de Slade ou le bout incandescent d'une cigarette, mais un vrai brasier. Comme celui qui dévorait l'entrepôt à cet instant.

« Je sais que vous flipez. Moi aussi, j'ai peur, mais il faut qu'on aille à leur recherche. »

Brent tendit la main vers la poignée de la portière, puis se ravisa.

« Je crois pas que je puisse... Désolé... »

Slade restait muet. Je claquai la portière et, ignorant les tiraillements dans ma cheville, fonçai vers le bâtiment décimé, consciente qu'il me faudrait agir seule. Je me frayai un passage dans la foule – une main tenta en vain de me retenir – et m'approchai le plus possible du lieu du sinistre.

« Papa ! Talbot ! » hurlai-je. Aucune réponse, bien sûr.

Je restai figée là, l'ardeur des flammes me brûlant le visage, concentrée au maximum dans l'espoir que mes sens me guident vers l'endroit où ils se trouvaient. Le sol tremblait sous mes pieds comme si un séisme se préparait. Talbot m'avait dit qu'il était dans le couloir entre le Dépôt et l'entrepôt. Ils étaient donc passés par le club secret situé au sous-sol de la gare désaffectée voisine.

Je m'engouffrai dans ce qui restait de l'allée entre les deux bâtiments jusqu'à l'épaisse porte métallique qui permettait d'accéder au Dépôt. En temps normal, il fallait une carte magnétique pour l'ouvrir, mais l'explosion avait dû griller les détecteurs. Elle était ouverte. Une épaisse fumée noire mêlée de poussière de béton s'abattit sur moi quand je la tirai. Je me mis à toussoter et ôtai ma veste pour m'en couvrir le nez et la bouche. Puis je cherchai mon chemin à tâtons dans la cage d'escalier plongée dans l'obscurité. Je dépassai l'entrée de la boîte et choisis la seconde porte que je n'avais jamais franchie auparavant – comprenant à cet instant qu'elle devait donner sur le passage secret menant à l'antre de Caleb. D'habitude, elle était gardée par un système de fermeture électronique similaire à celui de l'entrée principale, mais je la trouvai grande ouverte.

J'espérais que c'était parce que Talbot l'avait laissée ainsi, et non à cause du souffle de l'explosion. Qui survivrait à une déflagration pareille ?

Je restai plantée là en silence, cherchant à faire taire les palpitations de mon cœur, jusqu'à ce qu'un petit bruit parvienne à mes oreilles ultra-sensibles. Un son rauque, presque indistinct, accompagné d'un sifflement aigu. On aurait dit une toux.

Il y avait quelqu'un de vivant dans le couloir !

Même avec ma vision nocturne, j'arrivais à peine à discerner des formes dans la fumée épaisse. Guidée par le bruit, ma veste plaquée sur le nez et la bouche, j'avançais pas à pas vers les profondeurs du couloir, accroupie pour éviter les émanations les plus épaisses. Mes accès de toux couvraient les hurlements du loup dans ma tête, ce dont je me réjouissais. Il redoutait le feu encore plus que moi. ***Fais demi-tour ! Fais demi-tour !*** me criait-il. Mais je continuais mon chemin.

J'avais l'impression qu'il m'avait fallu une heure pour longer ce couloir, même si je savais bien que ça ne pouvait pas avoir pris plus de quelques minutes. Presque au bout, je me rendis compte que la voie était coupée par une charpente tombée du plafond. Au-delà, des rouleaux incandescents envahissaient le passage. Mes poumons me brûlaient atrocement, le loup en moi paniquait de plus en plus. ***Ça ne vaut pas le coup de risquer sa vie. Ils sont tous morts de toute façon. Rebrousse chemin !*** À l'instant où je me disais que le manque d'air allait me contraindre à battre en retraite, je vis quelque chose bouger derrière la barricade en feu.

En mettant toute mon énergie dans ma vision, je réussis à le voir à travers la fumée et les flammes vacillantes. Il était affalé contre le mur, de l'autre côté de la barrière embrasée, et tenait dans ses bras ce qui ressemblait à mon père inconscient !

J'écartai ma veste de ma bouche le temps de crier son nom.

« Talbot !

– Grace, fit-il d'une voix étranglée. Aide-moi. »

Sous l'effet de l'adrénaline, je me mis en mouvement en canalisant toutes mes forces sur ma jambe en bon état. ***Ne fais pas ça !*** protesta le loup alors que je flanquai un coup de pied magistral sur la poutre en feu, sentant les flammes lécher ma jambe de pantalon. Elle craqua sous l'impact.

Un autre coup de pied acheva de la désagréger, soulevant un tourbillon de cendres qui s'éparpillèrent autour de moi. *Fiche le camp d'ici ! Va-t'en !* Avec ma veste en guise de bouclier, je franchis la brèche pour atteindre Talbot et lui pris mon père des bras.

« La fumée… bredouilla-t-il. C'est trop. » Sa tête roula en arrière.

« Reste avec moi ! Je ne peux pas vous porter tous les deux. »

Je l'attirai contre mon flanc. Il s'accrocha à mon bras. J'essayais de concentrer tous mes super-pouvoirs dans mes muscles pour soulever mon père. Le manque d'oxygène devait avoir un effet puissant sur moi ; j'avais l'impression de soutenir une poupée de chiffon géante qui allait me terrasser sous son poids mort.

Poids mort… Non. Tu n'en sais rien. Il a juste perdu connaissance, me dis-je, déterminée à m'en convaincre.

Je fis trois pas et devais presque traîner Talbot tout en portant mon père. La fumée me piquait les yeux, je n'y voyais pour ainsi dire rien, mais j'entendais la respiration sifflante de Talbot.

« Marcos ? demandai-je, prenant soudain conscience de son absence. Où est-il ? »

Talbot secoua la tête.

J'étais perplexe, mais très vite je compris ce qu'il voulait dire sans qu'il eût besoin de prononcer un seul mot.

Marcos était mort.

Je n'eus pas le temps de réagir à cette terrible révélation. Un craquement sinistre au-dessus de nous m'avertit qu'une autre partie du plafond était sur le point de s'effondrer. Je transférai toutes mes émotions dans mes pouvoirs et courus tant bien que mal vers la sortie, entraînant mon père et Talbot avec moi. Ma cheville gauche me faisait souffrir le martyre. Au moment où je me disais que je ne pourrais pas faire un pas de plus, les silhouettes de Brent, Ryan et Zach se profilèrent au bout du couloir. Je les regardais en battant des paupières, me demandant si c'était un mirage ou un miracle.

« Aidez-moi », haletai-je.

Ils approchèrent lentement, comme si le loup qui les habitait s'efforçait de les maintenir à l'écart du brasier. Puis, sous l'impulsion de ce qui ressemblait à un élan de courage unifié, Ryan et Brent coururent vers nous et s'emparèrent de Talbot. Zach me prit papa des bras et, ensemble, nous les évacuâmes juste avant que le plafond ne cède au-dessus de nos têtes.

Plus tard

Quatre voitures de police et trois imposants camions de pompiers bloquaient l'accès à la rue devant le bâtiment en feu. L'éclat des gyrophares rouges et blancs mêlé aux reflets jaunes et orange des flammes concourait à créer la scène surréaliste à laquelle j'assistais de l'arrière d'une ambulance. Mon souffle embuait le masque à oxygène qui envoyait de l'air pur pour apaiser ma gorge enflammée et mes poumons douloureux.

Papa était dans l'ambulance voisine. Ne pas voir ce qu'ils étaient en train de lui faire m'était intolérable. *Pourquoi ne foncent-ils pas aux urgences ?* Je repensai tout à coup à une émission de télévision que j'avais vue un jour, dans laquelle il était dit que les ambulanciers ne pouvaient pas rouler s'ils se servaient d'un défibrillateur. *Ô mon Dieu !* J'arrachai mon masque et j'étais sur le point de sauter au bas du véhicule quand l'infirmier qui m'avait examinée me rattrapa par le bras.

« Vous ne pouvez pas encore y aller, mademoiselle. »

Je le repoussai sans réfléchir – avec plus de vigueur que je n'en avais eu l'intention –, si bien qu'il se cogna contre le brancard d'où je venais de m'extraire.

« Il faut que j'aille voir mon père, bredouillai-je, sortant de l'ambulance en vacillant.

– Non, mademoiselle ! » Un pompier tenta à son tour de s'interposer. « Retournez là-dedans.

– C'est mon père ! » protestai-je en l'écartant de mon chemin.

« Laissez-la passer, lança une autre ambulancière en me faisant signe d'approcher. On a besoin d'elle. »

Je la suivis vers l'arrière de l'ambulance grande ouverte et chancelai en découvrant la scène qui se déroulait à l'intérieur. Trois hommes s'activaient autour de papa relié à un moniteur, inerte dans une civière. L'un d'eux maintenait un masque sur son visage tandis que sa collègue préparait une intraveineuse. Papa ne réagit même pas quand elle lui planta une aiguille dans le bras. Je tentais d'imaginer qu'il dormait. D'occulter le fait qu'il avait à peine l'air vivant.

« Mon papou ? » Je ne l'avais plus appelé ainsi depuis l'âge de huit ans.

Le type en train de pétrir un sac de liquide pour la perfusion releva la tête.

« C'est sa fille », dit l'ambulancière qui m'avait signe d'approcher.

« Grace, balbutiai-je d'une voix à peine audible. Comment se fait-il que vous ne soyez pas encore partis ?

– Nous l'avons examiné et faisons ce que nous pouvons pour lui avant de démarrer. Il a de la chance, je suis habilitée à lui administrer des analgésiques avant qu'on soit à l'hôpital. »

Mon cœur eut un raté.

« Votre père a-t-il des allergies ? ajouta-t-elle.

– Euh, je… » J'avais la tête qui tournait, et mon cerveau refusait tout à coup de fonctionner. Je savais que papa était allergique à quelque chose, mais quoi ? Je n'arrivais plus à réfléchir, obnubilée par le fait que son torse se soulevait à peine, malgré la pompe à oxygène. Mes respirations à moi étaient si saccadées que je redoutais de souffrir d'hyperventilation. À cet instant, je sentis une présence près de moi. En levant les yeux, je découvris Talbot enveloppé dans une épaisse couverture censée éviter l'état de choc. Il avait la figure maculée de cendre, et ses cheveux en bataille étaient gris sous un nuage de cendre.

Il posa la main sur mon épaule.

« Respire à fond, petite. Tu ne pourras pas faire grand-chose pour l'aider si tu tournes de l'œil. »

J'acquiesçai en prenant plusieurs petites inspirations, concentrant une partie de mes pouvoirs guérisseurs sur ma gorge ravagée.

« Mmm… pénicilline. »

J'avais fini par me rappeler que c'était la raison pour laquelle maman refusait toujours que les médecins nous en prescrivent – au cas où nous serions allergiques, comme papa.

« Quel est son groupe sanguin ?

– O négatif.

– Êtes-vous compatibles ? On va peut-être être obligés de lui faire une transfusion.

– Une transfusion ? »

Je me tournai vers Talbot. Une seule question m'obnubilait. Si on faisait une transfusion à papa avec *mon* sang, risquait-il d'être contaminé par la malédiction du loup-garou ? Talbot me décocha un regard sous-entendant qu'il avait compris mon problème. « Je n'en sais vraiment rien », semblaient dire ses yeux.

« Non », répondis-je. C'était trop risqué.

« Quelqu'un d'autre dans la famille ? C'est un groupe sanguin assez rare. »

Jude, pensai-je. Ma mère étant infirmière, elle avait insisté pour que nous connaissions tous notre groupe sanguin respectif. Elle avait une carte plastifiée dans son portefeuille sur laquelle ils étaient tous notés.

« Non », mentis-je encore. Le sang de mon frère serait encore plus dangereux, vu qu'il était un loup-garou à part entière.

« Mince, marmonna l'ambulancière. J'espère qu'ils en auront assez à l'hôpital. »

Combien de sang allait-il lui falloir ? Pourquoi ne bougeait-il toujours pas ?

« C'est si grave que ça ? »

– Il est dans un état critique », me répondit-elle en saisissant une longue aiguille. Je ne voulais même pas savoir à quoi elle allait servir. « Votre père a dû être projeté de plusieurs mètres par le souffle de l'explosion. Il présente des signes d'hémorragie interne. Je n'ai toujours pas compris comment vous avez pu vous en sortir avec à peine une égratignure. » Elle pointa le menton dans notre direction. « Vous avez eu de la veine. »

Talbot baissa la tête.

« De la veine. Oui. »

Surprise par l'inflexion de sa voix, je me tournai vers lui. Et puis la mémoire me revint… Marcos était entré avec eux dans le bâtiment. Il était mort à présent, et Talbot ne voulait pas que je mentionne son nom. Marcos n'était plus, et mieux valait que personne ne sache qu'il avait existé.

C'est toi qui l'as envoyé à la mort, gronda le loup dans ma tête.

Mes genoux étaient à deux doigts de flancher, et le sol tanguait sous moi. J'avais l'impression que la main de Talbot sur mon épaule était la seule chose qui me permettait de tenir debout.

Je ne connaissais Marcos que depuis une semaine, et maintenant il avait disparu.

« Nous devons emmener ton père à l'hôpital, me dit un ambulancier. Il vaut mieux que tu viennes avec nous, je pense. » Quand il me tendit la main pour m'aider à grimper à l'arrière du véhicule, je m'y cramponnai.

« Je te retrouve là-bas », lança Talbot alors qu'on fermait la portière entre nous.

Je me sentis terriblement seule tout à coup dans l'ambulance encombrée.

Papa ouvrit les yeux une fraction de seconde avant de les refermer.

« Je suis là, papa. » Je lui pris la main, mais j'arrivais à peine à entrelacer nos doigts tellement il avait de tuyaux et de tubes autour de la main et du bras. Je voyais bien qu'il faisait des efforts pour rouvrir les yeux, sans y parvenir.

Comment avais-je pu laisser une chose pareille se produire ?

7

Contre-feu

Plusieurs heures plus tard

« Je dois pouvoir faire quelque chose », me répétais-je en arpentant un coin de la petite chambre de mon père.

Il n'avait pas rouvert les yeux depuis cette fois-là, dans l'ambulance. Aux urgences, médecins et infirmières s'étaient affairés autour de lui, la mine grave, pendant ce qui m'avait paru une éternité, avant de nous reléguer dans cette pièce. À un moment donné, on m'avait examinée puis on m'avait dit d'aller prendre une douche dans une chambre inoccupée. Une infirmière m'avait apporté un pantalon et une blouse vert clair pour que je puisse me changer. Elle avait enfoui mes vêtements sales, tachés de sang, dans un sac en plastique qu'elle avait jeté dans un récipient marqué « produits toxiques ».

Avais-je saigné ? Ça devait être papa…

Ils avaient dû se dire que j'aurais moins de mal à encaisser les mauvaises nouvelles si j'étais propre parce qu'à peine m'étais-je changée qu'une femme médecin m'avait prise à l'écart. Elle m'avait expliqué la situation concernant mon père, parlant de *traumatisme*, de *chirurgie agressive*, en plus d'un paquet d'autres formules que j'étais incapable de saisir tellement mon pouls battait fort dans mes tempes.

Comment se pouvait-il que je sois totalement impuissante malgré tous les pouvoirs que j'avais en ma possession ?

Un chapelet de jurons, à consonance française, me parvint de derrière la porte en verre coulissante. En me retournant, je découvris Gabriel, les mains plaquées sur la bouche, les yeux rivés sur la forme inerte de mon père qui semblait chaque minute plus loin de nous.

J'étais sur le point de bougonner quelque chose d'horrible du style : « Il vous en a fallu du temps ! », vu la kyrielle de messages que je lui avais laissés, lorsqu'il écarta ses mains de son visage, dévoilant la longue cicatrice rose à peine refermée qui lui barrait la pommette. Sa barbe rousse dissimulait difficilement les meurtrissures violettes le long de sa mâchoire. Ces marques étaient récentes.

« Ça va ? Que vous est-il arrivé ? » Je compris tout de suite que la raison pour laquelle il m'avait maintenue à l'écart de la paroisse n'était pas étrangère à ce qu'il avait subi. « C'est Jude qui vous a fait ça ? » ajoutai-je malgré ma répugnance à poser la question. Jude paraissait soumis, mais j'avais redouté qu'il ne finisse par exploser, comme une bombe à retardement… *Ô mon Dieu* ! Les larmes qui me vinrent aux yeux me brûlèrent.

Tout est de ta faute, grogna le méchant loup en moi.

« Non, me répondit Gabriel. Il s'agit de tout autre chose et ça n'a plus d'importance maintenant. On en parlera plus tard. Comment va ton père ? » Quand il s'avança dans la chambre, la porte se referma automatiquement derrière lui. « J'ai dû convaincre l'infirmière que j'étais son frère pour qu'elle me laisse entrer.

– Il est dans un état critique. C'est tout ce que je sais. »

Le service de réanimation était un endroit bruyant, agité, où médecins et infirmières allaient et venaient constamment, ce qui ne m'avait pas empêchée de me sentir très seule ces dernières heures. Talbot n'avait pas tenu sa promesse. Je l'attendais toujours. J'avais préféré ne pas appeler April. Si elle avait su ce qui se passait, elle aurait mis Jude au courant. Dieu sait comment il aurait pris la nouvelle. Comme je n'avais pas réussi à joindre Gabriel, je n'avais personne d'autre pour me soutenir. Ni Daniel. Ni Charity. Pas même ma mère.

« Ils voulaient se servir de mon sang pour lui faire une transfusion, dis-je, mais j'ai pensé que ça pouvait être risqué. Je ne voulais pas le contaminer, vous comprenez ? J'ai peut-être eu tort. Ça pourrait l'aider à guérir s'il était infecté. À moins que mon sang n'ait aucun effet sur lui.

— Imagine ce que tu ressentirais, si tu lui transmettais la malédiction. »

Daniel, qui avait souffert des effets de la malédiction presque toute sa vie, disait à qui voulait l'entendre qu'il aurait préféré mourir plutôt que de vivre en étant conscient qu'à tout moment il pouvait redevenir un monstre. En conférant à mon père des pouvoirs guérisseurs, je l'aiderais peut-être à s'en sortir, mais ne risquait-il pas de ne plus jamais être lui-même ? Quel choix ferait-il s'il lui était donné de choisir ?

« Mais je peux sûrement faire quelque chose. J'ai des super-pouvoirs, nom d'un chien ! Je suis un pseudo loup-garou capable de venir à bout de démons. À quoi bon, si je n'arrive pas à aider mon père ?

— Il y a peut-être un moyen… commença Gabriel d'un ton hésitant. Mais c'est risqué et je ne peux pas garantir que ça marchera. Je n'ai essayé que trois fois, avec des résultats mitigés. Tout de même, ça t'a un peu aidée. » Il paraissait en débattre avec lui-même au lieu de me donner des explications.

« De quoi parlez-vous ? » Je repensai tout à coup à quelque chose que Talbot m'avait dit la veille au soir, et je compris ce à quoi il faisait allusion. « Talbot et vous avez fait usage de vos pouvoirs pour me guérir – après que ces loups m'ont attaquée à l'entrepôt. Vous avez procédé à une sorte de transfert de forces pour m'aider à me rétablir quand j'étais sans connaissance et dans l'incapacité de me guérir moi-même.

– C'est ça », dit Gabriel.

Ce qui s'était passé après les terribles événements survenus à l'entrepôt ne m'avait laissé que de vagues souvenirs. Je n'en avais jamais vraiment mesuré l'implication. Gabriel et Talbot avaient contribué à mon rétablissement. Je ne savais même pas que c'était possible – que le pouvoir de guérir faisait partie des multiples dons des Urbat. Bien sûr, ils étaient capables de se guérir eux-mêmes, mais les autres ? J'avais déjà bénéficié d'un tel transfert auparavant – dans la forêt, quand Daniel et moi avions franchi d'un bond la ravine après avoir sauvé Baby James. Je n'avais pas pu le suivre jusqu'au moment où j'avais senti une onde d'énergie passer de son corps au mien, nous liant l'un à l'autre, m'insufflant l'espace d'un instant les forces qui étaient les siennes. Plus tard ce soir-là, il m'avait montré comment il parvenait à se soigner lui-même, mais il ne m'avait jamais précisé qu'il était capable d'en faire autant pour autrui.

« Pourquoi Daniel ne m'a-t-il jamais parlé de ce talent ?

– Il n'en savait sans doute rien. C'est un secret bien gardé. Je l'ai moi-même ignoré pendant des centaines d'années, jusqu'au jour où Sirhan m'a demandé de l'aider à l'essayer sur sa femme, Rachel. Ça n'a pas marché aussi bien sur elle que sur toi. C'est la seule et unique fois où Sirhan a tenté le coup, à mon avis. » Gabriel passa sa main sur sa barbe. « C'est un vestige provenant des Chiens du Paradis d'origine, ceux qui furent appelés par Dieu et investis des pouvoirs de venir au secours des membres de leur clan et de protéger. Selon la légende, en plus d'être de puissants guerriers, c'étaient aussi de grands maîtres et des guérisseurs. Des anges sur terre, en quelque sorte, nantis de la faculté de remédier aux maux de l'humanité. Jusqu'au jour où, corrompus par ce pouvoir, ils se sont mis à convoiter ces dons pour eux tout seuls. Ils ont succombé au même sort que les anges déchus du Ciel, renonçant à leurs devoirs et à leurs bénédictions, pour devenir aussi vils que les suppôts de Satan. Depuis lors, la plupart des Urbat ont oublié leur pouvoir de guérison. Ils sèment la mort désormais, plutôt que la vie, et depuis ces temps reculés je ne suis pas sûr que ce talent particulier ait été mis à profit d'un être humain.

– Mais vous pensez que c'est encore possible ?

– Je n'ai jamais tenté d'en faire usage sur un humain. C'est extrêmement ardu, et périlleux si on s'y prend mal. » Gabriel scruta les moniteurs autour de papa comme s'il comprenait ce que tous ces chiffres et ces lignes signifiaient. « Dans la situation de ton père, je pense que ça vaut le coup d'essayer. Si tu m'y autorises.

– Oui, répondis-je. Sauvez-le, s'il vous plaît.

– Il faut être deux. Je vais avoir besoin de ton aide. » Il m'adressa un sourire rassurant, tel un bon pasteur réconfortant un de ses paroissiens. « Tu dois te concentrer au maximum et chasser toute pensée et tout sentiment négatifs afin d'être un canal permettant à ton énergie positive de lui être transmise. Il faut que ce soit un don d'amour. »

Je jetai un coup d'œil à papa. Il portait une minerve, et son visage tuméfié disparaissait en grande partie sous un masque à oxygène. La seule chose que je reconnaissais en lui, c'était les plis autour de ses paupières closes. Il paraissait tellement impuissant. *Pourquoi a-t-il insisté pour aller à l'entrepôt ? Pourquoi l'ai-je laissé s'y rendre ? Et si je n'y arrive pas ? Si je ne suis pas prête ? Si je ne réussis pas à ouvrir mon esprit ?*

Respire à fond.

À fond.

Il fallait que je bannisse tous mes doutes.

« Montrez-moi ce que je dois faire. Il faut à tout prix que je l'aide. »

Je tendis les mains comme si le pouvoir guérisseur était quelque chose de tangible que Gabriel pouvait véritablement me transmettre.

Il tira en partie le rideau sur la fenêtre d'observation à la porte – pour empêcher un passant éventuel de voir ce qu'on faisait sans toutefois attirer l'attention en le fermant complètement. Les infirmières limitaient les visites à une vingtaine de minutes. Nous disposions donc de dix minutes d'intimité à peine avant qu'on nous renvoie dans la salle d'attente. Gabriel prit mes mains dans les siennes et me rapprocha du lit. Il les posa sur la poitrine de papa. Sa respiration paraissait totalement artificielle. Pénible, forcée.

« Garde tes mains là, sur son cœur. » Gabriel posa délicatement les siennes dessus. « Libère ton esprit. Ouvre la voie à ton énergie positive afin qu'elle coule de ton cœur vers lui à travers tes mains. Les émotions négatives nourrissent le loup en toi. Pour que ça fonctionne, tu dois les écarter totalement. Prends de grandes inspirations. Médite. Dégage ton mental. Ouvre ton cœur. »

Je faillis retirer mes mains.

« Et si je n'y arrive pas ?

– Je crois en toi, Grace. » Il ne m'avait jamais dit ça avant. J'en étais arrivée à le considérer comme le plus vieux sceptique du monde. « Tu as su résister aux loups. Ne t'appelle-t-on pas la Divine ?

– Je ne me sens pas très divine, là.

– Tu dois essayer, pour ton père. »

Je hochai la tête. Gabriel inspira à fond avant de laisser filtrer l'air doucement entre ses lèvres. Je l'imitai. Il ferma les yeux. J'en fis autant.

« Concentre-toi sur l'amour que tu lui portes. Bannis le doute. Imagine-le redevenant pleinement lui-même. »

Gabriel resta immobile un instant. Soudain ses mains se crispèrent. Des pulsations chaudes se dégageaient de ses paumes. En fouillant dans mes souvenirs, je tentai de me représenter mon père en bonne santé. Son sourire. Son infinie patience. Mais à mesure que la chaleur s'accumulait dans mes mains, la scène qui s'était déroulée dans le couloir souterrain en feu me revenait, par flashes. Je revis mon père inerte dans les bras de Talbot. Je n'avais pas pu l'empêcher de subir ce triste sort. Qu'est-ce qui me faisait croire que j'allais pouvoir l'aider maintenant ?

Tu es trop faible, railla mon loup. *Tu ne peux rien pour lui. Tu ne peux venir en aide à personne.*

Je fis la grimace. La chaleur irradiant des mains de Gabriel devenait presque insoutenable. Déterminée à tenir bon, je serrai les dents. Papa avait besoin de moi. Il ne serait jamais allé à l'entrepôt si...

Des visions de l'incendie m'envahirent l'esprit. Le bruit de l'explosion que j'avais entendu au téléphone. Les remarques des ambulanciers. Mon père gisant immobile.

C'est de ta faute. C'est de ta faute. C'est de ta faute. C'est de ta faute.

Non ! protestai-je. *Je ne l'ai pas obligé à y aller. Il a insisté. J'aurais dû me trouver dans ce couloir à sa place. Il ne fallait pas qu'il y aille.*

C'est de sa faute !

Soudain Gabriel poussa un cri de douleur en détachant ses mains des miennes. Le flux d'énergie se dissipa si brutalement que, sous le choc, je rouvris les yeux. Gabriel reculait en titubant, la main plaquée sur sa joue.

« Ça va ? » demandai-je, haletante.

Il écarta sa main de son visage. Sa cicatrice s'était rouverte et suintait. Les meurtrissures le long de sa mâchoire semblaient douloureuses, comme si quelqu'un venait juste de le frapper. Il regarda ses doigts tachés de sang.

« Il faut que je m'occupe de ça, dit-il en se dirigeant vers la porte. Je suis désolé… Je pensais que tu étais prête. »

Il avait quitté la pièce avant que j'aie le temps de lui demander si je pouvais faire quelque chose pour lui.

C'est encore de ta faute, gronda le loup dans ma tête. Je me tournai vers mon père. *Et si on lui avait fait encore plus de mal ?* Ma crainte fut confirmée quelques secondes plus tard quand l'un des moniteurs émit des bips stridents.

Deux infirmières se précipitèrent à son chevet. Je restai là, les bras ballants, dans l'incapacité de réagir. Elles m'écartèrent sans ménagement de leur chemin.

Une heure plus tard

J'avais attendu dans le couloir en regardant par la petite fente sur le côté du rideau jusqu'à ce que le médecin parvienne à faire cesser ces bips atroces. Une infirmière vint m'informer qu'on m'autorisait à entrer quelques instants dans la chambre, mais que je devrais ensuite m'en aller. Depuis que Daniel s'était retrouvé cloué sur un lit d'hôpital l'année dernière, je connaissais la chanson. Il y avait bien des heures de visite, même en service de réanimation, mais j'étais mineure. Inutile d'espérer passer la nuit sur place. J'avais acquiescé, mais il m'avait fallu quelques minutes supplémentaires pour m'arracher au chevet de mon père.

J'avais envie de presser sa main dans la mienne pour lui faire comprendre que je m'en allais, mais j'hésitais, redoutant que ce simple contact ne lui fasse mal. Pour finir, je me décidai à laisser un mot sur la petite table près de son lit au cas où il se réveillerait en mon absence. Je ne voulais pas qu'il se sente aussi abandonné que moi.

Je sortis du service, prête à quitter l'hôpital. Devant les portes des ascenseurs, je fixai les boutons d'appel triangulaires barrés d'une flèche en me demandant lequel enfoncer. En bas, la sortie. En haut, le service psychiatrique.

Où se trouvait maman.

Aux urgences un peu plus tôt, quelqu'un m'avait demandé comment on pouvait avertir ma mère. J'avais expliqué la situation. On m'avait répondu que le Dr Connors déciderait si maman devait être informée ou non de ce qui était arrivé.

Le fait qu'elle ne soit pas descendue voir mon père en réanimation ne présageait rien de bon à mon avis.

Si papa avait été conscient, il m'aurait recommandé de monter la voir, de même qu'il avait insisté pour que je rende visite à Jude. Depuis mon retour de l'entrepôt, je ne les avais vus ni l'un ni l'autre. Papa dirait qu'en m'obstinant à ignorer ses conseils, je n'étais pas moi-même. April m'avait d'ailleurs fait le même reproche.

Si c'était mon père qui recueillait mes confidences ces temps-ci, maman avait longtemps été le roc auquel je m'accrochais. À l'époque où j'avais des couettes, quand je me nourrissais presque exclusivement de sandwichs au beurre de cacahouètes et au miel – sans la croûte –, je pensais qu'un bisou de sa part pouvait tout guérir – les blessures du corps comme celles du cœur. J'espérais qu'un jour je pourrais à nouveau me blottir contre son épaule pendant qu'elle me dirait que tout allait s'arranger en me caressant les cheveux.

Depuis un an, je la tenais à l'écart, lui cachant tous mes secrets. Dans le noble but de la protéger peut-être, ou parce que je l'estimais trop fragile pour supporter certaines choses. Je pense plutôt que si je l'avais maintenue dans l'ignorance, c'était parce que je craignais que ce que j'étais devenue lui fasse peur.

J'avais beaucoup mûri, mes pouvoirs me donnaient de la force, mais j'avais encore besoin d'elle.

Voudrait-elle encore de moi ?

Il me fallut puiser dans le peu d'énergie qui me restait après le cuisant échec du transfert de pouvoirs pour faire ce que je fis ensuite : tendre la main vers le bouton avec la flèche orientée vers le haut, puis attendre le *ding !* de l'ascenseur. J'étais paniquée mais je savais bien que je ne pouvais plus reculer. Il était temps de tout expliquer à maman.

8

Toute chamboulée

À l'étage au-dessus

Un vieux téléphone beige était suspendu au mur devant la porte fermée du service psychiatrique. Une pancarte indiquait qu'il fallait soulever le combiné et composer un numéro.

« Je viens voir Meredith Divine », annonçai-je à la personne qui me répondit. La porte s'ouvrit en vrombissant. Je fis quelques pas dans un vaste couloir aux murs vert pâle où je fus saisie par des odeurs d'ammoniac. Un autre écriteau précisait : ZONE À HAUT RISQUE. ASSUREZ-VOUS QUE LES PORTES SONT BIEN FERMÉES.

Je regardai les lourds battants se refermer derrière moi, en proie à une furieuse envie de bloquer le mécanisme et de prendre mes jambes à mon cou.

Je ne vais pas y arriver !

La porte sans poignée se verrouilla avec un déclic sonore. *Trop tard.* Si je voulais qu'on m'ouvre, je devrais m'adresser au bureau des infirmières. Autant leur demander des nouvelles de maman.

Un peu plus loin dans le couloir, je passai devant une jeune femme en piteux état assise sur un banc. Elle tressait une mèche de ses cheveux devant ses yeux en se balançant d'avant en arrière. Je finis par trouver la réception. Dans une pièce vitrée, un groupe de patients était assis en cercle sur des chaises. Un type en pantalon kaki et chemisier boutonné jusqu'au cou semblait mener la discussion. Les autres portaient tous des survêtements gris, comme la femme que j'avais vue dans le couloir.

« Vous dites que vous venez voir Meredith Divine ? » demanda l'infirmière derrière le comptoir. Latisha, d'après son badge. Une lueur particulière passa dans son regard quand elle prononça le nom de maman.

Avant de perdre l'esprit, ma mère était infirmière dans un centre de jour à Apple Valley. Il lui arrivait de faire des remplacements dans le service du Dr Connors, quand on avait besoin d'une assistance supplémentaire. Les infirmières avaient dû commenter à l'envi la présence d'une de leurs collègues parmi leurs patients. Ce genre de commérages aurait tué maman si elle avait eu toute sa tête. Elle attachait une grande importance à la réputation.

Je hochai la tête.

« Je ne suis pas obligée de la voir, vous savez… si ce n'est pas le bon moment. J'ai l'impression qu'ils sont en réunion.

– Ne dites pas de bêtises, ma fille, répondit Latisha. Meredith ne fait pas partie de ce groupe, et une visite est exactement ce que le médecin recommanderait.

– Absolument. » Le Dr Connors approchait à cet instant, une planche à pince à la main. Il portait une longue blouse blanche par-dessus son pantalon et son pull-over – le même qu'il avait sur le dos le soir du fatidique dîner de Thanksgiving à la maison l'année dernière. Il me sourit gentiment, mais ses yeux graves transmettaient un tout autre message. « Comment va ton père ? J'ai appelé tout à l'heure pour prendre de ses nouvelles, mais je n'ai pas encore eu le temps de descendre.

– Pas de changement.

– Je vois. » Il se racla la gorge.

« A-t-elle demandé à aller le voir ?

– Non. J'espérais que… » Il s'éclaircit à nouveau la voix en accrochant son stylo à sa planche. « Viens avec moi, Grace. »

Je le suivis jusqu'à ce que je me rende compte qu'on se dirigeait vers les chambres et non pas vers la zone réservée aux visiteurs. Je n'étais toujours pas convaincue d'être prête. Connors me jeta un coup d'œil par-dessus son épaule. Ravalant mon appréhension, je me remis en route.

« En principe, vous devriez vous voir dans une salle de visite, mais en l'occurrence, il est préférable que je te conduise à sa chambre.

– Qu'est-ce… » Je me mordis la lèvre. « Qu'est-ce qu'elle a exactement ? »

Maman avait toujours été sujette à des troubles obsessionnels compulsifs qui s'aggravaient en période de stress. Plus la situation à la maison était tendue, plus elle devenait perfectionniste. Après le départ de Jude, elle avait commencé à perdre les pédales. Comme si elle avait créé sa propre variété de trouble bipolaire, elle oscillait entre l'état de maman ourse maniaque, protectrice à l'excès, et celui de zombie. Dans ces phases-là, elle passait son temps devant la télé à regarder les informations dans l'espoir d'apercevoir mon frère disparu quelque part en arrière-plan. Elle refusait de faire quoi que ce soit d'autre et se désintéressait complètement de sa progéniture qui vivait encore sous son toit et continuait à avoir besoin d'elle.

Le médecin avait maintes fois laissé entendre à mon père qu'on ne pouvait peut-être plus se contenter de thérapie et de remèdes et qu'il faudrait peut-être envisager de la faire interner. Elle avait dû complètement disjoncter quand j'avais disparu à mon tour pour que papa se soit finalement décidé à la conduire ici. Sachant qu'elle ne le lui pardonnerait probablement jamais.

Connors s'arrêta devant une porte. Une petite carte sous le numéro de la chambre indiquait le nom de maman.

« Je connais ta maman depuis longtemps. Elle a été une véritable bénédiction pour moi pendant mon internat. Cependant, tu le sais, elle a tendance à édifier une façade de perfection autour d'elle – une fausse réalité, si l'on peut dire. C'est un mécanisme de protection. Or, comme j'ai pu m'en rendre compte au cours de nos séances de thérapie depuis un an, cette façade s'est désintégrée. Désormais, quelque chose, j'ignore quoi, a brisé cette fausse réalité au point qu'elle n'arrive plus du tout à faire face. »

Il poussa la porte et je vis ma mère pour la première fois en une semaine. Je la reconnus à peine. Assise sur son lit, elle fixait une traînée noire sur le mur. Elle portait un survêtement gris comme les autres patients, sans cordon à la ceinture du pantalon, et des chaussons. Des articles vestimentaires qu'elle n'aurait jamais accepté de mettre hors de la maison en temps normal. Ses magnifiques cheveux pendaient, sales, emmêlés, de part et d'autre de ses joues creuses. Depuis combien de temps n'avait-elle rien avalé ?

« Elle n'a pas voulu quitter cette pièce depuis son arrivée, m'expliqua le médecin. Elle refuse de participer aux repas et aux thérapies de groupe. Elle ne m'adresse même pas la parole. »

Je déglutis avec peine. Maman avait connu de nombreuses « mauvaises journées » au cours de l'année qui venait de s'écouler, mais désormais elle paraissait... absente.

« A-t-elle des chances de se remettre ?

– Pas tant que son esprit n'admettra pas sa nouvelle réalité – la véritable –, quelle qu'elle soit. Quelle est cette formule chère à ton père : "La vérité vous rendra libres" ? Voilà ce que ta maman a besoin d'affronter : la vérité. J'ignore ce qui a pu se produire pour provoquer ça. Le fait est que les fondements mêmes de son être ont été ébranlés. Tant qu'elle n'aura pas retrouvé son équilibre sur le plan mental et émotionnel, son cerveau est incapable de fonctionner autrement », acheva-t-il en désignant ma catatonique de mère.

J'acquiesçai, comme si j'avais compris quelque chose à ses explications. En gros, maman devait expliquer à ses médecins que son fils aîné était désormais un loup-garou et sa fille, une chasseuse de démons dotée de superpouvoirs. Et qu'elle trouvait ça normal. Je voyais mal comment on la laisserait quitter ce service après ce coup-là.

« Je te laisse dix minutes avec elle. Pas plus. Mieux vaut ne pas trop prolonger les visites. »

Je jetai un coup d'œil à ma montre comme pour signifier que j'étais pressée de toute façon. Je n'étais même pas sûre de tenir jusque-là.

« C'est une bonne chose que tu sois venue », ajouta Connors avant de me pousser gentiment dans la pièce. Quand il referma la porte derrière lui, je me sentis prise au piège.

Trois interminables minutes s'écoulèrent où je restais plantée là sans savoir quoi faire. Que dire. Maman n'avait pas bougé. Elle ne m'avait même pas jeté un coup d'œil.

« Maman ? » J'avais une drôle de voix, et l'impression de m'adresser au mur. Je fis deux pas hésitants vers elle. « Maman ? »

Aucune réaction.

Je n'avais pas trop envie qu'elle me regarde, en fait. Mon père lui avait expliqué ce qui m'était arrivé... à propos de la malédiction. Peut-être verrait-elle un monstre en face d'elle ? Et si c'était cela qu'elle n'arrivait pas à accepter ?

« Maman ? » Les larmes me piquaient les yeux. « Je ne sais pas trop ce que papa t'a raconté, mais c'est vrai. C'est difficile à croire, je comprends – ce qui nous est arrivé à Jude... et à moi. Mais je suis toujours ta fille. Et Jude est toujours ton fils. Il est revenu. Il a besoin de toi. On a tous besoin de toi. »

Rien.

« James et Charity sont chez tante Carol, mais ils ne peuvent pas y rester ad vitam eternam. Papa a eu un accident. C'est grave. Il faut que quelqu'un prenne soin de lui, mais j'ai tellement de responsabilités sur les bras ! Si tu savais. Je m'efforce de trouver un moyen de rendre forme humaine à Daniel. Jude aussi a besoin d'aide. J'ai un fou à mes trousses en plus, avec toute une bande de démons qui veulent ma mort. Une autre meute de loups-garous cherche à me mettre le grappin dessus, pour je ne sais quelle obscure raison. Et puis j'ai ma propre meute composée de cinq – quatre – garçons loups-garous qui tiennent absolument à ce que je sois leur leader... leur mère, je ne sais quoi. Je ne vois pas comment j'arriverai à gérer tout ça en même temps. Je n'arrive plus à m'en sortir toute seule. On a besoin de toi, maman. » Je me rapprochai un peu d'elle. Je n'avais qu'une seule envie : la prendre dans mes bras et enfouir mon visage contre son épaule comme quand j'étais petite. Mais je me bornai à poser une main sur ses doigts tout minces. « J'ai besoin d'une mère. On a tous besoin d'en avoir une. »

Elle ne broncha pas. Pas même un frémissement des doigts.

« S'il te plaît, maman. C'est ce que tu es. Une maman. Et nous avons tous besoin que tu en sois une. C'est ta réalité, en dépit de toutes ces folies. Redeviens ma maman. S'il te plaît. »

Les larmes me brûlaient les joues. Maman avait autant horreur que moi qu'on pleure en public, mais je les laissais couler quand même. Elle ne s'en aperçut même pas. Continua à fixer obstinément cette satanée trace noire. Pourquoi m'étais-je imaginé que ça marcherait de jouer la carte de la franchise ? Qu'elle serait touchée.

Je sentis un grondement monter par ondes successives des profondeurs obscures de mon cœur. Le loup dans ma tête me chuchota de m'en prendre à ma mère – à l'ombre de la femme assise devant moi. Cette pulsion me rendit malade. Je croisai les bras sur mon ventre en essayant de prendre de grandes inspirations, déterminée à chasser ces émotions. Je n'étais pas venue là pour me mettre en colère, mais pour retrouver ma mère.

Je lâchai la main de maman et sortis de la chambre. En passant devant le poste des infirmières, une main levée devant mon visage pour cacher mes larmes, je priai Latisha de m'ouvrir la porte.

Il fallait que je fiche le camp de là.

Dans le couloir, je faillis me heurter à un couple âgé qui attendait l'ascenseur. La dame s'appuyait de tout son poids sur son mari qui la soutenait tant bien que mal en la tenant par la taille. Elle ressemblait beaucoup à la jeune femme que j'avais vue un peu plus tôt en entrant dans le service. En songeant qu'il devait s'agir de ses parents, je me rendis compte que l'idée de partager l'espace confiné de la cabine d'ascenseur avec eux m'était insupportable. Je redoutais d'absorber leur souffrance en plus de la mienne.

Je poussai la porte menant à l'escalier, qui se referma en claquant derrière moi et descendis rapidement deux étages. Mes pas résonnaient à chaque marche. J'atteignis l'étage des soins intensifs avant de m'effondrer contre le mur. Les sanglots qui m'ébranlaient jusqu'au tréfonds de l'âme résonnaient dans la cage d'escalier. Comment avais-je pu m'imaginer que j'arriverais à faire comprendre à ma mère que j'avais besoin d'elle ? Comme si je pouvais l'arracher de sa torpeur d'un coup de baguette magique. Je repensai avec effroi aux pensées qui m'avaient traversé l'esprit en voyant que j'avais échoué. Je ne pouvais pas lui en vouloir d'être perturbée psychiquement, pas plus que je ne pouvais en vouloir à papa de s'être retrouvé sans connaissance dans un lit d'hôpital.

En attendant, j'étais complètement seule.

Je pleurai sans retenue jusqu'à ce qu'une profonde fatigue vienne remplacer la souffrance. La tension de tous les événements qui s'étaient succédé au cours de la journée avait fini par avoir raison de moi. J'avais l'impression d'avoir participé au triathlon de l'Homme de fer – sans super-pouvoirs.

Je fermai les yeux en poussant un gros soupir. Quelques secondes plus tard, Daniel s'insinuait dans mon esprit en rêve. Un rêve différent des autres. J'étais debout, et non pas assise sur un banc. Il se tenait devant moi. Un sourire espiègle, presque sournois, flotta un instant sur ses lèvres, puis une profonde inquiétude crispa ses traits. Cela semblait tellement réel, je n'arrivais pas à me convaincre que cette vision était purement le fruit de mon chagrin.

« Ça va ? » demanda-t-il.

J'essayais de me rapprocher de lui, mais je vacillais dangereusement. Même dans mon rêve, j'étais à bout de forces. Daniel me remit d'aplomb de ses mains puissantes. J'avais tort de me laisser aller à rêver ainsi, sachant que je le regretterais amèrement quand je m'apercevrais que cela n'avait rien de réel. Mais sa présence était palpable. Je ne pus m'empêcher de lui enlacer la taille en me blottissant contre sa poitrine.

Il me serra dans ses bras, m'enveloppant de sa chaleur, posa son menton sur ma tête. Son souffle dans mes cheveux me procura une sensation tellement merveilleuse que je soupirai d'aise.

« Je t'aime », chuchotai-je contre sa chemise.

Il aspira une goulée d'air.

« Moi aussi, je t'aime », répondit-il d'une voix si basse que je *sentis* ses mots contre mon crâne plus que je ne les entendis.

Ma main remonta vers son cou et s'attarda sur sa peau chaude.

« Pourquoi cherches-tu à t'éloigner de moi, Daniel ? »

Ses bras se crispèrent. Il se racla la gorge. Ce son m'était familier, mais… ça ne pouvait pas être Daniel.

Et le tissu pressé contre mon visage me faisait clairement l'effet de flanelle.

Oh non ! Je rouvris brusquement les yeux, et scrutai le visage qui allait avec cette poitrine contre laquelle je me blottissais – *en vrai*, et non pas en rêve. Des yeux verts qui émergeaient d'une casquette de base-ball rouge me rendirent mon regard.

« Talbot ? » Je me dégageai à la hâte. « Qu'est-ce qui te prend ?

– Hé ! » Il tendit les deux mains, paumes tournées vers le ciel, en un geste défensif. « En arrivant dans l'escalier, je t'ai vue debout là, sur le point de chavirer. Je t'ai demandé si ça allait, et c'est toi qui m'as enlacé.

– Certainement pas ! » J'avais le cou en feu comme chaque fois que je mentais. Ce qui n'était pas le cas en l'occurrence ! « J'étais assoupie. Je t'ai pris pour quelqu'un d'autre. Tu en as profité.

– Profité ? Je t'ai empêchée de te casser la figure, tu veux dire ?

– Ça va très bien. Et ce n'est pas grâce à toi.

– Comment ça ?

– Tu avais promis de me rejoindre ici il y a au moins cinq heures. Tu te rends compte à quel point je me suis sentie seule, la trouille que j'ai eue ? Où étais-tu passé ?

– J'ai dû fausser compagnie aux ambulanciers qui voulaient à tout prix m'emmener aux urgences. Tu devrais voir la tête que font les médecins quand ils entendent deux cœurs battre dans ma poitrine. Il a fallu que je fasse profil bas pendant un moment. Après ça, les infirmières m'ont bloqué l'accès au service des soins intensifs parce que je n'étais pas de la famille. J'ai fini par rentrer à la maison me laver et me changer. En plus, j'ai perdu ma casquette porte-bonheur aujourd'hui. Et puis j'ai dû m'occuper d'un truc avant de…

– Ta casquette ? Tu te fais du souci pour ta foutue casquette ? J'ai failli perdre mon père aujourd'hui ! » En proie à un regain d'énergie, je le repoussai avec assez de vigueur pour l'obliger à faire un pas en arrière. « Pourquoi ne l'as-tu pas protégé ? hurlai-je. Tu n'as rien fait pour lui venir en aide. Je ne t'avais demandé qu'une seule chose : assurer sa sécurité. Et regarde où il se retrouve ! »

J'étais sur le point de répéter mon geste, mais il m'attrapa les poignets.

« J'ai essayé, Grace. Je suis entré dans le bâtiment en feu, déterminé à l'extraire de ce brasier, sachant que c'est ce que tu aurais voulu que je fasse.

– Eh bien, tu ne t'es pas donné assez de mal ! »

Je me démenais pour me libérer de sa poigne. J'avais envie de lui taper dessus. De lui faire mal. Pour qu'il ressente la douleur qui me taraudait de l'intérieur. *C'est lui qui aurait dû être blessé !* Mais Talbot serra mes bras autour de sa taille et m'étreignit avec force, me pressant contre sa poitrine comme il l'avait fait plus tôt, avant que je me rende compte que ce n'était pas Daniel. L'espace de quelques secondes, j'envisageai de me laisser aller contre lui, de lâcher prise.

Mais c'était impossible.

« Arrête ça ! m'écriai-je. Qu'est-ce que tu fais ?

– Tu en as besoin, non ? J'ai entendu ce que tu as dit à la paroisse, que tu avais envie que quelqu'un te serre dans ses bras. Je peux faire ça pour toi. »

Je me débattis de plus belle.

« Absolument pas. J'ai dit que les bras de *Daniel* me manquaient. Tu n'es pas lui. Tu ne le seras jamais. C'est donc inutile. »

Il m'avait enfin lâchée. Je reculai de quelques pas.

« Comment peut-on pleurer quelqu'un qui n'est pas mort ? demanda Talbot en m'observant de sous sa casquette.

– Quoi ?

– À la paroisse, tu as dit aussi que tu avais l'impression que Daniel était mort alors que ce n'est pas le cas. Quand quelqu'un disparaît, on fait son deuil pendant quelque temps et puis la vie reprend son cours. Je ne vois pas comment tu pourrais arrêter de pleurer Daniel un jour si tu n'acceptes pas qu'il n'est plus là. À un moment donné ou à un autre, il va bien falloir que tu admettes que la partie de lui qui était Daniel n'existe plus. Qu'il ne reviendra pas. Qu'il ne te tiendra plus jamais dans ses bras…

– La ferme !

– Quand tu auras accepté ça, tu pourras continuer ton chemin.

– Je t'ai dit de la fermer. »

Talbot posa sa main sur mon bras, prêt à m'attirer à nouveau contre lui.

« Il ne peut plus te serrer dans ses bras. Moi si. »

Je m'écartai brutalement.

« Bas les pattes. Laisse-moi tranquille.

– J'attendrai que tu sois prête.

– Tu peux toujours attendre ! » ripostai-je en serrant les poings.

Talbot laissa tomber ses bras le long de son corps, comme pour signifier qu'il se déclarait vaincu.

« Je suis désolé. » Il baissa la tête. « Je n'aurais pas dû dire ça. C'est juste… que je ne supporte pas que tu te mettes dans cet état. Quand je te regarde, je ne vois plus ma Grace. Elle me manque.

– Je suis toujours là… et je n'ai jamais été ta Grace de toute façon.

– Tu es peut-être là physiquement, mais tu n'es plus la fille que j'ai rencontrée il y a quelques semaines. Cette fille-là avait du peps. Elle voulait être un super-héros. Celle que j'ai devant moi maintenant dépérit. Elle a oublié tout ce qu'elle rêvait d'être. Depuis quand ne t'es-tu pas entraînée ? À quand remonte ton dernier repas ?

– À t'entendre, on croirait que je n'ai rien fait depuis une semaine à part rester dans mon coin à pleurnicher. » Bon d'accord, je venais juste de me répandre en sanglots dans une cage d'escalier, mais tout de même. « Je suis loin d'être une mauviette qui ne fait rien de ses dix doigts. Je m'active autant que je peux pour ramener Daniel parmi nous.

– Tout le problème est là. La seule chose qui t'anime encore, c'est une cause perdue. » Il contempla ses grandes mains et baissa la voix. « Et j'ai bien peur que, dans la foulée, tu ne perdes le peu qu'il te reste de la personne que tu étais avant. Tu dois abandonner cette quête. L'entrepôt a brûlé et tu ne trouveras jamais cette pierre de lune dans le jardin de la paroisse. »

Mes poings se desserrèrent d'eux-mêmes et je laissai mes bras tomber le long de mon corps. Il avait raison. Je ne trouverais jamais cette pierre comme ça. Je venais de dire que j'avais fait tout ce qui était en mon pouvoir pour faire revenir Daniel, mais ce n'était pas tout à fait vrai. Il restait la solution que j'avais promis à mon père de n'utiliser qu'en dernier ressort…

« Ne m'en veux pas de te dire ça, Grace, reprit Talbot. Il faut bien que quelqu'un le fasse. Je veux être ton ami, c'est tout. J'ai vécu seul depuis l'âge de treize ans. Je ne suis pas très doué pour les relations, tu sais.

– Ce n'est pas faux, répondis-je, distraite par la révélation que je venais d'avoir.

– Je fais de mon mieux, bougonna-t-il en glissant ses pouces dans les passants de sa ceinture. Tu crois que tu pourras à nouveau me faire confiance un jour ? »

Je voyais bien qu'il essayait de se rattraper. En songeant que Slade lui-même, pourtant aguerri, avait été terrifié par l'incendie, je me rendis compte du courage qu'il avait fallu à Talbot pour se lancer seul dans le couloir en flammes dans l'espoir de sauver mon père. Effectivement, il avait fait de son mieux. Il racontait peut-être des bêtises, mais il méritait mieux que mon perpétuel mépris.

« Merci, dis-je finalement. Tu as fait ce que je t'avais demandé de faire. Tu as essayé de protéger mon père. » Je posai une main sur son bras. « On peut être amis à nouveau. J'en ai besoin en ce moment.

– Tu ne peux pas savoir le bien que ça me fait de t'entendre dire ça. » Il sourit. « J'aimerais juste que tu comprennes à quel point je tiens à toi.

– Ne t'emballe pas trop. Ça ne m'engage pas vraiment en fait… parce que je m'en vais.

– Comment ça, tu t'en vas ?

– Je m'en vais, répétai-je avec une détermination subite, même si jusqu'à cet instant, je n'avais pas eu conscience d'avoir pris cette décision. Tu as raison. Je n'arriverai jamais à trouver cette pierre de lune ici. C'est sans espoir. Maintenant que l'entrepôt est en ruine… Il ne me reste plus qu'une chance d'en dénicher une avant qu'il soit trop tard et que Daniel soit perdu à jamais. Je dois aller trouver Sirhan.

– Sirhan ?! C'est de la folie, Grace. C'est hors de question. » Le regard sombre, il m'attrapa par le bras comme pour me retenir. « Si tu vas là-bas, il y a de fortes chances que tu ne…

– … reviennes jamais ? Je sais. Mais si c'est le prix à payer pour récupérer Daniel, alors je n'hésiterai pas une seconde à me livrer en échange d'une pierre de lune.

– Et après, que comptes-tu faire ? En quoi est-ce que ça aidera Daniel ?

– J'enverrai la pierre à April, je ne sais pas. » Je n'avais pas réfléchi si loin. « Je trouverai un moyen… quand j'en serai là. J'y vais en tout cas. Rien ne m'arrêtera.

– Et ton père ? Le reste de ta famille ?

– Je ne suis d'aucun secours à papa en restant ici. Gabriel et moi, on a essayé ce truc de guérison sur lui, mais ça s'est retourné contre nous. Je lui ai fait encore plus de mal. »

Talbot ouvrit grand les yeux.

« Quant à maman…, ajoutai-je en me mordant la lèvre, impossible de l'atteindre. » Je ne mentionnai pas Jude vu que je n'avais pas la moindre idée de la manière dont je pouvais lui venir en aide. Je n'arrivais même pas à le regarder dans les yeux.

Talbot passa la main dans sa tignasse bouclée couleur chocolat au lait.

« Et moi dans tout ça ? Je peux t'en empêcher, tu sais.

– Non, Tal », répondis-je, recourant au surnom qu'il m'avait priée de ne pas employer parce que cela sonnait trop doux à ses oreilles, venant de moi. « Tu ne réussiras pas à me faire changer d'avis, sauf si tu fais miraculeusement apparaître une pierre de lune. Je rentre à la maison faire mes bagages. Je partirai demain matin. »

Il ouvrit la bouche, prêt à protester, puis la referma. L'espace d'un instant, je crus entrevoir une souffrance profonde dans son regard.

Je me hissai sur la pointe des pieds et déposai un petit baiser sur sa joue. Il frémit de la tête aux pieds au contact de mes lèvres sur sa peau. Il tenait *trop* à moi.

« Laisse-moi partir. » J'avais déjà saisi la poignée de la porte. « Ne rends pas les choses encore plus difficiles qu'elles le sont. »

Je fis glisser ma main le long de son bras. Il essaya d'attraper mes doigts au passage avant que je me détourne de lui.

« Non, Grace. » Je lui tournais le dos maintenant, mais son ton implorant ne m'avait pas échappé. « Je ne peux pas te laisser te livrer à Sirhan en échange de la pierre.

– Je n'ai pas d'autre solution.

– Si, tu en as une. » Il me saisit les épaules pour m'obliger à lui faire face. « Prends ça ! » Il déposa un petit objet plat et chaud au creux de ma paume et retira sa main pour que je puisse le voir.

Je ne compris pas tout de suite. C'était une sorte de triangle aux contours arrondis, dans des teintes argentées au lieu des tons noirâtres habituels. Une entaille sur le dessus laissait entrevoir un noyau presque cristallin sous la surface lisse. La chaleur vibrante qu'il dégageait était une preuve irréfutable.

Je retrouvai soudain l'espoir.

« Une pierre de lune ? » m'exclamai-je, bouche bée.

9

Une ligne horizontale

Six pulsations brûlantes plus tard

« Comment l'as-tu eue... ? Tu l'as trouvée à l'entrepôt ? Tu aurais dû m'en parler tout de suite. »

Talbot se racla la gorge en détournant les yeux pour éviter mon regard. Je reportai mon attention sur la pierre qui paraissait érodée, abîmée. À cause de l'incendie ? Non. Elle était trop grosse pour qu'il puisse s'agir d'un des fragments éparpillés lorsque j'avais perdu mon pendentif. En effleurant la surface du bout du doigt, je remarquai un petit trou foré à une pointe du triangle, probablement dans le but d'y glisser une fine chaîne ou une cordelette en cuir. J'examinai de plus près l'entaille en surface. Elle avait presque la forme d'un croissant de lune qu'une longue exposition aux éléments aurait érodé...

« C'est la pierre qu'on cherchait dans le jardin de la paroisse, n'est-ce pas ? La moitié du pendentif de Daniel ? »

Sa mâchoire se crispa. Il esquissa un hochement de tête. Il me cachait quelque chose, et j'étais à peu près certaine de savoir quoi. À cette pensée, mon estomac se retourna.

« Quand l'as-tu trouvée ?

– Avant.

– Avant quand ?

– Avant aujourd'hui.

– Hier, tu veux dire ? Avant que tu me dises de me faire une raison. Que c'était sans espoir. Évidemment, puisque tu l'avais déjà en ta possession. Pendant tout ce temps, tu l'avais sur toi… avant même qu'on décide d'aller explorer l'entrepôt, que tu te portes volontaire pour accompagner mon père ? » Une énergie pure, brûlante, à la hauteur du sentiment de trahison que j'éprouvais, m'embrasa. « Avant que mon père soit *blessé* !

– Oui, bredouilla-t-il.

– Tu t'es contenté de jouer le jeu alors ? Tu avais cette pierre sur toi tout du long, et tu ne m'as rien dit ! Tu as emmené mon père à l'entrepôt alors que tu savais pertinemment que ça ne servirait à rien. Je parie que tu y es allé juste au cas où il trouverait quelque chose là-bas ? Pour pouvoir le lui prendre. Sans toi, il serait sain et sauf ! Qu'est-ce qui t'est passé par la tête, bon sang ? »

Il ouvrit la bouche, mais je l'interrompis.

« Je sais ! Tu ne voulais pas que j'aie cette pierre de peur que Daniel ne revienne. Sachant que tu ne pouvais pas rivaliser avec lui. Tu t'imagines que si on ne le revoit jamais, je finirai par céder à tes avances. Eh bien, tu te trompes !

– J'ai fait ça parce que je t'aime, Grace.

– Tu ne m'aimes pas. Tu ne sais même pas ce que c'est que l'amour. Tu n'es qu'un sale égoïste. Il faut être un monstre pour se comporter de la sorte. Si tu as tenté de sauver mon père, c'est uniquement pour que je t'en sois reconnaissante. Et non pas parce que tu as estimé que c'était de ton devoir. » Cette prise de conscience me chavira. « Jamais je ne pourrai aimer quelqu'un comme ça, Talbot. Après ce que tu as fait, c'est juste impossible. » Je brandis la pierre de lune dans mon poing, mais ce poing, j'étais tentée de le lui flanquer sur la figure. J'avais envie de lui arracher les yeux. Il le méritait.

Une nouvelle poussée d'adrénaline fit vibrer mes muscles.

Comment avait-il pu faire ça ?

« Je ne t'aimerai jamais !

– Grace, je t'en prie. Je suis désolé. C'était stupide, je n'aurais pas dû... »

Il essaya de m'attraper la main.

« Ne me touche pas ! » Mon bras vola et le tranchant de ma main s'abattit sur sa poitrine suivant une technique de kung-fu imparable. Technique qu'il m'avait lui-même enseignée. J'entendis des os craquer. Talbot bascula en arrière et percuta la rambarde. Il poussa un cri strident en étreignant sa cage thoracique. J'étais sûre de lui avoir cassé au moins une côte.

Le loup dans ma tête m'énumérait tout ce qu'il était disposé à lui faire subir si je voulais bien le libérer...

Je ne pouvais pas faire ça. Je pressai la pierre de lune contre ma poitrine, adjurant son pouvoir apaisant d'entrer en moi. Je n'allais pas laisser Talbot me faire perdre le contrôle de moi-même. Je devais m'éloigner de lui. De sa tromperie. De ses mensonges.

« Je ne veux plus jamais te revoir », décrétai-je en ouvrant la porte de la cage d'escalier avant de me ruer dans le couloir menant aux soins intensifs.

J'enfonçai la touche « Appel » à côté de la porte d'entrée et expliquai à l'infirmière que j'avais laissé mes clés de voiture dans la salle d'attente. Elle me laissa entrer. Je m'engouffrai dans le service et longeai un couloir, dépassant la chambre de papa, jusqu'à ce que j'aie la certitude que Talbot ne m'avait pas suivie. Je m'adossai finalement à une vitre pour reprendre mes esprits, en serrant la pierre contre ma poitrine. Soudain, un bip strident retentit, comme celui qu'avait produit le moniteur de mon père.

J'étais sur le point de rebrousser chemin jusqu'à sa chambre quand je me rendis compte que le bruit venait de derrière la vitre où j'avais pris appui. En jetant un coup d'œil, je vis un médecin armé de deux fers à repasser en train d'essayer de réanimer un patient. Ce dernier s'arc-bouta, tremblant des pieds à la tête sous le choc, avant de retomber inerte sur le lit. Son visage me disait quelque chose…

Il était jeune. Mon âge, peut-être un peu plus…

Je mis mes super-pouvoirs auditifs à contribution pour essayer de comprendre, malgré le vacarme de l'alarme, ce que disait le bataillon de personnel médical présent dans la chambre.

« Je ne comprends pas. Il allait bien la dernière fois qu'on l'a examiné », dit une infirmière, dans tous ses états. « Il venait juste d'avoir une visite de son cousin.

– Dégagez ! » cria quelqu'un d'autre.

Je restai plantée là, en état de choc, à assister à cette scène sans que personne n'ait remarqué ma présence, alors qu'on appliquait à nouveau le défibrillateur sur la poitrine du malheureux. Son visage n'était qu'un masque boursouflé, mais en dépit des meurtrissures et des bandages, je finis par le reconnaître.

« Ça suffit, dit une autre infirmière. Inutile d'insister. »

Le médecin ôta ses gants en latex et les posa sur un plateau en métal. Il leva les yeux vers la pendule au-dessus du lit.

« Heure du décès : vingt heures vingt-trois », annonça-t-il.

Je m'écartai de la vitre en chancelant et pris mes jambes à mon cou dans le couloir. Je dévalai les marches quatre à quatre et sortis comme une furie de l'hôpital, consciente que je venais d'assister à la mort de Pete Bradshaw.

10

Tendre miséricorde

Une minute plus tard

Comme par miracle, en sortant de l'hôpital, j'aperçus le loup blanc qui errait dans le bosquet derrière le parking. Il me suivit des yeux. Je l'imitai en fixant ses prunelles étincelantes sous le clair de lune. Était-il au courant de ce qui s'était passé ? Avait-il senti que j'avais besoin de lui ? Savait-il que j'étais en possession de la pierre de lune ?

Dès que je fis un pas dans sa direction, il se retourna et disparut entre les arbres. J'avais envie de lui crier de rester, mais il ne fallait pas que j'attire l'attention sur lui dans un endroit public. J'étais sur le point de m'élancer à sa poursuite quand la voiture d'April surgit devant moi. Brent et Slade étaient à l'intérieur. Je n'avais pas revu ce dernier depuis qu'il avait refusé d'entrer avec moi dans l'entrepôt. Je me demandai depuis combien de temps ils m'attendaient.

« Il veut qu'on te ramène à la maison », m'annonça solennellement Brent en descendant sa vitre.

Avant de m'approcher d'eux, j'enfouis la pierre de lune dans la petite poche poitrine de ma blouse d'hôpital.

Après la trahison de Talbot, j'hésitais à informer qui que ce soit d'autre que je l'avais en ma possession.

Je me glissai sur la banquette arrière. La mauvaise humeur des deux garçons assis à l'avant était presque palpable. J'en conclus qu'ils devaient être au courant de ce qui était arrivé à Marcos. Ils étaient beaucoup plus liés à lui que moi. Je ne savais pas quoi dire. Personne ne pipa mot. Slade démarra et prit le chemin de Rose Crest en conduisant nettement plus lentement que la dernière fois.

Leur compagnon était mort à cause de moi.

Deux personnes de ma connaissance étaient mortes aujourd'hui, et mon père se trouvait dans un état critique.

Tout ça, c'est de ta faute, grogna le loup dans ma tête.

Nous roulâmes dans un silence gêné. En arrivant dans mon quartier, je remarquai quelque chose d'étrange. Bien que la nuit fût tombée, tous les voisins étaient dehors, devant chez eux. Certains, assis sur les marches de leur perron. Quelques-uns debout dans la rue. Ils avaient l'air d'attendre quelque chose. Comme s'ils étaient incapables de faire quoi que ce soit avant que ça se produise.

Je baissai ma vitre teintée et portai mon regard vers la famille Headrick, assise sur sa terrasse en train de contempler le ciel. Dès qu'il m'aperçut, Jack Headrick se leva et fit signe à sa femme et à ses enfants de le suivre. À mon grand étonnement, ils coururent derrière la voiture. D'autres voisins les imitèrent, si bien qu'une procession silencieuse se forma bientôt dans notre sillage.

« Que se passe-t-il ? » demandai-je.

Slade tressaillit au son de ma voix.

« Ils savent, dit Brent, prenant la parole pour la première fois depuis que j'étais montée dans la voiture. La radio a parlé de l'explosion tout l'après-midi. La télé aussi, j'imagine. Quelqu'un a dû donner le nom de ton père à la presse. Ils sont tous au courant de ce qui lui est arrivé. »

Slade se gara dans notre allée. La longue file de gens derrière nous me faisait l'effet d'une marche funèbre. Je restais assise, incapable de sortir de la voiture. J'avais envie de leur crier de s'en aller. Qu'est-ce qu'ils faisaient tous là ? Je ne voulais pas voir cette anxiété sur leurs visages. Ni répondre à leurs questions. Ils allaient vouloir des nouvelles. Demander ce que mon père faisait à l'entrepôt, pour commencer. En quoi ils pouvaient nous aider. Il faudrait que je les remercie de leur sollicitude.

C'est ton père. De quel droit envahissent-ils ton espace vital en se comportant comme si c'était eux, et non pas toi, qui avaient failli le perdre ?

J'ouvris brusquement la portière et m'élançai vers la maison en me gardant de courir trop vite sous les yeux de tous ces gens. J'avais juste envie d'être chez moi, loin de tout le monde. Alors que je montais les marches du perron, April apparut sur le seuil. Elle tremblait comme à son habitude, et son visage bouffi était strié de larmes. *Moi qui pensais ne rien lui dire !* Avant que j'aie le temps de réagir, elle m'étreignit avec tant d'effusion qu'elle me fit penser à mon vieil ami Don Mooney.

« Oh, ma chérie, est-ce que ça va ?

– Oui, répondis-je, émue à la pensée que sa première question soit à mon sujet. Mais je veux rentrer. Il faut que je m'éloigne de toute cette foule. »

La pierre de lune vibra dans ma poche tandis qu'April me serrait contre elle en me frottant le dos. C'était tellement rassurant – cette première *vraie* étreinte de la journée – que pour la première fois ce soir-là, je me sentis moins seule.

« Ils ont besoin d'être là. Comprends-les », me dit-elle.

Tendre miséricorde

En tournant la tête, je vis que la plupart des voisins avaient investi notre pelouse. Seule une poignée d'entre eux s'attardaient encore dans la rue. Je repensai au jour où Baby James avait disparu. Presque toute la paroisse était venue nous donner un coup de main pour le retrouver.

Je me rendis alors compte que le loup dans ma tête s'était fourvoyé. Mon père appartenait à ses ouailles en un sens. Il était leur pasteur – leur père à tous. Ils avaient parfaitement le droit d'estimer qu'il leur appartenait à eux aussi. De se faire du souci pour lui. S'il s'était agi d'une meute de loups, papa aurait été leur alpha.

Non, c'était un troupeau sans son berger.

Rassemblant mes forces, je me libérai des bras d'April pour me tourner résolument vers la foule massée devant chez nous. J'imaginai la même question se formant sur leurs lèvres.

« Je vous remercie de votre soutien, dis-je en imitant au mieux le ton à la fois rassurant et autoritaire de papa. Je suis sincèrement touchée par l'affection que vous portez à mon père. Il est toujours dans un état critique, mais la situation s'est un peu améliorée au cours de la dernière heure. Dès que j'en saurai un peu plus, je ferai en sorte que quelqu'un fasse circuler l'information. »

L'instant d'après, je fus bombardée de questions à propos de ce qui s'était passé. Je leur répétai le même mensonge que j'avais fourgué aux policiers qui m'avaient interrogée aux urgences : papa cherchait un nouveau lieu en ville, pour un refuge destiné aux sans-abri, et je n'avais pas la moindre idée de ce qui avait provoqué l'explosion.

Trois de mes voisins au moins proposèrent de m'apporter de quoi dîner.

« Merci de votre gentillesse, lançai-je. Cependant, un autre membre de notre communauté a besoin de votre aide plus que moi. J'étais à l'hôpital tout à l'heure quand Pete Bradshaw, malheureusement, nous a quittés. »

April poussa un petit cri, ainsi que plusieurs autres voisins.

« Je suis sûre que sa mère a davantage besoin de votre bonne volonté que moi à cet instant. Je vous en prie, accordez-lui toutes vos attentions. »

C'est ce que mon père aurait voulu qu'ils fassent, j'en avais la conviction. Pete avait ses problèmes, mais sa mère ne méritait certainement pas de perdre son fils unique.

Je remerciai à nouveau tout le monde avant de tourner les talons. April m'emboîta le pas. Nous nous réfugiâmes dans la maison. Au moment où je refermais la porte derrière nous, je vis quelques bonnes âmes se diriger à pas lents vers Rose Drive, au bout de notre rue, où habitait Ann Bradshaw.

« J'avais presque l'impression d'entendre un pasteur en t'écoutant, dit April. Tu as un avenir de leader, si ça se trouve.

– J'en doute, marmonnai-je.

– Pas moi », fit la voix de Gabriel venant de la cuisine. « Et cet avenir pourrait bien advenir plus tôt que tu ne le penses. » Il posa ce qui ressemblait à un carnet de croquis sur la table et se tourna vers moi. « Il faut qu'on parle, Grace. »

Cinq minutes plus tard

Peu après, April s'apprêta à prendre congé, comme si quelque chose avait été convenu entre Gabriel et elle. Je savais exactement où elle allait.

« Y a-t-il quelqu'un auprès de Jude ?

– J'ai envoyé Ryan et Zach.

– Est-il au courant ?

– Il sait qu'un accident s'est produit, mais j'ai dit aux autres de ne pas trop lui donner de détails pour le moment. »

Je poussai un soupir de soulagement.

« Explique-lui la situation tout de même, mais garde Ryan et Zach avec toi, au cas où... Dieu sait comment il va réagir. »

C'était à moi d'annoncer la triste nouvelle à mon frère, mais je ne m'en sentais pas capable. Et s'il ne réagissait pas du tout ? Si ça ne lui faisait ni chaud ni froid ? Je ne le supporterais pas.

J'ai quelque chose de plus important à faire en attendant, pensai-je en tâtant la pierre de lune dans ma poche pour m'assurer que je l'avais toujours.

Comme April se dirigeait vers la porte d'entrée, Gabriel me fit signe de le rejoindre. Le carnet de croquis que je n'avais jamais vu auparavant était posé devant lui sur la table. Il serrait un fusain dans son poing. J'avais envie de lui dire que je n'avais pas le temps de parler – que j'avais besoin de concentrer toute mon énergie sur la manière dont je pouvais mettre à profit ma pierre de lune pour faire revenir Daniel –, mais son regard grave et la rapidité avec laquelle April avait filé laissaient supposer que ce qu'il avait à me dire était sérieux. Et puis, en toute honnêteté, il était le seul à qui j'étais prête à confier que je disposais désormais d'une pierre.

Je tirai une chaise et m'installai à côté de lui.

« Je tiens d'abord à ce que tu saches que je suis désolé, dit-il. En tant qu'assistant de ton père à la paroisse, il m'incombait de m'adresser à ses ouailles. Étant donné les circonstances, cependant, ajouta-t-il, j'ai pensé que ça ne serait pas sage. » Il désigna le pansement couvrant la plaie

qui s'était rouverte pendant notre tentative avortée de guérison, les bleus le long de sa mâchoire. Il y avait plusieurs
heures que je ne l'avais pas vu, mais ils étaient toujours
aussi marqués et, à l'évidence, douloureux. Combien de
temps faudrait-il pour qu'ils guérissent ?

« C'est plutôt moi qui vous dois des excuses. Je tenais
tellement à aider papa. J'aurais dû me rendre compte que
je n'étais pas prête.

– C'est de ma faute. Je n'ai pas mesuré l'intensité de
la colère que tu réprimais. » Il plongea son regard dans
le mien. « Connais-tu la parabole du serviteur impi-
toyable ? »

Je n'étais vraiment pas d'humeur à écouter un récit
allégorique, mais je voyais bien qu'il y tenait. Je secouai
donc la tête.

« Un roi miséricordieux avait pardonné à son domestique la dette importante qu'il avait contractée auprès de
lui sans parvenir à la rembourser. Un peu plus tard, ce
même domestique accorda un prêt moins important à
un paysan. Voyant que ce dernier n'était pas en mesure
de s'en acquitter, il piqua une colère et le jeta en prison.
En apprenant cela, le roi s'emporta contre l'homme qui
n'avait pas su manifester la même compassion que lui et
le fit enfermer à son tour dans les geôles des débiteurs.

– Je ne vois pas trop ce que ça a à voir avec ce qui se
passe en ce moment, dis-je d'un ton plus agressif que je
ne l'aurais voulu.

– Tu as tellement de colère en toi, Grace. Je l'ai senti quand nous étions connectés. Toute cette rage qui
bouillonne à l'intérieur de ton être – elle va te dévorer si
tu n'en viens pas à bout. C'est une force aussi puissante
que l'amour que tu canalises à la place de ton énergie
positive. Comme si tu laissais ton loup intérieur attaquer

quelqu'un d'autre – de l'intérieur. C'est ce qui a causé ça, précisa-t-il en me montrant son visage balafré. Tu as rouvert mes plaies. J'espère juste que j'ai fait les frais de cette agression à la place de ton père. »

Je baissai honteusement la tête. C'était donc à cause de moi que tous ces moniteurs s'étaient affolés dans la chambre de papa.

« Vous voulez dire que je peux faire du mal aux gens – littéralement – du fait de ma colère ? » Je joignis les mains qui me faisaient subitement l'effet d'armes dangereuses.

« Pas autant qu'à toi. Nous en avons déjà parlé. Ton loup se nourrit de tes émotions négatives. Tu dois définir cette colère et t'en débarrasser avant de céder davantage de pouvoir au loup. Tu es suffisamment forte pour résister à une attaque de l'extérieur, je le sais. Tu l'as prouvé à l'entrepôt. Laisser le loup s'en prendre à toi de l'intérieur est beaucoup plus insidieux. » Il tripota son pansement. Il ne devait pas avoir l'habitude d'en porter. « Dis-moi, Grace, à qui en veux-tu à ce point ?

– Je ne sais pas. Personne en particulier. » Je mentais. « À tout le monde. » *Ils t'ont tous laissée tomber et maintenant il se permet de te faire la leçon ?* Je me concentrai sur la pierre dans ma poche pour essayer de reprendre un peu le contrôle. « J'en veux à mon père de m'avoir empêchée d'aller à l'entrepôt et d'avoir insisté pour s'y rendre lui-même. À Talbot, parce qu'il n'a pas su protéger mon père et parce que c'est un menteur, un sal… » Je n'achevai pas ma phrase.

« Mais ta colère est plus profonde que ça. La fureur que j'ai sentie en toi venait de plus loin. » Gabriel prit une grande inspiration et plongea son regard dans le mien. « En veux-tu à Daniel ?

– Non.

– Tu en es sûre ? Ce serait facile d'éprouver de la rancœur à son égard.

– De la rancœur ? Comment pourrais-je en vouloir à quelqu'un qui a tout sacrifié pour moi ? Il était censé s'enfuir. Je lui avais fait promettre de s'échapper de l'entrepôt s'il en avait l'occasion. Au lieu de ça, il a tout fait pour me sauver. Comment pourrais-je lui faire le moindre reproche ? »

C'était juste là. Sous la surface. Gabriel n'avait eu qu'à gratter un peu et ça s'était mis à suinter, comme du sang sur une croûte. J'étais *furieuse* contre Daniel. Je lui en voulais de ne pas être là. Il m'avait laissée toute seule. Il aurait dû être au chevet de papa avec moi aujourd'hui, me serrer dans ses bras, me réconforter. C'était irrationnel, j'en avais conscience. Il aurait bien aimé être là, je n'en doutais pas. Qu'y pouvait-il ?

Ton père ne serait jamais allé à l'entrepôt si Daniel avait été là. C'est de sa faute s'il a été blessé.

Seigneur !

C'était le loup qui venait de dire ça. Il avait exhumé cette idée des profondeurs de mon inconscient. Comment avais-je pu penser quelque chose d'aussi terrible ? Les larmes me vinrent aux yeux.

« Pourquoi suis-je aussi en colère contre lui ? Ce n'est pas juste. Il a tout sacrifié pour moi, répétai-je.

– Parce qu'il n'était pas censé le faire, me répondit Gabriel. Il n'était même pas censé *essayer*.

– Je lui avais fait promettre de s'enfuir si l'occasion se présentait. Il devait me laisser mourir de manière à sauver sa peau, et sauver sa famille. Il n'a pas tenu parole et s'est jeté par-dessus ce balcon pour voler à mon secours. C'est comme ça qu'on l'a changé en loup blanc.

– Et maintenant il est coincé. »

C'est pour ça que je lui en veux tant.

« Cela fait-il de moi un monstre ?

– Cela te rend humaine au contraire. » Gabriel posa une main sur mon épaule. « Mais il faut bien que tu comprennes que Daniel et toi étiez connectés – plus profondément que nous l'étions, toi et moi, tout à l'heure à l'hôpital. Tu ressens ce qu'il ressent. Tu sais qu'il a besoin d'une pierre de lune, et qu'une partie de son être est en train de s'en aller. As-tu songé qu'il éprouve peut-être la même chose que toi ? C'est ta colère qui le fait fuir, si ça se trouve. »

Gabriel aurait aussi bien pu me planter une lame en argent dans le cœur tant ses paroles m'avaient blessée.

« Vous le croyez vraiment ?

– Ce n'est qu'une hypothèse, mais je pense que tu dois trouver le moyen de lui pardonner – avant qu'il soit trop tard. De pardonner à tout le monde avant de te retrouver avec le loup dans ta tête pour seule compagnie. À Daniel. Ton père. Ta mère. Ton frère… »

Je détournai les yeux.

« À Dieu !

– À Dieu ? » Je jetai un coup d'œil à Gabriel. « Je n'ai jamais dit que j'étais en colère contre Dieu.

– Ce n'était pas nécessaire. J'ai senti ce que tu avais dans le cœur à l'hôpital, et tu viens de dire qu'*on* avait changé Daniel en loup blanc. Et non pas qu'il s'était changé en loup blanc. Comme si tu reprochais à quelqu'un d'autre, une force extérieure quelconque, de l'avoir métamorphosé. Tu accuses Dieu. »

Je ne savais pas quoi dire. *Avait-il vraiment lu ça dans mon cœur ?*

« Dis-moi, ma fille, reprit Gabriel sur le ton d'un prêtre interrogeant une pécheresse au confessionnal, avec tous ces défis que tu as dû relever cette semaine, as-tu prié le Seigneur pour qu'Il te guide ? »

Je le regardai en battant des paupières. C'était une question indiscrète qui incita le loup en moi à grogner des insultes d'une voix rageuse. Je secouai la tête pour le faire taire.

« Non, avouai-je à voix basse.

– N'oublie pas qui tu es, Grace Divine. Ton père est pasteur, tu t'adresses à un moine âgé de huit cents ans, mais c'est vers Lui que tu dois te tourner, ajouta-t-il en pointant un doigt vers le ciel.

– Et si je n'y arrive pas ? Si j'ai trop… peur ? »

Gabriel inclina la tête sur le côté d'un air intrigué.

« Peur de ne pas avoir de réponse ? As-tu perdu la foi… ?

– Non. Je sais que Dieu existe. C'est juste que je ne Le comprends plus. Je ne vois pas pourquoi Il a créé les Urbat si c'est pour qu'ils deviennent aussi corrompus. Pourquoi Il a inventé cette malédiction. Pourquoi nous a-t-Il fait ça à nous ? Pourquoi changer Daniel en loup blanc ? Ce n'est pas ce que je voulais. Pas ce que j'ai demandé.

– Demandé ?

– La dernière fois que j'ai prié, à l'entrepôt, j'ai prié Dieu d'épargner Daniel. De le sauver, lui et sa famille. Je L'ai supplié de me sacrifier, et d'épargner les autres. J'étais prête à mourir, mais Daniel a sauté du balcon, il s'est transformé en loup blanc et tout a découlé de là. Tout le monde a été sauvé en un sens. Ma prière a été exaucée, mais pas comme je m'y attendais. Le prix n'était pas celui que j'étais disposée à payer. Je ne veux plus jamais que ça arrive. » Je me mordis la lèvre et pendant que mes pensées commençaient à s'organiser dans ma tête, nous sombrâmes tous les deux dans le silence. « Je suppose qu'au fond de moi, j'en veux au Seigneur, ajoutai-je.

– Il y a eu des moments où j'ai douté, où je me suis égaré, répondit Gabriel. Sans mon ancre, je serais sans doute encore perdu. Pourtant, je sais que tout ça a un but – même si au bout de pratiquement un millénaire, je ne comprends toujours pas Dieu. En revanche, j'ai l'intime conviction que tu dois venir à bout de ta colère, trouver ta propre ancre et, à l'instar du serviteur de la parabole, pardonner afin qu'on te pardonne. Même si Dieu est le seul auquel tu dois accorder ton pardon. Même si c'est à toi-même que tu dois pardonner. »

Je baissai les yeux. C'était sans doute à moi que j'en voulais le plus. Gênée, je ris pour dissiper la tension qui montait en moi.

« Rappelez-moi de m'abstenir désormais de conjuguer mon esprit au vôtre. Vous êtes beaucoup trop perspicace.

– Conjuguer nos esprits ? » s'étonna Gabriel. L'expression paraissait encore plus ridicule avec son mélange d'accents européen et américain.

« Ah oui ! J'avais oublié que vous ne regardez jamais de films.

– J'aurais pourtant dû trouver le temps depuis des siècles.

– En quoi consiste votre ancre ? » demandai-je. Je n'avais jamais considéré Gabriel comme un ami, mais il savait tellement de choses à mon sujet maintenant que j'estimais avoir le droit de lui poser quelques questions personnelles. « Huit cents ans, ça fait beaucoup de temps sans lâcher prise.

– Je n'ai jamais dit que je ne lâchais pas prise de temps à autre. Bien au contraire. »

Une lueur sombre passa dans son regard, et je compris qu'il aurait été *trop* personnel de l'interroger sur ces périodes-là de sa vie. Je savais déjà ce qui était arrivé à sa sœur, Katharine, morte entre ses mains – ses crocs – peu après qu'il eut succombé à la malédiction du loup-garou. « Mais grâce à mon ancre, je retrouve la voie. » Gabriel ouvrit son carnet sur le portrait d'une femme. Une femme magnifique aux cheveux blonds, aux traits délicats. Dessinée avec tant de soin que c'était forcément l'œuvre d'un artiste – un artiste qui aimait à l'évidence profondément son sujet.

« C'est vous qui avez fait ça ?

– Oui. » Gabriel tapota la table à côté du carnet avec son crayon. « Dessiner fait partie des activités auxquelles je m'adonne quand je me sens agité. Ce n'est pas aussi efficace que le taï-chi, mais cela attire moins le regard en public.

– C'est admirable. » Je voyais en lui un moine, un loup-garou, et même un enseignant de religion, si bien que j'en avais presque oublié ses multiples talents. Il avait été à l'origine d'une partie des somptueuses sculptures du jardin des Anges. « Puis-je ? » demandai-je en tendant la main vers son carnet, avide de découvrir d'autres œuvres de sa composition.

Il hocha la tête en poussant le petit livre vers moi. Il ne dit pas un mot pendant que je feuilletais les pages. Les dessins représentaient tous le même modèle. Quelque chose transparaissait, au-delà de sa beauté. Dans ses yeux. On avait l'impression qu'elle souffrait terriblement, mais s'efforçait de le cacher. Un petit sourire incurvait ses lèvres, comme si elle s'efforçait de se montrer courageuse en dépit de ses peurs.

« Qui est-ce ? Votre sœur ?

– Ma femme. »

Je relevai brusquement la tête. Les meurtrissures sur son visage, encore sensibles manifestement, semblaient nettement moins douloureuses que son regard, reflet des sentiments de son modèle.

« Vous ne m'aviez jamais dit que vous étiez marié.

– Elle s'appelait Marie. » Il prononça ce nom avec un étrange accent. « Elle est morte en couches il y a des centaines d'années. Avant que je devienne moine. Avant les croisades. Avant que je sois maudit.

– Je suis désolée, murmurai-je, même si je ne voyais pas trop quelle différence ça pouvait faire à ce stade.

– Avant de rendre l'âme, elle m'a fait promettre qu'un jour j'irais la rejoindre au Ciel. C'est la raison pour laquelle j'ai choisi de devenir moine. Je pensais qu'en consacrant ma vie à Dieu, je resterais assez pur pour tenir ma parole. À l'évidence, mon plan a échoué. Quand j'ai succombé à la malédiction du loup-garou, j'ai craint d'avoir tout perdu. Pendant longtemps j'ai renoncé à la promesse faite à Marie. J'avais commis certains actes, comme tu le sais… »

Je hochai la tête en repensant à Katharine.

« Pourtant Marie m'a remis sur le droit chemin en me montrant qu'elle n'avait pas renoncé à moi.

– Comment ?

– La prêtresse babylonienne – celle qui m'a donné les pierres de lune – ne m'a pas trouvé par hasard. Cela n'avait rien d'une coïncidence. Elle m'a expliqué que l'esprit de Marie s'était adressé à elle et lui avait fait savoir ce dont j'avais besoin. Elle m'a affirmé que Marie attendait toujours que je la rejoigne au Ciel. Qu'elle ne cesserait jamais de m'attendre. »

J'en restai bouche bée.

« Ces pierres de lune ont changé ma vie. Je me suis voué à une existence de non-violence et depuis lors je m'efforce d'expier tous mes terribles méfaits. »

J'éprouvai une pointe de culpabilité à la pensée que je ne lui avais toujours pas parlé de la pierre de lune en ma possession. Sans lui, elle n'aurait même pas existé.

« Pourtant, vous vous êtes battu à l'entrepôt alors que vous aviez juré de ne plus jamais le faire.

– Comme je te l'ai dit, tu m'as inspiré. » Il rapprocha son carnet de lui. Ses doigts effleurèrent le visage de Marie. « C'est seulement quand Daniel m'a raconté ce que tu avais fait pour lui que j'ai vraiment commencé à croire que je pouvais guérir moi aussi. Penser à toi m'a redonné espoir de tenir un jour la promesse faite à Marie. Cependant, après avoir douté durant des siècles de la rejoindre un jour, je craignais de laisser cet espoir prendre vainement racine en moi. C'est la raison pour laquelle je suis venu ici, afin de te voir de mes propres yeux. Hélas ! je redoutais tellement de te perdre avant d'avoir compris qui tu étais que j'ai estimé qu'il fallait te choyer, te protéger. Alors qu'au final, ce n'était pas du tout la voie à suivre pour assurer ta sécurité. Je te suis tellement reconnaissant de m'avoir montré que certaines choses valent la peine qu'on se batte pour elles.

– À moins que je ne sois stupide au point de m'exposer continuellement au danger. »

Gabriel gloussa.

« Ce n'est pas tout à fait faux. Néanmoins, tu as raison à maints égards. Jadis, je pensais pouvoir aider les Urbat à retrouver la bénédiction de Dieu. Jusqu'à ce que tu fasses ton apparition, j'avais perdu tout espoir d'y parvenir. Tu veux que je te dise ce que la prêtresse et toi avez d'intéressant en commun ?

– Quoi ? demandai-je en penchant la tête sur le côté.

– Des yeux violets. Je m'en souviens maintenant. Elle avait des yeux semblables aux tiens.

– Vraiment ? » Les yeux violets sont extrêmement rares. Maman m'avait raconté que lorsque mes yeux bleus de bébé avaient viré au violet, mon grand-père Kramer avait tenté de la convaincre de changer mon prénom en Liz – à cause de son actrice préférée, Elizabeth Taylor, célèbre pour son regard exceptionnel. Mais papa avait soutenu que Grace m'allait mieux. À part Jude, je ne connaissais personne qui avait cette couleur d'yeux.

« Il existe une ancienne légende égyptienne à propos des gens aux yeux violets. On les appelle "les êtres d'esprit" là-bas. La prêtresse que j'ai rencontrée pouvait communiquer avec les défunts. Satisfaire leurs requêtes. Peut-être est-ce la raison pour laquelle le lien entre Daniel et toi est si fort. Cela pourrait expliquer que tu connaisses aussi bien ses besoins. »

J'avais la bouche sèche tout à coup.

« Sous-entendez vous qu'il est mort ?

– Non, non, me répondit Gabriel en me tapotant la main. Je veux dire par là que tu as un rapport spirituel étroit avec le monde. Tu es spéciale à maints égards, et tu commences seulement à le comprendre. Si tu puises dans tes ressources, tu as le potentiel de devenir un leader, une grande guérisseuse – la Divine que nous avons tous envie que tu sois. Mais tu n'y arriveras jamais si tu ne te défais pas de ta colère. Sinon, elle te corrompra comme le reste d'entre nous. »

Les propos de Gabriel sonnaient juste, même si je ne savais pas trop comment les interpréter. Lâcher prise était beaucoup plus facile à dire qu'à faire. Je portai mon regard sur le carnet de croquis en me demandant comment il s'était raccroché à une ancre qui lui avait été retirée pendant si longtemps.

« Si je te dis tout ça, Grace, ce n'est pas pour te faire la leçon, ni te décourager. Mon intention est précisément l'inverse. Tu as le potentiel de devenir un grand leader, j'en suis convaincu. Hélas ! comme je te l'ai dit tout à l'heure, le moment viendra peut-être plus tôt que tu ne le voudrais.

– Que voulez-vous dire ?

– Je m'en vais, Grace. »

11

Attache

Après avoir retenu mon souffle quelques instants

« Comment ? Ce n'est pas possible. Vous ne pouvez pas partir. *Pas maintenant.* »

La panique résonnait dans ma voix.

Gabriel se gratta la joue, autour de son pansement.

« Les gardes de Sirhan m'ont trouvé aujourd'hui. Ils sont venus ici me remettre un message. » Il massa sa mâchoire endolorie. Il avait dû passer un mauvais quart d'heure. « J'ai quarante-huit heures pour retourner auprès de Sirhan. Sinon, il viendra me chercher lui-même avec toute sa meute. »

Quelques heures auparavant, j'avais eu la ferme intention d'aller trouver Sirhan moi-même – mais à l'idée qu'il puisse venir à Rose Crest, la terreur me serra les entrailles. « Serait-il vraiment prêt à venir jusqu'ici ? »

Gabriel hocha la tête, la mine grave.

« Tu n'as pas envie que ça arrive, crois-moi.

– Mais vous êtes son bêta. Ne pouvez-vous pas le raisonner ? Essayer de gagner du temps ? »

Deux semaines plus tôt, j'aurais été contente de me débarrasser de Gabriel, mais pour l'heure, c'était l'une des rares personnes sur lesquelles je pouvais encore compter dans ce monde. À la perspective de le voir partir, j'avais envie de me répandre en invectives contre le Ciel.

« Sirhan n'est plus lui-même depuis que sa compagne, Rachel, est morte après la trahison de Caleb. Il se meurt de vieillesse. Imagine l'effet que ça peut faire à un être resté jeune près de mille ans avec le sentiment d'être immortel ? La déchéance rapide qu'il a subie ces derniers mois a sérieusement sapé ses forces, tant physiques que mentales. Ce n'est pas quelqu'un que l'on peut raisonner facilement. Il sait qu'il va mourir d'ici quelques jours, ce qui a fait de lui un homme désespéré. Et ces gens-là peuvent être extrêmement dangereux.

– Vous courez d'autant plus de risques en retournant là-bas.

– Si je persuade Sirhan de ma loyauté en y allant sans perdre de temps, je devrais m'en tirer. En ma qualité de bêta, il est de mon devoir d'être auprès de lui à la fin de sa vie. Je comptais plier bagage cet après-midi, mais je ne pouvais pas me résoudre à partir sachant ce qui était arrivé à ton père.

– Mais vous avez toujours l'intention d'y aller ?

– Oui, de bonne heure demain matin. Nous courons un danger supplémentaire si Sirhan vient ici. Selon la loi de la meute qui est encore plus ancienne que moi, la cérémonie du défi visant à élire le prochain alpha doit se dérouler à l'endroit où l'alpha rend son dernier soupir. Si Sirhan devait mourir pendant son séjour ici, cela attirerait Caleb et sa meute, ainsi que tous les autres candidats Urbat qui afflueraient du monde entier. Tu n'as pas envie que Rose Crest devienne le champ de bataille de tous ces loups-garous déterminés à le détrôner. »

Certainement pas.

J'avais tellement de questions à poser à Gabriel, mais avant que j'aie le temps de les aborder, une plainte sinistre, terriblement sonore, monta de la forêt derrière chez nous. Nous tressaillîmes tous les deux.

Daniel.

« Oh non ! » Je me levai précipitamment en envoyant valser le carnet de croquis. Gabriel le rattrapa au vol. « J'ai entendu dire que Marsh, l'adjoint du shérif, menaçait d'organiser une battue. Avec tout ce qui s'est passé aujourd'hui, ça m'était sorti de la tête. Ils pensent que Pete Bradshaw a été attaqué par un loup, et maintenant qu'il est mort... Ils ont même des balles en argent à leur disposition.

– C'est inquiétant, dit Gabriel en se levant pour fourrer ses crayons et son carnet dans son sac à dos.

– Je dois faire quelque chose. » Je portai la main sur la pierre de lune toujours dans ma poche.

Gabriel m'arrêta d'un geste.

« Laisse-moi le trouver, dit-il en hissant son sac sur son épaule. Ça me fera du bien de courir un peu pour réfléchir à tout ça, et toi tu as besoin de te reposer. Je l'emmènerai quelque part en sécurité et je resterai avec lui toute la nuit pour m'assurer qu'il est hors de danger.

– Attendez. » Je sortis la pierre de lune de ma poche et la posai sur la table.

Gabriel poussa un petit cri en la voyant. Il tendit la main. Je voyais bien que ça le démangeait de la toucher. J'approuvai d'un signe de tête. Quand il pressa ses doigts sur la surface, je sentis une partie de la tension qui l'habitait le quitter. Il avait dû faire un sacrifice terrible en cédant sa bague à mon frère. Il n'avait probablement jamais passé autant de temps sans pierre de lune depuis des siècles.

L'espace d'une seconde, j'eus envie de la lui arracher des mains – de peur qu'il ne tente de me la voler, comme Talbot l'avait fait. Mais je secouai la tête, comprenant que c'était l'égoïsme du loup qui m'incitait à penser ça. Je le laissai quelques instants encore s'imprégner de la puissance d'espoir de la pierre.

« Où l'as-tu trouvée ? demanda-t-il finalement.

– C'est Talbot qui l'avait. Il ne m'avait rien dit. Je viens juste d'apprendre qu'elle était en sa possession. Depuis hier. J'ai eu envie de me déchaîner contre lui quand il m'a avoué la vérité. » *Il y a peut-être du vrai dans toute cette histoire de colère.* « Je veux que vous la portiez à Daniel. Que vous vous en serviez pour le guérir, je ne sais pas comment.

– Moi non plus, je ne sais pas. Pas vraiment. Je pense que le processus n'est pas très éloigné de ce que nous avons fait pour tenter de guérir ton père en utilisant la pierre comme un filtre qui concentre toute l'énergie sur lui. Seulement, je sais que ce n'est pas moi qui peux le faire revenir. » Gabriel prit la pierre et me la rendit. « Toi seule as ce pouvoir. »

Je refermai mon poing dessus en me mordant la lèvre. *Et si je ne fais qu'aggraver les choses en tentant de ramener Daniel parmi nous, comme ça a été le cas avec mon père ?*

« Pourquoi moi ?

– À cause du lien particulier qu'il y a entre vous. Tu es l'ancre de Daniel. Son attache à ce qui fait de lui un humain. Selon moi, tu es la seule à avoir la capacité de ressusciter la partie humaine de son être. »

Je hochai la tête, consciente que ce qu'il venait de me dire n'était pas une surprise. J'étais la seule à avoir cette faculté – de même que personne d'autre que moi n'aurait pu guérir Daniel un an plus tôt.

La première fois que j'avais pris conscience de ce lien qui m'unissait à Daniel – il y a des mois de cela, quand il m'avait emmenée au jardin des Anges –, j'avais eu la sensation que nous étions inséparables, que j'étais sa bouée de sauvetage.

« Ta colère s'ingénie à briser cette attache. Il est d'autant plus impératif que tu règles le problème le plus rapidement possible. Abstiens-toi d'essayer de transformer Daniel tant que ça ne sera pas fait. Sinon, tu risques de le perdre à jamais, j'en ai peur. »

Je déglutis péniblement, dans l'incapacité de réagir. J'avais beau avoir la pierre de lune en ma possession, Gabriel avait compris que je n'étais pas prête à en faire usage.

Moi aussi, je le savais.

Les hurlements de Daniel s'intensifièrent. Peut-être le savait-il aussi.

« Je dois prendre congé de toi, dit Gabriel. Je protégerai Daniel ce soir, mais demain matin je ne serai plus là. » Il se leva et s'inclina devant moi, une main sur le cœur, comme s'il avait affaire à un membre d'une famille royale. « J'ai foi en toi, Divine. Je sais que Daniel et toi êtes destinés à accomplir de grandes choses pour les Urbat. »

Sur ces mots, il sortit de la maison avant que j'aie le temps de riposter.

À la place, je me laissai envahir par le sentiment de reconnaissance, le remerciant intérieurement de son soutien.

Dont je ne bénéficierais plus que pour quelques heures.

12

Fais le calcul

Plus tard ce soir-là

Le fait que papa aille encore plus mal maintenant à cause de ma tentative de guérison ratée

+ Que je dispose enfin d'une pierre de lune sans pouvoir m'en servir

+ Que je redoute que ma colère ne fasse fuir Daniel sans savoir comment m'en débarrasser

+ Que Gabriel, la seule personne en qui je pouvais encore avoir confiance, soit contraint de partir de peur que la ville ne devienne une zone de guerre pour paranormaux

= LA RECETTE ASSURÉE POUR L'INSOMNIE

J'essayais de regarder la télévision dans l'espoir de m'assoupir, mais j'avais beau zapper, je tombais systématiquement sur les informations régionales. On passait en boucle des images de l'incendie de l'entrepôt qui s'était maintenant propagé à la gare désaffectée et menaçait les bâtiments voisins. Celles-ci étaient entrecoupées de rapports sur l'état de santé de mon père (toujours critique). La seule autre info qui semblait avoir retenu l'attention des journalistes était le décès de Pete Bradshaw. Le téléphone sonna. J'enfonçai la touche arrêt de la télécommande au moment où un reporter brandissait son micro sous le nez de cette pauvre Ann Bradshaw.

Je vérifiai le nom de l'appelant sur le petit écran du sans fil.

Tante Carol.

Je portais la pierre de lune autour de mon cou à présent, grâce à un bout de ficelle que j'avais déniché dans le tiroir de la table de la cuisine. Avant de décrocher, je la serrai dans ma main pour qu'elle me donne de la force.

Tante Carol se lança sans préambule dans un sermon, me reprochant de ne pas l'avoir appelée sur-le-champ pour l'informer de ce qui était arrivé à papa et de l'avoir laissée apprendre la nouvelle par les médias – apparemment, on parlait de l'explosion de l'entrepôt jusqu'à Cincinnati. Un instinct maternel latent chez elle dut faire surface parce que, l'instant d'après, je la décourageais de faire la route jusqu'à Rose Crest avec mon petit frère et ma sœur.

« Ça va, je t'assure. De toute façon, James et Charity n'auront pas le droit de rendre visite à papa aux soins intensifs. Ils sont trop jeunes. Il vaut mieux que vous restiez là-bas. Ils supporteront mal d'être à proximité sans pouvoir le voir, j'en suis sûre. » Sachant que ce raisonnement ne suffirait sans doute pas à dissuader Charity de revenir, j'envisageai de demander à tante Carol de lui cacher la vérité, mais je songeai à l'état de rage dans lequel cela me mettrait à sa place quand je finirais par découvrir le pot aux roses. En attendant, je me passais volontiers de leur présence à tous les trois. J'avais promis à James un jour de le protéger pour toujours, et la meilleure manière de le faire à cet instant, c'était de le maintenir à l'écart.

Quant à tante Carol, elle était incapable de tenir sa langue. Cinq minutes à peine après avoir raccroché, j'avais ma grand-mère Kramer, de Floride, au bout du fil. Si papy n'avait pas eu des ennuis de santé récemment, je les aurais probablement retrouvés sur mon pas de porte eux aussi sans tarder.

J'avais encore moins sommeil après ces appels, et j'éprouvais une irrésistible envie de faire quelque chose de productif. Je montai dans ma chambre et m'attelai à un de mes multiples devoirs, avant de m'attaquer à la pile de ceux que Daniel avait en retard, tout en maudissant le fait que nous n'avions que trois matières en commun. Je ne comprenais rien à son problème de maths, et le seul exercice qu'on avait tous les deux à faire – analyser la prochaine éclipse lunaire pour le cours d'astronomie –, je ne pourrais pas m'en occuper avant samedi, jour de l'éclipse. En rangeant le tout dans mon sac à dos, je tombai sur les lettres de recommandation de M. Barlow pour Trenton.

J'ouvris le tiroir de mon bureau et en sortis la grande enveloppe blanche contenant mon dossier de candidature. Je n'y avais jeté qu'un seul coup d'œil depuis qu'on nous l'avait remis, et je me souvenais m'être sentie accablée. J'en avais maintenant *deux* à remplir. D'ici vendredi. Cela pouvait sembler trivial de se soucier de ça dans un moment pareil, mais Daniel avait toujours rêvé d'aller à Trenton, et comme papa l'avait dit, je devais m'assurer qu'il ait toujours un avenir quand il serait de retour parmi nous.

La demande de candidature en elle-même ne posait pas de problème particulier, même si j'allais mettre du temps à la remplir à la place de Daniel. Ce qui me faisait le plus peur, c'était les questionnaires à choix multiples. J'en connaissais à peine les réponses pour moi-même, alors pour quelqu'un d'autre... Je fixai un long moment le sceau bleu brisé sur l'enveloppe avant de me décider à la ranger dans mon tiroir.

On verra ça plus tard, pensai-je.

J'emportai le manuel de chimie de Daniel sur mon lit en me disant que si quelque chose pouvait m'aider à trouver le sommeil, ce serait bien la chimie. Le problème, c'est qu'en ouvrant le bouquin au chapitre 10, je me revis en train d'étudier ces pages avec Pete Bradshaw, à la bibliothèque.

J'avais presque oublié qu'en plus de former un binôme au labo de chimie, nous avions été amis, Pete et moi, avant que notre relation ne se dégrade. Avant que je prenne conscience de l'individu violent qui se dissimulait sous cette veste Letterman et ce « sourire triple menace ». Avant qu'il accepte d'aider Jude à essayer de me retourner contre Daniel. Avant le fameux soir où j'étais tombée en panne en ville, quand il avait tenté de me faire croire que j'étais poursuivie par le monstre de Markham Street – histoire de se faire passer pour un héros. Avant qu'il m'agresse dans l'allée entre l'école et la paroisse, la nuit du bal de Noël.

Ce n'était pas de ma faute s'il avait perdu le contrôle, s'il était devenu ce pauvre type convaincu qu'il pouvait avoir tout ce qu'il voulait – *qui* il voulait. Je ne l'avais pas forcé à s'enivrer et à s'attaquer à moi le soir du bal de Noël... Ce qui ne lui avait apparemment pas servi de leçon. Il y a quelques semaines, avec des copains, il s'en était pris à Daniel. Et le soir où j'étais tombée sur lui au Dépôt... Dieu sait ce qu'il m'aurait fait subir si...

Ce soir-là, il avait été passé à tabac. Depuis lors il était dans le coma.

C'est bien fait pour lui.

« Non », protestai-je à l'adresse du loup. À un moment donné, il avait réussi à me convaincre que le sort réservé à Pete était on ne peut plus mérité. Mais c'était l'après-midi où j'avais moi aussi failli perdre complètement les pédales – lorsque mon loup m'avait expédiée chez Daniel que, dans mon délire, j'avais pratiquement agressé.

Tu ne vaux pas mieux que Pete. Daniel a de quoi te détester vu ce que tu as failli lui faire. Pas étonnant qu'il veuille te quitter.

Le loup m'accablait parfois en changeant brusquement de tactique, se nourrissant du moindre doute qui s'insinuait dans mon esprit. Me déchirant de l'intérieur.

Pete et moi sommes différents, me répétais-je. Si j'avais failli perdre le contrôle, c'était parce qu'une bête dans ma tête me poussait à faire du mal aux gens que j'aimais. Pete n'avait pas cette excuse. Il était humain, à cent pour cent.

Pourtant c'était un monstre.

Je le revis gisant dans ce lit d'hôpital, secoué par les décharges électriques que lui infligeait le médecin. Son visage m'avait semblé méconnaissable. Comme un masque déformé. Si pâle, si inerte. Pete accomplissait sciemment ses méfaits, mais il ne méritait pas de *mourir* pour autant. Je m'étais dit que je lui avais pardonné tout ce qu'il m'avait fait, mais était-ce vrai ?

Il était trop tard maintenant…

Qu'adviendrait-il si j'attendais trop longtemps pour pardonner à tous les autres ?

Cauchemar

J'avais dû finir par m'endormir sur un tas de bouquins parce qu'à un moment donné j'étais en train de lire au lit, et l'instant d'après, je me retrouvais dans l'allée où Pete m'avait agressée le soir du bal de Noël. Je portais ma robe blanche avec la ceinture violette, et je sentais l'air frais sur ma peau tout en sachant que j'étais en plein rêve.

Ce n'était pas un de ces rêves agréables où Daniel me prenait dans ses bras. C'était un cauchemar. Je m'en rendis compte en découvrant que je n'étais pas seule dans l'allée. Pete était là lui aussi, aussi déchaîné et dangereux que cette terrible nuit. Ma terreur, l'envie désespérée de lui échapper me paraissaient tout aussi réelles. Le rêve continua, et je revécus les événements qui avaient suivi. Don Mooney poignardant Pete et manquant de m'étouffer pour faire taire mes cris. Daniel volant à mon secours, et puis lui et moi tentant de retrouver Jude pour l'entraîner loin du bal, avant qu'il tombe sous le joug de la malédiction du loup-garou. Je fus forcée de revivre le moment où Jude nous avait dénichés sur le toit de la paroisse. Je le vis jeter la pierre de lune de Daniel. Je me rappelai la plainte que Daniel avait émise en inclinant la tête en arrière…

De bonne heure mardi matin

Je me dressai d'un bond dans mon lit, les bras et les pieds empêtrés dans les draps. Le ciel était d'un gris mauve. Je pensais que c'était le cri de Daniel qui m'avait arrachée à mon cauchemar, mais je me rendis compte qu'en fait c'était la sonnerie de mon portable sur la table de nuit.

Qui pouvait bien m'appeler de si bonne heure ? Je n'allais en tout cas pas me plaindre qu'on m'ait tirée de ce mauvais rêve. En m'obligeant à revivre cette nuit d'horreur, Dieu m'avait-Il punie de L'avoir négligé aussi longtemps ? J'attrapai mon téléphone et l'ouvris sans vérifier le nom de l'appelant.

« Allô, fis-je d'une voix ensommeillée.

– Grace. » C'était la voix d'April, encore plus tremblotante que d'habitude. « Tu as vu les nouvelles ce matin ?

– Non, il est… – je jetai un coup d'œil au réveil –… à peine six heures.

– Je me suis levée hyper tôt pour préparer un petit-déjeuner à Jude. Il était très agité hier soir, et j'ai pensé que si je lui apportais quelque chose de fait maison, il se sentirait mieux. J'ai allumé la radio à la cuisine… et j'ai entendu le bulletin d'infos à propos d'un truc qui s'est passé à l'hôpital… » Elle était trop bouleversée pour finir sa phrase.

« Explique-moi ! » *Papa ? Seigneur, faites qu'il ne lui soit rien arrivé !*

« On a trouvé une femme morte dans le parking. Près du bosquet. Une infirmière des soins intensifs.

– Quoi ? » J'étais soulagée qu'il ne soit pas question de mon père, mais très vite la panique l'emporta à la pensée de ce que ça pouvait signifier. « Sait-on ce qui lui est arrivé ?

– Ils disent qu'elle a été attaquée par un animal sauvage. »

C'était affreux. Épouvantable. Marsh n'avait-il pas dit qu'une attaque de plus était la seule condition pour lui permettre d'organiser une battue ? Même si l'agression avait eu lieu en ville, maintenant qu'il y avait deux victimes, je ne voyais pas ce qui empêcherait ces chasseurs de se lancer aux trousses de Daniel.

Je me rappelai subitement avoir vu le loup blanc m'observer depuis ce même bosquet la veille au soir, quand j'étais sortie de l'hôpital. Non, ça ne pouvait pas être ça. *Il n'aurait jamais…* Quoi qu'il soit devenu, je ne sentais pas de malveillance en lui.

« À quelle heure est-ce que ça s'est passé ?

– Un peu après minuit.

– Dieu merci ! » Daniel était de retour à Rose Crest à cette heure-là. Nous l'avions entendu hurler vers dix heures. Gabriel avait promis de rester auprès de lui toute la nuit. Je pouvais prouver qu'il n'y était pour rien.

Puis une autre pensée me traversa l'esprit. Et si quelqu'un cherchait à faire croire que c'était Daniel qui avait fait le coup… De la même façon que mon frère avait orchestré ces attaques l'année dernière pour le coincer…

Je secouai la tête. Le fait d'avoir rêvé aux méfaits de Jude avait dû me rendre parano. Il était enfermé après tout. Il avait passé la nuit à la paroisse sous la garde de Zach et de Ryan.

« Il faut… il faut que je te dise quelque chose, Grace.

– Quoi donc ?

– J'ai relâché Jude hier soir.

– Tu as fait quoi ?

– Il était bouleversé par ce qui est arrivé à ton père. Il m'a suppliée de le laisser aller le voir. Je ne pouvais pas lui dire non. J'ai envoyé Zach et Ryan faire un tour et j'ai ouvert la grille. Il m'a promis de revenir tout de suite après avoir vu ton père.

– Es-tu restée sur place pour t'en assurer ?

– Non. Maman m'a appelée, très en colère parce qu'il était dix heures et demie et que je n'étais toujours pas rentrée. J'ai filé et je ne sais pas du tout si… » Elle prit une goulée d'air. « Gracie, tu penses qu'il aurait pu… ? »

Une infirmière de l'hôpital avait été assassinée, et Jude était en liberté à ce moment-là. Il courait probablement toujours, occupé à Dieu sait quoi. Toutes les peurs que j'avais eues à propos de mon frère depuis l'instant où il avait *prétendu* vouloir rentrer à la maison m'assaillirent en même temps.

« Oui », lâchai-je avant de raccrocher au nez d'April pour me précipiter à la paroisse.

Il fallait que j'en aie le cœur net.

13

Des dettes impayées

Quelques brèves minutes plus tard

Après une nuit de repos presque complète, ma cheville allait nettement mieux, mais je me retins de courir à plein régime. Un trop grand nombre d'habitants de Rose Crest était déjà dans les rues de bon matin. C'était de la torture de me freiner ainsi pour donner l'impression que je faisais un petit footing – ce qui aurait été plus convaincant si j'avais pris la peine de mettre des baskets avant de foncer dehors. D'autant plus que je portais toujours la blouse vert clair qu'on m'avait donnée à l'hôpital.

Je passai à petites foulées devant M. Day, qui installait un étal devant son magasin, puis je bifurquai vers Crescent Street. Dès que je fus certaine qu'il n'y avait plus personne alentour, j'accélérai la cadence et traversai à la vitesse de l'éclair le parking de la paroisse avant de m'engouffrer dans le bâtiment. Je descendis les marches quatre à quatre jusqu'à la cave obscure sans prendre la peine de m'arrêter pour allumer les lumières.

Que vais-je faire si Jude n'est pas là ?

Que faire s'il est là ?

Je courus à la cage et agrippai la grille des deux mains. La porte était lourdement cadenassée. Les deux chaises des « sentinelles » étaient vides.

« Jude ? » appelai-je en scrutant l'intérieur de sa cellule plongée dans le noir.

J'entendis un gémissement. Quelque chose bougea derrière les barreaux.

« Grace ? »

Je focalisai mes super-pouvoirs sur mes yeux jusqu'à ce que cette sensation familière de déclic derrière mes pupilles se fasse sentir. Ma vision nocturne s'aiguisait dans l'obscurité. Je parvins à discerner Jude, assis sur son petit lit au fond de la cage. Ses cheveux longs étaient en bataille, et il se frottait les yeux comme s'il venait d'émerger d'un profond sommeil.

« Je pensais bien que tu viendrais aujourd'hui. »

Il battit des paupières et se frotta la joue.

« Quelle heure est-il ? »

Il était là ! *Endormi*. Il était revenu. Ça voulait forcément dire quelque chose.

Il couvre ses arrières, siffla le loup. **Il joue la comédie pour te faire croire qu'il est innocent.**

« C'est toi le responsable ? demandai-je. C'est toi qui as tué cette infirmière à l'hôpital ? »

Jude me regarda en plissant les yeux.

« De quoi tu parles ? Quelle infirmière ? Je n'ai pas bougé d'ici depuis que tu as décidé qu'on devait m'enfermer.

– Arrête de mentir. April m'a dit qu'elle t'avait relâché la nuit dernière. Je sais que tu es allé à l'hôpital. Une infirmière est morte. Elle a été tuée par un *animal sauvage* juste après minuit. »

Jude se leva brusquement et se jeta sur la grille qu'il agrippa de toutes ses forces.

« Et c'est ça que tu as tout de suite pensé ? Que c'était moi le responsable ? »

Il frappa les barreaux du plat de la main. La grille s'ébranla. Je m'aperçus alors que le cadenas n'était qu'une formalité. Jude n'aurait eu aucun mal à arracher cette porte de ses gongs s'il le voulait.

Je ne reculai pas d'un pouce, mais je n'arrivais pas à le regarder en face, tant je redoutais ce que je risquais de voir dans son regard.

« Réponds à ma question. C'est toi qui as fait le coup ?

– Tu crois vraiment que je serais revenu ici si ça avait été le cas ?

– À toi de me le dire. Que s'est-il passé hier soir exactement ?

– Je suis allé en ville voir papa et puis, comme je viens de te le dire, je suis revenu ici directement. Je n'ai parlé à personne – et certainement *tué* personne dans l'intervalle. J'étais de retour à onze heures. » Il pointa le doigt vers la petite télévision que papa avait installée dans sa cellule. « Je peux te rejouer *La Dernière Émission* si tu veux. L'acteur dont April est folle dingue a fait des claquettes sur le bureau du présentateur. Il a renversé sa tasse de thé sur un top model. Je me suis bidonné », conclut-il non sans amertume.

Je lâchai les barreaux.

« J'avais besoin de savoir, c'est tout.

– Sympa, Grace. Ça fait une semaine que je suis rentré, et la première fois que tu viens me voir, tu m'accuses de meurtre. Quand Daniel est revenu, tu lui as sauté au cou. Je suis content de savoir où je me situe par rapport à toi. »

Ses propos étaient si justifiés qu'ils me firent l'effet d'une claque. Je m'écartai de la grille.

« Jude, je suis…

– Va-t'en, grogna-t-il.

– Jude, s'il te plaît.

– Fous le camp ! » hurla-t-il en abattant ses paumes sur les barreaux. Les gonds gémirent. « Ne remets plus les pieds ici. Si vous pensez tous les deux que je suis un *animal sauvage*, vous feriez mieux de me lâcher la grappe.

– Jude…

– Dégage ! » rugit-il, et je crus qu'il allait arracher la grille.

Je courus jusqu'à l'escalier en chancelant et remontai tant bien que mal dans le hall.

Juste après le lever du soleil

Je restais assise sur le perron de la paroisse à regarder le soleil au-dessus des collines de Rose Crest peindre le ciel gris-violet dans des tons jaune vif, ce qui contrastait de façon saisissante avec mon humeur. Je m'en voulais terriblement d'avoir tiré des conclusions aussi hâtives à propos de mon frère.

Moi qui voulais faire la paix avec lui !

Cependant, je commettrais une erreur monumentale en ne nourrissant aucun soupçon à son égard – surtout s'il s'avérait être le tueur…

Bon sang ! Voilà que je recommençais.

Le fait qu'il soit revenu après qu'April l'avait libéré signifiait forcément quelque chose.

L'alibi parfait, chuchota le loup.

Rien ne l'empêchait d'arracher la grille et de s'échapper. Pourtant il s'était laissé enfermer à nouveau !

Il te dupe.

Je me cramponnai à mon pendentif en essayant de faire taire le loup.

Sans ce rêve de la nuit dernière, qui m'avait rendue suspicieuse en me faisant revivre la terrible nuit où Jude avait succombé à la malédiction du loup-garou, j'aurais pu me montrer plus rationnelle et ne pas accuser Jude de tous les maux.

Quel était le sens de ce rêve d'ailleurs ?

Pourquoi mon inconscient – Daniel, je ne sais qui, je ne sais quoi – tenait-il tant à ce que je ressasse ce qui s'était passé ce soir-là sur le toit de la paroisse ?

Peut-être Dieu cherchait-Il bel et bien à me punir…

Ou alors Daniel s'efforçait toujours de m'inciter à chercher la pierre de lune, ignorant que je l'avais déjà, qu'elle pendait à mon cou.

En attendant, je n'étais pas prête à en faire usage. C'était clair comme de l'eau de roche.

La colère qui s'était emparée de moi la nuit dernière, cette pulsion qui avait failli me pousser à m'en prendre à ma propre mère, la violence que j'avais contenue de justesse en découvrant que Talbot m'avait menée en bateau, tout cela m'avait fait très peur. La rage me consumait, comme Gabriel l'avait prédit.

J'étais en train de m'aliéner tout le monde.

Je serrai la pierre plus fort dans ma main. Je risquais même de perdre Daniel avant d'avoir réussi à le transformer.

Si je continuais comme ça, j'allais me retrouver toute seule avec mon loup dans la tête.

14

Le vagabond

Plus tard

Je ne savais plus quoi faire de moi. C'était un jour d'école, mais je me voyais mal en classe ou en train de discuter avec mes camarades qui me faisaient de plus en plus l'effet d'étrangers. Je passais plusieurs heures à errer comme un chiot égaré à la recherche d'un abri. À un moment donné, j'étais rentrée me changer. Un peu plus tard, je m'étais retrouvée devant l'ancienne maison de Maryanne Duke, puis dans la cage d'escalier en béton menant à l'appartement en sous-sol où Daniel avait vécu avant de disparaître dans la forêt. Je devais être plantée là depuis un bon bout de temps car Zach finit par passer la tête par une fenêtre du rez-de-chaussée, me faisant une peur bleue, pour me demander si ça allait.

« Oui, répondis-je. Deux d'entre vous pourraient-ils aller tenir compagnie à Jude ? On s'est un peu disputés. Il vaut mieux qu'il ne reste pas seul.

– Entendu », me répondit Zach. Il avait presque l'air content de recevoir un ordre, ce qui me rappela que son ancien alpha le traitait comme un soldat, et non pas comme l'ado qu'il était.

Je descendis les marches à pas lents et ouvris la vieille porte jaune de l'appartement de Daniel. Je restais quelques minutes au milieu de la pièce à humer la vague odeur de lui qui flottait encore dans l'air. Me forçant à m'activer, je pris quelques cahiers restés sur son bureau. Je trouvai son dossier de candidature à Trenton à demi rempli, bien rangé dans son enveloppe. Je fourrai le tout dans ma sacoche, ainsi que son vieil ordinateur portable. Puis je passai en revue les piles de carnets de dessins et de toiles adossées au mur, afin de sélectionner ses plus belles œuvres. J'espérais que c'était celles qu'il aurait choisies lui-même pour son book. J'avais le cœur serré quand je refermai la porte de l'appartement derrière moi ; en me disant que les trésors que j'emportais seraient peut-être les dernières traces qui resteraient du Daniel humain.

Ensuite je me rendis à l'hôpital où tour à tour je prenais place à côté de mon père, en tenant sa main trop inerte dans la mienne pendant les vingt minutes de chaque heure que l'on m'autorisait à passer près de lui, puis attendais près de l'ascenseur qui pouvait me mener dans la chambre de maman, au service psychiatrique.

Quand je ne pus plus supporter le bip du moniteur cardiaque de papa ni les « ding ding » de l'ascenseur, je gagnai la cafétéria, où je m'installai à une table libre devant l'ordinateur de Daniel. Avant de feuilleter ses cahiers et de fureter dans ses dossiers informatiques, je tombai sur six brouillons d'essais distincts destinés à Trenton.

Ils étaient bons, mais inachevés. Je choisis le meilleur et comblai les manques, tirant parti des confidences que Daniel m'avait faites au sujet de son envie d'utiliser ses talents pour améliorer le quotidien des gens. J'espérais juste que mes mots rendraient justice à sa passion.

Des gens allaient et venaient autour de moi. J'étais sur le point d'éteindre l'ordinateur et de retourner dans la chambre de papa quand je remarquai un fichier Word intitulé : *Pour Grace*.

Je fis glisser le curseur dessus en me demandant ce qu'il pouvait bien contenir. Comment Daniel réagirait-il s'il savait que je l'avais ouvert ? Arriverais-je à résister à la tentation ?

Il m'était destiné après tout.

J'appuyai sur la touche « ouvrir », sachant que je serais incapable de faire quoi que ce soit tant que j'ignorerais ce que Daniel m'avait laissé. C'était un poème.

Pour Grace

Je marchais dans l'air froid de la nuit,
En contemplant le tourbillon des feuilles,
Agitées par le même vent qui s'engouffrait de ma fenêtre,
Telles des pensées emplissant des cartons dans des caves encombrées,
Pensées délibérées,
Cartes triées, livres d'images,
Pensées en vrac, de toi,

Avançant à pas lents, les idées claires,
Je regardais la lune monter au firmament, redescendre,
En songeant à des pieds nus, à des promenades à la lueur de la bougie,
La tête pleine de rêves de soupe,
De mains douces comme la soie, d'yeux violets,
Humant l'air de la nuit, attendant que mon esprit s'arrête,
Attendant, observant alors que se déroulait le tapis des étoiles,

Tu es venue alors, tu as arrêté les astres,
Décrochant la lune du ciel avec tes mots,
Je rêvais que je n'avais jamais eu l'intention de marcher,
Et puis je vis les étoiles, ton visage,
Et je ne pus rester immobile te connaissant,
Connaissant ton humour, ton intelligence, ta beauté,
Ta Grâce

Sache que je t'aime.

Mes yeux s'emplirent de larmes et je réussis à peine à achever ma lecture. Mon cœur me faisait si mal que je pressai mes mains sur ma poitrine. Ce n'était pas la douleur du chagrin, mais la chaleur intense, vibrante, de l'amour de Daniel venue combler la sensation de vide en moi.

Comment avait-il su que c'était exactement ce dont j'aurais besoin ? Comment avais-je pu douter de lui ? Admettre que ma colère l'éloigne de moi ?

Je ne pouvais pas prendre ce risque.

J'avais erré toute la journée comme un chien perdu – fuyant ce que j'étais consciente de devoir faire avant même que Gabriel me le dise la veille au soir. Je rassemblai mes affaires et descendis l'escalier conduisant à la petite chapelle de l'hôpital que j'avais remarquée sur le chemin de la cafétéria. Presque profane d'aspect, elle n'avait pas grand-chose à voir avec la paroisse de Rose Crest, mais je savais que je pouvais y trouver Dieu si je Le cherchais. Je déambulai lentement dans la chapelle vide jusqu'à ce que j'atteigne l'autel devant lequel je m'agenouillai pour faire ce que j'avais trop longtemps retardé.

Pour la première fois depuis que j'avais failli mourir dans l'entrepôt des Rois de l'Ombre, je priai.

Pour que le Seigneur m'accorde Son pardon.
Pour qu'Il me conseille.
M'accorde la paix.
Pour que je réussisse à faire revenir Daniel à moi.

15

Seule

Fin d'après-midi

En quittant l'hôpital, j'avais le cœur léger comme ça ne m'était pas arrivé depuis des jours. Le ciel s'était couvert. Ça sentait l'orage. Il me restait une chose à faire avant de rentrer me mettre à l'abri dans ma maison vide : me rendre à l'imprimerie Print & Ship, dans Main Street, où je déboursai une petite fortune pour reproduire des documents provenant de l'ordinateur de Daniel. Puis j'expédiai deux colis en express à Trenton : une enveloppe à bulles et un grand paquet renforcé contenant son book. J'avais pris soin de noter son adresse au dos.

Dans le parking en sortant, je tombai sur Katie Summers, son book sous le bras.

« On a eu la même idée, on dirait, s'exclama-t-elle. Tu voulais t'assurer que ton dossier arrive avant vendredi, hein ?

– Oui », répondis-je, bien que je n'aie même pas commencé à remplir ma fiche de candidature. Vu la manière dont les événements se précipitaient, Dieu sait ce que les jours prochains me réservaient. Je me sentais tout de même un peu soulagée, sachant que le dossier de Daniel était parti.

C'était le moins que je puisse faire pour lui.

« Je m'étonne que tu aies trouvé le temps, ajouta Katie. Quand j'ai su pour ton père, voyant que tu n'étais pas à l'école aujourd'hui, j'ai pensé... »

Devais-je en conclure qu'elle avait espéré que l'accident de papa m'empêcherait de rendre mon dossier dans les délais ? Histoire de limiter un peu la concurrence ! Je la dévisageai en fronçant les sourcils.

Elle se mordit la lèvre.

« Ce n'est pas ce que j'ai voulu dire. » Elle prit son book dans ses bras. « Je suis désolée pour ton papa.

– Merci, dis-je. Il faut que j'y aille. » En me remettant en route, je songeai que son inscription et celle de Daniel allaient partir dans le même envoi pour Trenton. ***Et la tienne ne sera nulle part***, gronda le loup. *Ça n'a pas d'importance parce que je sais maintenant combien Daniel tient à moi. Même toi tu ne peux me convaincre du contraire,* lui répondis-je.

« Hé, Grace ! » lança Katie. Je me retournai. Elle avait un sourire contrit. « Mes parents sont en voyage, et j'ai des copines de mon ancien quartier qui débarquent. Elles veulent aller à une fête demain soir. Tu devrais venir avec nous. Ça te ferait du bien d'évacuer un peu la pression. »

Katie était peut-être ma rivale dans tous les sens du terme, mais ce n'était pas facile de la prendre en grippe.

« Euh... merci. Je ne pense pas que je viendrai. » Ma vie était bien trop compliquée pour que j'aie envie de m'amuser. « Bonne chance, ajoutai-je en désignant son book.

– Toi aussi... », répondit-elle, mais un concert de klaxons assourdissant engloutit la fin de sa phrase. Je levai les sourcils.

« Ça doit être les chasseurs, cria Katie pour couvrir le tintamarre. Ils ont lancé un appel à la battue à l'école.

– Des chasseurs de loups ? » Mon estomac chavira. Abandonnant Katie sur place, je fis le tour du bâtiment au pas de course, pour me retrouver face à un convoi de camionnettes qui bloquait tout Main Street. Presque tous les véhicules étaient équipés d'un râtelier à fusils plein à craquer, et plusieurs personnes tenaient une arme à la main.

« Que se passe-t-il ? demandai-je à Justin Fletcher assis à l'arrière du pickup de son père.

– On part à la chasse, me répondit-il en grimaçant un sourire. T'es pas au courant ? Le maire a mis à prix la tête de ce loup qui hurle dans les bois. Il a promis une rançon de deux mille cinq cents dollars à celui qui lui fera sa fête, et les Bradshaw ont offert de doubler la mise si on ramène son corps. Cinq mille dollars pour abattre un loup, c'est pas mal !

– Pas mal ! » répétai-je, mais j'avais envie de lâcher une bordée de jurons tellement grossiers que tous les chasseurs de ce parking en auraient rougi. « Comment vous allez faire avec l'orage qui se prépare ? » Les nuages qui s'étaient amoncelés avant que j'entre dans l'imprimerie avaient viré au noir.

« Y en a qui vont attendre que ça passe, j'imagine. » Le pickup s'ébranla à cet instant, et Justin se cramponna au bord de la plateforme. « D'après la météo, ça ne devrait pas durer et la plupart des gens espèrent prendre une longueur d'avance ce soir. Avec une rançon pareille, tous les chasseurs du comté ne vont pas tarder à se retrouver dans les bois. Marsh a même distribué des munitions gratuites à tout le monde. » Il brandit une petite boîte que je n'eus aucune peine à reconnaître. Ma gorge se serra. C'étaient les balles en argent provenant de Day's Market.

Dès qu'ils furent partis, je courus à en perdre haleine jusqu'à la paroisse. J'allai au petit appartement du gardien derrière le bâtiment et toquai dans l'espoir que Gabriel viendrait m'ouvrir. J'avais vraiment besoin de son aide. Peut-être pourrait-il user de son influence pastorale pour convaincre ces hommes de renoncer à la battue ? C'était peu probable, mais au moins il pourrait me dire quoi faire. M'aider à trouver Daniel. Il était le dernier à l'avoir vu.

Après avoir frappé en vain, je me souvins de la conversation que j'avais eue avec lui la veille au soir. Il m'avait dit qu'il lèverait le camp de bonne heure. Je tournai lentement la poignée et entrai. La pièce était vide, il ne restait qu'un matelas et le petit bureau contre lequel j'avais envoyé Gabriel valser un jour. Plus aucune trace de lui en dehors d'un bout de papier posé sur le matelas. Je me jetai dessus. C'était un dessin qui me ressemblait si on faisait abstraction de l'assurance que dégageait le visage de cette fille apparemment prête à affronter n'importe quel défi. Ça ne pouvait pas être moi.

En retournant la feuille, je lus *La Divine,* griffonné derrière, ainsi qu'un petit mot : « Nous nous reverrons, Gabriel. »

Il était parti.

Gabriel était parti, et j'étais vraiment seule à présent.

Je sortis de l'appartement et retournai à la voiture. Pour rentrer à la maison, j'empruntai un itinéraire distinct de celui qu'avait pris la caravane de chasseurs. Avant de me lancer dans ma propre expédition, j'avais besoin d'une tenue plus adéquate.

J'avais prié Dieu dans la chapelle pour qu'Il me guide, et j'avais compris que je devais suivre mon instinct.

Tout dépendait de moi désormais.

Le moment était venu de sauver Daniel.

16

Chasseurs et proie

Une demi-heure plus tard

Les ténèbres avaient envahi les cieux quand, vêtue d'un pantalon de jogging, d'un t-shirt, et d'une grosse veste, je sortis dans le jardin, prête à me rendre dans les bois. Ces nuages d'orage, noirs comme la nuit, cachaient les étoiles.

On sentait la pluie venir dans l'air. J'espérais qu'elle tomberait bien.

« S'il vous plaît, mon Dieu, faites que l'orage éclate ici », chuchotai-je. Une pluie torrentielle découragerait peut-être la plupart des chasseurs en détournant leur esprit de l'alléchante motivation que représentait une prime de cinq mille dollars. Peut-être qu'elle refroidirait au moins leur ardeur.

Au moment où je sautais par-dessus la barrière, un éclair éclaboussa le ciel, comme si quelqu'un avait jeté un pot de peinture blanche sur une toile noircie. Un coup de tonnerre retentit quelques secondes après. *La tempête arrive.* Comme pour accompagner ma pensée, une grosse goutte s'abattit sur mon bras. D'autres arrivèrent alors que je m'élançais dans la forêt. Elles étaient encore éparses, mais je savais que d'ici peu je serais trempée par la pluie.

Un autre claquement sonore fit vibrer mes tympans, mais ne fut pas suivi d'éclair.

Un coup de feu ?

« Non ! » hurlai-je. Un courant d'énergie me traversa de part en part comme si on m'avait fait une injection d'adrénaline pure dans le cœur. Je m'élançai à toute vitesse entre les arbres, enjambant les rochers. Impossible de déterminer d'où venait la déflagration dont j'avais entendu l'écho, mais je suivis mon instinct qui m'attirait inexorablement en direction de la ravine, le dernier endroit où j'avais vu le loup blanc.

Si quelqu'un trouvait Daniel avant moi…

La pluie tombait plus dru maintenant, martelant le sol presque aussi fort que mes pieds. J'étais quasiment arrivée quand un deuxième coup de feu retentit. Je bifurquai légèrement vers la droite. J'avais réussi à déterminer d'où ça venait cette fois-ci. Je courais à grandes foulées, en prenant garde à ne pas faire de bruit.

« Tu as encore raté, grommela une voix derrière des taillis. Toi qui ne rates jamais !

– C'est à cause de ces foutues balles en argent, répondit une autre voix, encore plus agacée que la première. Elles ne vont pas droit. Vise un peu vers la gauche, ou tu ne feras jamais mouche. »

En jetant un coup d'œil à travers les branchages, j'aperçus deux chasseurs en tenue de camouflage, munis de gros fusils équipés de télescopes high-tech.

L'un d'eux se pencha, comme pour examiner une empreinte dans la boue. Il essuya son visage couvert de pluie et posa un doigt sur ses lèvres. Puis il fit signe à son compagnon, et les deux hommes se déployèrent avant de se lancer à pas feutrés à la poursuite de leur proie. Ils se dirigeaient vers la ravine. Je suivis celui qui ne ratait apparemment jamais sa cible parce qu'il me paraissait le plus menaçant.

Je savais ce qu'ils y trouveraient avant même d'en avoir le cœur net.

Le grand loup blanc se dressait au bord du fossé, à quelques mètres d'eux. Il fixa son regard sur le chasseur expert à l'instant où celui-ci levait son arme. Le point rouge du télescope laser marquait sa cible, à une dizaine de centimètres à gauche du cœur.

Le loup grogna en retroussant les babines. Il recula, et une de ses pattes arrière glissa du bord.

Je *sentis* l'euphorie irradier des épaules du chasseur. Les forces en moi décuplèrent. Au moment où il s'apprêtait à appuyer sur la détente, je bondis d'un rocher et sautai sur son dos en le cognant violemment des avant-bras. Il poussa un cri, et le coup partit avant que j'aie le temps de le plaquer à terre. Il s'effondra sous moi comme une masse.

Je le fis rouler sur le côté. En voyant un filet de sang couler d'une entaille sur son front, je fus prise de panique. Mon objectif n'était pas de le blesser. J'étais sur le point de chercher son pouls à la carotide quand il gémit. J'écartai prestement ma main.

« Hé ! » cria son compère. En relevant brusquement la tête, je le vis s'élancer vers moi, le fusil brandi, derrière un torrent de pluie. « Qu'est-ce que tu lui as fait ? » Il s'arrêta net en découvrant à qui il avait affaire – une adolescente gracile qui venait de terrasser un homme de plus de cent kilos. « Qui es-tu ? »

À cet instant, je le reconnus. Jeff Bradshaw, l'oncle de Pete. J'avais fait sa connaissance au mariage de la sœur de Pete où nous avions été invités deux ans plus tôt. Il

ressemblait comme deux gouttes d'eau au père de Pete
– en blond –, mais il n'avait que quelques années de plus
que nous. Je me souvenais qu'April avait failli tourner de
l'œil quand Jeff l'avait invitée à danser.

Que faire ? Pas le temps de trouver une explication
plausible à ce que je venais de faire. Et il risquait de me
reconnaître si je lui laissais tout loisir de me regarder…

Le loup blanc grogna. Jeff orienta son fusil vers lui,
prêt à tirer sur la bête accroupie. Avant qu'il ne mette sa
menace à exécution, je me jetai sur lui et lui arrachai son
arme. Dans la foulée, je lui flanquai un coup de crosse
bien senti sur le côté du crâne, comme si j'avais une batte
de base-ball dans les mains. J'entendis un craquement
sinistre. Il s'écroula, inconscient, à côté de son ami. Il respirait encore, Dieu merci !

Il tombait des trombes d'eau maintenant. Mes habits
me collaient à la peau. Alors qu'éclairs et coups de tonnerre se succédaient, le loup blanc rejeta la tête en arrière
et émit un hurlement sinistre. Le premier chasseur que
j'avais mis hors d'état de nuire gémit à nouveau. Il n'allait
pas tarder à reprendre ses esprits. Il fallait que j'emmène
Daniel loin de là.

« Viens », dis-je en lui faisant signe.

J'avais peur qu'il ne cherche à prendre la fuite de nouveau.

« S'il te plaît, viens. »

Il avança prudemment vers moi jusqu'à ce que son
museau touche presque ma poitrine. J'enfonçai mes
doigts dans la fourrure humide autour de son cou.

« On n'a pas encore fini. Pas tant que tu ne seras pas
en sécurité. »

Il émit un grognement, comme s'il avait compris.

« Allons-y. »

17

Pas encore sortis du bois

En route pour la maison

Nous courions sous une pluie diluvienne, à croire que la mousson s'était abattue sur le Minnesota. Chargée des deux fusils que j'avais confisqués aux chasseurs, je détalais dans la forêt aux côtés du grand loup blanc. Nos pieds et pattes s'enfonçaient dans la boue à chaque pas. Je priais pour que la pluie efface nos empreintes. Et si l'oncle de Pete m'avait reconnue ? S'il se souvenait de moi ? Avec autant d'argent en jeu – sans parler du désir de se venger de la personne qui leur avait défoncé le crâne –, il ne faisait aucun doute que les deux hommes se lanceraient à nos trousses dès qu'ils auraient repris connaissance. De combien de temps disposions-nous ? Je n'en avais aucune idée. Ce n'était pas comme si j'assommais des gens tous les jours.

Nous avions pris la direction de la maison. Je ne voyais pas d'autre endroit où aller. Où pouvais-je bien cacher un immense loup blanc ?

Daniel commençait à perdre de la vitesse. Son allure se réduisit bientôt à un petit trot.

« Ça va ? »

Il posa ses yeux étincelants sur moi un bref instant. Sa fourrure était aussi trempée que mes vêtements. De l'eau dégoulinait de son museau. Il fit encore quelques pas en boitillant avant de s'arrêter. Il s'assit et secoua la tête en gémissant de frustration – ou de douleur.

« Allez, viens ! chuchotai-je, assez fort. On ne peut pas rester là. C'est trop risqué. »

Il se tourna en grognant dans la direction d'où on était venus – où se trouvaient les chasseurs. Son grognement se changea vite en une plainte. Il secoua une de ses pattes avant. C'est alors que je remarquai du sang sur son épaule.

« Tu as été touché ! »

Pas étonnant qu'il n'arrive plus à courir.

Comment faire ? Où cacher un loup blanc géant, *blessé* qui plus est ?

« Tu dois absolument te remettre en route. Je t'en supplie. »

Me comprenait-il ?

Pantelant, il tenta quelques pas hésitants. Nous couvrîmes une dizaine de mètres encore avant qu'il s'immobilise à nouveau, sur le point de s'affaler. Je compris qu'il n'arriverait plus à courir avec sa patte blessée. Si seulement il avait forme humaine – sa patte avant serait son bras, il n'en aurait pas besoin pour marcher.

Et il serait beaucoup plus facile à cacher. Les chasseurs cherchaient un loup, pas un jeune homme. En sentant la pierre de lune toute chaude contre ma poitrine, je me rappelai ce que Gabriel avait dit sur la manière dont je pouvais métamorphoser Daniel.

J'enlevai mon pendentif et le fis osciller au bout de son cordon. Il me semblait lourd tout à coup, comme s'il incarnait tout le poids de ma décision. J'avais prié pour que Dieu me conseille et pour qu'Il me donne la force de récupérer Daniel. Je tenais dans ma main le moyen d'y parvenir, mais l'énergie nécessaire pour tout mettre en œuvre devait venir de moi.

Étais-je prête ? En avais-je le pouvoir ?

J'entendis un cri quelque part au loin, mais déjà trop près. Ils n'allaient pas tarder à nous rattraper.

Je devais agir maintenant avant qu'il soit trop tard.

« Seigneur, j'espère que j'ai raison de faire ce que je m'apprête à faire. »

Je passai le cordon autour du cou du loup blanc. Je pressai une main derrière son épaule intacte, et de l'autre, j'appuyai la pierre de toutes mes forces contre sa poitrine. Il se débattit au début. Je sentis qu'il essayait de s'échapper. Je redoutais de lui faire mal, mais je devais bannir cette peur. Je pris plusieurs inspirations profondes pour m'éclaircir l'esprit et m'ouvris afin de canaliser toute mon énergie positive dans la pierre. Chaque parcelle d'amour que j'avais pour Daniel dans mon cœur – dans mon âme –, je m'efforçai de la diriger vers lui. La pierre se réchauffa dans ma main, brûlant bientôt ma peau comme du soufre, mais je ne lâchai pas prise.

« Reviens-moi », dis-je à Daniel, et une vague d'énergie me parcourut à cet instant. Elle remonta de mes orteils le long de mes jambes jusqu'à ma poitrine, me donnant l'impression que mon cœur allait éclater, avant de se propager à mon bras, à ma main, à la pierre. Soudain des faisceaux lumineux surgirent de sous ma main, qui émanaient de la pierre en incandescence. La force jaillit si violemment qu'elle me projeta en arrière. Lâchant le loup blanc, je m'affalai dans la boue.

Un éclair explosa dans le ciel juste au-dessus de nous. En levant les yeux, je fus momentanément aveuglée par son intense clarté. Je battis des paupières. Quand je recouvrai la vue, le loup blanc avait disparu.

« Daniel ? » criai-je. « Où es-tu ? »

Je fis quelques pas dans la direction où nous allions.

Et puis j'entendis un bruit derrière moi. Le son d'une voix râpeuse, à peine audible dans le vacarme de la pluie. Une voix que j'avais craint de ne plus jamais entendre… Quand elle parvint à mes oreilles, j'eus la sensation que mon cœur se figeait.

« Gracie ? » haleta-t-il.

Je fis volte-face en manquant, dans ma hâte, de me casser la figure.

À travers le rideau de pluie, je distinguai la silhouette claire d'un homme cramponné à un tronc d'arbre. Des branches dissimulaient le bas de son corps.

Je fis un pas hésitant vers lui, sous le choc. Je n'en croyais pas mes yeux. Un autre pas. Puis un autre – avec la sensation qu'une vie entière s'était écoulée avant que je parvienne à mettre mon corps en mouvement.

Il était si près maintenant. En tendant la main, je pouvais le toucher. Ses cheveux presque bruns tellement ils étaient trempés pendaient, en bataille, sur son front. Sidérée, je le dévisageais. Les gouttes dégoulinant de sa tignasse sur ses pommettes ciselées glissaient jusque dans son cou en roulant sur son menton creusé d'une fossette. Elles s'amoncelaient au creux de ses clavicules avant de sillonner le long de son torse.

« Daniel », chuchotai-je, craignant que ce ne soit encore un rêve.

« Gracie. » Il tendit une main tremblante vers moi.

Je la saisis. Il m'attira contre lui, prit mon menton entre ses mains et nos lèvres se rejoignirent, fusionnant en un baiser farouche – humide de pluie et de larmes. Il m'embrassa comme s'il avait redouté de ne plus jamais pouvoir le faire.

Je l'enlaçai, frémissant contre sa peau toute chaude. Je ne voulais plus jamais le lâcher.

Brusquement, il poussa un cri de douleur et s'écarta de moi. Une plaie rouge, tuméfiée, entamait les muscles de son épaule gauche – à l'endroit où la balle en argent avait pénétré. Secoué de convulsions, il criait si fort que je compris que sa souffrance allait bien au-delà de celle que lui avait valu cette blessure. D'autres cris lui répondirent comme en écho. Ils semblaient se rapprocher. Nous avait-on repérés ? Voyant Daniel chanceler, je tendis les bras pour le rattraper, mais il m'échappa et s'écroula de tout son long.

Je me mordis la lèvre pour ne pas hurler quand je le vis gisant inerte dans la boue. On aurait dit qu'il était mort.

18

Fièvre

Il était brûlant. Même sous la pluie glaciale, la chaleur irradiant de sa peau me faisait transpirer tandis que je le traînais tant bien que mal vers la maison. Il était en proie à une fièvre intense. Il respirait si faiblement. Ça me terrifiait. Des spasmes le secouaient à intervalles réguliers. Je ne savais pas ce qu'il avait, mais une chose était sûre : je devais l'emmener en sécurité. Il avait juste repris assez de forces pour se tenir debout. Les bras enveloppés autour de mes épaules, il pesait de tout son poids contre moi. Le traînant et le portant tour à tour, selon qu'il parvenait ou non à poser un pied devant l'autre, j'avançais pas à pas dans la forêt. J'étais sur le point de tourner de l'œil sous le coup de la fatigue quand j'aperçus la barrière de notre jardin. J'ignore comment je réussis à puiser assez d'énergie en moi pour le hisser par-dessus.

Avant de conduire Daniel à l'intérieur, je cachai les deux fusils sous le porche de derrière – j'avais préféré ne pas les abandonner dans le bois de peur que leurs propriétaires ne les retrouvent. Daniel était luisant de boue. Il émit une plainte en se laissant glisser sur le linoléum de la cuisine sans que je puisse le rattraper.

J'aurais bien voulu que maman soit là. Elle n'aurait sans doute guère apprécié de voir mon petit ami allongé nu comme un ver sur le sol de la cuisine, mais elle aurait su mieux que moi comment le soulager. Il fallait faire baisser la fièvre au plus vite, et je doutais que quelques antalgiques suffisent.

À bout de forces, je gémis en soulevant de nouveau Daniel pour l'emmener à la salle de bains à l'étage. Je l'installai dans la baignoire et posai une serviette sur son… euh… ventre avant d'ouvrir le robinet. Je fis couler l'eau à fond sur ses jambes. Vérifiai la température. Elle était encore plus glacée que la pluie qui tombait dehors, mais se réchauffait à toute vitesse au contact de sa peau brûlante. Je descendis en courant prendre des glaçons dans le congélateur, et remontai en quatrième vitesse.

« Ne m'en veux pas », dis-je à Daniel avant de lui en verser une avalanche dessus. Il geignit et entrouvrit les yeux – au moins il n'avait pas perdu connaissance. De la vapeur monta en volutes de la baignoire.

Sa plaie boursouflée était incrustée de boue. Pour éviter qu'elle ne s'infecte, après m'être soigneusement lavé les mains, je soulevai des brassées d'eau froide que je fis couler sur son épaule. Je nettoyai ensuite la blessure avec du savon, aussi délicatement que possible. Daniel grimaçait de douleur chaque fois que mes doigts l'effleuraient. En ôtant la saleté, je découvris une autre entaille derrière l'épaule. La balle l'avait traversée de part en part. Les deux lésions avaient apparemment été cautérisées du fait de la brûlure provoquée par le contact entre l'argent et sa chair de loup-garou. C'était sûrement très douloureux, mais au moins je n'avais pas à redouter qu'il ne se vide de son sang.

Je lui savonnai les bras, le dos, la poitrine, en essayant d'ignorer que ses muscles semblaient nettement plus puissants que dans mon souvenir. Il avait toujours été bien bâti, mais pas aussi costaud, aussi ferme. Même sa mâchoire, ses pommettes étaient plus définies. Il avait des formes parfaites. Un Adonis, dans ma baignoire !

Ensuite, je lui shampouinai les cheveux, éliminant les derniers vestiges de la semaine qu'il avait passée dans les bois. Alors que je me penchais pour écarter une mèche de son front, il me saisit le bras.

Il ouvrit ses grands yeux et planta un instant son regard dans le mien.

« Merci », murmura-t-il en claquant des dents. Puis secoué de nouveaux frissons, il referma les yeux.

En posant la main sur son front, je me rendis compte qu'il était maintenant gelé, bien que les glaçons aient fondu depuis longtemps.

Avais-je commis une erreur ?

Je pris une seconde pour enfiler un pantalon de yoga et un t-shirt avant de jeter mes habits sales dans la machine avec une bonne dose de poudre destinée à éliminer la boue. Après quoi, j'allai chercher un pyjama propre pour Daniel dans la chambre de Jude. Il me laissa l'aider à enfiler le bas, mais refusa de mettre le haut. « Je ne veux pas avoir trop chaud », balbutia-t-il. En voyant ses lèvres presque bleues, je songeai qu'un baiser l'aiderait peut-être à se réchauffer. Je glissai un linge de bain sur ses épaules et le conduisis au lit. Il y parvint de justesse avant que ses jambes cèdent sous lui.

« Je ne sais pas trop ce que je fais, dis-je en remontant la couette sous son menton. Je ferais peut-être mieux d'aller chercher de l'aide. »

Je n'avais pas envie de le laisser seul, mais s'il avait besoin de davantage d'assistance…

« Non, protesta-t-il en m'agrippant la main. Reste avec moi. »

Je me glissai dans le lit à côté de lui en me pressant contre son flanc pour le réchauffer. Il ne tarda pas à être brûlant à nouveau et je dus aller chercher d'autres packs de glace dans le congélateur pour les presser contre son front. À un moment donné, il se mit à trembler, cramponné au drap, en poussant des cris, comme si une force invisible tentait de l'arracher de là contre son gré.

« Tu es sûr que tu ne veux pas que j'aille demander du secours ? demandai-je d'un ton désespéré. Peut-être le Dr Connors pourrait-il…

– Ne t'en va pas », répondit-il en secouant la tête. Il me prit dans ses bras – s'agrippant à moi tel un nageur en train de se noyer. « Il faut que tu restes avec moi ce soir. Pour m'empêcher de repartir… »

Je compris alors ce qui se passait. Il ne souffrait d'aucun mal, pas plus qu'il ne réagissait au contact de l'argent. Une bataille faisait rage dans son corps.

Il luttait pour rester humain.

Je l'enlaçai et me serrai de toutes mes forces contre lui. Je devais tout donner pour qu'il survive à ce combat.

19

Un ange

Mercredi matin

Je ne le lâchai pas une seule seconde tout au long des accès successifs de chaleur brûlante et de froid intense qui lui arrachaient des cris de douleur et de faibles gémissements de loup parvenant à peine à franchir ses lèvres bleutées. Finalement, vers trois heures du matin, il poussa un gros soupir et relâcha un peu son étreinte. Sa peau semblait avoir repris une température normale, et sa respiration avait fini par retrouver son rythme habituel. Ses muscles se détendirent et le sommeil alourdit bientôt son corps.

Je restai un long moment à l'observer, écartant ses cheveux blonds de son visage, caressant du bout des doigts sa joue, sa mâchoire aux formes parfaites. Je déposai des petits baisers sur son front en faisant attention de ne pas le réveiller. J'avais envie de le dévorer tout entier. La semaine de son absence avait duré un siècle. On aurait dit que j'avais flotté dans des sortes de limbes pendant tout ce temps-là.

Mais il était auprès de moi maintenant, et c'était tout ce qui comptait.

J'avais dû m'endormir à un moment donné. Je me réveillai plusieurs heures plus tard en sentant des doigts écarter mes cheveux de mon front, puis des lèvres douces se presser sur les miennes.

J'ouvris lentement les yeux pour trouver Daniel allongé à côté de moi en train de me regarder. Un faible sourire retroussait les commissures de ses lèvres, mais c'était quand même un sourire.

« Salut, fis-je en me dressant sur les coudes. Comment te sens-tu ?

– Mieux qu'hier soir. » Ses yeux sombres étaient rivés sur mon visage, comme s'il ne m'avait pas vue depuis des années. « Merci d'être restée. » Il se pencha et posa un doux baiser sur mes lèvres. Je l'attrapai par le cou pour qu'il m'embrasse avec plus de fougue.

« Dis-moi que je ne rêve pas, demanda-t-il. J'ai fait des rêves tellement réalistes qu'ils en étaient cruels.

– J'espère bien que non ! » Je ris doucement contre sa peau. « Mais j'ai du mal à croire que tu es vraiment là.

– On ferait peut-être bien de s'en convaincre alors. »

Nous nous embrassâmes à nouveau avec encore plus d'intensité. Quand nos bouches s'écartèrent finalement l'une de l'autre, nous étions à bout de souffle.

« Rappelle-moi de me réveiller un peu plus souvent dans ton lit », me glissa Daniel. Il avait retrouvé son sourire espiègle.

« Plus jamais. Totalement interdit. » Je le repoussai en lui administrant une petite tape sur le bras.

« Aïe, protesta-t-il en attrapant son épaule blessée.

– Excuse-moi. Tu penses que tu pourras guérir ça ? »

Il secoua la tête.

« J'ai déjà essayé. Ça devait être de l'argent pur. Il faut espérer que ça cicatrisera tout seul. Ça me fait un mal de chien, mais au moins je peux me servir de mon bras. Sais-tu comment c'est arrivé ? »

Je fronçai les sourcils, inquiète.

« Tu ne t'en souviens pas ? »

Il secoua la tête.

« On t'a tiré dessus. Des chasseurs, dans la forêt. Ils étaient toute une bande à ta recherche. » J'effleurai la peau rougie juste en dessous de sa plaie. « Heureusement qu'elle est ressortie. Je ne sais pas si j'aurais eu le courage d'extraire la balle. Tu ne te rappelles vraiment pas qu'on t'a tiré dessus ?

– Quelques vagues images me reviennent... Aurais-tu frappé quelqu'un sur la tête avec un fusil ?

– Oui, mais c'était un des chasseurs qui voulaient t'abattre, alors mon geste était totalement justifié.

– Totalement, fit-il, un petit sourire en coin.

– Tu te souviens comment on est sortis de l'entrepôt ? demandai-je, soucieuse de savoir à quel point sa mémoire avait été affectée.

– Plus ou moins. Je te revois en train de repousser vaillamment l'attaque de ces loups. Ensuite j'ai sauté du balcon et je me suis changé en méga loup. Avant et après, tout est flou. J'ai plus de mal à me remémorer les événements que ce que j'ai ressenti sur le moment. Je me rappelle notamment que j'aurais fait n'importe quoi pour te sauver... » À son regard, je compris qu'il était bouleversé en comprenant soudain que j'avais failli mourir. « Une fois dans la peau du loup, j'ai senti qu'une pulsion essayait de m'éloigner. De m'obliger à aller faire quelque chose quelque part. À trouver quelque chose. J'ai parcouru la forêt en tous sens. Peine perdue. Je savais que je n'aboutirais à rien. J'avais beau lui résister, cette force irrésistible continuait à m'entraîner. Je ne sais toujours pas ce que je cherchais.

– Je suis heureuse que tu sois de retour. Et que tu n'aies pas eu envie de tuer quelqu'un.

– Jamais. Pendant tout ce temps-là, pas une seconde je n'ai éprouvé d'impulsion criminelle, comme quand j'étais le loup noir. Je cherchais à te protéger, c'est sûr. Je n'ai jamais ressenti de malveillance envers toi, ou qui que ce soit d'autre. Même maintenant. On dirait que je ne suis plus vraiment un loup-garou. Que j'appartiens à une espèce… différente. »

Il me serra contre lui. La tête sur sa poitrine, je prêtai l'oreille aux battements de son unique cœur. L'argent pouvait encore le brûler, comme s'il était un loup-garou, mais j'avais compris le sens de sa remarque.

« Qu'es-tu alors ? » J'avais posé la question à haute voix, et à l'instant même, cela avait fait tilt dans mon esprit.

Daniel était mort le soir où j'avais plongé cette lame dans sa poitrine à la paroisse. Avec l'espoir de le guérir, afin de tuer le loup démoniaque qui tenait son âme entre ses griffes. Il avait péri en même temps que ce démon. Mais il était revenu guéri. *Mieux que guéri…*

La façon dont ses pouvoirs avaient réapparu au bout de plusieurs mois – sans les effets secondaires ravageurs… La transformation qu'il avait subie. Le fait qu'il se soit changé en loup blanc tant il aspirait à m'aider – à me sauver – au lieu de retourner dans la peau du loup noir. Son aspect physique… Comme si son être avait été… perfectionné.

Gabriel m'avait dit que les Urbat étaient des anges déchus. Qu'était devenu Daniel maintenant qu'il avait dépassé ce stade de la déchéance ?

« Je pense que tu es un Urbat *perfectionné*, dis-je. Tu es ce que les Chiens du Paradis étaient censés être à l'origine. Tu es comme… un ange, à mon avis.

– Un ange ? » Il gloussa.

« C'est ce que je pense en tout cas.

– Cela veut-il dire que tu me crois… mort ?

– Non. Perfectionné, c'est tout. »

Il soupira en roulant sur le côté.

« J'en doute fort… »

Je contemplai ses pectoraux, les muscles de ses épaules, de ses bras.

« Tu devrais voir ça par toi-même », bredouillai-je, sentant que je m'empourprais.

Il leva les yeux vers moi d'un air malicieux et tira sur les draps corail.

« Alors je n'aurai plus jamais, jamais, le droit de me réveiller dans ton lit, hein ? »

J'éclatai de rire. Un rire de petite fille. Et rougis de plus belle.

« Un jour peut-être, si toutes les conditions sont réunies. »

Il passa une main derrière ma nuque et attira mon visage vers le sien. Ses lèvres effleurèrent les miennes avant de se fondre à elles en un délicieux baiser. Son autre main s'était posée sur ma taille. Ses doigts chauds soulevèrent le bas de mon t-shirt et errèrent sur ma hanche. Son baiser se fit plus pressant. Son désir était palpable. Je me rapprochai de lui en caressant son dos nu. J'avais tout autant envie de lui. Sa main grimpa jusqu'à ma cage thoracique. Je sentais son pouls battre au bout de ses doigts contre ma peau…

Soudain il se redressa en s'éloignant vivement de moi, le dos tourné, les jambes au bord du lit.

Les frissons du désir me couraient toujours sur la peau.

« Ça va ? »

Je me redressai à mon tour, hésitant à effleurer son épaule indemne du bout des doigts.

« Pardonne-moi, dit-il, je me suis laissé emporter. Je ne veux pas que mon envie de toi modifie notre projet. » Je savais parfaitement à quoi il faisait allusion – des mois plus tôt, nous avions décidé que nous voulions attendre. Au fond de moi, au-delà de la passion qui me dévorait à cet instant, de ce que je rêvais de lui faire et qu'il me fasse, je souhaitais toujours garder la promesse que nous nous étions faite, même si je n'arrivais même pas à me rappeler les motifs qui nous avaient incités à prendre cette déci-sion.

Je posai délicatement mes lèvres sur son omoplate tout en caressant ses muscles.

« Merci », murmurai-je contre son dos.

Il se leva en soupirant et s'éloigna du lit, comme si une caresse de plus risquait de lui faire perdre totalement le contrôle. Je comprenais ce qu'il ressentait.

« Je ferais bien de trouver une chemise ou quelque chose, dit-il. Quelle heure est-il ? »

Je jetai un coup d'œil à la pendule.

« Wouah ! Presque neuf heures. On ne sera pas à l'heure à l'école ce matin, j'en ai peur », fis-je en riant. *Comme si on avait eu l'intention de s'y rendre.*

Daniel pouffa de rire à son tour.

« On peut toujours se pointer à la cafétéria à l'heure du déjeuner histoire d'afficher notre honte.

– On n'a aucune raison d'avoir honte. » J'écartai les couvertures et glissai vers lui en me mordillant la lèvre, pas tout à fait convaincue d'être prête à aborder le sujet qui me trottait dans la tête. « Les *conditions* dont j'ai parlé plus tôt... La nuit qu'on a passée enfermés tous les deux dans la cellule de Caleb, à l'entrepôt... Tu t'en souviens ?

– Des bribes. Ma mémoire est tellement fragmentée. Comme si j'avais un puzzle dans la tête que je devais assembler, si ce n'est qu'il me manque la moitié des éléments.

– Te rappelles-tu m'avoir demandé… ? »

De t'épouser ? J'étais incapable de finir ma phrase. Et s'il ne l'avait pas dit sérieusement ? S'il l'avait fait sous le coup de la panique, pour m'empêcher de perdre espoir ? Il avait peut-être oublié qu'il m'avait posé la question. Il allait me prendre pour une folle si ça se trouve.

Daniel se pencha vers moi et posa les mains de part et d'autre de mes cuisses, provoquant une réaction instantanée de mon épiderme.

« De t'avoir demandé quoi ? »

Mon cœur sombra dans ma poitrine quand je me rendis compte que j'étais fiancée à quelqu'un qui ne se souvenait même pas de m'avoir demandé ma main. Qui n'en avait peut-être même pas eu vraiment envie. Peut-être sa mémoire avait-elle délibérément occulté l'épisode.

« Rien, fis-je en m'écartant.

– Non, Gracie. » Une expression douloureuse passa sur son visage quand il me releva en me tenant fermement les deux bras, pour m'empêcher de m'échapper.

« C'est une question importante. Je le vois dans tes yeux. Ne me cache rien. Ça ne fonctionne pas comme ça entre nous. On fait équipe toi et moi, maintenant. Quoi qu'il arrive. »

Je voyais bien qu'il était sincère. Peut-être l'idée que nous puissions être fiancés n'était-elle pas si folle, même si ça ne lui rappelait rien.

« C'est juste que… quand on était enfermés… tu m'as demandé… *Qu'est-ce que c'est que ça ?* »

Je me heurtai la hanche au pied du lit en faisant un bond en arrière. Un bruit inattendu que mes oreilles venaient de capter m'avait empêchée de finir ma phrase.

Daniel me lâcha en éclatant de rire.

« Drôle de question. »

Je levai la main pour le faire taire, concentrant tous mes pouvoirs sur mon ouïe. Un petit déclic ébranla mes tympans, et mes pouvoirs auditifs s'accrurent juste à temps pour que je perçoive à nouveau ce son. Je sus exactement ce que c'était cette fois-ci – un claquement de portière de voiture. Dans mon allée.

Et puis un autre bruit se fit entendre, que je n'aurais jamais saisi sans mes pouvoirs. Une clé se glissant dans la serrure de la porte d'entrée.

Daniel écarquilla les yeux. Il avait entendu lui aussi.

« Qui est-ce … ? chuchota-t-il.

– Je n'en sais rien », répondis-je nerveusement. « Mes parents sont tous les deux à l'hôpital… »

L'ouverture de la porte s'accompagna d'un craquement. Des pas franchirent le seuil. Mes cheveux se hérissèrent sur ma nuque. Qui avait bien pu s'introduire chez moi ? Avec une clé ?

J'imaginais Caleb et sa bande venus finalement nous chercher en train de pénétrer dans la maison.

« James, ne laisse pas ta couverture traîner par terre », lança une voix.

Le soulagement se propagea en moi comme une vague.

« C'est tante Carol », expliquai-je à Daniel. En courant à la fenêtre, je vis sa Subaru jaune garée dans l'allée, le coffre ouvert. Charity en sortait un sac de toile ; Baby James gambadait sur la pelouse jonchée de feuilles en traînant sa couverture. « Elle a amené Charity et James. Je lui avais pourtant dit de ne pas venir.

– Vous êtes de la même famille, non ? Pas étonnant qu'elle ne t'ait pas écoutée, répondit Daniel en riant sous cape.

– Je te l'accorde ! chuchotai-je, pas très discrètement. En attendant, comment vais-je expliquer la présence d'un garçon à moitié à poil dans ma chambre ?

– Dis-lui la vérité tout simplement. » Il haussa les épaules, les paumes tournées vers le ciel. « Que les loups-garous sont toujours nus quand ils redeviennent humains.

– Ha ! ha ! » Je lui décochai un regard noir, sans pouvoir retenir un sourire.

« Ne t'inquiète pas, chuchota-t-il à son tour. Je n'ai pas mon pareil pour disparaître. »

Au moment où je jetais un autre coup d'œil par la fenêtre, une 4 x 4 blanche se gara derrière la voiture de tante Carol. « Oh merde !

– Qu'est-ce qu'il y a ?

– Le shérif Wright », dis-je en le regardant sortir de son véhicule de patrouille en compagnie de son adjoint. Je ne voyais qu'une seule raison pour qu'ils aient fait le déplacement. J'avais presque fini par me convaincre que nous nous en étions tirés.

« Ces chasseurs ont dû aller trouver la police. Tu ferais bien de t'éclipser *rapido*. »

En me retournant, je m'aperçus que Daniel avait déjà filé.

20

Révélations

Une demi-minute plus tard

Je sortis précipitamment de ma chambre et atteignis l'escalier à temps pour entendre tante Carol saluer le shérif sur le seuil. Je tentai de descendre les marches d'un air aussi dégagé que possible. Je bâillai même en m'étirant ostensiblement pour faire bonne mesure.

« Vous êtes drôlement matinal, dit Carol au shérif. On vient d'arriver.

– C'est au sujet de papa ? demanda Charity d'un ton inquiet.

– Non, mademoiselle, répondit le shérif en soulevant poliment sa casquette. Nous sommes juste venus poser quelques questions à Grace. »

À cet instant, il me vit, appuyée à la rambarde.

« Gwacie ! » s'exclama Baby James. Il courut vers moi et se jeta dans mes bras.

Je l'étreignis sans quitter nos deux visiteurs des yeux. Étant donné ce qui s'était passé la veille au soir, leur présence ne pouvait en aucun cas être une coïncidence « Hé, petit gars, comment s'est passé le voyage ? demandai-je à mon frère.

– C'était long, répondit-il. J'ai faim.

– Bonjour, Grace, lança Marsh en me gratifiant d'un sourire un peu trop affable. Nous t'avons cherchée au lycée ce matin, mais tu n'y étais pas.

– Je ne me sentais pas bien, dis-je. Je pouvais difficilement demander à mon père ou à ma mère de prévenir, vous comprendrez.

– Depuis quand envoie-t-on la police quand un élève fait l'école buissonnière ? intervint tante Carol. La pauvre fille a ses deux parents à l'hôpital. On peut comprendre qu'elle sèche les cours de temps à autre. » Carol n'avait jamais été du genre patiente, et je voyais bien qu'elle avait envie de finir de décharger la voiture. Ils avaient dû rouler presque toute la nuit pour arriver de si bonne heure.

« Ça n'a rien à voir avec l'école, expliqua le shérif. J'ai besoin de te poser quelques questions à propos de hier soir.

– Hier soir ? »

Oh ! Pourquoi avais-je toujours cette voix éraillée quand j'essayais de la jouer cool ?

« Nous avons eu la visite de deux chasseurs ce matin. Ils ont participé à la battue d'hier contre ce loup qui hurlait tellement fort que la ville entière l'a entendu. Ils nous ont dit qu'ils étaient sur le point de le capturer quand quelqu'un les a assommés et leur a dérobé leurs fusils. Ça s'est passé à environ un kilomètre derrière ce pâté de maisons, dans les bois.

– Oh ! les pauvres ! » Je restai de marbre, autant que faire se pouvait. « En quoi puis-je vous être utile ?

– La description de l'agresseur te correspond trait pour trait, répondit Marsh. L'un d'eux affirme t'avoir reconnue. »

Charity me dévisagea d'un air étonné.

« Je ne vois pas du tout de quoi vous voulez parler. » Les marques rouges du mensonge me brûlaient le cou. *Pourquoi faut-il que je mente aussi mal ?*

Carol gloussa.

« Vous voulez dire que deux hommes mûrs sont venus vous trouver au commissariat en prétendant qu'une brindille d'un mètre soixante les avait tabassés. Vous ne les avez pas éconduits en vous bidonnant ? C'est ridicule. Maintenant, si vous n'y voyez pas d'inconvénient, j'aimerais finir de vider la voiture et mettre Baby James au lit pour qu'il fasse une sieste. Nous avons roulé toute la nuit. »

Sur ce, elle essaya de leur fermer la porte au nez, mais Marsh l'en empêcha en interposant sa botte.

« N'empêche qu'on aimerait jeter un coup d'œil dans la maison si ça ne vous gêne pas. » Il planta son regard dans le mien. « La personne qui s'en est prise à ces chasseurs pourrait héberger un animal dangereux. Le loup qui leur a échappé est déjà responsable de deux morts selon nous. Une infirmière de l'hôpital et Pete Bradshaw qui a succombé il y a deux jours.

– Quoi ? » souffla Charity. Elle avait ouvert grand la bouche à l'annonce du décès de Pete. Elle n'était pas encore au courant manifestement.

« La sécurité publique est en jeu, insista Wright.

– Ma nièce n'aurait pas idée de mettre en péril la maisonnée, croyez-moi. »

Je fis de mon mieux pour réprimer mon hilarité.

Charity me décocha un coup d'œil intrigué.

« Par ailleurs, ajouta tante Carol en agitant son index sous le nez de Marsh, je connais mes droits. Il vous faut un mandat de perquisition.

– Laisse-les inspecter les lieux, s'ils veulent, intervins-je. Je n'ai rien à cacher. »

Je fis un grand geste en m'effaçant pour les inciter à entrer. Ça me paraissait la meilleure solution pour qu'ils cessent de me soupçonner. Je faisais suffisamment confiance à Daniel pour savoir qu'il resterait hors de vue.

« Ça ne prendra que quelques minutes », dit Wright en s'engouffrant dans le vestibule, Marsh sur ses talons. Je prêtai l'oreille à leurs pas lourds tandis qu'ils déambulaient dans la maison en ouvrant toutes les portes.

Carol leur avait emboîté le pas en râlant à cause de la boue qu'ils laissaient partout. Maman et elle se ressemblaient à maints égards. Charity marmonna quelque chose à propos des bagages qu'il fallait encore rentrer et fila dehors.

« J'ai faim, gémit James en se balançant dans mes bras.

– O.K., on va te faire un bol de céréales », dis-je en essayant de cibler mes pouvoirs auditifs sur le shérif et son adjoint qui poursuivaient leurs recherches au sous-sol. J'espérais que les vêtements que je n'avais pas eu le temps de sortir de la machine étaient débarrassés de toute cette boue.

J'installai mon petit frère dans sa chaise haute et sortis une boîte de céréales du placard. Je lui servis un bol que je posai devant lui.

« Nana ? » fit-il avec un sourire trop adorable pour que je puisse lui résister.

Je pris une banane dans la coupe de fruits et attrapai un couteau sur le billot. Alors que j'entamais l'épaisse peau, je me souvins tout à coup que j'avais rangé les fusils des deux chasseurs sous le porche derrière la maison. Je m'étais fait tellement de souci pour Daniel la nuit dernière que j'avais complètement oublié de les cacher. Je me tournai vers la porte donnant sur le jardin en me demandant si j'arriverais à mettre la main dessus avant que les policiers redescendent. Qu'allais-je en faire ? Les jeter dans le bois par-dessus la barrière ? Et si un coup partait quand je les lançais ? Si je me faisais prendre ?

« Nana, nana, nana, chantonnait James.

– Ça vient. » Au moment où je coupais la banane sur sa longueur, Marsh apparut sur le seuil de la cuisine. Je sursautai. « Aïe. » Je m'étais coupée. Des gouttelettes de sang tombèrent sur la table. Je saisis une feuille de Sopalin pour m'envelopper le doigt. Marsh me décocha un regard lourd de sens comme si mon tressaillement était la preuve irréfutable de ma culpabilité.

« Désolé de t'avoir fait peur, dit-il. Ça t'ennuie si je jette un coup d'œil dans le jardin ? »

J'aurais donné cher pour effacer ce sourire narquois de son visage.

« Pas du tout. »

Du coin de l'œil, je le regardai sortir sur le porche de derrière, juste au-dessus de l'endroit où j'avais planqué les fusils. Comment allais-je m'expliquer s'il les découvrait ? Il descendit les marches en sifflotant un air un peu trop joyeux et disparut de ma vue.

Concentrée sur ma coupure pour dissiper les picotements, les doigts serrés autour du bout de papier absorbant, je me dressai sur la pointe des pieds pour essayer d'épier Marsh par la fenêtre. Je n'arrivais toujours pas à le voir. En reculant, je faillis marcher sur les pieds de tante Carol.

« Qu'est-ce que tu fais ? me demanda-t-elle.

– Rien. » Je brandis mon doigt ensanglanté. « Je me suis coupée. »

Tante Carol haussa les sourcils. Sur le point de dire quelque chose, elle fut interrompue par Wright qui venait de regagner l'entrée.

« C'est bon ? » demanda-t-il. Des bruits de parasites parvinrent à mes oreilles. Il devait parler dans un talkie-walkie.

« C'est tout bon, répondit une autre voix avec juste assez de déception pour que je comprenne qu'elle appartenait à son adjoint. Rien de particulier dans le jardin. »

Il n'avait rien trouvé. Comment était-ce possible ?

« Navré de vous avoir importunée de si bon matin, madame, dit le shérif à Carol. Tout est en ordre apparemment.

– Vous vous attendiez à quoi ? Non mais franchement !

– Je suis désolé, nous nous devons d'explorer toutes les pistes dans cette affaire. Les bois grouillaient de chasseurs hier soir, mais le loup a quand même réussi à nous fausser compagnie. On ne voudrait pas que des citoyens de Rose Crest prennent des risques ou mettent leurs voisins en péril.

– Nana, je veux nana », brailla James d'une petite voix éraillée par la fatigue.

Pendant que tante Carol les raccompagnait à la porte, je pris une autre banane que j'épluchai avec un couteau à beurre. Dès que je les entendis démarrer, je me détendis un peu. Mais impossible de foncer dans le jardin, tante Carol ayant décidé de me régaler d'une de ses interminables diatribes à propos de la vie dans les petites villes et de l'imbécillité des autorités de Rose Crest.

Après l'avoir écoutée pendant ce qui me fit l'effet d'une heure entière, je me rendis compte que James s'était endormi, une joue sur son bol en guise d'oreiller.

« Si tu montais avec lui pour que vous puissiez faire une bonne sieste tous les deux, suggérai-je. Tu le mérites après toutes ces heures au volant. »

Elle prit James dans ses bras en bâillant. À peine avait-elle tourné le dos, n'y tenant plus, je me glissai dans le jardin. Pourquoi Marsh n'avait-il pas trouvé ces fusils ?

J'étais sur le point de descendre les marches à pas feutrés quand quelqu'un chuchota mon nom – pas très discrètement. En levant les yeux, je découvris Daniel perché sur le toit. C'était donc là qu'il était resté caché tout ce temps !

Il se redressa. Ses orteils dépassaient du bord du toit. S'il avait été un être humain normal, j'aurais craint qu'il ne se casse la figure. Il se hissa sur la pointe des pieds et fit une magnifique pirouette dans les airs avant d'atterrir sans bruit sur l'herbe en position accroupie. Je repensai au soir où il m'avait révélé ses pouvoirs et où, pour la première fois, j'avais pu admirer sa grâce.

« Frimeur ! » lançai-je d'un ton sarcastique, sans pouvoir m'empêcher de sourire. En toute honnêteté, j'étais prête à le regarder toute la sainte journée se livrer à ce genre d'acrobaties.

« Allons, tu as adoré ! » J'eus envie de l'embrasser pour faire disparaître son sourire malicieux. Comment avais-je fait pour *respirer* sans lui pendant toute une semaine ?

« Je le reconnais. » Je posai une main sur ma hanche. « Le shérif est peut-être parti, mais il y a encore du monde à la maison.

– Tu as raison. » Il s'accroupit sous les fenêtres de la cuisine. « Qu'est-ce qui t'est arrivé ? » Il désigna la poupée ensanglantée à mon doigt, que j'avais déjà complètement oubliée.

« C'est juste une petite entaille », dis-je en ôtant le papier pour lui montrer que je l'avais déjà guérie. Ne restait pas même une cicatrice.

« Tu as fait des progrès », commenta-t-il.

C'était le pouvoir que j'avais eu le plus de mal à maîtriser.

« Absolument. »

Mes oreilles se dressèrent au son d'une voix venant de la maison. Je me rendis compte que tante Carol parlait au téléphone – se plaignant de la visite de la police auprès de son dernier petit ami en date.

« Viens », dis-je en faisant signe à Daniel de me suivre. Je voulais profiter que Carol avait la tête ailleurs pour trouver une nouvelle planque aux fusils. Je longeai le porche jusqu'à la brèche où je les avais glissés à la hâte la veille au soir, y plongeai la main avant de jeter un coup d'œil à l'intérieur.

« Tu n'aurais pas vu Marsh emporter quelque chose quand il est retourné dans la maison, dis-moi ? »

Daniel secoua la tête.

« Je suis à peu près sûr qu'il avait les mains vides. Pourquoi ?

– Parce qu'ils ont disparu… » Je n'y comprenais plus rien. J'aurais juré que c'était là que j'avais caché ces armes, mais peut-être l'avais-je imaginé. La soirée m'avait paru totalement irréelle. Je les avais peut-être laissés dans la forêt après tout ? Non. Je ne les aurais pas abandonnés sur place. « Je crois que je suis en train de perdre la tête. Je suis prête à parier qu'ils étaient là. Je ne vois pas comment c'est possible.

– De quoi parles-tu ? » Daniel haussa les sourcils.

« C'est ça que tu cherches ? » fit une voix derrière nous.

Daniel et moi fîmes volte-face pour nous retrouver nez à nez avec un fusil puissant braqué sur nous.

Dix secondes plus tard

« Charity ! m'exclamai-je en tressaillant. Qu'est-ce que tu fabriques ? »

J'avais failli avoir une crise cardiaque en voyant ma petite sœur un fusil à la main. Elle le tenait dans ses bras, comme si elle n'avait pas la force de le brandir.

« Houlà ! Charity ! Fais attention ! lança Daniel en ten-dant la main. Donne-moi ça.

– Non, répondit-elle en reculant d'un pas. Pas tant que vous n'aurez pas répondu à mes questions.

– Ne sois pas ridicule, Charity, ripostai-je d'une voix aussi autoritaire que possible. Pose ça tout de suite. Il est chargé. »

Elle fourra une main dans sa poche, d'où elle sor-tit quelque chose qu'elle brandit, manquant au passage de lâcher son arme. « Avec des trucs comme ça, tu veux dire ? » La balle dans sa paume avait des reflets argentés, à la différence des projectiles cuivrés dont on garnit les fusils en temps normal. « Ce sont des balles en argent, pas vrai ? » Elle serra le fusil contre elle.

« Oui. Elles sont dangereuses. Pose cette arme. Ce n'est pas un jouet.

– Je sais, répondit-elle. Et je suis aussi capable que toi de m'en servir, Grace. Papy Kramer m'a donné des cours à moi aussi. »

Elle avait raison. Notre grand-père s'était toujours pris pour un cow-boy. Quand on était petites, on passait des mois entiers dans sa cabane au fond des bois où il nous apprenait à tirer, à pêcher. Je n'avais jamais été fan des armes à feu, mais j'étais capable de dégommer une boîte de conserve posée sur une souche d'arbre à trente mètres. Charity était toute jeune à l'époque, mais il ne faisait aucun doute qu'elle avait retenu quelques leçons – comme charger et décharger un fusil.

« Ouais, et papy Kramer péterait un câble s'il te voyait avec ça dans les mains. Tu le sais très bien. Un accident est vite arrivé. Donne-moi ça. Tout de suite.

– Sinon quoi ? Tu vas le dire à tante Carol ? Vas-y. Tu seras obligée de lui expliquer comment tu as eu ces fusils.

J'aimerais bien le savoir d'ailleurs. Je le mérite. Tu devrais me remercier de les avoir trouvés avant le policier. Tu te rends compte que j'ai dû me cacher tout au fond sous le porche pour ne pas qu'il me voie ? J'ai l'impression d'avoir encore des araignées qui me rampent sur le dos. » Elle se secoua violemment, ce qui me fit frémir à mon tour. J'aurais donné n'importe quoi pour qu'elle pose ce fichu fusil.

« Je te suis très reconnaissante, vraiment, dis-je d'un ton radouci. Tu peux me le rendre maintenant. » Je tendis la main en lui faisant signe de me remettre son arme. Qu'est-ce qui avait bien pu la pousser à aller les sortir de leur cachette ?

Elle secoua la tête. Resserra son emprise autour du fusil. Elle allait finir par exploser la tête de quelqu'un si elle ne faisait pas gaffe.

« Je savais que tu mentais, dit-elle, répondant d'elle-même à la question que j'avais eu l'intention de lui poser. Tu avais le cou tout rouge. Je me suis demandé pourquoi. J'ai pensé que si tu étais allée dans la forêt, tu avais dû passer par-dessus la barrière. C'est ce qui m'a incitée à explorer le jardin. Je ne m'attendais pas vraiment à découvrir que c'était *ça* que tu planquais. » Elle tapota la crosse du bout du doigt. « Maintenant je veux savoir pourquoi. Tu ne l'auras pas tant que tu ne m'auras pas donné une réponse satisfaisante. »

Ma petite sœur se servait d'un fusil pour me faire chanter ? Wouah ! S'il avait subsisté le moindre doute sur le fait que nous étions apparentées…

« C'est vraiment toi qui as agressé ces chasseurs dans les bois, qui leur as piqué leurs armes, hein ? »

J'allais protester, mais je vis que ça ne servirait à rien.

« Comment se seraient-ils retrouvés sous le porche si ce n'était pas toi qui les avais cachés là ?

– Je ne sais pas. Peut-être que quelqu'un…

– Tu recommences à mentir. » Elle pointa le menton vers mon cou rubicond. « Je ne pige pas. Qu'est-ce qu'ils t'avaient fait, ces chasseurs ? Pourquoi leur voler leurs fusils et les planquer ? Je ne comprends même pas comment tu as fait. Et pourquoi tu te donnerais tout ce mal pour sauver un loup ? Ce n'est pas normal. Si ce n'est que ça fait un an maintenant que tu te comportes bizarrement. Depuis que Daniel est revenu, en fait. »

Elle jeta un coup d'œil à l'intéressé qui enfouit ses mains dans les poches de son bas de pyjama d'un air dégagé. Il n'avait rien d'un innocent dans cette posture, mais ça faisait saillir joliment ses pectoraux. Charity piqua un léger fard. Elle avait dû se rendre compte finalement qu'il était torse nu. C'était une fille après tout. La perfection de ses formes n'avait pas pu lui échapper.

Soudain elle tendit le cou en plissant les yeux.

« C'est… une blessure par balle, là ? » demanda-t-elle en pointant la gueule du fusil vers la plaie de Daniel. Mon estomac chavira. « Une brûlure plutôt ? À moins que ce ne soit les deux ? »

Daniel me jeta un coup d'œil comme pour que je trouve une réponse à sa place. Je n'eus pas le loisir de le faire.

« Ô mon Dieu ! » Les joues de Charity virèrent au cramoisi. Je voyais presque ses méninges fonctionner tandis que la vérité se faisait jour dans son esprit. « Des balles en argent ? Ce n'était pas un loup *normal* que ces types traquaient, hein ? Je me rappelle ce que le shérif a dit à propos des hurlements que toute la ville a entendus. Ça n'est pas possible. Un loup *normal* ne s'entend pas au-delà de deux kilomètres. Je le sais. J'ai étudié la question l'année dernière pour un exposé. Je connais tout ça par cœur. »

Je n'appréciais pas trop cette façon qu'elle avait d'insister sur le mot « normal ». Et encore moins celle dont elle pointait son arme sur Daniel en tremblant comme une feuille.

« Je ne sais pas ce que t'imagines, Charity… »

Elle orienta le fusil vers moi. Je levai instinctivement les mains en un geste défensif.

« Arrête de braquer cette arme sur les gens !

– Je n'arrivais pas à comprendre pourquoi tu aurais risqué ta vie pour sauver un loup. » Elle pointa à nouveau le fusil sur Daniel. « Mais là ça y est, j'ai compris…

– Qu'est-ce que tu as compris ? demanda Daniel d'un ton calme, ignorant souverainement la menace qui pesait sur lui.

– J'ai fait plein de recherches sur les mythes liés aux loups-garous pour mon exposé. Je sais que l'argent peut les brûler. Et je t'ai vu faire une pirouette en descendant du toit pour atterrir comme si de rien n'était sur tes deux pattes. Les gens *normaux* ne font pas ça. »

Je soupirai.

« Tu vois ce que ça te rapporte de frimer ! » lançai-je à Daniel.

Il grimaça un sourire.

« C'est pas drôle ! protesta Charity en faisant osciller le fusil entre nous deux. Je ne suis pas stupide, Grace. Sous prétexte que je suis encore au collège, tu t'imagines que je ne comprends rien à rien. Mais je sais qu'il s'est passé quelque chose. Depuis le retour de Daniel… les attaques de chiens *sauvages* ont recommencé. Il y a de nouveau des morts. À la radio, en plus, ils n'arrêtent pas de dire que le monstre de Markham Street est revenu.

– Je n'ai jamais dit que tu étais stupide. Mais tu te trompes, Charity, Daniel n'a rien fait de tout ça. »

Charity secoua la tête, agitant dangereusement le fusil. Elle battit des paupières, comme pour retenir les larmes qui s'étaient formées au coin de ses yeux. « C'est un monstre, hein ? Un… un loup-garou ? »

J'ouvris la bouche, prête à lui raconter n'importe quel mensonge pour la convaincre du contraire, mais Daniel posa une main sur mon épaule.

« Ce n'est pas grave, dit-il. Elle sait ce que je suis. Il est temps de lui expliquer le reste.

– Alors c'est vrai ? » Les larmes débordèrent tandis que le fusil continuait ses périlleuses oscillations. Elle devait paniquer, ça se comprenait. Moi-même je n'avais pas trop bien géré quand j'avais appris la vérité au sujet de Daniel. Mais si Charity perdait le contrôle d'elle-même, un coup allait finir par partir.

J'envisageai tour à tour trois scénarios pour lui sauter dessus et lui arracher le fusil des mains. *Vas-y !* gronda le loup dans ma tête. *Elle est dangereuse. Élimine-la.*

Non ! Quelle que soit l'option choisie, quelqu'un que j'aimais allait prendre une balle.

« Oui, c'est vrai, Charity. Mais qu'est-ce que tu peux y faire ? dis-je en faisant discrètement un pas de côté. Tu as l'intention de tuer Daniel ?

– Je ne sais pas, répondit-elle d'une voix étranglée. Je devrais, non ? Pour essayer de nous protéger tous ?

– Si tu l'abats parce que c'est un loup-garou, ajoutai-je d'une voix douce, il va falloir que tu tues Jude aussi… » Je me glissai entre Daniel et elle pour que le fusil soit braqué sur moi. « Et moi… Nous sommes bien des loups-garous, mais nous n'avons rien fait de ce que tu t'imagines.

– Ne fais pas ça, Grace ! » s'exclama Daniel en m'attrapant par les épaules, prêt à m'écarter du danger.

Je ne bougeai pas d'un pouce.

« Alors que décides-tu ? » demandai-je à Charity.

En dehors des traces de larmes sur ses joues, elle était aussi blanche que les nuages qui couraient dans le ciel.

« Tu es un… ? Ce n'est pas possible… Je ne peux pas le croire… Tu es juste ma sœur. Je ne comprends pas…

– Donne-moi le fusil, et je promets de tout te raconter. » Je tendis la main.

« Tout ?

– Oui », dit Daniel.

Mon cœur battit au moins quarante fois avant qu'elle se décide à baisser son fusil et à me le donner. Je le passai rapidement à Daniel alors que Charity me tombait dans les bras en sanglotant comme une petite fille, bien qu'elle eût cessé d'en être une.

Une heure plus tard

Je la serrai un long moment contre moi. Puis elle s'assit sur la pelouse jonchée de feuilles mortes. En blottissant ses genoux contre sa poitrine, elle nous pria de tout lui raconter en commençant par le début. Daniel lui fit un bref résumé de l'histoire des Urbat, mais il me laissa la responsabilité de lui relater les événements des douze derniers mois – redoutant sans doute que sa mémoire ne lui fasse défaut. Je remarquai qu'il m'écoutait aussi attentivement que Charity quand j'en vins aux ultimes épisodes de la semaine.

Je dis la vérité, en gardant néanmoins pour moi les détails personnels. Par exemple que j'avais dû tenir Daniel dans mes bras la veille au soir pour l'empêcher de succomber à la pulsion qui le poussait à se changer en loup blanc. J'évitai aussi de parler du secret que Daniel et moi avions partagé dans le cachot de Caleb, considérant que ce n'était ni le moment ni le lieu de dévoiler à Daniel l'engagement que nous avions pris, si vraiment il avait oublié.

Charity fit la grimace quand je lui parlai de Jude. Des choses qu'il avait faites. Des endroits où il était allé ces derniers mois. De celui où il se trouvait maintenant.

« Puis-je aller le voir ? demanda-t-elle.

– Pas tout de suite », répondis-je en m'efforçant de ne pas laisser transparaître ma honte. Voilà que ma petite sœur qui n'avait même pas treize ans était prête à assumer une tâche que j'avais repoussée depuis des jours. « Je ne pense pas qu'il soit prêt. »

Daniel m'avait écoutée en silence, mais en m'entendant prononcer ces mots, il me jeta un regard entendu. Avait-il ressenti la peur, la souffrance que m'inspirait mon frère, grâce à la connexion psychique que nous avions dans nos rêves ? Lorsque j'abordai ce qui était véritablement arrivé à papa, il posa une main apaisante sur mon épaule. Je regrettai une fois de plus qu'il n'ait pu être à son chevet avec moi.

Charity encaissa tout avec une maturité que j'aurais dû lui reconnaître il y a belle lurette. Elle jeta tout de même un ou deux regards au fusil posé dans l'herbe à côté de Daniel. Quand je lui eus rapporté tout ce qui me paraissait à propos – des Rois de l'Ombre à la battue, en finissant par l'affrontement avec le shérif le matin même –, elle soupira en se pinçant le nez comme si elle cherchait à empêcher toutes ces informations de s'échapper de sa cervelle.

« D'accord, dit-elle, mais ce que je ne comprends toujours pas, c'est pourquoi tout le monde n'arrête pas de dire que Pete Bradshaw est mort alors que ce n'est pas vrai.

– Je suis désolée, Charité, mais il est bel et bien mort. J'étais à l'hôpital quand il a succombé il y a deux jours. »

Elle secoua la tête avec tant de véhémence que cela m'étonna.

« Ce n'est pas possible.

– Je sais, c'est difficile d'admettre que quelqu'un qu'on connaît est…

– Mais c'est faux ! insista-t-elle. Je l'ai vu de mes propres yeux à la station-service où on s'est arrêtés en ville ce matin. Il avait un comportement bizarre, mais il était tout à fait vivant, je t'assure. »

Il me fallut bien trente secondes pour répondre. Comme si mon cerveau et ma bouche avaient décidé de ne plus communiquer.

« Tu es sûre que c'était lui ? Et pas quelqu'un qui… lui ressemblait ? Ses cousins sont peut-être venus en ville pour l'enterrement.

– Il n'a pas de cousins. Sa mère nous l'a dit quand ils sont venus dîner à la maison pour Thanksgiving.

– Ah bon ! Je pensais… » Je me souvins alors que son seul et unique oncle était à peine plus vieux que nous. Même s'il avait eu des cousins, ils auraient été trop jeunes pour qu'on puisse les confondre avec lui. « Ça ne tient pas debout. » J'étais là quand le médecin avait annoncé le décès de Pete, et on en avait même parlé aux infos. Il y avait forcément une autre explication…

Charity se mordillait la lèvre.

« S'il est mort et qu'il est revenu à la vie, comme Daniel, ça veut-il dire que c'est un loup-garou lui aussi ?

– Je n'en sais rien, dis-je en me relevant, mais j'ai bien l'intention d'en avoir le cœur net. »

Même si ça m'obligeait à faire quelque chose que je m'étais promis de ne plus jamais entreprendre.

21

Les ficelles du métier

Mercredi après-midi

Charity n'était pas très contente que je lui interdise de nous accompagner, mais je ne voulais pas qu'il arrive quoi que ce soit à ma sœur. Avant de partir, je lui fis jurer de garder le secret et la chargeai d'une mission cruciale qui consistait à me couvrir auprès de tante Carol.

« Quand elle se réveillera de sa sieste, dis-lui que je suis allée à l'hôpital, ordonnai-je en montant dans la Corolla avec Daniel. Ou que je suis chez April en train de travailler pour un exposé. Je risque de rentrer tard. »

On commença par passer chez Daniel pour lui trouver une tenue un peu plus adéquate. Pendant qu'il se changeait dans la salle de bains, je m'assis sur le canapé-lit en m'efforçant de ne pas penser à ce qui avait *failli* se passer la dernière fois qu'on avait été seuls dans cette chambre. Raison pour laquelle je n'avais pas le droit d'être là normalement.

« Désolé d'avoir mis autant de temps, dit Daniel en réapparaissant, vêtu d'un jean foncé et d'une chemise blanche qui moulait son torse. J'ai dû enfiler trois pantalons avant d'en trouver un dans lequel j'arrivais à rentrer.

– Je te l'avais bien dit ! Tu es nettement plus costaud. » Je m'approchai de lui et posai la main sur ses biceps bombés. « Je ne vais pas m'en plaindre, rassure-toi. Je te trouvais déjà sacrément sexy mais là… » Je me dressai sur la pointe des pieds et lui déposai un baiser sur le menton.

Daniel émit un grognement approbateur.

« Tu cherches à te calmer les nerfs avant qu'on y aille, c'est ça ? » dit-il en se penchant vers moi.

Sur le point de m'embrasser, il releva brusquement la tête en entendant la porte de l'appartement s'ouvrir.

« On a de la compagnie. »

En faisant volte-face, je découvris Brent, Ryan et Zach agglutinés sur le seuil. Slade était resté sur les marches en béton derrière eux.

« On a entendu des voix, dit Ryan, et on a pensé qu'il valait mieux venir jeter un coup d'œil. On ne voulait que quelqu'un s'introduise chez l'alpha pendant son absence. »

Brent flanqua un coup de coude dans la poitrine de Ryan en désignant Daniel.

« Il est de retour, on dirait.

– Putain ! s'exclama Ryan. C'est toi ? Vraiment toi ?

– C'est l'impression que ça me fait en tout cas, répondit Daniel.

– Putain ! » Ryan courut vers nous comme un chiot tout excité. Brent et Zach bondirent à leur tour dans l'appartement. Sous le choc, Slade resta planté à l'entrée. Il avait presque l'air d'avoir peur.

« Je n'arrive pas à le croire, s'écria Ryan. J'avais parié avec Slade qu'on ne te reverrait pas avant Thanksgiving. Sous ta forme humaine, je veux dire.

– Tu avais dit mars prochain, souligna Brent.

– Pas du tout, protesta Ryan.

– Je t'assure que si. J'ai tout noté par écrit. » Brent fourra une main dans sa poche. Ryan semblait sur le point de l'empoigner.

« Le moment est venu de te présenter officiellement les garçons perdus », lançai-je à l'adresse de Daniel.

Ryan et Brent se tournèrent vers moi comme un seul homme.

« Les garçons perdus ? Comme dans ce vieux film avec Kiefer Sutherland ? *Génération perdue*, je crois que ça s'appelait.

– Je pensais plutôt à Peter Pan et aux garçons égarés.

– Elle nous traite de fées là ou quoi ? demanda Slade.

– Non, répondit Brent. Elle parle de ces gamins qui ne voulaient pas grandir, avec qui Peter Pan a vécu toutes sortes d'aventures.

– N'empêche qu'on dirait qu'on parle de fées, bougonna Slade en croisant ses bras tatoués sur sa poitrine.

– J'ai plutôt l'impression qu'elle fait référence au film avec Sutherland, railla Daniel.

– On a joué dans la pièce ensemble il y a genre sept ans, tu ne te rappelles pas ? Ta maman t'a obligé à mettre des collants, alors que tu voulais être un pirate. Tu étais fou de rage. »

Daniel leva la main.

« Amnésie partielle, au cas où tu aurais oublié. J'ai dû occulter tous les souvenirs associés aux collants. »

Brent, Zach et Ryan éclatèrent de rire. Slade se fendit d'un sourire.

« Bref, il est temps que tu fasses connaissance de ta meute.

– En *personne*, tu veux dire. » Daniel tendit la main à Zach. « Désolé, j'ai la mémoire un peu embrouillée. Je ne me souviens plus trop des noms.

– Moi, c'est Zach. » Ils échangèrent une poignée de mains. « Le plus jeune, c'est Ryan. L'arrogant, Brent.

– J'apprécie le compliment, déclara Brent.

– Et voilà Slade », ajoutai-je en indiquant le seuil.

Quand Daniel tendit la main à Slade, je jure que notre champion des courses de rue aux bras couverts de tatouages se déroba craintivement. Après quelques secondes d'hésitation, il abattit son poing sur celui de Daniel. Un mode de salutation viril.

« Vous étiez cinq, non ? demanda Daniel en se tournant vers Ryan et les autres. Où est le dernier ?

– Marcos ? » J'enfouis mes mains dans mes poches. « Il est mort dans l'explosion de l'entrepôt. »

Les garçons baissèrent la tête dans un moment de recueillement.

Daniel hocha la tête.

« Je me souviens avoir ressenti votre tristesse.

– On devrait y aller, dis-je. J'ai déjà envoyé un texto pour prévenir.

– Où allez-vous ? demanda Ryan.

– On a une affaire à régler, répondis-je en récupérant les clés de la Corolla sur le lit. Ça pourrait être risqué.

– Emmenez-nous en renfort.

– Ouais ! » acquiescèrent les autres.

Je sentis que cette proposition mettait Daniel mal à l'aise. L'idée d'être suivi par quatre ombres ne l'emballait pas beaucoup. Je me réjouissais pour ma part que le dévouement de ces Rois de l'Ombre repentis soit resté intact même s'il avait cessé d'être le loup blanc.

« Je suis prêt à casser quelques nez pour toi si ça t'arrange. » Brent abattit son poing dans le creux de sa main, d'un air à la fois moqueur et déterminé.

« Cette affaire requiert une approche un peu plus délicate, je pense, dis-je.

– Bon, d'accord, répondit Daniel en les poussant vers la porte. Allons-y. On vous expliquera la situation en route. »

Vingt minutes plus tard

La situation étant, comme je l'avais dit, délicate, on décida qu'il valait mieux que je me présente seule au rendez-vous. Je ne voulais pas effrayer Talbot avant d'avoir obtenu des réponses.

Sauf qu'à la minute où je le vis adossé contre un arbre au fond du jardin de la paroisse, où il m'attendait comme convenu, l'idée de le traiter avec *délicatesse* s'évapora.

En me voyant arriver, il se redressa et enfonça ses mains dans les poches. Il avait une barbe de deux jours et portait les mêmes habits que la dernière fois que je l'avais vu. Mes émotions devaient se lire sur mon visage parce qu'une lueur étrange passa dans son regard – quelque chose qui ressemblait à de la culpabilité –, avant qu'il scotche son chaleureux sourire de garçon de ferme sur son visage.

« Je savais que tu ne tiendrais pas le coup longtemps sans me voir. Tu ne peux pas savoir comme je suis content que tu te sois décidée…

– Qu'est-ce que tu as fait, nom de Dieu ? » explosai-je en approchant de lui.

Il en resta pantois.

« Rien… J'étais juste assis là…

– Je ne te parle pas de ça. » Ma main partie toute seule s'abattit sur son sternum, le plaquant contre le tronc d'arbre. Les branches tremblèrent. Une volée de feuilles s'abattit sur nous dont une, orange vif, se posa sur la tignasse de Talbot. Je devais me hisser sur la pointe des pieds pour être au niveau de son visage.

« Wouah, petite, si tu voulais me mettre dans une posture compromettante, il te suffisait de demander.

– Arrête avec ça ! » Je l'attrapai par le col de sa chemise. « Je veux que tu m'expliques précisément ce qui est arrivé à Pete Bradshaw. »

Depuis qu'on savait que Talbot avait travaillé pour Caleb, qu'il faisait partie de la meute des Rois de l'Ombre, je m'étais doutée qu'il avait quelque chose à voir avec l'agression qui avait plongé Pete Bradshaw dans le coma. On l'avait retrouvé inanimé dans le dojo où Talbot et moi nous entraînions, avec les initiales RO peintes à la bombe près de son corps. D'autant plus que Talbot avait assisté à une altercation entre Pete et moi la veille, au Dépôt. Et puis j'avais vu dans quel état de rage il s'était mis en apprenant que Pete m'avait harcelée.

« Tu l'as agressé, pas vrai ? Alors que je t'avais supplié de le laisser tranquille. Qu'est-ce que tu lui as fait ? »

Talbot se borna à me dévisager en battant des paupières.

« De quoi tu parles… ? »

Il redoutait apparemment que je ne sache quelque chose qu'il aurait préféré que j'ignore.

« N'essaie pas de me faire croire que tu n'as rien à voir avec cette histoire. Tu sais parfaitement ce qui est arrivé à Pete. Il est mort sous mes yeux il y a deux jours, mais ma sœur l'a vu traîner près d'une station-service ce matin. Dis-moi comment c'est possible. » Je le lâchai. « L'as-tu contaminé ? C'est un Urbat maintenant ou quoi ? »

Talbot jura.

« C'est ce que je craignais, marmonna-t-il dans sa barbe. Ce n'est pas un Urbat, Grace. Nom de Dieu ! Si ce que tu dis est vrai, alors c'est un Akh !

– Un Akh ? » Les Akh étaient des créatures retorses, sanguinaires. Capables de contrôler leurs victimes mentalement en les regardant dans les yeux.

« Il a dû être infecté par un Akh quand il s'est fait attaquer. » Talbot ôta la feuille de ses cheveux. « Je ne l'ai *pas* agressé ce soir-là… Tu m'avais demandé de ne pas le faire.

– Tu me le jures ? » insistai-je d'un ton plus que dubitatif.

Talbot glissa ses pouces derrière sa grosse boucle de ceinture en cuivre.

« Oui. Tu commençais déjà à avoir un effet sur moi. En temps normal, je l'aurais dépecé sans y réfléchir à deux fois, mais comme tu m'avais supplié de le laisser tranquille, je n'ai pas réussi à lever la main sur lui.

– Sérieux ?

– Oui », répondit-il en se balançant sur ses talons. Il inspira à fond avant de débiter rapidement : « Mais il se pourrait que j'aie donné l'ordre à une poignée de Akh de faire le boulot pour moi.

– Génial ! Tu trouvais ça mieux peut-être ?

– Qu'est-ce que tu voulais que je fasse, Grace ? Il te harcelait. Il te matait comme si tu étais une victime à ajouter à son tableau de chasse. J'ai vu la peur dans tes yeux quand il s'est approché de toi. Il ne pouvait pas s'en tirer comme ça. J'ai fait ça pour toi.

– Pour moi ? Quelqu'un que je connais est mort, pas mort, je ne sais plus, et tu me dis que tu as fait ça pour moi ! Tu crois que ça me fait plaisir d'entendre ça ?

– C'était moi avant, Grace.

– Tu es toujours le même.

– Si c'était le cas, je n'aurais pas essayé d'arranger les choses. J'ai tenté de régler le problème à l'hôpital, mais ces stupides moniteurs se sont mis à biper comme des dingues.

– À l'hôpital ? » Quelque chose qui me turlupinait depuis hier refit surface dans mon cerveau. « Ô mon Dieu... *le cousin,* c'était toi ! » L'infirmière n'avait-elle pas dit qu'un cousin avait rendu visite à Pete juste avant qu'il soit terrassé ? Je repensai au moment où j'avais étreint accidentellement Talbot dans l'escalier à l'hôpital... Il ne venait pas d'en bas, mais de la porte s'ouvrant sur le couloir des soins intensifs. Il avait pris l'escalier pour filer discrètement.

« *L'affaire* que tu avais à régler, c'était Pete ? »

Je fis un pas en arrière. Puis deux autres.

« C'est pour l'achever que tu es allé à l'hôpital ? »

Comment avais-je pu en arriver à un stade où, en moins de quarante-huit heures, en comptant mon engueulade avec Jude, je m'étais trouvée dans l'obligation de demander à deux personnes que je connaissais si elles avaient tué quelqu'un ?

Sérieusement, comment était-ce possible ?

« Non. J'avais entendu dire qu'on avait trouvé des marques de morsure sur son corps. J'en avais conclu que son coma était en fait une période d'incubation après une contamination par un Akh. Je suis allé m'en assurer, mais j'avais à peine mis un pied dans sa chambre que son taux d'oxygène a chuté brusquement et les moniteurs se sont affolés. Je me suis tiré aussi vite que j'ai pu. C'est là que je suis tombé sur toi dans l'escalier.

– Et si les moniteurs ne s'étaient pas affolés ? Qu'est-ce que tu aurais fait ?

– Si j'avais été sûr qu'il était contaminé – ce qui était apparemment le cas –, je lui aurais planté un pieu dans le cœur.

– Tu l'aurais *tué* ?

– Pour t'éviter cette corvée. »

J'en restai bouche bée. Talbot enchaîna avant que j'aie le temps de réagir.

« Pete n'est plus lui-même. Il faut voir les choses comme ça. C'est juste un démon qui se balade déguisé en lui. Il lui ressemble peut-être, il a la même voix, les mêmes souvenirs, mais tu ne dois jamais oublier que ce n'est pas lui. Surtout quand il te court après.

– Après moi ?

– En plus de conserver ses souvenirs, le Akh en lui endosse aussi une partie de sa personnalité. Le plus négatif. En l'amplifiant. Pete en avait après toi avant d'être contaminé et de mourir, ce qui veut dire que tu seras probablement l'une des premières personnes qu'il viendra chercher quand il aura passé l'étape de la fringale et que la mémoire commencera à lui revenir. » Talbot débita une nouvelle bordée de jurons. « Il a déjà fait une victime – cette infirmière à l'hôpital. J'aurais dû me douter que c'était lui, dès que j'en ai entendu parler. J'étais tellement occupé à me complaire dans mon malheur, je n'ai même pas pensé que…

– Tu veux dire que c'est *lui* qui a tué l'infirmière ? » Je sentis une pointe de culpabilité à l'idée que j'avais pu soupçonner Jude.

« C'est ce que je pense, oui. Les Akh sont affamés de naissance. Ils ont besoin de s'alimenter en sang et en énergie mentale dans des proportions folles pour survivre les premiers temps. Ce qui veut dire qu'il va tuer au hasard. Après quoi, il se mettra à rechercher des gens de son ancienne vie...

– Quoi ? » Je songeai à la rencontre de Charity avec Pete à la station-service. Heureusement qu'elle n'avait fait que l'entrevoir à travers la vitre au moment où la voiture démarrait. Et puis je pensai à la maman de Pete, Ann. Allait-il rentrer chez lui quand la mémoire lui reviendrait ? Et où me situais-je sur la liste potentielle de ses victimes ?

Talbot m'attrapa le bras et m'entraîna vers sa camionnette garée derrière la paroisse.

« Il va falloir qu'on tue Pete... encore une fois, dit-il, manifestement excité à cette perspective.

– Attends ! »

Je posai la main sur la sienne. Il cessa de me tirer et regarda nos deux mains l'une sur l'autre.

« Viens, Grace. On est repartis à la chasse aux démons, toi et moi. On s'est entraînés à fond. Comme cela devait être. »

Je lui adressai un pâle sourire. Il rêvait qu'on se lance dans une nouvelle traque ensemble.

« Comment on va faire pour le trouver ?

– Les nouveaux Akh sont prévisibles, à cause de leur appétit. Il cherchera des endroits qui dégagent le maximum d'énergie mentale et sexuelle. Il se repérera à l'odeur. Une grande fête, par exemple. En temps normal, les nouveaux Akh affluent au Dépôt. C'est comme ça que les Rois de l'Ombre ont pu en recruter un si grand nombre. Maintenant que la boîte n'existe plus, il va falloir qu'il trouve un nouvel endroit. » Il fit claquer ses doigts. « Je sais exactement où il va aller.

– Où ça ? m'enquis-je en me rapprochant de lui.

– Il y a une soirée transe ce soir.

– Une soirée quoi ?

– Une soirée transe. Tu es au courant que les Akh mettent leurs victimes en transe en les fixant dans les yeux pour leur prendre leur énergie mentale et perturber leur volonté.

– Oui. » J'étais bien placée pour le savoir. La dernière fois que ça m'était arrivé, j'avais failli y rester.

« Une soirée transe, c'est comme une rave party si ce n'est que, pour se défoncer, à la place d'ecstasy, les humains se servent des Akh.

– Tu veux dire que des gens vont à ces fêtes et laissent sciemment des Akh se nourrir de leur énergie ?

– C'est à peu près ça. Les Akh s'alimentent sans avoir besoin de chasser, et les humains se défoncent en laissant quelqu'un d'autre leur prendre leur volonté pour la nuit. Il y en a que ça excite !

– Berk ! fis-je d'un air écœuré. Ils ne craignent pas d'y laisser leur peau si les Akh les dépouillent de toutes leurs forces ?

– Ça arrive, reconnut Talbot. Surtout s'il y a de nouveaux Akh dans le lot. Ils ne viennent pas seulement pour se faire un fixe rapide. Ils ont dans l'esprit de tuer. Je suppose que le danger excite certaines personnes. La plupart d'entre eux sont des gamins stupides qui ne comprennent pas trop ce qui se passe et ne se souviennent de rien le lendemain matin.

– Et tu penses qu'on trouvera Pete là-bas ? » Je plantai mon regard dans ses yeux verts tout en plongeant la main dans la poche de ma veste le temps d'appuyer sur une touche de mon téléphone.

« Je suis prêt à parier ma camionnette que oui.

– Où a-t-elle lieu, cette fête ?

– Il y en a une chaque année, la semaine qui suit Halloween, dans un parc d'attractions hanté juste après qu'on le ferme pour la saison. Avant qu'ils enlèvent le décor terrifiant. D'après la rumeur, ça devrait se passer à la Ferme des Terreurs.

– Cette vieille ferme à la périphérie de Rose Crest ? Je croyais qu'on l'avait condamnée parce que c'était un endroit dangereux ? »

April et moi fréquentions à l'occasion le labyrinthe aménagé dans le champ de maïs de cette ancienne ferme transformée en parc d'attractions pour Halloween. Nous n'avions pas réussi à y aller cette année parce qu'ils avaient fermé dès le premier soir, un gamin étant passé à travers le plancher pourri de la grange. J'avais entendu dire que les propriétaires avaient abandonné les lieux en les laissant tels quels, plutôt que d'investir l'argent nécessaire pour les mettre aux normes.

« Tu peux comprendre l'attrait de ce site pour ce genre de fêtes ? » Talbot tendit la main comme s'il s'apprêtait à me caresser la joue. « Il va falloir qu'on dissimule ta jolie frimousse. Qu'on te trouve un déguisement. Les Gelal et les Akh vont se rendre là-bas en masse. Je ne serais pas surpris qu'une poignée de Rois de l'Ombre débarquent aussi pour faire du recrutement. »

Des Rois de l'Ombre. C'était bien ce que je craignais d'entendre.

« Les gens portent des tenues complètement dingues. Costumée, tu passeras inaperçue. Je ne veux pas que les Rois de l'Ombre nous remarquent. Je suis bien la dernière personne avec qui ils auront envie d'être aimables.

– Ce n'est pas grave, déclarai-je en reculant d'un pas pour m'écarter de lui et de sa camionnette. Vu que tu ne viens pas !

– Quoi ? Tu t'imagines que je vais te laisser y aller toute seule ?

– Je ne serai pas seule. »

Je jetai un coup d'œil vers l'engin chevauché par un motard solitaire qui venait de s'engager dans le parking. Suivi de près par la Corolla verte. Juste à temps.

« Pas question que tu nous accompagnes. »

Je m'éloignai rapidement.

« Que se passe-t-il ? »

Talbot fit mine de me suivre, mais il s'immobilisa quand le motard descendit de sa monture et ôta son casque. Il ouvrit grand les yeux en reconnaissant Daniel. Brent et les trois autres sortirent de la voiture et vinrent se poster derrière leur alpha.

« Alors, il est de retour ? demanda-t-il.

Ouais. » Je ne pus m'empêcher de penser à cette chanson qu'on entendait sur cette station de vieux que papy Kramer écoutait toujours. *Mon homme est de retour et ça va chauffer pour toi...*

« Malgré tous les efforts que tu as déployés d'après ce qu'on m'a dit », lança Daniel en calant son casque sous son bras.

Sous le choc, Talbot resta bouche bée, mais il serrait les poings.

« Tu as besoin d'aide ? me demanda Daniel.

– Non. J'ai eu ce que je voulais. » Je me tournai vers Talbot. « Merci pour l'info. Nous allons régler le problème sans toi.

– Tu m'as tendu un piège ? » protesta Talbot. Je voyais la tempête couver dans ses yeux. Il fit un pas dans ma direction, mais les quatre garçons s'interposèrent aussitôt pour former une barrière entre nous. Talbot recula un peu. « Je pensais que toi et moi, Grace... Je croyais qu'on ferait ça ensemble.

– Il n'y a pas de toi et moi, Talbot. » J'enfourchai la moto de Daniel. « Tu n'as plus aucun rôle à jouer dans cette histoire. »

Je trouvais cruel de lui avoir fait croire que j'allais collaborer avec lui pour le laisser finalement à l'écart. Mais il fallait qu'il sache qu'en dépit de ses mensonges et de sa trahison, j'avais récupéré Daniel – et je n'avais plus besoin de lui.

« Tu dois comprendre qu'en définitive je choisirai toujours Daniel », achevai-je d'un ton solennel.

22

La fête

Plusieurs heures plus tard, le soir

April était obnubilée par l'idée qu'on devait se déguiser. Je commençais à me demander si elle avait une carte de fidélité à la boutique de costumes et vêtements d'occasion de l'Apple Valley. Nous nous étions retrouvés chez elle pour nous préparer en vue de la soirée transe. Abasourdie, je la regardais sortir une tenue après l'autre de son placard.

« Tu prends ton rôle d'Alfred drôlement au sérieux », m'exclamai-je. Quand elle avait appris que je m'étais lancée dans une quête pour devenir un super-héros – quête à laquelle j'avais essentiellement renoncé à partir du moment où j'avais tout mis en œuvre pour tenter de faire revenir Daniel –, elle avait insisté pour être mon Alfred comme si j'étais Batman. Ce qui, à mon grand dam, impliquait souvent un nécessaire à couture.

Je n'aurais pas été surprise qu'elle note « styliste de super-héros » parmi ses qualifications dans son dossier de candidature à Trenton.

« Je crée des vêtements quand je me sens angoissée, m'expliqua-t-elle, et j'ai toutes les raisons de l'être en ce moment. » Elle extirpa du tas une combinaison jaune fluo avec une cape assortie. « J'ai fait ça quand les Rois de l'Ombre t'ont kidnappée. »

Daniel esquissa un sourire.

Ça faisait plaisir de savoir qu'April tenait autant à moi.

« J'ai même récupéré quelques articles pour Daniel… au cas où il se changerait à nouveau en humain. » Elle attrapa ce qui ressemblait à un ballot de cuir noir, qu'elle lui tendit. « Contente que tu sois de retour, au fait, ajouta-t-elle en lui souriant.

– Merci, répondit-il en déballant le paquet qui se révéla être un long trench-coat en cuir. Ça me va.

– Vingt-cinq dollars seulement à la boutique de vêtements d'occasion. Tu te rends compte ? Mets ça avec une chemise et un pantalon noirs, et ce sera parfait. » Elle s'empara d'un autre amas de tissus qu'elle me destinait. « Grace a besoin de quelque chose qui a un peu plus de punch.

– Des shorts en faux cuir ! m'exclamai-je en brandissant un short Daisy Ducks noir.

– Ça se porte avec des bas résille, déclara-t-elle en me tendant l'article en question ainsi qu'un caraco en dentelle noire. Il y a une veste aussi.

– D'accord, mais c'est un… short en faux cuir.

– Que tu dois mettre avec des bas résille », répondit-elle comme si je ne l'avais pas entendue la première fois.

Elle me poussa vers la salle de bains pour que j'aille me changer.

Daniel avait un sourire jusqu'aux oreilles, au point qu'on aurait dit que son visage allait se fendre en deux.

Aux environs de minuit

Daniel était étrangement silencieux dans la Corolla alors que nous roulions sur la vieille route de campagne menant à la Ferme des Terreurs, à la périphérie de Rose Crest. Les garçons nous suivaient dans la guimbarde rouge d'April, qu'elle nous avait prêtée en guise de compensation pour la tenue ridicule que j'avais accepté de porter.

Peu après l'épisode du short en faux cuir, Daniel s'était de plus en plus replié sur lui-même à mesure que le moment de traquer Pete approchait. Il n'avait même pas protesté quand April avait insisté pour qu'il porte le masque noir qu'elle avait piqué à un costume de Zorro. La touche finale parfaite à sa tenue de « mauvais garçon », selon sa formule.

Je m'étais dit qu'il n'avait pas dû apprécier le fait qu'il m'avait fallu m'adresser à Talbot pour avoir des informations, mais à le voir fixer obstinément le paysage par la fenêtre, j'en vins à redouter que quelque chose de plus profond ne le ronge.

Je me garai dans un champ bondé devant la ferme « hantée », en piteux état. Des épouvantails aux allures de possédés pendaient mollement de leurs poteaux devant le portail d'entrée. Une partie du toit de la grange qui se profilait derrière la maison semblait sur le point de s'effondrer. Je savais que le labyrinthe s'étendait sur deux bons hectares derrière cette grange. Je comprenais que les Akh aient choisi cet endroit isolé pour y organiser une de leurs sinistres soirées transes, et à en juger par la foule d'adolescents qui affluaient vers la ferme, ils avaient attiré beaucoup de monde.

« Ça va ? » demandai-je à Daniel en récupérant les clés de voiture.

Il haussa les épaules.

« Je suis désolée que tu te sois trouvé impliqué dans toute cette histoire, ajoutai-je. Et que tu aies été obligé de rencontrer Talbot.

– Ça n'a rien à voir avec ça. » Il poussa un gros soupir en se passant la main dans les cheveux. « J'ai essayé de faire en sorte que ça ne m'atteigne pas trop. D'oublier, d'aller de l'avant. C'est juste que… elle me regarde comme si j'étais un monstre.

– Qui ça ? » Je n'avais pas remarqué qu'April l'eût traité d'une manière particulière.

« Charity. » Il s'absorba dans la contemplation de ses mains. « Dès lors que j'ai été guéri, avant que mes pouvoirs reviennent, quand j'étais normal pour une fois, il y a eu une période où je me suis imaginé que plus personne ne me regarderait comme ça. Je ne sais même plus ce que je suis maintenant… Je resterai peut-être à jamais un "monstre".

– Daniel. » Je posai une main sur son épaule. « Tu n'es pas un monstre. Et non, tu n'es plus *normal*. Tu ne l'as jamais vraiment été. »

Il fit la grimace. La normalité était ce qu'il avait toujours désiré plus que tout.

Normal était synonyme de Trenton, d'une vie comme tout le monde, d'une famille. Je voyais en lui le potentiel d'avoir tout ça, et bien davantage.

« Tu es bien plus que ça. Je pense vraiment que tu es une sorte d'…

– Ange ? » Il secoua la tête et se tourna à nouveau vers la fenêtre. « J'en doute fort.

– Je suis convaincue que tu peux te servir de tes pouvoirs pour faire le bien. Je le pensais déjà avant même que tu sois guéri. Je sais que tu es sceptique. Tu as toujours estimé qu'être un Urbat faisait de toi un monstre. Mais Gabriel m'a parlé des Urbat d'origine et des bienfaits pour lesquels ils ont été créés. Protéger les gens, par exemple. Ce que nous sommes sur le point de faire. Je pense qu'ensemble, nous avons la capacité d'être des héros.

– Cette quête ne t'a-t-elle pas valu de frôler la mort ?

– Pour l'unique raison que j'ai voulu faire ça toute seule – enfin pas tout à fait seule, disons, avec une aide inappropriée. Maintenant que je t'ai auprès de moi, ça pourrait très bien marcher. »

Un élan d'espoir m'envahit, et une question me vint subitement à l'esprit : si je parvenais à convaincre Daniel que ses pouvoirs pouvaient être un avantage plutôt qu'une malédiction, qu'il avait véritablement le potentiel de devenir un héros, peut-être y avait-il une chance de faire admettre aux autres Urbat, comme ceux de la bande de Sirhan, qu'il en allait de même pour eux. Et si je pouvais les aider à retrouver la bénédiction divine – comme Gabriel me l'avait affirmé ?

« Jamais je ne me considérerai comme un héros, dit Daniel.

– Le moment est peut-être venu de commencer. »

Je sentis qu'il était sur le point de protester, mais soudain il se redressa.

« Il est là. »

Je levai les yeux juste à temps pour voir un Pete Bradshaw parfaitement vivant se glisser dans la file d'adolescents agglutinés devant le portail. Deux types baraqués s'écartèrent pour le laisser entrer.

« Des videurs, commentai-je. Je ne pensais pas qu'il y en aurait à une soirée de Akh.

– Ils veulent empêcher des gens comme nous de leur gâcher le plaisir, j'imagine.

– Tu as raison. » J'inspirai à fond et soupirai. « C'est donc comme ça que ça va se terminer ? Notre histoire avec Pete Bradshaw. En dépit de tous les ennuis qu'il nous a causés, je n'aurais jamais pensé que ce serait moi qui le tuerais. »

Daniel posa une main sur mon bras.

« Tu es sûre d'être prête ?

– J'ai déjà tué un démon. C'était un Gelal, mais d'après Talbot, les Akh meurent de la même façon sauf qu'ils se réduisent en poussière et non pas en acide brûlant. Ça devrait être moins dégoûtant.

– Ce n'est pas ce que je voulais dire. » Daniel plongea son regard dans le mien. « Je sais que Pete n'est plus vraiment lui-même, mais tout de même, on le connaissait. Vous avez été amis tous les deux. Tuer un démon qui a le visage d'un vieil ami, ça doit t'affecter différemment que s'il s'agissait d'un Gelal lambda. Et nous savons tous les deux ce qui s'est passé la dernière fois… »

Je baissai la tête.

« Tu as raison. » La première, et la dernière fois que j'avais tué un démon, j'avais été la proie d'une telle montée d'énergie que j'avais failli perdre le contrôle de moi-même et céder au loup. « Mais je pense être prête. Il faut que je répare les dommages que j'ai faits. »

Au fond de moi, je me savais responsable de la « non-mort » de Pete. Même si ce n'était pas moi qui l'avais tué la première fois, il m'incombait de le faire cette fois-ci.

« En tout cas, reprit Daniel, je tiens à ce que tu portes ça. Ça t'aidera peut-être à éviter les effets secondaires. »

Il ôta le pendentif en pierre de lune et me le remit.

« Merci », dis-je, me souvenant de ce que ça avait été d'affronter un démon sans en avoir un.

Daniel ouvrit le sac rempli d'armes qu'April nous avait fourni. Il me tendit un pieu garni de pierres roses et orange vif avant d'en choisir un autre pour lui, dont le manche s'ornait d'une tête de loup doré.

« Tu es sûr de ne pas vouloir le scintillant ? » demandai-je en balançant mon pieu sous son nez.

« Je n'aime pas trop le clinquant, répondit-il en souriant pour la première fois depuis que nous étions partis de chez April. Quoi que… cette tenue est drôlement sexy sur toi.

– Attends. » Je descendis devant mes yeux le masque noir orné de trois pierres roses assorties. « Et comme ça, qu'est-ce que tu en dis ?

– Adorable, mais je préfère voir ton visage. » Daniel enfila son masque à son tour. « Tu es vraiment sûre d'être prête ? »

Je hochai la tête.

« Et toi ? Comment va ton épaule ? »

Vu la manière dont il avait bougé toute la journée, j'avais presque oublié qu'il avait reçu une balle. Je songeai tout à coup que ce n'était peut-être pas une bonne idée de nous lancer dans la bataille alors qu'un de nous deux était blessé.

Daniel roula des épaules.

« Ça picote pas mal, mais ça va aller. Je crois même que ça a commencé à guérir.

– Tant mieux.

– Allons-y », dit-il en tendant la main vers la poignée de la portière.

Je posai la main sur son bras.

« Merci.

– De quoi ? » Il battit des paupières derrière son masque.

« De ne pas m'avoir suggéré de rester dans la voiture pendant que tu allais régler le problème toi-même.

– On est des partenaires dans tout ça, Grace.

– Tant mieux. »

Nous sortîmes de la voiture. Affublés de différents masques d'Halloween, les garçons nous emboîtèrent le pas. Nous nous acheminâmes vers la ferme au milieu d'une foule d'adolescents qui vociféraient pour essayer de convaincre les videurs de les laisser passer. Certains étaient déguisés, les autres portaient divers assortiments de cuir, de dentelles noires et des tenues de camouflage. Je me demandais si leur empressement tenait au fait qu'ils étaient au courant de ce qui se passait pendant une soirée transe, ou s'ils n'en avaient pas la moindre idée. J'étais presque tentée de leur crier de s'en aller.

« Comporte-toi comme si tu te sentais parfaitement à l'aise, on ne t'arrêtera pas », dit Daniel en dépassant tous les agités qui faisaient la queue. Alors que nous approchions des imposants gaillards qui montaient la garde, je fis appel à mon équilibre surhumain pour éviter de chanceler sur mes hauts talons assortis à ma tenue. Daniel adressa un vague signe de tête à l'un d'eux qui nous laissa passer sans problème.

« Déployez-vous, ordonna Daniel aux garçons. Contentez-vous de faire le guet. Pas de bagarre avec les Rois de l'Ombre, O.K. ? »

Il aurait préféré qu'ils s'abstiennent de venir, de peur qu'une rixe n'éclate. Si les choses tournaient mal, il se sentirait responsable. Mais je l'avais convaincu que leur présence s'imposait. C'était sa meute après tout.

« Ça empeste ici », dis-je, à moitié asphyxiée par le mélange d'odeurs qui flottaient dans l'air : alcool, parfums, cigarette, bois en putréfaction de la bâtisse, sans parler des tentures jaunies à moitié moisies qui couvraient les fenêtres condamnées et des relents sous-jacents que Daniel et moi étions probablement les seuls à sentir. Comme des émanations d'ordures qui auraient cuit au soleil. Un amalgame pestilentiel de lait tourné et de viande pourrie.

« Ça grouille de Akh et de Gelal là-dedans, ajoutai-je en me pinçant les narines.

– Ils sont venus se nourrir, répondit Daniel. Ça va ? Tu n'apprécies pas trop ce genre d'endroit, je sais. »

La première fois que je m'étais retrouvée dans une soirée de ce type, l'année dernière chez Daniel, j'avais fui, terrifiée. La fois suivante, April et moi étions allées au Dépôt à la recherche de Jude ; il avait fallu que Talbot vole à notre secours pour nous sortir de là. La troisième fois, j'avais dû décamper avant de perdre le contrôle et de blesser quelqu'un.

Pas question que je quitte cette soirée avant d'avoir botté quelques fesses cette fois-ci.

« C'est vrai, répondis-je en entraînant Daniel dans la grande salle vers un groupe d'ados qui se trémoussaient sur la piste de danse. Le voilà », chuchotai-je en pointant le menton en direction de Pete Bradshaw. Il était tapi dans l'ombre derrière une bande de filles en tenues de diablesses rouges. Elles dansaient en rond, blotties les unes contre les autres d'une manière qui aurait pu être provocante si leurs bras et leurs jambes n'étaient pas secoués d'étranges saccades. Comme si quelqu'un dirigeait leurs mouvements. On aurait dit des marionnettes.

« Qu'est-ce qu'elles ont à gigoter comme ça ? » En parcourant la pièce du regard, je remarquai d'autres gens qui se mouvaient bizarrement. Une fille habillée en fée, debout sur une table, agitait les bras d'une façon particulièrement horrible – à croire qu'elle essayait désespérément d'arrêter, sans y parvenir.

« Ils sont en transe, m'expliqua Daniel. Si un Akh te regarde assez longtemps dans les yeux, il peut te maintenir un bon bout de temps dans un état d'hypnose, même si le contact oculaire est rompu. Ces gens sont contrôlés par d'autres.

– Et ils font ça *exprès* ?

– C'est ça qui est excitant, me répondit Daniel sur un ton qui m'incita à penser qu'il avait dû essayer dans son ancienne vie. Ils sont défoncés, mais leur cerveau a commencé à résister. D'où ces gestes saccadés. »

Je détachai mon regard de ces terrifiants pantins pour me tourner vers Pete. Il avait jeté son dévolu sur une fille affublée d'une perruque blonde et d'une cape en velours, déguisée en vampire. La totale. Elle me tournait le dos, je ne voyais pas son visage. Elle tapota l'épaule d'une des diablesses. « Kristy, j'aimerais bien y aller. » Comme l'autre ne réagissait pas, elle ajouta : « Kristy, s'il te plaît, réponds-moi. » Quelque chose dans sa voix vibrante de peur me fit frémir. Ses copines l'avaient probablement traînée là sans qu'elle se doute une seconde de ce qui l'attendait.

Pete avait dû percevoir sa frayeur lui aussi. Il la dévisageait en se léchant les babines. Je savais ce qu'il pensait : une proie facile. Et je sentais bien qu'il ne cherchait pas uniquement à se nourrir de son énergie mentale.

Je me penchai vers Daniel et lui déposai un baiser dans le cou pour faire croire qu'on était sur la piste de danse pour flirter.

« Pete est aux aguets, lui chuchotai-je à l'oreille.

– Il devrait être facile à appâter dans ce cas, répondit-il en m'embrassant. Qu'en penses-tu ? »

Nous avions prévu d'attirer Pete dans un coin isolé de la maison hantée pour pouvoir l'éliminer sans éveiller l'attention.

Daniel me caressa la joue et me déposa des petits bisous derrière l'oreille avant de murmurer : « Par là. » Je tournai légèrement la tête vers une porte voûtée gardée par deux épouvantails à vous glacer le sang. Un écriteau en lettres couleur sang indiquait : BIBLIOTHÈQUE DES HORREURS : ENTREZ À VOS RISQUES ET PÉRILS ! Un ruban jaune en croix bloquait l'accès.

« Vois si tu arrives à l'entraîner par là, ajouta Daniel. Je t'attendrai à l'intérieur.

– Tu penses qu'il va marcher ?

– C'est un ado affamé, excité comme une puce. Crois-moi, il n'hésitera pas une seconde. Qu'il soit mort ou vivant. »

Daniel me donna un dernier baiser avant que nous nous séparions.

« Ne le laisse pas trop s'approcher avant que vous soyez seuls de peur qu'il ne te reconnaisse. Je veux à tout prix éviter qu'il n'y ait d'autres victimes. »

Je le suivis des yeux tandis qu'il se frayait un passage dans la foule pour s'introduire discrètement dans la bibliothèque. Je reportai mon attention sur Pete, juste à temps pour le voir faire des avances à la fille déguisée en vampire. Elle sursauta quand il posa sa main sur son épaule et se pencha vers elle.

« Ne le regarde pas dans les yeux », murmurai-je.

Elle avait dû pourtant le faire puisque quelques secondes plus tard elle se laissait entraîner sur la piste. Elle ne semblait pas avoir remarqué ses griffes – caractéristiques des Akh.

J'étais sur le point de leur courir après quand un type s'interposa entre nous, me bloquant le passage. Il portait un long trench-coat marron sur ce qui ressemblait à un costume de Lone Ranger : chemise bleue, pantalon en cuir, chapeau de cow-boy. Auxquels s'ajoutait un masque noir censé cacher son identité. Mais j'aurais reconnu ses yeux verts – et sa boucle de ceinture – entre mille.

« Talbot ! Qu'est-ce que tu fais là ?

– Je suis venu te donner un coup de main. » Entre son haleine chargée et la bouteille de whiskey qu'il tenait à la main, je compris qu'il avait bu.

« Je t'ai dit que je n'avais pas besoin de ton aide. Daniel et moi nous occupons de tout. »

J'essayai de le contourner, mais il m'en empêcha.

« Mais vous n'êtes pas au courant de tout ce qui se passe ici… Il y a d'autres…

– Je sais. Les Gelal et les Akh pullulent Tu m'as appris à reconnaître leur odeur, tu te souviens ? » Je jetai un coup d'œil par-dessus son épaule pour ne pas perdre de vue Pete et la fille. Ils se faufilaient toujours dans la cohue, en direction de la porte de sortie à l'autre bout de la salle, qui devait donner sur le jardin de derrière. Je ne voyais plus trop comment j'allais faire pour attirer Pete dans la bibliothèque.

« Bien sûr que je m'en souviens, répondit Talbot. C'est pour ça que c'est moi qui devrais être ici auprès de toi. C'est notre mission à tous les deux de chasser les démons. » Il ouvrit son manteau et me montra la longue épée en acier scotchée à l'intérieur. « Daniel n'a aucun entraînement.

– Quelque chose me dit qu'il n'en a pas besoin. Rentre chez toi. » Je l'écartai de mon chemin, le regard rivé sur Pete et sa proie qui s'apprêtaient à franchir la porte. La fille était tournée de telle sorte que pour la première fois je vis son visage. En dépit de sa perruque, je la reconnus.

Katie Summers !

Ça devait être la soirée à laquelle elle m'avait conviée. Celle dont ses copines de la ville – les diablesses en transe, vraisemblablement – avaient entendu dire tant de bien.

En jurant entre mes dents, je m'élançai à leur poursuite, mais Talbot m'attrapa par la main pour m'empêcher de fuir.

« Tu as besoin de moi, Grace. »

Il me faisait perdre mon temps.

« Je t'ai dit de rentrer chez toi ! » braillai-je en lui assénant un coup bien senti sur la mâchoire. Il me lâcha et chancela, se heurtant à une danseuse. Ils s'affalèrent tous les deux. Le contenu de la bouteille de whiskey se déversa sur eux.

Je me faufilai aussi vite que possible au milieu de la foule tourbillonnante. En atteignant la porte, je l'ouvris à la volée et me ruai dans le jardin plongé dans le noir. Je passai en vision nocturne, mais Pete et Katie restaient invisibles parmi les bottes de foin, les épouvantails et autres horribles décorations d'Halloween. Je me dirigeai vers la grange délabrée, mes talons s'enfonçant dans la terre mouillée, ce qui me donna l'idée de chercher des empreintes. En examinant le sol, j'en trouvai deux paires orientées vers le rideau d'épis de maïs juste derrière la cour.

Génial ! Ils sont allés dans le labyrinthe.

Je sortis mon portable pour écrire un message à Daniel : *Le labyrinthe. Pete a Katie.* J'appuyai sur la touche « Envoyer », mais le texto ne partit pas. Et merde ! Le réseau avait toujours été mauvais dans la campagne entre Rose Crest et Apple Valley.

Un son qui ressemblait à un rire féminin, ou à une plainte, se fit entendre quelque part dans le labyrinthe. J'appuyai une nouvelle fois sur la touche « Envoyer » avant de ranger mon portable dans ma poche avec l'espoir que ça finirait par passer. Après quoi, je me ruai dans le labyrinthe. Impossible de discerner des empreintes de pieds sur le sol jonché de paille. J'étais forcée de me laisser guider tant bien que mal par l'odeur de Pete et les éclats de rire gémissants qui retentissaient toutes les quelques secondes. Je bifurquai deux fois à droite, deux fois à gauche, puis à nouveau à droite à trois reprises avant de me retrouver pratiquement nez à nez avec une forme vêtue d'une tunique noire en lambeaux. Je fis un bond en arrière et retins un cri avant de me rendre compte que c'était un mannequin habillé en Faucheuse. Une araignée on ne peut plus réelle était en train de tisser sa toile dans la courbe de sa fauche, dont la lame terne était maculée d'une substance gluante.

J'étais sur le point de rebrousser chemin, pensant que j'avais abouti à une impasse, quand j'entendis à nouveau ce rire pitoyable provenant de derrière la Faucheuse. Je m'aperçus alors que le mannequin dissimulait l'entrée d'une clairière. En me faufilant sous la fourche, je me glissai dans l'ouverture et découvris d'autres silhouettes lugubres tapies dans l'obscurité. Une semblait être un curieux amalgame entre le Docteur Jekyll et Mister Hyde. Un sosie de Frankenstein, peint en orange, se profilait dans le coin. Juste derrière un loup-garou, j'aperçus Pete Bradshaw qui tenait Katie dans ses bras.

Au premier abord, on aurait pu croire qu'ils s'embrassaient, mais je savais qu'il se passait tout autre chose. Katie avait le regard rivé sur celui de Pete, dont les griffes lui raclaient le cou, laissant des rangées d'entailles. À chaque nouvelle lacération, Katie poussait un gémissement qui se changeait l'instant d'après en un ricanement crispé. Comme si Pete se servait de ses pouvoirs psychiques pour la persuader qu'elle aimait ça.

Cette vision m'avait déjà retourné l'estomac, mais quand Pete porta ses doigts sanguinolents à sa bouche et les lécha – comme il l'aurait fait d'une spatule couverte de pâte à gâteau au chocolat –, je faillis rendre les nachos rassis qu'April avait sortis du congélateur pour le dîner.

Je pris trois inspirations profondes pour chasser la nausée avant de m'avancer vers Pete, les mains sur les hanches.

« Ce n'est pas juste ! fis-je d'une voix plaintive. À mon tour maintenant. »

Il releva brusquement la tête, ses babines retroussées, couvertes de sang, révélant des dents pointues. La tête de Katie bascula en arrière, au creux de ses bras.

« Va-t'en, grogna-t-il.

– Tu peux toujours courir ! » Je saisis le corps tout engourdi de Katie et l'arrachai à son emprise. « Pourquoi est-ce qu'elle serait la seule à en profiter ? » Je m'assurai que Katie tenait sur ses deux jambes avant de l'écarter. « Va faire un tour ailleurs. »

Elle bascula un peu en avant puis elle se mit à tourner mollement en cercle comme si elle était en transe – ce qui n'avait rien d'anormal au fond, puisque c'était le cas. J'espérais qu'elle resterait dans cet état second le temps que je fasse ce que j'avais à faire.

« Il est à moi celui-là, dis-je en me rapprochant de Pete.

– Moi ? » s'étonna-t-il. Il me toisa de la tête aux pieds, son regard errant tour à tour sur mes bottes à talons, mes bas résille, le petit short en faux cuir, le caraco en dentelle, le masque mystérieux. Il hocha finalement la tête d'un air appréciateur. « D'accord. »

« Y a intérêt ! » Je l'attrapai par le col de sa chemise et l'attirai tout près de moi comme pour l'embrasser. « On m'a promis une transe quand je suis venue à cette soirée. Donne-moi ce que je veux.

– Avec plaisir, répondit-il en saisissant mon visage de ses doigts griffus. J'ai toujours aimé les filles pleines de fougue. » À l'instant où il s'apprêtait à planter son regard dans le mien, je fermai hermétiquement les paupières et lui assénai un violent coup de genou dans l'entrejambe.

Pris d'une quinte de toux, il me lâcha et gémit en se pliant en deux – ce qui prouve que même les presque morts ressentent des choses quand ça compte.

Je n'eus guère le temps de m'en réjouir parce qu'il se jeta sur moi en rugissant, griffes et crocs dehors.

« Je vais te tuer pour m'avoir fait ça ! »

Je m'écartai prestement, si bien qu'à ma place il s'attaqua à l'effigie du loup-garou. Il lui arracha un bras qu'il jeta par terre.

« Tu en es sûr ? ripostai-je. Parce que j'ai la conviction qu'en fait c'est le moment où c'est moi qui suis censée te tuer.

– Qu'est-ce que tu racontes ? » Ses lèvres se refermèrent sur ses dents pointues.

Je sortis mon pieu de la poche intérieure de ma veste.

« Ouais. C'est à peu près ce qui va se passer. »

Pete se rua sur moi en poussant des cris de sauvage. Je me dérobai et lui flanquai au passage un coup de pied dans le dos. Il chavira vers la statue de Frankenstein. J'étais à peu près sûre de l'avoir coincé quand une Katie Summers hébétée réapparut en titubant et tangua vers lui.

« Non ! » hurlai-je au moment où il l'attrapait par le cou, ses doigts griffus lui enserrant la gorge. Elle n'essaya même pas de crier, mais je vis la panique affleurer dans ses yeux vitreux alors qu'elle s'efforçait désespérément de s'extraire de son état de transe.

Pete l'attira devant lui en la tirant par le cou.

« Laisse-moi passer ou je l'égorge. »

Je m'écartai précipitamment – que pouvais-je faire d'autre ? – et le laissai traîner Katie jusqu'à l'entrée de la clairière. Il allait s'enfuir dans les profondeurs du labyrinthe. Au moment où il se penchait pour passer sous la Faucheuse, je brandis mon pieu pour le lui lancer dans le dos, mais il s'immobilisa et se retourna à demi vers moi, m'empêchant de viser le cœur.

« T'inquiète, dit-il. J'ai chopé ton odeur. Une fois que j'en aurai fini avec elle, on te retrouvera. »

On ?

Il émit un gloussement qui faisait plutôt penser à un cri perçant d'oiseau… quand subitement la lame de la fauche s'abattit sur sa tête. Il hurla et lâcha Katie qui glissa à terre, manifestement inconsciente. À cet instant, Daniel jaillit de derrière la tunique en lambeaux de la Faucheuse.

Je faillis taper des mains en le voyant.

Pete écumait de rage.

Daniel lui flanqua un nouveau coup de fauche sur la tête. Ça ne devait pas faire du bien, mais la lame était trop émoussée pour causer de vrais ravages. Daniel jeta son arme de côté pour saisir Pete à mains nues. Pete lui griffa les bras puis s'attaqua à son cou, mais Daniel le repoussa juste à temps. Pete pivota sur lui-même, bien décidé à s'en prendre à moi à la place. Il tendit ses griffes vers mon visage et m'arracha mon masque.

Ma première réaction fut de tenter de me cacher pour empêcher Pete de me reconnaître, mais à quoi bon maintenant ? En un sens, j'avais envie qu'il sache que c'était moi qui allais le terrasser.

Il laissa échapper un rire strident.

« Comme si je ne savais pas que c'était toi !

– Quoi ? » D'après moi, il aurait pu me considérer comme une gentille petite fille de pasteur, et non pas une chasseuse de monstres.

Je m'esquivai à la hâte à l'instant où il tentait à nouveau de me griffer la figure.

Daniel l'attrapa par-derrière.

Pete se débattit.

« Ils m'ont dit que tu viendrais me chercher ! grogna-t-il. Ils m'attendaient devant l'hôpital quand je suis revenu à la vie. Ils ont dit que je n'avais qu'à tuer cette infirmière et que tu finirais par te lancer à mes trousses. Ils attendaient que tu te décides.

– Qui ça ? demanda Daniel.

– Ma nouvelle famille. » Pete se libéra de la poigne de Daniel et tenta de le faire basculer par-dessus son épaule. Mais Daniel, plus rapide, lui asséna une volée de coups de poing dans les côtes.

Pete gémit de douleur. Il rampa jusqu'à un coin, près de Frankenstein, en se tenant la cage thoracique. Il ressemblait trait pour trait au Pete Bradshaw d'autrefois et non plus au monstre que nous étions venus tuer. L'espace d'un instant, je me demandai si j'allais être capable de mettre mon projet à exécution.

« De qui parles-tu ? » demandai-je, redoutant de le savoir déjà.

Pete prit une grande inspiration par le nez.

« Vous ne sentez pas qu'ils approchent ? Ceux qui veulent votre mort. »

Il poussa un autre cri et se jeta une nouvelle fois sur moi. On aurait dit une chauve-souris atteinte de la rage, griffes tendues, crocs découverts, prête à m'achever.

J'aurais donné cher pour avoir la réponse à ma question, mais je n'attendis pas une seconde de plus pour lui planter mon pieu dans la poitrine. Je lâchai prise. Il s'effondra dans le rideau d'épis de maïs, saisit le pieu des deux mains, arrachant de ses griffes les pierres étincelantes. Il finit par l'extraire de sa poitrine, produisant un son pareil à un sac en papier qu'on déchire. Il le regarda d'un air dédaigneux avant de le jeter à mes pieds. Un méchant sourire retroussa ses lèvres et il partit d'un grand éclat de rire.

« Ils vont te tuer », aboya-t-il alors que son corps explosait en un nuage de poussière.

Je plaquai mes mains sur mon visage pour éviter d'inhaler des particules de son corps. Je n'arrivais pas à croire que j'avais vraiment tué Pete Bradshaw.

« Qu'a-t-il voulu dire par… ? » commença Daniel, mais un grondement sonore l'interrompit. Ça venait de quelque part derrière la Faucheuse. Nous nous tournâmes tous les deux dans cette direction.

Un nouveau grognement se fit entendre – venant de l'autre extrémité de la clairière, au-delà des épis de maïs. Puis d'autres encore, des quatre coins de la clairière.

« Qu'est-ce que… ? »

Les épis s'agitèrent en bruissant. Les grondements se rapprochaient.

« Ils arrivent à travers champ », murmurai-je.

On était cernés.

Pete avait dit que j'aurais dû les sentir venir. C'était le cas maintenant. Une odeur de viande pourrie, de lait aigre. *Des Akh et des Gelal*, pensai-je, alors que des silhouettes obscures surgissaient du champ dans la clairière. J'en reconnus aussitôt un certain nombre, de l'époque où j'avais été emprisonnée à l'entrepôt. Des Rois de l'Ombre. Au moins une dizaine. Nous entourant de toutes parts.

« Tu sais quoi ? dis-je à Daniel. C'était un piège.

– Je vois ça », me répondit-il.

Le cercle de monstres se referma lentement autour de nous, leurs grondements fusionnant en une clameur qui fit vibrer mes tympans. Je ramassai à la hâte mon pieu poussiéreux, et Daniel et moi nous postâmes dos à dos en brandissant nos armes.

23

Embuscade

Dix respirations haletantes plus tard

Les bêtes se rapprochaient lentement de nous, savourant manifestement cet instant dramatique.

« Le moment me paraît bien choisi pour déployer tes talents d'alpha, soufflai-je à Daniel. Histoire de rallier quelques-uns de ces types à notre cause.

– Bonne idée, sauf que ce ne sont pas des Urbat. Mon pouvoir magique ne marche pas sur les Akh et les Gelal. Caleb est fou à lier, mais il est loin d'être bête. Il ne prendrait pas le risque de perdre un de plus de ses partisans.

– Mince alors ! Qu'est-ce qu'on fait maintenant ?

– On se bat comme des dingues », répondit Daniel en se jetant, le pieu brandi, sur un Gelal qui s'était détaché du groupe pour fondre sur nous. J'étais sidérée de la vitesse à laquelle Daniel se mouvait. Le Gelal décolla, cramponné à la plaie béante sur sa poitrine.

« Attention à l'acide ! » hurlai-je à l'instant où le Gelal passé de vie à trépas explosait en un liquide vert âcre capable de faire fondre à peu près n'importe quoi. Daniel s'envola dans les airs, nous protégeant tous les deux de la pluie acide grâce à son trench-coat.

« Oh ! Je l'aimais bien, ce manteau, s'exclama-t-il en voyant la bave verdâtre creuser des trous dans le cuir.

– Moi aussi, mais mieux vaut que ce soit ça plutôt que ton visage. »

Les grondements des démons se changèrent en des cris perçants. On aurait dit un chœur de vautours. Ils montrèrent les dents et firent claquer leurs griffes dans notre direction. Daniel et moi nous dressâmes, prêts à affronter le prochain qui oserait se détacher du groupe.

« Heureusement que tu as reçu mon texto, sinon j'aurais été obligée de les affronter toute seule.

– Neuf contre deux, on a vu pire. Attends une seconde… De quel texto parles-tu ? Je n'ai rien reçu.

– Comment as-tu deviné qu'il fallait venir dans le labyrinthe alors ? »

Daniel haussa les épaules.

« Je le *savais,* c'est tout.

– Mmm ! Gabriel avait bien dit que nous étions connectés tous les deux… Houlà ! Quelles chances on a à ton avis à deux contre dix-neuf ? » Je venais de remarquer une seconde vague de démons attendant dans le champ, prêts à s'engager dans le combat quand ce serait nécessaire.

Daniel jura.

« Caleb n'a pas perdu son temps. »

Les cris des monstres montaient crescendo au point d'attendre un niveau assourdissant. Je finis par plaquer mes mains sur mes oreilles pour empêcher mes tympans d'éclater.

Subitement, comme si quelqu'un avait aspiré tous les bruits de la clairière avec un aspirateur, ce fut le silence

– toutes les bêtes interrompirent leurs hurlements exactement au même moment.

L'une d'elles pointa une longue main griffue dans notre direction. Un Gelal, d'après son odeur.

« On va d'abord vous tuer vous deux, ensuite on éliminera tous les humains présents à cette fête, dit-il. La ville saura alors que les Rois de l'Ombre sont les grands dominateurs.

– Il en rajoute un peu, non ? »

Daniel ricana.

« Oui, sauf qu'à mon avis il est sérieux.

– Je regrette légèrement d'avoir dit aux garçons de rester à l'intérieur. Ce ne serait pas mal d'avoir du renfort. » Même si on les appelait à cor et à cri, ils ne nous entendraient jamais avec tout ce vacarme. « Bon, prêts ou pas… », m'exclamai-je à l'instant où le premier groupe composé de neuf monstres fondait sur nous, les babines retroussées.

Daniel réagit au quart de tour en ôtant prestement son manteau dont il se servit pour en prendre deux au piège avant de les expédier à toute force contre le rideau d'épis de maïs. Une cascade qu'il avait dû voir dans un film de Jackie Chan, ou quelque chose comme ça. Avant qu'ils aient le temps de reprendre leurs esprits, il planta son pieu dans leurs poitrines. Je me rendis alors compte qu'avec Pete, il s'était retenu.

Il s'attaqua à un autre adversaire pendant que j'affrontais deux démons. J'en envoyai valser un d'une ruade avant d'achever le second d'un coup de pieu.

« Hé, lançai-je à Daniel, tu ne pourrais pas appeler les garçons par télépathie ? Ils ont toujours su ce que tu voulais quand tu étais le loup blanc. »

Il flanqua une taloche à un autre assaillant, l'envoyant buter contre le docteur Jekyll.

« Je ne me souviens plus comment je faisais.

– Je ne sais pas. Essaie de penser très fort à ce que tu voudrais qu'ils fassent, par exemple.

– Je vais tenter le coup. » Daniel pointa un doigt derrière moi. « Attention… »

Je sentis une douleur cuisante à l'instant où un Gelal raclait ses griffes dans mon dos. En poussant un cri de douleur, je me penchai pour le faire basculer par-dessus mon épaule. Il s'écarta en rampant et mon pieu s'enfonça dans la terre.

« Ah ! » fulminai-je en essayant de retrouver mon équilibre.

Daniel prit la relève et cloua mon rival au sol.

En entendant le bruissement des épis de maïs, je relevai la tête et vis les dix autres monstres émerger du champ.

« Ce serait vraiment bien que les autres viennent à notre rescousse maintenant, criai-je alors qu'un Akh se précipitait sur moi en agitant dangereusement ses griffes.

– J'y travaille », répondit Daniel.

J'achevai le Akh en deux temps trois mouvements et tentai de me tourner vers Daniel pour voir où il en était, mais un autre Gelal avait dû remarquer mon moment d'inattention. Je l'aperçus du coin de l'œil, se ruant dans ma direction. Je fis la grimace, voyant que je n'aurais pas le temps de parer, mais subitement il repartit en arrière comme un chien tenu en laisse.

Une pointe scintillante jaillit de son torse. Je compris qu'il venait de se faire embrocher. Talbot surgit du champ la seconde d'après. Il tira sur son épée avec vigueur pour l'extraire du corps de sa victime, qui s'effondra.

Je fis un bond en arrière pour éviter le jet d'acide.

« Je t'avais dit de rentrer chez toi.

– J'ai bien fait de ne pas t'écouter, répondit-il, nettement plus pondéré que quelques minutes plus tôt. J'ai cru entendre quelqu'un demander du renfort. » Il fit un pas de côté, et Brent, Ryan, Zach et Slade émergèrent à leur tour du rideau de maïs, armes au poing. Ils se ruèrent dans la clairière pour allier leurs forces à celles de Daniel afin de combattre les quatorze bêtes encore en lice. Talbot les imita, décapitant au passage un Akh d'un coup d'épée.

Pour ne pas être en reste, je fonçai dans la mêlée, expédiant d'un coup de pied magistral un Akh que j'avais reconnu droit sur le pieu tendu de Ryan.

« Superbe ! » s'exclama Ryan alors que le Akh explosait devant lui en un nuage de poussière. « Je n'ai jamais pu le sentir ce type-là. » Il pivota sur lui-même et s'attaqua à un Gelal qui avait acculé Brent dans un coin. L'espace d'un instant, je me sentis une âme de maman pleine de fierté à les regarder se serrer ainsi les coudes.

Un cri perçant de fille retentit soudain à l'autre extrémité de la clairière, près de l'entrée.

« Regardez ce que j'ai trouvé », beugla un Akh.

À califourchon sur Katie Summers, plaquée au sol, il faisait claquer ses griffes. Katie poussa un autre cri en protégeant son visage de ses bras.

« Je sens que je vais me régaler, fit le Akh.

– Arrête-le ! » criai-je à Slade qui était le plus près.

Slade réagit au quart de tour, écartant le monstre de Katie d'un vigoureux bras tatoué. Au moment où il tendait la main pour aider Katie à se relever, un Gelal lui sauta sur le dos et le déséquilibra. Slade tenta de se dérober d'une roulade, mais le Gelal le cloua sur place en s'asseyant sur son torse. Le Akh qui s'en était pris à Katie lui saisit le visage de ses doigts griffus.

« Ne le regarde pas dans les yeux ! » hurlai-je.

Mais il était trop tard. La bête avait rivé son regard dans le sien, le figeant dans une transe. Les babines retroussées, le Gelal s'apprêtait à lui planter ses crocs dans le cou. Avant qu'il en ait le temps, je lançai mon pieu tel un javelot à travers la clairière. Il s'enfonça dans le dos du Gelal, qui explosa en une gerbe d'acide au-dessus du Alk.

Ce dernier s'écarta de Slade à quatre pattes en criant telle une chauve-souris blessée avant de détaler vers les épis de maïs pour disparaître dans le labyrinthe.

Je courus vers Slade en ôtant ma veste dont je me servis pour essuyer l'acide qu'il avait sur les bras. Il battit des paupières en gémissant, sortant peu à peu de sa torpeur. J'étais sur le point de lui demander si ça allait quand Daniel poussa un nouveau hurlement. Je sus cette fois-ci que c'était un cri de douleur.

En me tournant vivement dans sa direction, je le vis lâcher son pieu. Il agrippa son épaule droite où sa chemise déchirée laissait entrevoir sa blessure. Un Gelal se dressait devant lui, les griffes dégoulinantes de sang. Il les avait raclées sur la plaie déjà douloureuse.

Daniel se pencha pour ramasser son pieu, mais pas assez vite. Le Gelal l'écarta d'un coup de pied. L'arme disparut quelque part dans le champ de maïs. Puis le démon se jeta sur Daniel, qui lâcha son épaule pour saisir son adversaire à bras-le-corps. La souffrance se lisait sur son visage tandis qu'ils s'affrontaient sauvagement. Pour la première fois depuis le début de la bagarre, sans arme, blessé, Daniel semblait vulnérable.

Je tendis la main pour récupérer mon pieu dans l'intention de le lui lancer, mais m'aperçus qu'il s'était complètement désintégré, noyé dans une mare d'acide.

« Lève la tête ! » cria Talbot. Il repoussa un Akh d'un coup de coude en pleine figure avant d'expédier son épée de toutes ses forces à Daniel. Elle vola dans les airs, pointe en avant, droit vers son visage.

J'allais hurler quand Daniel, levant brusquement sa main gauche, rattrapa l'épée par le manche. Dans la foulée, il abattit la lame sur le cou du Gelal et lui trancha la tête. Il évita d'une pirouette le jet d'acide vert. Bouche bée, je le regardai tailler trois autres démons en pièces avec des gestes aussi fluides que puissants.

« Wouah ! m'exclamai-je, le cœur battant à tout rompre.

– C'est quelque chose ! » renchérit Ryan en regardant, médusé, Daniel achever un quatrième démon.

Ses prouesses n'avaient pas échappé aux autres monstres. Je vis les quatre Akh et les deux Gelal restants battre en retraite. Ils ouvrirent une brèche à travers les épis de maïs et disparurent. Le bruit de leurs pas s'amenuisa à mesure qu'ils s'enfonçaient dans les dédales du labyrinthe.

« On leur court après ? » demanda Zach. Ryan et Brent semblaient tout aussi avides de pourchasser leurs anciens compagnons. Quant à Slade, un peu sonné encore, il resta assis par terre à côté de Katie. Il avait passé une main sur ses épaules alors que, la tête entre les genoux, elle luttait pour ne pas tourner de l'œil.

« Non, répondis-je. Je ne veux pas que vous vous retrouviez séparés dans ce labyrinthe.

– Alleeeez ! protesta Ryan qui s'entraînait à fendre l'air avec son pieu comme Daniel l'avait fait avec son épée.

– Ils ont déjà filé à mon avis, enchaîna Talbot en ôtant son chapeau pour s'essuyer le front.

– N'empêche, reprit Ryan, si on les traque, ils auront moins de chances de se regrouper et de revenir en force.

– Bon, d'accord, dis-je. Vous pouvez y aller tous les deux, Zach et toi. Restez ensemble et faites attention à vous, compris ? »

Ils s'élancèrent aux trousses des démons sans doute déjà loin en poussant des cris de triomphe tels les compagnons de Peter Pan à la poursuite des pirates. Brent enrageait de devoir rester en plan.

« Je devrais aller avec eux », déclara Slade en se levant, mais il n'avait pas l'air de très bien tenir sur ses jambes. Sans doute parce que Katie s'y agrippait désespérément pour ne pas sombrer.

« Tu ne bouges pas de là, dis-je. J'ai l'impression que Katie n'est pas près de te lâcher. »

Elle me regarda alors avec des yeux encore un peu hébétés. Son mascara avait coulé, laissant de longues traînées noires sur ses joues.

« C'est toi, Grace ? Je croyais que tu ne voulais pas venir à la fête. »

Je soupirai, soulagée de constater qu'elle était encore suffisamment dans le coaltar pour que ce soit la première question qui lui vienne à l'esprit. Peut-être n'intégrerait-elle jamais vraiment la scène à laquelle elle venait d'assister.

« J'ai changé d'avis, lui répondis-je. Je ne voulais pas rater une bonne occasion de m'amuser. »

Je haussai les épaules.

« Sacrée soirée », dit-elle en articulant lentement sans cesser de hocher la tête. Elle avait l'air complètement partie. « Attends, pourquoi m'as-tu suivie jusqu'ici ? Le type qui essayait de flirter avec moi... tu l'as *tué* ? »

Euh.

Daniel s'avança, cachant son épée derrière son dos, mais il ne pouvait dissimuler son épaule ensanglantée.

« Quelqu'un a dû verser quelque chose dans ton verre à ton insu, Katie. On t'a suivie pour s'assurer que personne ne profitait de toi.

– Daniel ? » Elle se pencha en avant en plissant les yeux sous son masque. « Tu es là, toi aussi ? Je croyais que tu avais une pneumonie. » Elle se tapota le front du bout des doigts comme si elle se creusait les méninges. « Tu n'aurais pas décapité un mec ? »

Brent éclata de rire. Je lui décochai un rapide coup d'œil.

« Bon, dis-je, je pense que Katie a suffisamment fait la fête pour ce soir. » Je fis signe à Slade de l'aider à se relever. « Occupe-toi d'elle, d'accord ? »

Slade baissa les yeux sur Katie toujours accrochée à ses jambes avant de reporter son attention sur moi. Visiblement choqué, il s'inclina vers moi et chuchota :

« Euh, soyons clairs. Tu me demandes de la tuer et de me débarrasser de son corps ?

– Quoi ? *Non !* Qu'est-ce qui te fait croire une chose pareille ? »

Brent se racla la gorge.

« Pour un Roi des Ombres, *s'occuper* de quelqu'un a une toute autre connotation.

– Oh ! Oh ! » Il allait falloir que je fasse attention à mon vocabulaire à l'avenir. « Non, je veux dire, assure-toi qu'elle rentre chez elle saine et sauve. Tâche de la convaincre que tout ce qu'elle a vu ce soir a résulté du jus de pommes trafiqué qu'elle a bu, pour éviter qu'elle n'aille colporter tous nos secrets. C'est bon ? Tu comprends ce que j'entends par s'occuper de quelqu'un ? Emmène Brent avec toi. »

Slade hocha la tête. Brent et lui relevèrent Katie et la prirent sous les épaules pour l'aider à marcher.

« Tu m'as sauvée, pas vrai ? » marmonna Katie en passant mollement sa main sur la joue de Slade. Elle ricana en agitant les mains, à croire qu'elle venait de fumer un joint. « Vous avez vu tout ce joli liquide vert ?

– Très joli », répondit Slade en l'emmenant. Brent hennit. Slade me jeta un coup d'œil contrit par-dessus son épaule, comme si je l'avais puni.

Je les regardai s'éloigner, me laissant avec Daniel et Talbot. Pas le trio le plus heureux qui soit.

Surtout avec des armes.

Nous sombrâmes dans le silence. La tension était presque palpable entre nous. Finalement, Daniel s'approcha de Talbot. Son épée à la main, il se planta devant lui, les yeux dans les yeux, comme s'ils essayaient de lire mutuellement dans leurs pensées. Je remarquai une fois de plus l'impressionnante carrure de Daniel. Talbot ne m'avait jamais paru petit. C'était presque le cas maintenant qu'ils étaient l'un à côté de l'autre. À moins que ce ne soit dû au port de tête impérial que Daniel avait depuis qu'il s'était hissé au rang d'alpha. Dont la meute venait de repousser l'assaut d'une bande rivale.

Daniel tendit la lame de son épée vers Talbot, puis il la retourna, lui présentant la poignée.

« Merci, dit-il. Tu nous as sauvés tout à l'heure. On ne s'en serait peut-être pas tirés sans toi. »

Talbot battit des paupières.

« Il n'y a pas de quoi, répondit-il d'un ton prudent. On fait une… trêve, alors ? »

Daniel jeta un coup d'œil vers moi, comme s'il voulait mon avis. Je ne savais pas quoi dire. Talbot nous avait donné un coup de main, mais il avait aussi tout fait pour détruire ma confiance. Je voyais mal comment je pouvais lui pardonner aussi facilement.

« Je cherche juste à me rendre utile, dit-il. Ce qui s'est passé ce soir n'était qu'une mise à l'épreuve. Caleb finira par lancer toutes ses troupes à vos trousses. Tu as besoin d'un maximum d'aide.

– Il n'a pas tort, dit Daniel. Talbot connaît mieux que personne le mode opératoire de Caleb. Et il sait se battre. »

Je m'étonnais qu'il prenne la défense de Talbot, sachant les efforts que ce dernier avait déployés pour l'empêcher de revenir parmi nous. Talbot lui devait beaucoup. Comment Daniel pouvait-il se montrer aussi clément ?

Je repensai à ce que Gabriel m'avait dit à propos de la nécessité de passer l'éponge sur les dettes d'autrui. Étais-je vraiment capable de tourner la page et de laisser Talbot réintégrer mon cercle d'intimes ?

« Je ne sais pas. »

Talbot ôta son masque et me dévisagea.

« S'il te plaît, Gracie. Pardonne-moi. »

J'avais toujours été d'une nature trop confiante. Je m'efforçais de voir le bon côté des gens. Était-ce un défaut ou une qualité ? *Une faiblesse,* répondit le loup dans ma tête. Je n'étais pas sûre d'être en mesure de faire le bon choix à cet instant…

« La décision t'appartient, dis-je à Daniel. C'est à toi qu'il a fait le plus de tort.

– Tu es sûre ? »

Je hochai la tête.

« On fait une trêve alors. » Daniel tendit à nouveau son épée à Talbot. « Il faut que je m'en dégote une comme ça.

– Prends-la, je te la donne », répondit Talbot sans me quitter des yeux. Pourquoi me regardait-il comme ça ? M'en voulait-il de ne pas lui avoir pardonné ? « J'en ai plusieurs. »

Daniel accepta d'un signe de tête. Il s'empara de son manteau criblé de trous dont il se servit pour essuyer les vestiges d'acide de la lame d'un air satisfait.

Talbot finit par détourner les yeux, mais je sentais encore la tension entre nous.

« Euh, comment se fait-il que tu ne m'aies jamais donné une épée à moi ? demandai-je pour essayer d'alléger l'atmosphère. Je me retrouve avec un misérable pieu incrusté de fausses pierres, alors que les garçons ont des super épées ! » Je brandis mon gourdin gluant, vestige du pieu orné de joyaux. « Pas juste.

– Je peux t'en trouver une aussi, dit Talbot. Je croyais que tu préférais la sensation du bois dans ta main. »

Daniel lui flanqua un coup de poing dans le ventre. Talbot se courba en toussotant.

« Ce n'est pas parce qu'on a fait une trêve que ça t'autorise à parler sur ce ton à ma copine », lança Daniel, son petit sourire espiègle au coin des lèvres.

Je lâchai mon pieu et pris sa main libre dans la mienne, déterminée à l'entraîner hors de la clairière avant qu'ils ne s'avisent de faire un concours de celui qui fait pipi le plus loin – ce que je les croyais parfaitement capables de faire l'un et l'autre à ce stade.

Daniel se tourna vers Talbot qui se frottait toujours l'abdomen.

« Viens me voir chez moi demain. Je veux que tu me dises tout ce que tu sais sur Caleb et les Rois de l'Ombre. »

Talbot hocha la tête. Cette étrange lueur passa à nouveau dans son regard. Peut-être était-ce simplement de la gratitude à l'idée d'être à nouveau inclus dans ma vie ?

Une fois sortis du labyrinthe

Daniel et moi retournâmes à la ferme. À ma grande surprise, presque tout le monde était parti. Il ne restait plus que quelques ados qui émergeaient de leur transe en tournant en rond d'un air ahuri.

« Où sont passés les autres Akh ?

– Ils ont dû sentir la poussière dans l'air. Dans leur cas, c'est aussi efficace que si on avait hurlé : "Police !"

– Tant mieux. » Je n'aurais pas pu quitter les lieux sachant que des gens comme Katie servaient encore de pâture à ces démons. « Je m'inquiète pour Zach et Ryan. Tu penses qu'on devrait aller les chercher ?

– Non. Je doute qu'ils fassent autre chose que courir dans le labyrinthe en agitant leurs pieux. Laissons-les s'amuser un peu. »

Je lui souris d'un air malicieux.

« Qu'est-ce qu'il y a ?

– J'ai presque l'impression qu'on est leurs parents. » Je ris. « C'est le cas en un sens. Puisqu'on est leurs alphas. C'est juste que nos fils vont chasser le démon au lieu d'aller à l'école.

– Mmm… Ça pose tout de même un problème, non ? » marmonna Daniel en baissant les yeux sur l'épée qu'il avait calée dans sa ceinture. Je ne m'attendais pas à tant de gravité de sa part après toutes les excitations que nous venions de vivre. On marcha en silence jusqu'à la Corolla. « J'ai été impressionné par la façon dont tu t'es comportée tout à l'heure, reprit-il en m'ouvrant la portière. Tu m'as paru tellement équilibrée. Je n'ai pas eu à m'inquiéter de te voir perdre le contrôle.

– C'est que… » J'effleurai mon pendentif avant de l'enlever et de le rendre à Daniel. « Tu sais, je n'ai même pas entendu la voix du loup pendant la bagarre. » La seule fois où il s'était manifesté, c'était quand je n'arrivais pas à me décider à propos de la trêve proposée à Talbot. Il semblait que j'avais moins de peine à le faire taire depuis que j'avais prié le Seigneur pour Lui demander Son aide à l'hôpital.

Daniel ferma la portière et monta de son côté.

« Et toi, ça va ? demandai-je.

– Je ne sais pas.

– Tu as été extraordinaire. Incroyable, je te jure. » Je lui enfonçai un doigt dans les côtes. « Même avec une épaule blessée ! Toi qui passes ton temps à dire que tu n'es pas un héros ! C'était fabuleux.

– Je n'ai pas vraiment l'impression d'être un héros. » Il agrippa le volant. « Quoi qu'il arrive, je continue à avoir la sensation d'être un monstre.

– Tu n'es pas un monstre. Nous avons épargné de nombreuses vies ce soir. *Tu* as épargné ces vies. Cela correspond assez bien à la définition d'un héros, d'après moi.

– Mais comment ai-je fait ça ? » Les muscles de son cou se tendirent. Je voyais battre son pouls. « En tuant. Je déteste ça. Même si j'ai changé en me transformant, je reste un Chien de la Mort. Et c'est ce que je fais : je donne la mort. »

Je gardai le silence en m'enfonçant dans mon siège. Ne sachant que lui rétorquer. Il avait dit ça sur un ton si désespéré, avant tant de mépris, que ça faisait mal.

Je regardais par la fenêtre tandis que nous nous éloignions de la Ferme des Terreurs sur la vieille route de campagne. J'espérais ne jamais revoir cet endroit. Daniel s'arrêta à un feu rouge, à l'intersection avec la route principale. Il mit le clignotant pour tourner à gauche. Une pancarte au croisement indiquait Rose Crest dans un sens, et Apple Valley et la ville dans l'autre. Je pensai à mon père, à l'hôpital. J'avais été tellement accaparée par le retour de Daniel et l'annonce de la réapparition de Pete que je ne lui avais pas rendu visite aujourd'hui. La perspective de le voir gisant inerte dans ce lit d'hôpital m'était presque insoutenable...

Jusqu'à ce qu'une idée me vienne à l'esprit. Je bondis.

« La mort n'est pas la seule chose que tu dois donner. Je vais te le prouver. » Je désignai l'intersection. « Prends à droite.

– Pourquoi ?

– Parce qu'on va à l'hôpital. »

Daniel me jeta un coup d'œil perplexe, mais il obtempéra.

« Je vais te montrer ce dont tu es vraiment capable. Qui tu es véritablement. »

Il était temps. J'avais peut-être échoué la dernière fois, mais je savais que, main dans la main, Daniel et moi arriverions à accomplir ce qui devait être accompli. Ce que nous devions faire ensemble.

24

Dons du cœur

À l'hôpital, vers deux heures et demie du matin

Je sortis du coffre de la Corolla les habits que nous avions quittés pour nous déguiser chez April. Daniel et moi nous changeâmes chacun notre tour sur la banquette arrière. Ce serait déjà suffisamment difficile de passer le poste des infirmières en plein milieu de la nuit. De plus, si mon plan marchait, je ne voulais pas que ma tenue provoque un arrêt cardiaque chez mon père. Je n'en pouvais plus de cet hôpital.

Nous eûmes encore plus de mal que prévu à franchir le poste des infirmières, malgré mon look de gentille petite fille. Les visites étaient autorisées la nuit en soins intensifs, mais cela ne changeait rien au fait que j'étais mineure et donc interdite de séjour sans un chaperon – comme l'infirmière de garde ne manqua pas de me le rappeler.

« Mais il a dix-huit ans, protestai-je en parlant de Daniel. Ne pourrait-il pas être mon chaperon ? On n'a pas l'intention de passer la nuit ici. On compte juste rester une vingtaine de minutes. Ça suffira. » Je pris mon air le plus peiné, regrettant de ne pas être capable de pleurer sur commande. « J'ai besoin de voir mon papa. S'il vous plaît ? »

Mon numéro n'amusa pas du tout l'infirmière apparemment.

« Votre ami a peut-être plus de dix-huit ans, mais il ne fait pas partie de la famille.

– On ferait peut-être mieux de revenir demain matin ? » chuchota Daniel, si bas que je fus la seule à l'entendre.

Je secouai la tête. Je n'étais pas sûre de trouver le courage plus tard. Si nous devions agir, il fallait que ce soit ce soir.

Je saisis la main de Daniel en entrelaçant nos doigts.

« Mais c'est mon fiancé ! m'exclamai-je. J'ai lu vos consignes. Il a le droit d'entrer. »

Daniel me jeta un regard, les yeux écarquillés de surprise. À moins que ce ne soit le choc. Il détourna rapidement la tête, si bien que je ne pus interpréter son expression.

Mon cœur chavira dans ma poitrine. *Il a vraiment oublié ce qui s'est passé entre nous ?*

Je pressai sa main dans la mienne, l'air de dire : « Joue le jeu. » En réaction, il serra la mienne un peu plus fort.

« On vient de se décider, dit-il en se balançant sur ses talons. On est venus annoncer la bonne nouvelle à son père. Même s'il est inconscient, nous tenons à ce qu'il soit le premier à l'apprendre. À part vous, bien sûr. »

Il lui décocha un de ses sourires les plus charmeurs, et même si elle devait avoir vingt ans de plus que lui – et bien qu'elle ne crût à l'évidence pas un mot de son baratin –, je sentis qu'elle n'arriverait pas à lui dire non.

« Vingt minutes. Pas une de plus. Sinon, j'appelle la sécurité. Vous ne voudriez pas qu'on vous interdise tout accès au service jusqu'à la fin du séjour de votre papa.

– Merci », dis-je. En me tendant deux badges de visiteur, elle regarda ostensiblement ma main, cherchant ma bague de fiançailles. J'entraînai Daniel dans le couloir le plus vite possible, avant qu'elle change d'avis.

À peine entrée dans la chambre de mon père, je tirai partiellement le rideau sur la porte vitrée, imitant le geste de Gabriel.

« On est venus t'aider, papa », dis-je en me tournant vers la forme toujours inanimée dans le lit. Muet, Daniel se planta à son chevet. Je songeai que c'était la première fois qu'il le voyait depuis l'accident.

« Je ne l'ai presque pas reconnu », murmura-t-il d'une voix rauque. Le visage de mon père avait beaucoup désenflé. En revanche, les ecchymoses étaient nettement plus prononcées, comme si on lui avait tamponné la figure avec de la teinture bleu-noir. « Je suis content d'être venu le voir, mais je ne comprends pas ce qu'on fait là, ni ce que j'ai à voir là-dedans. Comment pourrais-je l'aider ?

– Nous allons le guérir. »

Daniel parut encore plus choqué que lorsque je lui avais annoncé nos fiançailles.

« Qu'est-ce que tu racontes ? »

Je le lui expliquai en répétant presque mot pour mot ce que Gabriel m'avait dit, pour être sûre de ne pas me tromper. Daniel semblait toujours aussi abasourdi, malgré sa mine grave, mais il hocha la tête à plusieurs reprises d'un air entendu.

« Il faut que tu t'éclaircisses l'esprit, lui dis-je. Quand j'ai essayé avec Gabriel, je n'ai pas réussi à chasser mes pensées négatives. Du coup, j'ai fait encore plus de mal à papa. Je redoutais de faire un nouvel essai, mais j'ai employé une méthode similaire pour te changer en humain, et ça a marché. Maintenant que tu es là pour m'aider, je pense que ça marchera aussi pour papa.

– Je ne suis pas sûr d'être la personne la plus indiquée…

– Tu es le seul. » Je plongeai mon regard dans le sien.
« Il faut que tu t'acceptes tel que tu es. Tu es un Chien
du Paradis, et non pas un Chien de la Mort. Certes, une
partie de ta mission consiste à tuer des démons – dans le
but de protéger des innocents – mais *ceci* est véritablement
ce que nous étions destinés à faire, la raison pour laquelle
les Urbat ont été créés à l'origine. Seuls les Urbat comme
toi et moi en sont capables. Parce que nous n'avons pas
perdu notre faculté d'aimer. Voilà ce que nous devons
offrir au monde. »

Je voyais bien que Daniel était confronté à un dilemme.
Il s'efforçait de faire coïncider ce que j'étais en train de lui
dire avec ce qu'il en était arrivé à croire de lui-même.

« Tu n'es pas un monstre. Plus maintenant. Tu n'es plus
le même depuis que tu es revenu. Je pense qu'au fond de
toi, tu sais parfaitement à quoi t'en tenir. »

Comme un ange.

Je lui déposai un petit baiser sur les lèvres. Il ferma les
yeux un instant, dissimulant la bataille qui faisait rage à
l'intérieur de lui, puis il se redressa légèrement en hochant
la tête.

« Tu as raison », dit-il en rouvrant ses yeux où je vis
briller une lueur de détermination.

« Tu es prêt à faire ça avec moi ?

– Je ferais n'importe quoi pour toi. » Il jeta un coup
d'œil en direction de papa. « Pour lui. »

Il me tendit les mains. Nous nous postâmes côte à côte
près du lit. Je posai ses mains sur la poitrine de mon père.

« Concentre-toi sur le positif. Tu dois canaliser toute ta
bonne énergie, et ton amour. »

Il ferma les yeux. Je l'imitai en puisant dans ma mémoire
pour faire resurgir des souvenirs heureux de mon père.
J'orientai ces douces pensées vers mes mains. Quelques

secondes plus tard, je sentis une force palpitante vibrer entre celles de Daniel et les miennes. Elle s'amplifia, encore et encore. Une vision de mon père jadis s'effaça subitement, remplacée par une autre image qui ne me disait rien du tout : Daniel face à papa assis à son bureau. Ils étaient seuls. Je compris que ça ne faisait aucunement partie de mes souvenirs. C'était Daniel qui se remémorait cette scène. Nous étions à nouveau connectés. Ce n'était pas très net, mais mon père expliquait manifestement à Daniel qu'il allait l'aider à trouver un remède contre la malédiction du loup-garou. Je ressentis la gratitude que Daniel avait éprouvée alors. La connexion se poursuivit, et j'entrevis d'autres petits clips de la vie de Daniel, dont un où je figurais moi-même. En prenant la mesure de ce que je représentais à ses yeux, je me demandai comment j'avais pu douter de ses sentiments envers moi.

Mon cœur se gonfla d'amour, et une formidable onde d'énergie se répercuta dans toutes les cellules de mon être, m'enveloppant au point que je me demandai si j'allais pouvoir me contenir. Soudain, toute cette énergie se déversa avec une force indicible de mon corps dans les mains de Daniel, puis en mon père. Je pris conscience que j'avais lâché prise et que je tombais. J'étais sur le point de m'effondrer près du lit quand Daniel me rattrapa.

« Ça va ? demanda-t-il en me serrant contre lui. C'était sacrément intense.

– Oui », balbutiai-je, mais c'est à peine si un son sortit de ma bouche. Je n'avais même pas la force d'ouvrir les yeux.

Un concert de bips stridents m'emplit les oreilles. Je ne compris pas tout de suite d'où ça venait, et puis l'horreur me saisit quand je me rendis compte que tous les moniteurs au chevet de mon père s'étaient déclenchés. Indiquant que quelque chose n'allait pas.

« Putain ! » murmura Daniel.

J'avais été tellement sûre de réussir, persuadée que ça marcherait cette fois-ci comme ça avait marché pour Daniel. *Qu'ai-je fait ?*

« Putain ! » cria ce coup-ci Daniel. Je sentis qu'il se tournait vers mon père. « Regarde, Grace. »

Je me forçai à ouvrir les yeux en dépit de la résistance de mes paupières. Je redoutais tellement de voir les ravages que j'avais dû provoquer pour que tous ces moniteurs s'affolent en même temps. Mais je vis alors ce qui s'était passé, et je compris.

Papa était assis. *Assis* dans son lit. Il avait ôté son masque à oxygène. Deux actions qui ne pouvaient pas manquer de déclencher ce tonnerre d'alarmes.

« Gracie ? demanda-t-il. Que s'est-il passé ? Où suis-je ? »

Je n'arrivais pas à le croire. Il était réveillé. Il parlait. Les meurtrissures violacées qui lui couvraient les bras et le visage avaient disparu.

« On a réussi, m'exclamai-je en pleurs. On a *réussi*. »

Daniel tenta de me redresser, mais j'étais trop faible pour tenir debout. Il me hissa sur le lit et je me jetai au cou de papa.

« Tu es vivant, dis-je entre deux sanglots de joie. Tu es vivant. Tout va bien. »

Il me rendit mon étreinte.

« Évidemment que je suis vivant. Que s'est-il passé ? Qu'est-ce que je fais ici ? »

Avant que je puisse répondre à sa question, la porte coulissante s'ouvrit à la volée et une armée d'infirmières envahit la pièce.

« Qu'est-ce qui se passe là-dedans ? cria l'une d'elles à mon intention.

– Écartez-vous de lui », renchérit une autre, mais elle s'interrompit brusquement, les yeux rivés sur son patient assis dans son lit, en pleine forme, sans une égratignure. Elle marmonna quelque chose – en espagnol, me sembla-t-il –, et se signa sur la poitrine, et le front. Elle continua à déblatérer dans une langue que je ne comprenais pas, mais je crus saisir un mot.

« Un miracle, disait-elle. C'est un miracle. »

25

Choc de deux mondes

On aurait pu penser qu'un miracle serait un motif de réjouissances dans le service des soins intensifs. Il provoqua en fait un déluge de questions dont je fus victime, et papa dut subir plusieurs examens et scanners. Le transfert d'énergie m'avait vidée, et Daniel et moi passâmes les heures suivantes blottis dans un des canapés de la salle d'attente à somnoler.

L'infirmière de garde avait pensé qu'étant donné les circonstances, il n'y avait aucune raison de nous restreindre aux vingt minutes de visite habituelles. De fait, il était sept heures du matin passé quand mon père annonça qu'il était prêt à rentrer à la maison.

« Je préférerais vous garder ici pour observation, procéder à d'autres examens, lui dit le médecin qui s'était plongé plus d'une heure dans l'analyse des résultats.

– Les tests, ça suffit, gémit mon père. J'ai l'impression d'être un coussinet à aiguilles. »

Le docteur consulta une fois de plus ses notes.

« Je ne vois rien qui n'aille pas chez vous, ce qui veut dire qu'on ne peut pas vous obliger à rester contre votre gré. Mais je vous le déconseille… »

Papa retira de son doigt la pince destinée à contrôler son rythme cardiaque.

« Tu as entendu, Grace. Ils ne peuvent pas me garder. »

En temps normal, je l'aurais grondé de s'opposer aux recommandations de son médecin. En l'occurrence, j'en savais davantage sur son état que quiconque dans cet hôpital.

Daniel me soutint quand je me levai – j'étais encore un peu faible et ne tenais pas trop sur mes jambes. Je pris la main de mon père.

« Rentrons à la maison, dis-je, en proie à une joie que je n'aurais pas crue possible quelques jours plus tôt.

– Il y a encore une chose que j'aimerais faire avant de partir », dit papa alors que nous nous dirigions vers les ascenseurs. Il tendit la main vers le bouton pour monter, et non pas pour descendre. Je compris aussitôt son intention.

« Papa…, balbutiai-je en levant les yeux vers lui. Je ne sais pas si j'y arriverai.

– Tu en es capable, Gracie. Daniel et toi m'avez guéri. Pourquoi ne pourriez-vous pas en faire autant pour ta mère ?

– Je ne suis pas sûre que mes pouvoirs marcheront sur quelqu'un comme maman. »

Jusqu'à maintenant ils avaient fait effet sur des lésions physiques uniquement. J'ignorais s'il en serait de même sur une maladie mentale. Pour une raison ou pour une autre, j'avais la sensation que ce ne serait pas la même chose. « Et puis, imagine que maman soit comme elle est par la volonté de Dieu ?

– Si le Seigneur ne le souhaite pas, alors je suppose que ça ne marchera pas. »

Chaque fois qu'à la paroisse papa menait un groupe de prière en vue du rétablissement d'une personne malade, il commençait sa supplique adressée à Dieu par « Si telle est

Votre volonté ». Au moment où les portes de l'ascenseur s'ouvraient avec un ding! sonore, il me sourit d'un air rassurant. « Pourquoi Dieu t'aurait-Il accordé ce pouvoir s'Il n'avait pas voulu que tu t'en serves ? »

Daniel me prit la main et la pressa légèrement.

« Ça vaut la peine d'essayer, Grace. »

Mon regard passa de l'un à l'autre, se nourrissant de l'espoir qui illuminait leurs regards. Si on parvenait à nos fins, une foule de possibilités s'offrirait alors à nous. On pourrait faire tant de choses… Aider tellement de gens.

« D'accord », dis-je. Je les suivis dans l'ascenseur, consciente que ma vie allait peut-être changer du tout au tout.

Jeudi soir, environ dix heures plus tard

Je me réveillai dans un monde où les sons, les odeurs me semblaient si familiers et agréables, mais tellement étranges et déplacés en même temps dans le contexte actuel de mon existence, que je fus saisie de vertige. Des petites étoiles dansèrent devant mes yeux quand je me redressai. Dès que ma vue cessa d'être brouillée, je reconnus la couleur corail de mes draps. Comprenant que j'étais dans mon lit, chez moi, je poussai un soupir de soulagement. Mais comment étais-je arrivée là ? Je n'avais aucun souvenir à part celui, vague, d'être montée dans un ascenseur avec Daniel et mon père.

Où étaient-ils passés ?

Une salve d'éclats de rire provenant de l'étage en dessous apporta une réponse à ma question.

J'emplis mes narines d'air pour tenter d'identifier les différents effluves qui flottaient dans ma chambre. Bacon.

Omelette. Pancakes. Et le doux parfum du sirop d'érable chaud.

Quelqu'un était en train de faire la cuisine.

Personne ne s'y était attelé depuis que maman était partie.

De nouveaux éclats de rire me parvinrent par l'escalier. Il y avait trop de voix différentes dans cette clameur joyeuse pour qu'il puisse s'agir exclusivement de Daniel et de mon père. Je humai l'air à nouveau et perçus une odeur sous-jacente qui m'était désormais familière – celle d'un chien qui se serait prélassé au soleil mêlée à celle particulière d'un… *garçon*. Il y avait des loups-garous dans la maison. Pas seulement Daniel. Si je pouvais me fier à mon odorat, ils étaient plusieurs en bas.

Même si je devais déployer de grands efforts rien que pour redresser mon corps endolori, la curiosité fut la plus forte. Sans parler de la sensation de creux dans mon estomac. À quand remontait mon dernier repas ? Je sortis péniblement de mon lit, enfilai avec lenteur des habits propres, et descendis les marches sur la pointe des pieds – pour découvrir toute une assemblée réunie autour de la table de la salle à manger couverte de victuailles.

Daniel, mon père, Charity, Baby James, Brent, Ryan, Zach, Slade et même Talbot. Ils étaient tous là en train de remplir leurs assiettes de toute une variété de mets. Il n'y avait pas un centimètre libre sur la table.

« Elle est levée ! » lança papa en me voyant sur le seuil.

Tout le monde applaudit.

« Viens manger », ajouta-t-il en me faisant signe d'approcher.

Daniel et Talbot se levèrent tous les deux quand j'entrai, mais ce fut Daniel qui se précipita vers moi et passa son bras autour de mes épaules. Il déposa un baiser sur ma joue.

« Comment te sens-tu ? Tu as tourné de l'œil à l'hôpital.

– Fatiguée, mais je meurs de faim. » Mon estomac n'avait pas cessé de gronder depuis que j'avais posé les yeux sur cette ripaille.

« Assieds-toi. Mange. » Daniel désigna la chaise vide entre celle de Charity et la sienne. Ma sœur passa le pichet de jus d'orange à Slade. Baby James piailla de joie en expédiant une poignée d'œufs brouillés à la figure de Talbot qui éclata de rire en essuyant sa casquette de base-ball.

Je me pinçai. Fort. N'est-ce pas ce qu'on est censé faire quand on a l'impression de rêver ? Mes deux mondes – le Urbat et ma famille humaine – s'étaient heurtés l'un à l'autre. Mais au lieu de l'explosion à laquelle je m'attendais inévitablement le jour où ça arriverait, ils rompaient le pain ensemble.

« Que se passe-t-il à la fin ? » demandai-je.

La voix qui me répondit était bien la dernière que je m'attendais à entendre.

« On prend le petit-déjeuner à l'heure du dîner, voilà tout. »

En pivotant sur moi-même, je me retrouvai face à ma mère, les bras chargés d'un plat de pain perdu fumant. J'en restai bouche bée. Que faisait-elle là ?

« Ton plat préféré, dit-elle. J'espérais bien que les bonnes odeurs te tireraient de ton sommeil. »

Je remarquai ses mains amaigries, mais en dehors de ça, elle n'avait plus rien à voir avec la coquille vide que j'avais vue à l'hôpital quand j'étais allée lui rendre visite.

« Maman ? Mais… mais… » Des souvenirs fugaces s'insinuèrent peu à peu dans mon esprit : Daniel et moi penchés sur maman, prostrée dans son lit au service de psychiatrie. La sensation de l'énergie affluant dans mes mains. Puis je me revis tombant dans les pommes sur le linoléum dur. « Combien de temps ai-je dormi ?

– À peu près dix heures, répondit Daniel. Je n'avais jamais vu quelqu'un d'aussi épuisé. C'était une erreur à mon avis de guérir deux personnes en une seule journée. Ça ne doit pas se faire. Ne va pas t'imaginer que tu peux aller soigner des services entiers d'un coup. »

J'avais le feu aux joues. L'idée m'avait justement traversé l'esprit.

« Comment ça se fait que tu sois en forme, toi ? » Il avait participé aux deux séances de guérison lui aussi.

« J'ai dormi quatre bonnes heures quand on est rentrés. Mais Grace, il faut que tu comprennes que l'essentiel de l'énergie venait de toi. Je t'ai juste donné un coup de main. C'est toi qui as guéri tes parents.

– Tu es une vraie petite faiseuse de miracles, il paraît », commenta Talbot, la bouche pleine.

Je me tournai vers maman et me jetai à son cou, manquant d'envoyer valser son plat.

« J'ai entendu ce que tu m'as dit, me chuchota-t-elle à l'oreille. Quand tu es venue me voir il y a quelques jours. Tu as dit que tu avais besoin d'une maman. Que vous en aviez tous besoin. Plus la peine que j'essaie d'être la maman idéale, mais je vais faire de mon mieux pour être à la hauteur. »

Je constatai alors que ses cheveux certes propres tombaient raides, sans mise en plis, sur ses épaules. Sous le tablier EMBRASSEZ LE CUISINIER de papa, elle portait un pantalon et un chemisier froissés. Plusieurs tranches de pain perdu avaient eu un peu chaud, chose qu'elle aurait estimée inacceptable il n'y avait pas si longtemps. Je me sentis le cœur plus léger d'un coup.

Elle n'était pas parfaite, mais c'était ma maman.

« Va manger maintenant, dit-elle en désignant ma place sur un ton merveilleusement maternel. Tu as besoin de reprendre des forces.

– Où est passée tante Carol ? » demandai-je. Je venais de me rendre compte que j'avais disparu toute la journée et la nuit entière sans me donner la peine de l'appeler. Je m'attendais à me faire sérieusement sonner les cloches.

« Elle est déjà partie, répondit mon père. Elle s'est sentie un peu… dépassée par les événements. Les miracles sont plus difficiles à admettre pour certains que pour d'autres.

– Je ne serais pas surprise qu'elle finisse par dire que tu as fait semblant d'avoir un accident pour t'offrir quelques jours de congé », dit maman. Je ne l'avais jamais entendue parler de sa sœur d'un ton aussi guilleret.

« Mammy appréciera. »

Dès que je pris place à table, tout le monde fit circuler les plats dans ma direction. J'engloutis tour à tour des crêpes aux pépites de chocolat, des œufs, du bacon, et plusieurs tranches de pain perdu – emplissant le creux abyssal que j'avais dans l'estomac depuis des jours.

Le seul à cette tablée composée presque exclusivement d'adolescents à dévorer plus que moi, c'était Slade. Il s'empiffrait avec l'ardeur d'un condamné à mort auquel on aurait servi son dernier repas.

Charity pouffa de rire. J'avais peur que son manque de bonnes manières ne fût la cause de son hilarité, jusqu'à ce que je me rende compte qu'elle avait le regard rivé sur Ryan assis en face de nous. Un sourire niais éclaira le visage de ce dernier. J'attrapai un muffin aux noix et à la banane et le lui expédiai ; il rebondit contre son front et atterrit dans un plat de bacon presque vide. J'avais réussi à effacer cet air béat de sa figure. Il me dévisagea en battant des paupières.

« N'y pense même pas, lançai-je en m'armant d'un autre muffin que je brandis comme une balle de base-ball.

– Je ne… Je veux dire, mais euh… Elle est mignonne, ta sœur », bredouilla-t-il en essuyant les miettes restées collées sur son front.

Charity devint aussi rouge que la confiture à la groseille sur ses pancakes.

Les autres s'esclaffèrent. Je fis mine d'envoyer le second muffin. Ryan tressaillit, mais à la place, je mordis dedans à belles dents en posant la tête sur l'épaule de Daniel. Il m'enlaça. On rit avec les autres, mais la vue du pancake à moitié mangé dans son assiette mit un terme à mon accès de gaieté. Le pain perdu était peut-être mon plat préféré, mais les crêpes de maman étaient sans conteste ce que mon Jude aimait le plus au monde.

Daniel retrouva lui aussi son sérieux et rapprocha sa tête de la mienne.

« Il devrait être là, hein ? » souffla-t-il à voix basse, au diapason de mes sentiments.

J'acquiesçai.

« Je pense que tu es prête, ajouta-t-il. Il est temps qu'on rectifie les choses pour ton frère aussi. »

26

L'instant de vérité

Jeudi soir toujours, vers sept heures et demie

Daniel et moi roulâmes lentement jusqu'à la paroisse. La lune presque pleine, d'un jaune intense, montait entre les collines de Rose Crest, projetant sa clarté spectrale sur les nuages nocturnes. J'aurais adoré peindre cette vision et me demandais combien de temps encore il me faudrait attendre avant de pouvoir à nouveau tenir un pinceau.

Daniel gara la Corolla dans le parking vide. Comme tout le monde était à la maison, Jude avait dû passer toute la journée tout seul.

Je poussai un soupir, hésitant à tendre la main vers la poignée de la portière.

« Tu es prête ? demanda Daniel.

– Oui. Non. Peut-être. Je ne sais pas.

– Tout ça ?!

– Ça ne s'est pas trop bien passé la dernière fois que je suis allée le voir. Je l'ai plus ou moins accusé d'avoir assassiné cette infirmière à l'hôpital. »

Daniel hocha la tête.

« J'imagine qu'il n'a pas dû apprécier.

– Je ne sais pas trop quoi lui dire. Je n'arrive même plus à le regarder dans les yeux.

– Je commencerais par là si j'étais toi. Comment veux-tu qu'il aille mieux si sa propre sœur refuse de le regarder en face ? »

Un pincement de culpabilité me serra le cœur.

« Tu as raison. Je crois que j'avais peur de ce que j'y verrais.

– Mais il peut changer. Tout le monde peut changer. J'en suis convaincu maintenant.

– Tout le monde ? Même Caleb ? »

Daniel hésita. Se racla la gorge.

« Je n'aurais jamais dit ça il y a quelque temps. À une époque, je pensais ne pas pouvoir changer moi-même, mais tu m'as montré que c'était possible. » Il esquissa un sourire. « Tu es la Grâce qui m'a sauvée.

– Mais une créature comme Caleb incarne le mal.

– Les Gelal, les Akh sont le mal incarné. Des démons. Ils n'ont pas d'âme. En revanche, Caleb est un Urbat. Il a quand même un cœur humain – ce qui signifie, je pense, qu'il a aussi une âme, si sombre soit-elle. J'ai besoin de croire qu'il y a encore un peu de lumière quelque part en lui. Une étincelle d'humanité. S'il décide de changer – s'il tente de faire amende honorable pour les atrocités qu'il a commises, peut-être pourra-t-il encore se racheter. Personne ne peut être sauvé s'il n'en a pas le désir.

– Comme s'il avait envie de changer !

– Je n'ai pas dit que c'était sûr, mais c'est possible. » Daniel leva les yeux vers la façade de la paroisse.

« Et Jude ? Tu penses qu'il en a envie ?

– Il n'y a qu'un seul moyen de le savoir. »

J'inspirai à fond, sachant qu'il n'y avait plus moyen de tergiverser.

« J'espère juste qu'il me laissera lui parler, même s'il ne m'écoute pas.

– Il t'écoutera, Grace. C'est ce qu'il y a de tellement spécial chez toi. En plus de guérir les gens, tu leur donnes *envie* d'aller mieux. Garde simplement en mémoire que ce que Jude vit est très différent de ton expérience à toi.

– Que veux-tu dire ?

– La voix que tu entends, qui cherche à te manipuler est cent fois plus forte quand tu lui as déjà cédé. Elle est là constamment. Il faut la combattre à chaque instant. Revenir, essayer de vaincre le loup, de me racheter auprès des gens auxquels j'ai fait le plus mal, c'est ce que j'ai accompli de plus dur dans ma vie. Le loup n'arrêtait pas de hurler qu'on ne me pardonnerait jamais. Je suis sûr que Jude a droit au même traitement. »

Les paroles de Daniel m'allèrent droit au cœur. Je n'avais pas pris la mesure du combat qu'il lui avait fallu mener pour se libérer de l'emprise du loup. Combat que Jude était en train de livrer à présent.

« Il faut juste lui rappeler qu'on l'aime. Qu'on peut lui pardonner. Tu es plutôt douée pour ce genre de choses. »

Au souvenir de ce que j'avais fait pour Daniel, pour mes parents aussi, du formidable pouvoir que j'avais eu entre les mains, je repris confiance en moi. J'avais le sentiment de ne plus être celle qui avait vainement tenté de se faire entendre de Jude deux jours plus tôt.

« Allons-y, dit Daniel en sortant de la voiture. Libère ton esprit, et je te parie que tu trouveras les mots justes sans effort. Jude n'est pas complètement perdu. »

À l'intérieur de la paroisse

Nos pas résonnèrent dans la cage d'escalier quand nous descendîmes dans la cave. Jude avait dû nous entendre arriver. Il se tenait près de la grille quand nous entrâmes.

« Qu'est-ce que tu fais là ? grogna-t-il. Je t'ai dit que je ne voulais plus te voir. » Il fixa son regard sur Daniel en plissant les yeux. « Et lui, qu'est-ce qu'il fout là ? Pourquoi tu l'as amené ?

– Bonjour, Jude, » dit Daniel.

Mon frère montra les dents.

« Alors le fils prodigue est revenu – une fois de plus ! Ont-ils organisé un banquet en ton honneur ? Parce que moi j'ai juste eu droit à cette foutue cage. »

Il saisit les barreaux et secoua la grille.

Je plongeai mon regard un bref instant dans ses yeux. Des yeux durs, farouches, comme ceux d'un loup sur le point d'attaquer. Je détournai aussitôt mon attention.

Tu n'aurais pas dû venir, dit le démon dans ma tête. *Tu ne fais qu'aggraver les choses.*

« Toi et moi savons très bien que tu pourrais sortir de cette cage à tout moment, reprit Daniel. Si tu restes ici, c'est parce que tu en as envie. C'est plus facile pour toi d'être là qu'avec les gens qui t'aiment. »

Jude lâcha les barreaux.

« Tu ne sais rien de moi.

– J'en sais plus que tu n'es disposé à l'admettre. J'ai vécu ce que tu es en train de vivre. J'ai éprouvé tout ce que tu ressens.

– Ferme-la ! Mais ferme-la, bon Dieu ! Tu ne connais rien à rien. Va au diable ! cracha Jude.

– Jude, je t'en prie ! lançai-je pour tenter de le calmer.

– Je n'ai rien à te dire, Grace. Je t'ai dit que je ne voulais plus jamais te revoir.

– Je te demande pardon de t'avoir accusé à tort de ce crime, Jude. Je n'arrive pas à croire que j'ai fait ça. C'était immonde. Je me suis rendu compte que c'est l'instinct qui m'a poussée à le faire. Je t'en voulais tellement. Je ne savais plus que penser. » Je m'approchai de la grille et agrippai les barreaux à mon tour en plantant mon regard droit dans les yeux gris, étincelants, de mon frère. « Mais je te le dis maintenant. Je te pardonne. »

Jude battit des paupières. Quand il rouvrit les yeux, j'entrevis ce que j'avais besoin d'y trouver. Un infime éclair violet quand son regard s'adoucit un bref instant... avant de se durcir à nouveau, de redevenir d'un gris argenté. Quelque chose d'humain l'habitait encore. Jude était toujours là, et il avait besoin d'entendre ce que je venais de dire – même si le démon en lui tenterait de l'en dissuader.

J'étais prête à me battre.

« Tu me pardonnes ? rugit Jude. Tu me pardonnes ? » Les charnières de la cage protestèrent quand il tira sur les barreaux. Toute la grille s'effondrerait s'il le voulait. J'eus envie de reculer mais je tins bon.

« Moi aussi, je te pardonne, intervint Daniel en s'avançant près de moi.

– Comment osez-vous ? C'est vous qui devriez me supplier de vous pardonner. C'est vous qui m'avez fait ça !

– Je te l'ai déjà dit, reprit calmement Daniel, et je le répéterai un million de fois s'il le faut. Je suis sincèrement désolé de t'avoir contaminé. J'ai perdu le contrôle, comme tu es sur le point de le faire. Je ne sais pas si j'arriverai jamais à me pardonner pour ça. Pas tant que tu ne l'auras pas fait toi-même en tout cas.

– Ça n'arrivera jamais ! riposta Jude, mais ses poings s'étaient desserrés.

– Tu as raison, Jude », dis-je à voix basse. Il se tourna vers moi, presque surpris que je puisse être d'accord avec lui.

« Je devrais te supplier de me pardonner. Mais avant que je puisse espérer que tu le fasses, j'ai besoin de pardonner moi-même. Alors je te le redis maintenant pour que tu en sois absolument convaincu… » Je me rapprochai au maximum de la grille et appuyai le front contre les barreaux. « Je te pardonne.

– Ne dis pas ça ! Tu n'as pas le droit de dire ça ! Ce n'est pas moi qui suis en tort. Tout ce que j'ai fait est de votre faute. Vous êtes responsables de ce qui m'arrive. » Il se rua sur moi en grognant et me saisit la gorge. « Tu n'aurais pas dû revenir.

– Lâche-la, Jude, s'exclama Daniel sur le ton de l'avertissement. Ne lui fais pas de mal. Je te déconseille d'aller plus loin sur cette voie-là.

– La voie sur laquelle tu m'as lancé, tu veux dire ? » Les ongles de mon frère s'enfoncèrent dans ma peau alors qu'il resserrait son étreinte, m'empêchant de respirer.

« Je t'ai pardonné, balbutiai-je avec le peu de souffle qu'il me restait. À présent… es-tu prêt à me pardonner ? À te pardonner à toi-même ? »

Je sentais l'énergie palpiter dans sa main. Il aurait pu me tuer en une seconde. Je scrutai son visage et pus presque voir la bataille qui faisait rage dans sa tête. Ses yeux lançaient des éclairs argentés que des nuances violettes venaient adoucir par instants. La tension déformait ses traits, les veines de son cou saillaient.

« Jude ! » hurla Daniel prêt à intervenir. Je levai la main pour l'arrêter. L'instant de vérité était arrivé.

Jude desserra peu à peu ses doigts. Assez pour que je puisse tousser, reprendre un peu mon souffle. Et bredouiller : « S'il te plaît, Jude. Je sais que tu es encore là. Que tu es toujours mon frère.

– On t'aime, Jude, renchérit Daniel. On veut t'aider. Que tu rentres chez toi. Que tu y restes. Il suffit que tu le demandes. On est venus pour t'aider. »

Jude desserra encore un peu les doigts, mais il ne me lâcha pas pour autant.

« Rentrer chez moi ? s'écria-t-il. Vous dites ça comme si c'était facile. Vous ne savez même pas de quoi vous parlez…

– Rester dans cette cage, c'est facile, c'est comme être un drogué qu'on oblige à faire une cure de désintox, reprit Daniel. Rentrer, oui, c'est difficile. Je suis bien placé pour le savoir. J'ai connu ça. Je sais ce que c'est d'essayer de revenir à une vie normale, d'affronter les gens qu'on a meurtris. Je sais ce que c'est de vivre avec cette horrible voix dans la tête constamment en train de te tenter. Je sais que chaque instant de la journée, il faut décider de continuer à se battre, ou renoncer. »

Des respirations saccadées secouaient la poitrine de mon frère. Ses doigts contre ma gorge tremblaient.

« Je ne sais pas… » Sa voix se brisa. « Je ne suis pas sûr d'avoir la force de me battre.

– Mais si, tu en as la force, Jude, protestai-je. Je le sais. Et je suis là pour t'aider. On est là pour ça tous les deux. Mais on n'arrivera à rien si tu ne nous laisses pas faire. »

Sa main glissa de mon cou. Il recula et se laissa tomber sur son petit lit, secoué de sanglots à fendre le cœur. « Aidez-moi, geignit-il contre le matelas. Je ne veux plus être ce que je suis. »

Je me massai la gorge pendant que Daniel allait chercher la clé pendue près de l'entrée de la cave. Il déverrouilla la grille et l'ouvrit. Nous courûmes vers Jude pour le prendre dans nos bras.

Daniel ôta sa pierre de lune et la glissa autour du cou de mon frère.

« Tu en as plus besoin que moi. »

Jude s'y cramponna comme si c'était la chose la plus précieuse au monde.

Je passai mes mains dans ses cheveux en le serrant contre moi, le berçant doucement jusqu'à ce qu'il noue ses bras autour de mon cou. Il posa une main sur la cicatrice que sa morsure avait laissée quand il m'avait transmis la malédiction Urbat.

« Je suis désolé, chuchota-t-il. Je m'en veux tellement, tellement.

– Je te pardonne », répétai-je une dernière fois, parce qu'il avait besoin de l'entendre. Je lui saisis la tête à deux mains et inclinai son visage pour le regarder dans les yeux. Ils étaient violets, brillants de larmes – mais c'était bien ceux du frère. Copies conformes des miens.

« Tout va bien se passer, dis-je, je te le promets. »

J'implorai le Ciel de toutes mes forces que cette promesse soit tenue.

27

Arrivées

Une heure plus tard

Nous nous garâmes dans l'allée derrière la guimbarde rouge d'April et la camionnette bleue de Talbot. La maison brillait de mille feux. J'étais sûre que la bande était encore là au complet. Probablement vautrés comme des chiens repus après un festin.

« Je ne suis pas sûr d'y arriver », dit Jude en sortant de la voiture. Il fit la grimace en voyant la maison tout éclairée comme si cette vision lui était pénible.

« Il est temps de rentrer à la maison, dis-je en le poussant un peu en avant.

– Et s'ils ne veulent plus de moi ? »

Je n'eus pas à répondre à sa question car la porte d'entrée s'ouvrit et maman dévala en courant les marches du perron.

« Jude ! » s'exclama-t-elle en le prenant dans ses bras, le serrant à l'étouffer.

Papa apparut à son tour sur le seuil. Il ouvrit grand la bouche, et des larmes brillèrent dans ses yeux en voyant la mère et le fils réunis.

« Tu es sûre, Gracie ? demanda-t-il en s'approchant lentement de nous.

– Oui, répondis-je en lui pressant le bras.

– Brave petite. » Il déglutit avec peine et rejoignit Jude et maman. Ils s'étreignirent tous les trois.

« Entrons », dis-je à Daniel. Il me prit la main et nous les laissâmes tous les trois à leurs retrouvailles.

Pour ce qui était du reste de l'équipe, j'avais raison – ils étaient éparpillés un peu partout dans la maison. Brent, Zach et Slade étaient affalés dans les fauteuils du salon en train de faire la sieste, les mains croisées sur leurs ventres rebondis. April, Charity et James, blottis sur le canapé, regardaient un DVD de Disney, bien que je ne pusse m'empêcher de constater que l'attention de Charity semblait être ailleurs. Elle n'arrêtait pas de regarder par la fenêtre, vers le porche de derrière où Ryan prenait apparemment un cours sur la meilleure méthode pour planter un pieu.

« Hé ! » lançai-je pour attirer l'attention des filles.

April et Charity se redressèrent toutes les deux en me voyant.

« Vous êtes revenus ! s'exclama ma sœur.

– Comment ça s'est passé avec Jude ? demanda April.

– Il est là. Dehors, avec mes parents. »

Elle se leva d'un bond.

« Je peux aller les rejoindre, tu crois ?

– Et moi ? demanda Charity.

– Oui. Plus on sera nombreux à fêter son retour, mieux ce sera. »

Elles bondirent hors de la pièce, laissant Baby James suçoter avec un abandon total le bord de sa couverture. Au moins je n'avais pas à m'inquiéter qu'il prenne la poudre d'escampette avec une meute de voyous paranormaux.

« Je vais derrière, m'annonça Daniel en pointant le pouce en direction de Talbot et Ryan. J'ai quelques questions à poser à Talbot à propos des Rois de l'Ombre.

– D'accord », répondis-je en lui lâchant la main. J'avais moi aussi envie d'entendre ce que Talbot avait à dire à ce propos, mais le retour de Jude à la maison devait être ma priorité pour le moment. Je me dirigeai vers la salle à manger et remplis une assiette à son intention de tout ce qui restait de notre festin.

Alors que je m'apprêtais à aller réchauffer le tout à la cuisine, je tombai sur Slade qui me bloquait le passage sur le seuil de la salle à manger. Je faillis lâcher l'assiette.

« Il faut que je te parle, dit-il, s'approchant plus près de moi qu'il ne l'avait jamais fait auparavant.

– À quel sujet ? » Je reculai, mais la table m'empêchait d'aller bien loin.

« Pourquoi as-tu fait ça ? » Il m'attrapa le bras sans ménagement, manquant de renverser l'assiette. Les tatouages qui lui couvraient les bras avaient des teintes criardes, comparés à mes bras blancs. « J'ai besoin que tu me dises pourquoi. Je n'y tiens plus.

– Je veux bien mais de quoi parles-tu exactement ? » Je me dégageai d'une secousse.

« Pourquoi m'as-tu sauvé des griffes de cet Akh, à la soirée transe ? Pourquoi tu ne l'as pas laissé me tuer ? »

Je posai l'assiette sur la table.

« Pour quelle raison l'aurais-je laissé te tuer ? Je n'ai pas envie que tu meures. »

Nous avions perdu Marcos. Ça me paraissait déjà beaucoup.

Slade avala péniblement sa salive.

« Mais je le méritais ! Je méritais de mourir. » Une lueur de confusion passa dans son regard. « J'ai désobéi à l'ordre que tu m'avais donné. Je n'ai pas été capable de t'aider à sauver ton père. De me jeter dans ce feu. Tu aurais dû me punir d'avoir refusé d'y aller. C'est ce que Caleb aurait fait. À la place, tu m'as sauvé la vie. Pourquoi ? Qu'as-tu prévu pour moi ? Quel châtiment peut-on imaginer qui soit pire qu'être tué par un Akh ? Je ne supporte pas de ne pas savoir quand le couperet va tomber. Vas-y maintenant. Qu'on en finisse. Tue-moi…

– Oh là, oh là, fis-je en posant une main sur sa poitrine. Personne ne va te tuer. Tu ne seras même pas puni. Je n'ai rien à voir avec Caleb, au cas où tu ne l'aurais pas remarqué. Daniel non plus. Je comprends que tu n'aies pas pu t'engouffrer dans ce brasier. Tu avais peur. C'est normal. Les loups-garous redoutent le feu parce que c'est l'une des rares choses qui peuvent avoir raison d'eux. »

Slade acquiesça d'un signe de tête.

« Ça peut réduire en miettes un Urbat, sans qu'il reste ne seraient-ce que des os. Mais les autres ont réussi à surmonter leur peur et à voler à votre secours. Pas moi. J'étais pétrifié. Je n'ai pas toujours été un lâche, je le jure. » Il se passa la langue sur les lèvres. « Faut que je te dise, j'avais été accepté pour faire une formation de pompier de l'air – tu sais, ces gars qui sautent d'un avion pour éteindre les incendies de forêt ? »

Je secouai la tête d'un air perplexe.

« J'en rêvais depuis que j'étais tout petit. Les Rois de l'Ombre m'ont privé de ça quand ils m'ont changé en Urbat. Ils m'ont pris toute ma vie. » Slade fit courir ses doigts le long de ses tatouages multicolores. « Je me suis fait des tatouages en forme de flammes à l'encre sur les bras, je me suis brûlé avec un briquet comme pour essayer de me convaincre que j'avais surmonté mes peurs. Mais face à la réalité, je me suis dégonflé. Je t'ai laissée tomber.

– Je comprends, je t'assure. » Le loup dans ma tête m'avait presque empêchée de sauver mon père. Je comprenais la honte et la souffrance que Slade avait dû ressentir, surtout s'il avait rêvé toute sa vie d'être un combattant du feu. « Il n'est pas question que je te fasse ça. »

Slade me saisit la main.

« Merci, dit-il en pressant mes doigts. Merci.

– Euh. Y a pas de quoi. »

Que dire d'autre quand quelqu'un vous remercie de ne pas le tuer ? Ce n'est pas le genre de situation qu'on rencontre tous les jours – chez les gens normaux en tout cas.

Ses yeux se remplirent de larmes, plus étincelantes que le clou planté dans son sourcil. Je ne m'attendais pas du tout à le voir pleurer. Caleb avait vraiment mis ses garçons sens dessus dessous.

« Tu avais une vie plutôt agréable, on dirait, avec ton projet de formation de soldat du feu et tout ça. Comment Caleb s'est-il débrouillé pour te prendre dans ses filets ? Je ne comprends pas. »

Slade me lâcha la main, comme s'il avait honte de m'avoir touchée.

« Je connaissais une fille. Lyla. J'en avais jamais vu d'aussi belle. » Un petit sourire retroussa ses lèvres à ce souvenir, et puis son menton se mit à trembler. « Elle avait des ennuis. Il lui fallait de l'argent. Je faisais des courses de rue depuis le lycée, j'étais le meilleur conducteur, mais je ne gagnais pas encore assez. Un soir après une course, un type est venu me trouver en me disant que son équipe avait besoin d'un chauffeur pour un boulot… »

Slade baissa les yeux.

« Pour un casse, tu veux dire ? »

Il hocha la tête.

« En temps normal, j'aurais refusé, mais ils proposaient un sacré paquet de fric. Assez pour payer les dettes de Lyla et l'emmener avec moi dans le Montana. Assez pour commencer une nouvelle vie. Le problème c'est qu'une fois le boulot fait, le gars m'a annoncé que je ne pouvais pas repartir. Le job, c'était une mise à l'essai. Je lui appartenais désormais. Je lui ai dit qu'il n'en était pas question… Après ça, je me suis réveillé dans l'entrepôt… » Il remonta la manche de son t-shirt et me montra la cicatrice en forme de croissant dentelé sur son triceps.

Je savais ce que c'était. J'en avais une, moi aussi.

« Ils détenaient Lyla en plus. Il s'est avéré que le type à qui elle devait de l'argent était le même que celui qui m'avait recruté. Ils s'étaient servis d'elle pour m'enrôler. Ils ont fait pareil pour me transformer et me forcer à céder à la malédiction qu'ils m'avaient transmise. »

J'imaginai la scène qui avait dû se dérouler dans l'entrepôt. Slade se réveillant désorienté, le bras palpitant sous l'effet du venin brûlant du loup-garou. Caleb menaçant Lyla, forçant Slade à céder au loup rageur dans sa tête pour les empêcher de faire mal à la fille.

Au regard sombre de Slade, je voyais bien que la même scène repassait dans son esprit.

« Qu'est-il advenu de Lyla ? » dis-je d'une voix qui n'était guère plus qu'un chuchotement.

Slade baissa la tête en fermant hermétiquement les yeux.

« C'est la première personne que j'ai tuée quand je me suis changé en loup. Je ne me souviens pas vraiment de ce qui s'est passé. J'étais dans un état second. Je croyais m'en prendre à un type qui la menaçait avec un couteau sous la gorge, mais c'est elle que j'ai tuée. Je ne sais même pas pourquoi.

– Le loup veut que tu tues la personne que tu aimes le plus au monde. Dès lors que Caleb t'avait forcé à céder au loup, elle n'avait plus beaucoup de chances de s'en tirer.

– Ce n'était pas Caleb.

– Comment ?

– Il n'était pas là. Caleb traînait toujours à l'étage dans l'entrepôt. Le gars qui m'a recruté, celui qui m'a forcé à faire ce que j'ai fait à Lyla, c'était Talbot. »

J'en eus le souffle coupé. Cette révélation n'aurait pas dû me surprendre. Je savais que Talbot était chargé du « recrutement » pour la bande des Rois de l'Ombre. Il avait soi-disant un *talent* pour pousser les individus contaminés à céder à la malédiction du loup. Ne l'avait-on pas chargé de m'enrôler moi-même et de me transformer – sauf qu'il ne l'avait pas fait.

Il était supposé être un autre homme désormais.

« Pourquoi es-tu resté avec eux ? Après ce qu'ils t'avaient fait ?

– Pour la bonne raison que quand on a tué quelqu'un – surtout quelqu'un qu'on aime –, on a l'impression d'être la pire merde qui existe sur terre. Impossible de reprendre le cours normal de sa vie. On a ce truc égoïste, rageur, qui nous hurle dans la tête et refuse de nous laisser tranquilles. Talbot et Caleb en profitent alors pour jeter leur dévolu sur toi en soutenant que tu n'as jamais eu ta place où que ce soit ailleurs. Ils te promettent un foyer, des missions excitantes, un objectif, si tu te soumets. En fait, je comprends maintenant, ils cherchaient juste à faire de moi un soldat supplémentaire pour la redoutable armée de Caleb. »

Au fond de moi, je soupçonnais déjà que tous ces garçons de la meute de Caleb – y compris Brent et le jeune Ryan – avaient vécu une expérience similaire à celle que

Slade venait de me raconter. Ce qui voulait dire qu'à un moment ou un autre, chacun d'eux avait tué quelqu'un – ou en avait éprouvé le désir. Ce ne seraient pas des loups-garous à part entière autrement.

Pourtant, ils avaient choisi de quitter l'entrepôt pour nous suivre, Daniel et moi, et de rester avec nous. En d'autres termes, ils voulaient une seconde chance.

Et nous avions la possibilité de la leur donner, comme nous l'avions fait pour Jude.

Je posai la main sur l'épaule de Slade.

« Caleb vous a peut-être traités comme ses soldats, mais moi je veux que notre meute soit une famille. Je sais que tu as hésité à accepter Daniel comme ton alpha, mais tu es le bienvenu au sein de cette famille, si c'est ce que tu souhaites. Nous ne te ferons jamais de mal.

– Oui, dit-il, j'aimerais faire partie de cette famille.

– Je suis convaincue que nous pouvons apprendre à utiliser nos pouvoirs pour faire le bien. Tu es peut-être encore destiné à devenir le meilleur combattant du feu qu'on ait jamais connu. Imagine le bien que tu pourrais faire compte tenu de ta force, de ta rapidité ?

– Mais j'ai toujours aussi peur du feu.

– Talbot et les autres ont réussi à surmonter leur terreur pour me venir en aide. Je pense qu'au fond tu as en toi de quoi contribuer à un monde meilleur – soldat du feu ou non. Et puis je veux t'aider, si tu me laisses faire. »

Slade garda le silence.

« Peut-être, dit-il finalement. Mais avant que tu fasses quoi que ce soit d'autre pour moi… il faut que je te dise une chose.

– Tout ce que tu veux.

– J'ai été stupide. J'ai commis une erreur. Je n'aurais pas dû laisser cet Akh me regarder dans les yeux. Il a lu dans mon esprit. Il sait où nous logeons, les garçons et moi. Et j'ai bien peur qu'il ne sache aussi où tu habites. Il a réussi à s'échapper, ce qui veut dire que Caleb aussi est au courant. Je te l'aurais dit plus tôt, mais je pensais…

– Que je risquais de te tuer ? »

Son hochement de tête s'apparentait à un tressaillement. J'avais l'estomac tout retourné.

« Merci de me l'avoir dit. Nous allons vous trouver un autre logement. Pour Daniel aussi. Pour ce qui est de moi, ne t'inquiète pas. Caleb sait où je vis depuis toujours. Il habitait la maison voisine autrefois. »

Slade ouvrit grand les yeux.

« Mais ça ne tient pas debout. Caleb ne laisse personne quitter sa meute. Tu ne peux pas savoir ce que Talbot et lui nous faisaient faire aux mecs qui tentaient de s'enfuir… »

Je l'imaginais très bien. Le premier démon que j'avais tué était une Gelal qui avait faussé compagnie aux Rois de l'Ombre. Talbot s'était servi de moi comme d'un pion pour la punir.

« Si Caleb sait où nous trouver, comment se fait-il qu'il n'ait pas encore attaqué ? Qu'est-ce qu'il attend ?

– C'est une bonne question », dis-je.

C'était à mon tour d'attendre que le couperet tombe.

Cinq minutes plus tard

Je n'eus pas à patienter longtemps.

Si ce n'est que le couperet qui tomba n'était pas celui auquel je m'attendais.

Alors que je me dirigeais vers la porte d'entrée avec l'assiette pour Jude, une clarté intense emplit ma vue, m'obligeant à me protéger les yeux du revers de la main.

J'entendis papa crier depuis le jardin. Je crus l'entendre articuler mon nom, puis « Cours ! »

« Qu'est-ce que c'est… ? »

La porte s'ouvrit brutalement. Une lumière étrange se déversa dans le vestibule. Maman, Jude, April et Charity se ruèrent dans la maison. Mon père leur emboîtait le pas, m'appelant à tue-tête ainsi que Daniel. En me voyant, il m'attrapa avec une vigueur telle qu'il envoya valser l'assiette.

« Ils sont là ! Ils sont venus vous chercher. Filez d'ici. Vite ! »

Daniel se précipita dans l'entrée en passant par la cuisine, Talbot et Ryan sur ses talons. Dès qu'il apparut, les autres se mirent au garde-à-vous. Les cris de mon père avaient dû les réveiller.

« Les Rois de l'Ombre ? demandai-je.

– Non. » Papa m'agrippa le bras. « Sirhan et sa meute. Au grand complet, d'après ce que j'ai vu.

– Quoi ? » Daniel se rua sur la porte pour jeter un coup d'œil dehors. Papa tenta en vain de l'arrêter.

« N'y va pas. Emmène Grace. Partez. Le plus loin possible.

– Et après ? lança Daniel. S'ils veulent nous trouver, ils nous trouveront. »

Il franchit résolument le seuil. Les garçons lui emboîtèrent le pas et se déployèrent sur le porche, telles des sentinelles. Papa me serra le bras plus fort, pour essayer de m'empêcher de les suivre.

« Tu ne peux pas m'arrêter, papa. »

Ses narines se dilatèrent.

« J'essaie de te protéger.

– Tu ne peux pas. Plus maintenant. Pas dans ce monde-là. »

La terreur dans ses yeux passa de la panique au chagrin avant qu'il baisse la tête.

« Tu as raison. Je savais depuis longtemps qu'un jour viendrait où je ne pourrais plus rien pour toi.

– Laisse-moi y aller dans ce cas. »

Il me lâcha le bras. Je rejoignis les autres dehors et me plantai à côté de Daniel. Papa resta sur le seuil derrière nous. Jude ne tarda pas à apparaître près de lui.

Dans la clarté aveuglante, je distinguai ce qui me fit l'effet d'une bonne dizaine de véhicules noirs – des 4 x 4, probablement, à en juger par leur taille –, face à la maison, leurs phares braqués sur nous.

Je gardai la main en visière, regrettant que ma vision surhumaine fût aussi sensible.

« Ils cherchent à nous mettre en position de faiblesse, commenta Ryan en se protégeant les yeux à son tour.

– Ça marche plutôt bien », renchérit Brent.

Ryan lui administra une tape sur le bras.

« C'était juste une remarque, protesta Brent, lui rendant la pareille.

– Du calme ! » aboyai-je. Ils se remirent tous les deux au garde-à-vous, une main levée pour protéger leurs yeux. Seul Daniel que l'éclairage n'incommodait apparemment pas avait les bras le long du corps.

« Comment sais-tu que c'est Sirhan ? demandai-je à mon père. Ça pourrait être n'importe qui. Les Rois de l'Ombre, par exemple.

– J'ai reconnu l'insigne sur leurs voitures. Une tête de loup en médaillon, sur le pare-chocs avant. Les hommes de Sirhan m'ont embarqué dans un véhicule similaire le jour où j'étais entré illicitement sur leur territoire. Et celle-là, ajouta papa en désignant une voiture plus petite au milieu de la rangée, appartient à Sirhan lui-même. Il nous a escortés personnellement, Gabriel et moi, hors de l'enceinte de sa propriété quand il a décidé de me laisser partir... Date à laquelle il a apparemment décidé que c'était toi qu'il voulait... »

Mon père s'interrompit à l'instant où tous les phares s'éteignaient simultanément.

« Ahh ! » geignis-je en faisant la grimace. J'avais mal aux yeux, et le brusque changement de lumière m'aveugla momentanément. Nous aveugla tous.

Une bousculade s'ensuivit. Quelques secondes plus tard, les phares de la voiture du milieu se rallumèrent – illuminant les silhouettes d'une quarantaine d'individus plantés dans mon jardin.

Je ne distinguais aucun visage. Rien que des ombres massives, sinistres, qui se profilaient dans la clarté. Elles tenaient à la main un objet long et pointu. L'une d'elles s'avança. Le faisceau de lumière se refléta sur la pointe. C'était une lance constituée d'un métal brillant – de l'argent, à coup sûr. L'homme portait une sorte de cape, ou une toge. Je ne pus m'empêcher de penser à la Faucheuse que j'avais croisée à la ferme hantée.

« Donnez-nous ce que nous sommes venus chercher », clama-t-il d'une voix profonde, grondante.

Daniel me prit la main et entrelaça nos doigts. Sans un mot, les garçons se rapprochèrent de nous – resserrant les rangs. Je vis les muscles de leurs bras et de leurs dos se tendre, comme s'ils s'apprêtaient à enjamber la balustrade pour attaquer dès que Daniel ou moi leur en donnerait l'ordre. Qu'adviendrait-il s'ils se changeaient en loups ici même dans mon jardin ?

Daniel leva la main pour leur faire signe d'attendre.

« Il va falloir que vous soyez plus explicite, j'en ai peur », dit-il d'un ton trop calme pour la situation.

Personne ne broncha dans l'assemblée.

« Donnez-nous ce que nous sommes venus chercher », répéta l'homme.

Était-ce la seule chose qu'on lui avait ordonné de dire ?

« Là encore, ce serait bien que vous soyez un peu plus précis. » Daniel redressa les épaules. « Vous vouliez Gabriel, mais il est déjà retourné auprès de vous. N'était-ce pas ça, le marché ? Si Gabriel revenait, vous deviez nous laisser tranquilles, non ?

– Mais où est Gabriel ? chuchotai-je. Il lui est peut-être arrivé quelque chose. S'il n'était pas parvenu à destination ? »

L'homme porta une main à son oreille. Il parut écouter un instant. Quelqu'un lui parlait-il dans une oreillette ?

Il adressa quelques mots à son voisin puis ils se dirigèrent vers un des 4 x 4 et ouvrirent la portière à la volée. Une masse tomba sur la chaussée. Impossible de déterminer ce que c'était, jusqu'à ce que j'entende un gémissement.

« Gabriel ! soufflai-je. Non ! »

La masse bougea un peu. Elle releva la tête.

« Je suis désolé, dit-il. Je ne suis pas parti assez vite. Daniel, je…

– Sirhan Etlu parle, coupa le seul homme qui avait ouvert la bouche. Sirhan Etlu, du clan Etlu, parle et tout le monde écoute… »

Les phares du petit véhicule s'éteignirent. Je clignai des yeux, le temps qu'ils s'habituent au changement d'éclairage. Quand je recouvrai la vue, je remarquai que nos assaillants portaient de longues toges en velours sur des habits normaux. Des capuchons dissimulaient presque tous les visages. La plupart de ces toges étaient d'un bleu saphir profond, sauf celles, vert émeraude, de la dizaine d'hommes qui se tenaient devant. Je repérai une silhouette féminine parmi ce groupe. Elle avait baissé son capuchon, si bien que je voyais sans peine ses traits délicats et les boucles d'oreilles en forme de larmes qui pendaient à ses oreilles. Je ne pus m'empêcher de la fixer. C'était la première fois que je voyais une autre Urbat.

Quelque chose de tout à fait différent avait attiré l'attention de Slade. Il pointa le doigt vers le petit véhicule au milieu des 4 x 4.

« C'est une limousine Aston Martin Rapide », fit-il en sifflant avec admiration.

Les dix porteurs de lance les plus proches orientèrent aussitôt leurs armes dans sa direction.

« Sirhan Etlu parle, et vous écoutez », répéta d'un ton farouche leur porte-parole.

Une main jaillit de la fenêtre arrière de la limousine. Je ne l'aurais pas remarquée si le reflet de la lune presque pleine n'avait pas fait miroiter la grosse bague qu'elle portait. Une main qui avait quelque chose de… pas tout à fait humain.

« Gabriel m'a laissé tomber », rugit une voix à l'intérieur du véhicule. Une voix à la fois rauque et sonore. Impérieuse, au point que je sentis presque mes jambes se dérober sous moi. J'avais le sentiment de devoir me prosterner respectueusement.

Toute la troupe avait dû éprouver la même chose parce qu'ils pivotèrent sur leurs talons comme un seul homme et mirent un genou à terre, la tête inclinée vers la limousine, un poing au sol.

« S'il avait été loyal, poursuivit la voix désincarnée, il serait revenu à l'instant où mes gardes l'ont informé de mon ultimatum. »

Gabriel gémit, tête baissée.

« Seulement, il a tardé, montrant par là à qui il était véritablement fidèle. Il fallait que je voie par moi-même qui pouvait me priver du dévouement de mon propre bêta. Amenez-moi cette "Divine". »

Daniel me lâcha la main et s'avança.

« Ne fais pas ça, lui chuchotai-je.

– Ton bêta te serait peut-être plus fidèle si tu le traitais d'une façon moins barbare », lança Daniel en se redressant de toute sa taille. Il ne m'avait jamais paru aussi imposant. Combien de centimètres avait-il pris au cours de la dernière semaine ?

Je sentis à nouveau cette sensation dans mes genoux, comme si une force tentait de me faire faire une révérence. Mais cette fois-ci, c'était Daniel qui avait produit cet effet-là. À leur tour, les garçons rassemblés sur le porche mirent un genou à terre en une attitude de soumission. En jetant un rapide coup d'œil derrière moi, je m'aperçus que Jude lui-même s'était prosterné. Je fus encore plus sidérée de constater que deux hommes en toge s'étaient inclinés devant Daniel.

« Ton temps en tant qu'alpha est compté, Sirhan, déclara en s'esclaffant Talbot, figé en une semi-génuflexion en direction de Daniel. Tu ne le vois donc pas ? »

Ce qui était apparemment la pire chose qu'on pouvait dire à cet instant.

« Emparez-vous de lui ! aboya la voix qui devait appartenir à Sirhan. Embarquez le fils Kalbi avant qu'il en corrompe d'autres ! »

Un groupe d'hommes se précipita vers Daniel. Les garçons s'accroupirent en grognant, prêts à se jeter sur les potentiels ravisseurs de Daniel. Mon cœur chavira à la perspective de la bataille sanglante sur le point d'éclater. Qu'allait-il arriver à ma famille ? Aux gens de mon quartier ?

« Ne faites pas ça ! » hurla Daniel.

Les deux clans se figèrent.

Daniel tendit les bras vers les sbires de Sirhan.

« Je vais avec vous de mon plein gré. »

Daniel, non ! criai-je intérieurement à l'instant où deux gaillards s'emparaient de lui.

Un cri strident s'éleva à ma droite et, sous mes yeux horrifiés, Ryan sauta par-dessus la balustrade et se rua sur les gardes. Il leva son pieu sur l'adversaire le plus proche – qui se trouvait être la jeune femme aperçue plus tôt –, la touchant à l'oreille. Elle poussa un hurlement. Le sang gicla. Son oreille pendait.

Un autre garde expédia sa lance sur Ryan. La lame l'atteignit au visage. Ryan s'effondra en émettant une plainte qui me fit frémir. Il avait une brûlure boursouflée de la forme de la pointe de la lance sur la joue.

« Arrête ! brailla Daniel alors que le garde s'apprêtait à asséner un second coup à Ryan. Il est tout jeune. »

L'homme fusilla Ryan du regard, mais il baissa docilement son arme.

« Que personne ne bouge, s'exclama Daniel. Je suis le prisonnier de Sirhan et je n'admettrai pas que quelqu'un d'autre soit blessé à cause de moi. Pas ce soir.

– Non ! protestai-je en dévalant les marches pour courir vers les gardes qui le détenaient. C'est moi qu'il veut. C'est pour moi qu'il est venu. » Je tentai de me faufiler à côté d'eux pour m'approcher de la fenêtre de la limousine, mais ils me bloquèrent le passage en croisant leurs lances devant moi. « Prenez-moi. Relâchez-le, criai-je. Laissez-moi passer », ajoutai-je en écartant les lames de mon chemin. L'un des hommes m'attrapa le bras avec une violence telle que je crus qu'il m'avait cassé le poignet.

« Qu'est-ce que je ferais d'une enfant quand je peux avoir le faux alpha ? riposta Sirhan de l'intérieur de la voiture.

– Je suis la Divine. Celle que vous êtes venu chercher.

– Mensonge ! La Divine n'est pas une enfant.

– Je suis plus vieille que j'en ai l'air, répliquai-je, mais je me rendis compte alors qu'aux yeux de quelqu'un de son âge, j'avais probablement l'air d'une gamine. Gabriel, dis-leur qui je suis. »

Gabriel se releva péniblement en prenant appui contre le 4 x 4.

« Elle dit la vérité. Je t'ai dit que la Divine était une adolescente. »

Le garde qui m'enserrait le poignet en resta comme deux ronds de flan. Il me lâcha la main.

« Mensonge. C'est une ruse, s'exclama Sirhan. La Divine est grande et puissante. Cette petite usurpatrice mériterait de mourir.

– Je ne suis pas une usurpatrice. »

Je ne savais pas au juste ce que la « Divine » représentait aux yeux de Sirhan et de sa meute, mais d'après ce qu'il avait dit, il semblait que l'*idée* même de ma personne ait pris des proportions mythiques. Il fallait que je fasse quelque chose pour leur prouver que je ne mentais pas, que j'étais effectivement puissante.

Je me tournai vers la jeune femme en toge verte. Agenouillée dans l'herbe, elle s'efforçait de maintenir en place son oreille sanguinolente, presque entièrement arrachée. Elle devait avoir quelques années de plus que moi, mais avec les Urbat, on ne pouvait jamais savoir. Je m'accroupis près d'elle.

« Ça va ? demandai-je.

– J'ai mal comme si on m'avait coupé l'oreille, répondit-elle en faisant la grimace. Je ne pense pas que j'arriverai à guérir ça. Je ferai des économies de boucles d'oreilles au moins », ajouta-t-elle avec un pâle sourire en dépit de la douleur qui brouillait son regard.

Je faillis éclater de rire, étonnée de la trouver aussi... gentille.

« Je peux t'aider », dis-je en posant ma main sur la sienne pour faire pression contre sa tête. Ses doigts étaient chauds, gluants de sang. Pour invoquer mes pouvoirs, je devais puiser dans l'amour que m'inspirait la personne que je cherchais à guérir. Or, c'était la première fois de ma vie que je voyais cette fille. Nous étions étrangères l'une à l'autre. En même temps, elle me fascinait. Nous étions toutes les deux des Urbat. Cela nous liait, et je fis de mon mieux pour en tirer parti quand, les yeux fermés, je concentrai mon énergie sur nos mains. Les pulsations chaudes s'intensifièrent pour devenir aussi brûlantes qu'un fer à repasser.

La fille poussa un petit cri en faisant la grimace.

« Qu'est-ce qu'elle fait ? demanda un des gardes. Écartez-la. »

Quelqu'un fit un pas vers nous.

« Laissez-la, intervint Daniel. Elle est en train de guérir votre compagne.

– Impossible, protesta Sirhan de l'intérieur de sa voiture. Elle n'a pas la force nécessaire. Seuls les Urbat les plus puissants ont la capacité de guérir. Et personne ne peut faire ça tout seul. »

Dans ma hâte, j'avais oublié qu'il fallait être deux pour canaliser le pouvoir guérisseur. Mais j'étais sûre de pouvoir y arriver quand même.

J'étais en train de le faire.

La chaleur finit par se dissiper. Je me redressai en entraînant la jeune femme avec moi. Je lui lâchai la main ; elle l'écarta de son oreille.

Une clameur s'éleva par vagues de l'assemblée.

« Ça ne me fait même pas mal, dit la fille en tâtant son oreille guérie. Je ne sens même pas la cicatrice.

– Vous voyez ! lança Gabriel en direction de la limousine. Ce n'est pas donné à n'importe quelle enfant de faire ça. Grace est la Divine. »

Une fatigue profonde, douloureuse, m'envahit – la mise à contribution de mes pouvoirs guérisseurs n'allait pas sans effet secondaire. Je tentai néanmoins de n'en rien laisser paraître en me dirigeant vers la limousine. Les hommes de Sirhan ne firent même pas mine de me barrer la route.

« Vous savez qui je suis, m'exclamai-je à l'adresse de Sirhan. Je sais ce que vous voulez, mais vous ne l'aurez pas tant que vous ne m'aurez pas fait la promesse que Daniel partira libre et que le reste de ma meute, ma famille, s'en sortiront indemnes.

– Approche », fit la voix.

Je marchai à pas lents mais avec détermination vers la fenêtre ouverte. La main que j'avais aperçue plus tôt n'avait effectivement pas l'air humaine. Elle était gris foncé, parcheminée, parsemée de petits poils presque noirs. Les doigts anormalement longs étaient encore rallongés par des griffes noires pointues. Un troublant amalgame entre l'animal et l'humain.

« Regarde-moi, petite. »

Je levai rapidement les yeux sur le visage derrière la vitre. J'étouffai un cri, et mes yeux s'écarquillèrent d'euxmêmes – se dilatant suffisamment pour voir clairement ce que j'avais devant moi dans la pénombre : un visage qui était un mélange grotesque entre l'homme et la bête. Il avait des yeux jaunes, un museau à la place du nez et de la bouche. Ses oreilles pointaient de part et d'autre de son crâne, comme celles d'un mutant.

« As-tu peur de moi, petite ? » demanda-t-il. Des dents pointues émergeaient de ses mâchoires noires – comme si j'avais sous les yeux la gueule d'un loup.

« Non, répondis-je.

– Alors, dis-moi, qu'est-ce que je veux d'après toi ? Que peux-tu me donner en échange de la sécurité des tiens ? »

Je l'examinai. Il paraissait décrépit, fragile. Un mince tube en plastique doté de deux petits tuyaux pendait de son cou. Je savais ce que c'était. J'en avais vu à l'hôpital. Une alimentation en oxygène. Il avait dû les extraire de ses narines pour me parler.

« Vous vous mourez, dis-je, et vous voulez qu'on vous guérisse pour vous libérer du loup avant que vous passiez de vie à trépas. Guérir n'est pas l'unique chose dont je suis capable. On a dû vous le dire, sinon vous ne seriez pas là. Si vous répondez à mes exigences, je vous apporterai la guérison. »

28

Des loups au portail

Dix minutes plus tard, dans la voiture de Sirhan

Des odeurs de loup et de pourriture m'assaillaient les narines à chaque inspiration tandis que nous roulions, Sirhan et moi, dans sa limousine. Ce n'était pas une « limo » dans le sens traditionnel du terme. Elle ne pouvait accueillir que quatre personnes : le chauffeur, un garde assis à l'avant, le vieil Urbat et moi. La banquette était tellement douce que je compris pourquoi certaines personnes comparent le cuir à du beurre. Je n'étais jamais montée dans une voiture aussi confortable. Pourtant je n'arrivais pas à me sentir à l'aise. La puanteur était presque insoutenable. Et, à cause des vitres teintées, je n'arrivais pas à voir si Daniel et les autres nous suivaient vraiment, comme ils étaient censés le faire.

Les bras croisés sur la poitrine, je m'enfonçais les ongles dans la peau. Chaque fois qu'il aspirait laborieusement l'air de sa bonbonne d'oxygène, Sirhan me rappelait Dark Vador, ce qui n'arrangeait rien à mon état de nerfs. Il avait cessé de parler, se bornant à me jeter des coups d'œil de temps en temps en ricanant, jusqu'à ce que son hilarité se change en un accès de toux déchirant.

À la demande expresse de mon père, il avait consenti à poursuivre les négociations dans un autre endroit – loin des regards intrigués de nos voisins qui épiaient par la fenêtre le spectacle qui se déroulait dans notre jardin. Mes parents allaient avoir un mal de chien à leur expliquer ce qui s'était passé. Papa allait sûrement leur dire que nous répétions un spectacle de Noël, ou quelque chose comme ça. Le problème étant qu'il insisterait pour qu'on organise une vraie représentation, histoire qu'on ne l'accuse pas d'avoir menti.

Super, pensai-je. *Je bous d'impatience.*

Cette perspective me serra douloureusement le cœur, et je me pris à espérer que ça arrive. Ça, ou autre chose. Le simple fait de faire des projets, d'anticiper, d'avoir la sensation qu'il arriverait d'autres choses après ce soir-là, était précisément ce dont j'avais besoin pour me calmer.

J'ignorais si Sirhan accepterait mon plan – si je pouvais me fier à lui. Seul le temps me le dirait.

Le trajet fut bref. Papa n'avait trouvé qu'un seul lieu pour accueillir un groupe aussi important : la salle de réunion de la paroisse. Dans le parking, l'un des gardes me fit sortir de la limousine en me titillant avec la pointe de sa lance. L'espace d'un instant, je crus qu'ils m'avaient kidnappée. Je poussai un soupir de soulagement en voyant le cortège de Cadillac Escalades noires s'engager dans le parking. Daniel et mon père émergèrent de la première voiture. Talbot, Jude et les autres descendirent bientôt des autres véhicules.

Les hommes de Sirhan nous entraînèrent vers le bâtiment, suivis d'une longue procession de gardes en toges – des Urbat, pour être exacte. Nous nous engouffrâmes tous dans la grande salle.

Daniel serrait ma main dans la sienne. Comme s'il redoutait d'être bientôt séparé de moi à jamais.

« Ils ont tous les yeux rivés sur moi, soufflai-je en pointant le menton vers la meute.

– C'est normal après ce que tu as fait pour Jordan. Tu es la Divine, tu te rappelles ? Un personnage légendaire pour eux, et tu leur as prouvé que c'était vrai. »

Plus tôt dans la semaine, j'avais eu l'impression d'être complètement isolée. À cet instant, je me sentais plutôt claustrophobe au milieu de tous ces gens qui me détaillaient du regard. « Qu'est-ce que tu as dit ? *Jordan* ? » Daniel connaissait donc le nom de cette fille ?

Mais il s'était déjà tourné vers une de nos sentinelles.

« Qu'est-ce qu'on fait maintenant ? demanda-t-il.

– On attend Sirhan.

– Pourquoi est-ce que ça prend autant de temps ? »

L'homme fronça les sourcils en se balançant sur ses talons comme s'il ne savait pas trop comment formuler la chose :

« Sirhan a sa propre équipe médicale. Il ne sortira pas de la voiture tant qu'ils ne l'auront pas examiné pour s'assurer qu'il peut être déplacé sans risque. » Son renfrognement s'accentua encore. « Il n'aurait même pas dû quitter le domaine, si vous voulez mon avis. »

Daniel hocha la tête. La franchise de cette réponse m'avait surprise.

Les minutes passèrent. Les gardes de Sirhan se concertaient en pointant de temps à autre le doigt dans ma direction. Le type que Daniel avait interrogé alla rejoindre les neuf autres porteurs de lance vêtus de vert, qui paraissaient en plein débat au fond de la salle. Certains hommes en bleu avaient ôté leurs toges, révélant les habits de ville qu'ils portaient en dessous.

« C'est quoi, ces toges à la fin ? demanda Jude derrière nous. On dirait une assemblée de sorciers.

– D'après moi, répondit Brent, c'est une tenue de cérémonie, à moins que ce ne soit parce que c'est plus commode post-métamorphose.

– Post quoi ? intervint Slade.

– Le facteur de la nudité, vous savez bien. Les vêtements normaux ne résistent pas à la transformation de l'humain en loup. Du coup, quand on redevient humain, on se retrouve à poil. Plutôt futé, ces toges en fait. Faciles à enlever et pratiques pour se couvrir le…, une fois la transformation faite. »

Slade éclata de rire.

« Ils ne sont pas bêtes. Se réveiller avec une bande de types nus comme des vers a toujours été ce que je détestais le plus dans cette histoire de loups-garous.

– Brent a doublement raison, dit Daniel. À l'époque où j'ai séjourné avec la meute de Sirhan, ils enfilaient toujours des toges quand ils pensaient qu'ils allaient se battre. Et pour nous impressionner, ils ont mis leurs plus belles tenues de cérémonie.

– J'ai *toujours* raison », décréta Brent en gonflant ses biceps. Je ne voyais pas trop ce que ça avait à voir avec l'intelligence.

« Hé, *Freak* ! » cria quelqu'un. Je levai les yeux à temps pour voir la jeune fille en vert bondir vers nous. Elle faillit se cogner à la poitrine de Daniel auquel elle administra une tape sur le bras.

Il fit la grimace. Elle l'avait frappé à proximité de sa blessure. Mais sa grimace se changea rapidement en sourire.

« Jordan ! » s'exclama-t-il.

Je haussai les sourcils. Il la connaissait bel et bien ?

Daniel se tourna vers moi.

« Grace, je te présente Lisa Jordan. On s'est rencontrés lors de mon bref séjour chez Sirhan l'année dernière.

– La Divine ! » s'écria-t-elle d'une voix perçante en me serrant énergiquement la main. « Je t'imaginais plus grande, j'avoue. » Elle haussa les épaules. « Peu importe. Merci d'avoir sauvé mon oreille. C'était sympa de ta part. J'ai l'impression que mes pouvoirs auditifs se sont même améliorés.

– Pas de problème », répondis-je, remarquant à cet instant que les boucles d'oreilles noires qu'elle portait étaient en fait des pierres de lune.

Elle pressa mes mains dans les siennes puis, tout excitée, elle enserra les poignets de Daniel.

« Tu m'as manqué, *Freak*, mais je comprends maintenant pourquoi tu tenais tant à revenir. Elle est presque aussi jolie que moi. »

Je ne pouvais pas m'empêcher de la dévisager. En plus d'être la seule fille Urbat que j'avais rencontrée, elle était ravissante, avec des cheveux de la couleur des noix caramélisées et des yeux bleus limpides. Mince comme une athlète, elle avait les bras musclés. Elle devait avoir une vingtaine d'années. Jusqu'à quel point Daniel et elle ont-ils fait connaissance ? me demandai-je.

Elle me décocha un sourire amusé comme si elle avait lu dans mes pensées.

« Ne t'inquiète pas, dit-elle en se penchant vers moi sans lâcher Daniel. Il est beaucoup trop jeune pour moi ! »

Je clignai des yeux.

« J'ai eu vingt et un ans en 1985, ajouta-t-elle. Je ne donne pas dans les adolescents. Ce serait monstrueux.

– Oh ! » m'exclamai-je en riant.

Tous ses compagnons avaient l'air d'avoir une vingtaine d'années, mais à leur regard, il était évident que certains étaient plus âgés que ça.

Lisa se pencha vers Daniel et inspira à fond, comme si elle buvait son odeur.

« Houlà ! Il est encore plus séduisant maintenant que c'est un vrai alpha, je dois dire. Rien de tel que l'odeur du pouvoir pour me faire frémir. » Elle sourit à Daniel. « Je savais que tu avais ça en toi. Et ça te va bien. »

Daniel s'empourpra. Un vrai fard. *Cramoisi.*

« Écoute », ajouta-t-elle à mon adresse en baissant la voix jusqu'à ce que ce ne soit plus qu'un murmure – ce qui était plutôt vain dans une pièce remplie de gens dotés de super-pouvoirs auditifs. « J'ai trouvé super cool que tu réussisses à faire s'incliner ces deux gardes de Sirhan devant toi. La vache ! Je m'étonne qu'il ne t'ait pas fait décapiter sur-le-champ à cause de ça. En dépit de ton pouvoir de guérison.

– À propos, qu'est-ce qui lui arrive à Sirhan ? demandai-je. Pourquoi a-t-il cette tête-là ? Moitié homme, moitié loup. »

Lisa haussa les épaules.

« C'est ce qui arrive aux Urbat quand ils atteignent l'âge de neuf cent quatre-vingt-dix-neuf ans. Ils vieillissent subitement. Et leur corps se modifie comme si le loup se manifestait extérieurement. L'un des Aînés dit que c'est pour ça que certaines légendes humaines décrivent les loups-garous comme des hommes-loups anamorphiques. Quelqu'un a dû trouver un jour le corps d'un ancien décédé récemment. » Jordan fit la moue. « C'est dommage. Sirhan était tellement sexy avant. Il ressemblait presque à son petit-fils ici présent. » Elle pressa le bras de Daniel.

Il la regarda en secouant un peu la tête. La confusion déformait ses traits.

« Qu'est-ce qu'elle a dit, là ?

– Je crois qu'elle vient de t'appeler le "petit-fils" de Sirhan », dis-je. La remarque de Jordan faisant soudain tilt dans mon esprit.

« Et merde ! » Lisa posa une main sur ses lèvres. « J'avais oublié que tu n'étais pas censé le savoir », bredouilla-t-elle entre ses doigts. Elle se tourna vers le groupe d'hommes en toges vertes à l'autre bout de la salle. Deux d'entre eux la fusillèrent du regard. Ils avaient entendu apparemment. « Vu que j'ai vendu la mèche – elle fit un clin d'œil à Daniel –, autant que je te dise qu'en fait, tu ne t'appelles pas Kalbi, mais Etlu. Comme Sirhan Etlu, du clan Etlu.

– Ah bon ? » murmura Daniel d'une voix à peine audible. Il avait toujours détesté son nom de famille. Kalbi voulait dire « chien ». Ce patronyme le liait à Caleb et lui rappelait tout ce qu'il ne voulait pas être.

« Etlu signifie "guerrier", précisa Lisa. Caleb a dû changer de nom de famille quand il a été banni par Sirhan – son propre père. »

Daniel semblait sous le choc.

« Tu veux dire que Daniel est le petit-fils de Sirhan ? » m'exclamai-je, incapable de cacher mon incrédulité. Sirhan aurait chassé son petit-fils quand Daniel était venu chercher refuge chez lui l'année dernière ? C'était vraiment… Grr…

« Réfléchis, Grace, répondit Daniel en articulant lentement comme s'il ordonnait ses pensées au fur et à mesure. Si je suis le petit-fils de Sirhan, Caleb est donc son fils. Ou *l'était*, avant d'avoir été renié. Avant que Caleb ait causé la mort de Rachel… sa propre mère. Sirhan a dû se sentir affreusement trahi ! Imagine. Son mépris pour moi est d'autant plus compréhensible.

– Mais tu n'as rien à voir avec Caleb.

– Sirhan ne voit pas les choses sous cet angle.

– Alors il faut qu'on rétablisse… »

Le brouhaha autour de nous se tut. Je me rendis compte qu'il n'y avait plus que moi qui parlais. Tous les Urbat s'étaient tournés vers la porte d'entrée que trois hommes en toge bleue venaient de franchir. L'un d'eux portait Sirhan dans ses bras. Le second suivait de près avec la bonbonne d'oxygène tandis que le troisième tirait derrière lui une chaise provenant du hall de la paroisse.

Il la posa au centre de la salle. Les deux autres y installèrent Sirhan puis se postèrent derrière lui en posant chacun une main sur ses épaules. Tout le reste de l'assemblée mit un genou à terre, la tête baissée, un poing au sol, face au vieil alpha. Au premier regard, Sirhan, vêtu d'une toge en velours bordeaux, avait tout du roi tenant sa cour. En y regardant de plus près, toutefois, je m'aperçus que les deux gardes plantés derrière lui, la main sur une épaule, ne le faisaient pas uniquement par déférence. Ils l'aidaient à tenir droit sur son siège.

Pourtant cela n'avait rien d'une marque de faiblesse. Sirhan n'était peut-être pas puissant physiquement, mais le respect et le dévouement qu'il inspirait aux membres de sa meute faisaient de lui la personne la plus dangereuse sous ce toit. Un simple signe de tête de sa part suffirait à tous les retourner contre nous.

Un autre homme en bleu fit son entrée dans la pièce, tenant solidement Gabriel. Ils mirent un genou à terre, comme les autres – Gabriel sans que son garde l'y force. J'étais surprise en un sens que Gabriel respectât toujours son alpha en dépit du traitement qu'il lui avait fait subir. Mais leur histoire commune remontait à des lustres. Ils étaient comme des frères depuis des centaines d'années. Gabriel m'avait expliqué que c'était le processus de vieillissement rapide – et l'approche de la mort – qui avait modifié le comportement de Sirhan.

« Bien », lança Sirhan. Il agita sa main parcheminée pour faire signe à ses sujets prostrés de se lever. « Il ne me reste plus beaucoup de forces. »

Son porte-parole frappa sa lance à terre par trois fois.

« Les Aînés des deux meutes se réuniront au centre de la pièce pour négocier. Avancez-vous. »

Les hommes en vert se regroupèrent rapidement en demi-cercle derrière la chaise du vieil homme.

« Je ferais mieux d'y aller, dit Lisa en se levant.

– Tu es une Aînée maintenant ? s'étonna Daniel.

– Euh, répondit-elle en faisant bruisser le tissu de sa toge. Methuselah est mort de vieillesse il y a quelques mois. Sirhan voulait du sang neuf au conseil. On a accepté de m'y intégrer. Marrock était fou de rage, comme tu peux l'imaginer », ajouta-t-elle en pointant le doigt vers un gaillard imposant en toge bleue avec une barbe blonde et des dreadlocks.

Daniel hocha la tête.

Lisa se hâta de rejoindre le demi-cercle. L'un des Aînés, un homme à la peau aussi sombre qu'un expresso, lui tendit la lance qu'il avait dû garder pour elle.

Daniel se tourna vers moi.

« Euh, on a des Aînés nous, dans notre meute ? »

Je haussai les épaules.

Daniel fit signe à mon père, Jude, et Talbot de nous suivre. J'aurais bien opposé mon veto au choix de Talbot, mais j'imaginais qu'il avait ses raisons. Nous constituâmes notre propre demi-cercle face à Sirhan.

« Allons droit au but. » Sirhan pointa un de ses longs doigts griffus vers moi pour me faire signe d'approcher. « L'enfant Divine prétend qu'elle peut me guérir. Que veut-elle en retour ? »

Je fis quelques pas dans sa direction.

« Un sanctuaire. Pour Gabriel, Daniel, ma famille et le reste de ma meute. Pour cette ville aussi. Personne à Rose Crest ne doit être mis à mal par vous ou votre bande. Est-ce clair ?

– De nobles exigences pour quelqu'un d'aussi jeune et chétif.

– J'ai un bon coup de poing. » Je désignai l'assemblée d'un geste. « Dites-moi, vous tous, connaissez-vous quelqu'un d'autre qui aurait guéri un Urbat ? Connaissez-vous d'autres Divine ? J'ai sauvé Daniel et je peux en faire autant pour vous, mais seulement si vous leur garantissez la sécurité. »

Sirhan plissa les yeux.

« Amenez-moi le Kalbi, exigea-t-il. S'il a été guéri comme Gabriel et toi le prétendez, pourquoi possède-t-il encore une nature d'alpha ? »

Les deux gardes saisirent Daniel avec vigueur bien qu'il se laissât faire, et l'amenèrent près de Sirhan, à quelques centimètres du visage monstrueux. Ce dernier ôta le tube à oxygène de ses narines et plissa le museau. Après quelques inspirations sifflantes pour humer l'odeur de Daniel, il grogna en retroussant les babines.

« Tu n'es pas un Urbat, dit-il. Qu'es-tu ?

– J'aimerais bien le savoir, répondit Daniel.

– Mais tu le sais, lançai-je. Tu es un Chien du paradis. Un vrai. Doté de tous les pouvoirs d'un Urbat, sans la malédiction transmise de génération en génération. C'est ce que Dieu voulait que nous soyons tous. »

Cela me parut tellement évident quand je prononçai ces mots. Je n'arrivais pas à croire que je n'avais pas pensé à le formuler en ces termes auparavant. Gabriel hocha la tête comme si ma conclusion lui semblait juste et, l'espace d'une demi-seconde, je crus voir une lueur d'acceptation dans le regard de Daniel. Comme s'il avait finalement compris – et admis la vérité, lui aussi.

Les Aînés se mirent à chuchoter entre eux. L'un d'eux se pencha pour murmurer quelque chose près de l'oreille pointue de Sirhan. L'alpha hocha la tête.

« Tous les pouvoirs sans la malédiction, hein ? » demanda-t-il. Ses yeux jaunes étincelaient. Il fit signe aux gardes qui emmenèrent Daniel sur le côté de la pièce, près de Gabriel.

« Alors dis-moi, l'enfant Divine, reprit Sirhan, comment fonctionne cette fabuleuse guérison ?

– C'est simple, en fait, répondis-je en faisant un pas vers lui. D'abord vous mourrez. »

Une seconde plus tard

Toutes les lances, affûtées comme des rasoirs, se pointèrent vers moi.

« Wouah ! m'exclamai-je en levant les mains. Ce que je veux dire, c'est que la mort est le remède. Gabriel peut vous le confirmer. C'est sa théorie que j'ai mise à l'épreuve quand j'ai guéri Daniel.

– C'est vrai, intervint Gabriel. Pour guérir de la malédiction des Urbat, il faut être tué par la personne qui vous aime le plus au monde – en un acte d'amour pur. Grace a prouvé que ça marchait. Hélas ! rien ne garantit que vous survivrez comme ça a été le cas de Daniel, mais cela libérera votre âme avant que vous poussiez le dernier soupir. Afin que vous ne soyez pas condamné à être un démon pour l'éternité. »

La lueur qui brillait dans les yeux de Sirhan se dissipa comme si l'espoir qu'il puisse atteindre à la perfection s'était lui aussi dissipé. Mais il m'avait à l'origine demandé de libérer son âme.

« Dans ce cas comment pourrais-tu me guérir, petite ? Tu ne me connais même pas.

– Je n'ai jamais dit que j'y arriverais. »

Sirhan grogna.

« Tu oses me mentir, petite ! »

Cinq hommes en bleu m'encerclèrent, la pointe de leurs lances à quelques centimètres de mon visage.

« Non ! m'écriai-je, je n'ai pas menti. J'ai dit que je vous fournirais le remède, mais je ne peux pas me charger moi-même de le faire. Vous avez raison, je ne vous connais pas. Je vous plains. J'ai de la compassion pour vous. Mais seule la personne qui vous aime le plus au monde peut vous guérir. »

Les babines du vieil alpha se retroussèrent en une grimace hideuse, révélant ses dents pointues.

« Alors c'est sans espoir. Ma Rachel n'est plus.

– Cette salle est remplie de gens qui vous aiment…

– Ils me sont fidèles. Ce n'est pas la même chose que l'amour, m'interrompit Sirhan. Ma vraie essence d'alpha m'assure leur dévouement, mais je me suis montré trop cruel envers eux au cours de l'année qui vient de s'écouler. Personne dans cette assemblée ne peut encore m'aimer, c'est impossible. De toute façon, l'amour est contre nature chez la plupart des Urbat. En réalité, nous sommes des créatures tristes. Nous détestons être seuls. Notre instinct nous pousse à faire partie d'une meute sans être jamais véritablement proches les uns des autres. Nous sommes trop égoïstes pour aimer.

– Mais il y a des exceptions. Vous et votre Rachel. Daniel et moi.

– C'est vrai.

– Je pense qu'il y a quelqu'un dans cette pièce qui vous est encore très attaché en dépit de la façon dont vous l'avez traité. Il vous a aimé comme son frère pendant près de huit cents ans. Cela doit vouloir dire quelque chose, non ?

– C'est de toi qu'elle parle, Gabriel ? »

Gabriel hocha la tête.

« Je demeure ton fidèle frère, Sirhan, quelle que soit la trahison dont tu m'estimes coupable. Je suis venu dans cette ville, et j'y suis resté parce que je voulais en savoir plus sur ce remède – pour toi. Pour nous tous. Je suis ton bêta, et je le resterai jusqu'à la fin.

– Mais tu serais capable de me tuer ? Toi qui n'as pas levé la main contre un homme depuis des siècles ?

– La vie que j'ai, c'est à toi que je la dois. J'aurais perdu la tête il y a des centaines d'années, si tu n'avais pas convaincu ta meute de m'accepter dans ses rangs. » Gabriel déglutit avec peine. « Je ferais n'importe quoi pour toi. » Il se tordit les mains. Il tremblait.

Sirhan soupira. Il avait l'air encore plus fragile. Comme s'il avait vieilli de plusieurs décennies en quelques secondes. Il tendit une main bestiale vers Gabriel.

« Alors fais-le maintenant, mon frère. Abrège mes souffrances… Avant qu'il soit trop tard et que je trépasse seul.

– Pas ici. Pas maintenant. Hélas ! Sirhan, j'ai besoin de temps pour me préparer. Méditer. Je dois m'assurer que je suis dans le bon état d'esprit pour que ça marche. Ce que je fais pour toi doit être un acte d'amour pur. » Il marqua une pause. « En outre, nous devons songer à la cérémonie du défi.

– Tu as raison. Demain est le premier jour de la pleine lune, n'est-ce pas ?

– Oui. »

Sirhan toussa. Cela ressemblait à un mélange entre un grognement et une crise d'asthme.

« Je ne suis pas sûr de pouvoir tenir le coup jusque-là. »

Il s'avança maladroitement sur sa chaise comme s'il essayait d'atteindre Gabriel, mais à la place, il s'affaissa sur les genoux, la main tendue vers le sol.

Gabriel s'agenouilla près de lui et l'aida à se redresser. Les gardes le maintinrent droit.

« Il le faut. Deux jours ne suffiront pas à préparer la cérémonie. Nous avons besoin de davantage de temps.

– Pourquoi parlez-vous de deux jours ? demandai-je. Et qu'est-ce que la lune a à voir là-dedans ?

– La loi de la meute est draconienne pour ce qui est de la cérémonie du défi, répondit Gabriel. Concernant le lieu, mais aussi le timing. La cérémonie devra se dérouler dans un rayon de cent pas autour de l'endroit où l'alpha aura rendu l'âme. La loi impose aussi qu'elle ait lieu à minuit, la seconde nuit de la pleine lune suivant la mort de l'alpha. Si Sirhan devait décéder aujourd'hui ou demain, il faudra qu'elle ait lieu samedi soir. Quand la lune sera pleine.

– Ce serait glorieux, non ? marmonna Sirhan, se parlant à lui-même. Une cérémonie du défi le soir de la lune rouge sang. Tellement poétique. Et toute cette é-é-énergie… »

Je me demandai un instant s'il divaguait sous le coup d'un accès de démence sénile, jusqu'à ce que je comprenne à quoi il faisait référence.

« La nuit de la lune rouge sang ? Il parle de l'éclipse lunaire ? » Je me tournai vers Daniel. « Il y a une éclipse totale ce samedi. On est censés l'observer pour notre cours d'astronomie. Le docteur Richards a dit que la lune deviendrait rouge vif. » Je reportai mon attention sur Gabriel et Sirhan.

« Toute cette énergie, répéta Sirhan. Ce serait glorieux.

– Non, Sirhan, intervint Gabriel, c'est beaucoup trop dangereux. Quand le soleil, la lune et la terre s'alignent pendant une éclipse totale de la lune, le pouvoir du loup s'en trouve décuplé. Son attrait deviendrait irrésistible, ajouta-t-il en me jetant un rapide coup d'œil. Si un Urbat parvenait à canaliser l'énergie de la lune rouge, cela le rendrait immensément puissant. C'est beaucoup trop périlleux d'organiser une telle cérémonie pendant l'éclipse. » Il prit la main de Sirhan sans se soucier de son aspect grotesque. « Hélas ! il te faut tenir plus longtemps, mon frère. Deux jours ne suffiront pas à nous préparer.

– Qu'il en soit ainsi, répondit le vieil alpha. Je vis depuis neuf cent quatre-vingt-dix-neuf ans. Qu'est-ce que deux jours de plus ? » Il émit un rire rocailleux. Se redressa sur sa chaise. Avec difficulté, il brandit un bras parcheminé en direction de Daniel.

« En attendant, tuez le Kalbi.

– Quoi ? » hurlai-je.

Les cinq lances braquées sur moi s'orientèrent instantanément vers Daniel, qui ne broncha même pas.

« Ça ne faisait pas partie du marché, Sirhan ! protestai-je. Daniel doit rallier le sanctuaire avec les autres. »

Lisa se détacha de la meute des Aînés pour se jeter aux pieds de Sirhan.

« Sois raisonnable, supplia-t-elle.

– Tu dois tenir parole », ajouta Gabriel.

Sirhan saisit sa main et celle de Lisa avec une vigueur dont je ne l'aurais pas cru capable. Lisa grimaça de douleur. Sirhan avait l'air d'une bête enragée.

« Non ! rugit-il. Un vrai alpha qui possède tous les pouvoirs, sans la malédiction. Aucun fils de Caleb Kalbi ne doit avoir droit à ça. Aucun fils de Caleb ne devrait être autorisé à vivre.

– C'est le loup qui parle en toi, Sirhan, dit Gabriel. Reprends tes esprits. Ce garçon ne t'a rien fait.

– Le sang de Caleb Kalbi, le Urbat le plus égoïste et le plus traître que j'aie jamais connu, coule dans ses veines. C'est déjà une offense en soi.

– Daniel et moi allons ensemble, dis-je. Si vous le tuez, vous devrez me faire un sort à moi aussi. Vous n'aurez plus la Divine à votre disposition.

– Ça n'est pas un problème. » Sirhan tapa dans ses mains et un des hommes se tourna vers moi, prêt à me planter sa lance pointue dans le cou. « Tu nous as dit tout ce que nous avions besoin de savoir à propos du remède. »

Bon sang ! Il avait raison.

« Sirhan, intervint Gabriel, elle a encore tellement de choses à donner. Et le garçon est peut-être notre seul espoir…

– Silence ! aboya l'alpha.

– Attendez, m'écriai-je. C'est vrai, Daniel a le sang de Caleb dans ses veines, mais il a aussi le vôtre. C'est votre petit-fils, pour l'amour du ciel ! Et il est tellement plus que ça. Il l'a prouvé maintes fois, notamment quand il s'est livré à vous de son plein gré. Caleb l'aurait-il fait, lui ?

– Ruse ! siffla Sirhan entre ses dents. Et si ça faisait partie de son plan pour gagner mes faveurs ?

– Daniel a contribué à me guérir, lança mon père derrière nous. Il a aidé à guérir ma femme aussi. Il a sauvé la vie de ma fille et celle de mon jeune fils. Si Caleb est égoïste, Daniel, lui, est désintéressé.

– Caleb sera présent à la cérémonie du défi », lança tout à coup Jude. J'avais presque oublié sa présence et celle de Talbot.

« C'est vrai, renchérit ce dernier. Il est en train de se constituer une armée. Je faisais autrefois partie de ses généraux.

– Je peux le confirmer aussi », dit Gabriel.

Daniel, Jude et moi acquiesçâmes.

« Il a l'intention de semer la zizanie et de revendiquer le statut d'alpha sur votre propre meute, à n'importe quel prix. Est-ce là ce que vous voulez ? »

La rage incendia le regard de Sirhan.

« Jamais !

– Si vous tuez Daniel maintenant, c'est exactement ce qui se passera », déclara Talbot. Son intervention me toucha.

« Il a raison, Sirhan, commenta Gabriel. En tant que vrai alpha, Daniel est notre meilleure chance d'empêcher Caleb de l'emporter.

– Tu es mon successeur désigné, Gabriel, pas ce Kalbi. Tu es mon bêta...

– Je suis ton bêta, certes, et le gardien de la meute. Malheureusement, je n'ai pas tes capacités de leader. Ni de guerrier. Face à Caleb et ses hordes de démons, je n'ai aucune chance. Daniel, lui, a été choisi par une puissance supérieure. C'est un vrai Chien du Paradis, un vrai alpha. Sa vocation est de prendre ta place. Lui seul peut nous mener hors de ces temps sombres, et vaincre Caleb. Je suis convaincu que sa compagne alpha, la Divine, et lui ont été désignés pour mener les Urbat à une plus haute destinée. Imagine notre meute conduite par un vrai Alpha et la Divine. Un guerrier et une guérisseuse. L'Etlu et l'A-zu. Ensemble...

– Non ! Non ! Non ! gronda Sirhan. Jamais le fils de Caleb ne mènera cette meute.

– Sirhan ! » intervint Daniel. Toutes les têtes se tournèrent dans sa direction. L'essence du vrai alpha irradiait de son corps sous la forme d'ondes d'énergie pure. Les gardes replièrent légèrement leurs lances. « La différence entre

Caleb et moi, c'est que je n'ai pas envie d'être un alpha. Je n'ai jamais cherché à être un leader, ni même un homme puissant. J'ai toujours rêvé d'être un artiste. Si j'ai accepté ma vraie nature d'alpha, c'est uniquement pour sauver les gens que j'aime. Si ma mission consiste à assumer à nouveau ce rôle lors de cette cérémonie afin de vaincre Caleb, je le ferai. S'il y avait une autre solution, je céderais volontiers cette tâche à quelqu'un d'autre. Mais quand vous serez mort, je serai l'unique alpha encore de ce monde. Permettez-moi de vous succéder à la place de Gabriel. Donnez-moi votre bénédiction… grand-père. » Daniel hésita à prononcer ce mot qu'il n'avait jamais adressé à qui que ce soit de sa vie. « Vous serez fier de moi. »

Sirhan s'affaissa sur sa chaise en se tenant la tête à deux mains. Une fois encore, il paraissait avoir pris dix ans d'un seul coup.

« Je n'arrive pas à réfléchir, gémit-il. Ce garçon me trouble l'esprit. Ses paroles sonnent juste, mais le loup à l'intérieur de moi me crie autre chose.

– Ton cerveau est embrouillé par le vieillissement, Sirhan. Le loup a trop de contrôle. Laisse le conseil décider si tu n'y parviens pas. Qui sera ton successeur ?

– Que disent les Aînés ? demanda Sirhan. Conseillez-moi. Qui choisissez-vous ? Le fils de Caleb, ou Gabriel ? »

Les Aînés resserrèrent les rangs, parlant à voix basse, si basse que je n'arrivais pas à saisir le sens de leurs propos malgré mes pouvoirs, à part ceux de Lisa qui vint se planter sans attendre devant Sirhan.

« Tu nous donnes à choisir entre le fils de Caleb et Caleb lui-même, dit-elle. Je n'ai pas besoin de délibérer. Je vote tout de suite. Pour Daniel. » Elle se tourna vers ce dernier et mit un genou à terre, poing au sol. « Et s'il le faut, je le suivrai dans la bataille pour vaincre Caleb. »

Gabriel l'imita.

« Moi aussi, je vote pour lui. »

Les voyant ainsi prosternés, les autres Aînés semblèrent sur le point de suivre leur exemple.

« C'est n'importe quoi ! » lança une voix dans la foule.

En me retournant, je vis que l'homme aux dreadlocks s'était avancé. J'essayai en vain de me souvenir de son nom. Lisa l'avait appelé… Marrock.

« Je ne prêterai pas allégeance à ce garçon, qu'il soit un vrai alpha ou pas, déclara-t-il. Il a quoi… dix-huit ans ? La plupart d'entre nous sommes en vie depuis la Révolution française ! Que sait-il du rôle de leader ? »

Trois hommes derrière lui opinèrent.

« Si Gabriel est trop faible pour être ton successeur, désigne-moi à la place de ce garçon. »

Marrock paraissait sur le point de cracher vers Daniel.

« Sirhan ne te faisait même pas assez confiance pour te nommer au Conseil des Aînés ! souligna Lisa. Qu'est-ce qui te fait croire qu'il te choisira pour lui succéder ? »

Sirhan continuait à vieillir à une vitesse ahurissante.

« Le Conseil tranchera, siffla-t-il. Marrock, Gabriel ou le garçon ? »

Les Aînés reprirent leurs délibérations. Je redoutais que Marrock n'ait gravement compromis les chances de survie de Daniel. Finalement, le Conseil au grand complet se tourna vers lui.

« Oyez, oyez. Nous choisissons le garçon ! » s'exclamèrent-ils, et un à un, ils s'agenouillèrent devant Daniel, tête baissée.

« Il en sera donc ainsi », déclara Sirhan.

La plupart des hommes présents lâchèrent leurs armes et imitèrent les Aînés.

Seuls Marrock et cinq autres restèrent debout.

« Si c'est ce que le Conseil a décidé, je ne fais plus partie de cette meute. »

Sa toge tourbillonna autour de lui quand il quitta la pièce à grands pas, ses cinq compagnons sur ses talons.

« Faut-il leur courir après ? » demanda quelqu'un.

Sirhan baissa la tête.

« Ils ont le droit de partir, si tel est leur souhait.

– Nous les reverrons à la cérémonie du défi, j'en ai peur, dit Gabriel. Pour l'heure, accueillons Daniel Kalbi parmi nous. »

Lisa tirailla sur le bas de sa tunique en lui décochant un regard lourd de sous-entendus.

« Ah oui ! Pardon. Accueillons dans nos rangs Daniel Etlu, petit-fils de Sirhan Etlu, et sa meute, rectifia-t-il. Oyez ! Oyez !

– Oyez ! Oyez ! Oyez ! » hurla la foule agenouillée. La clameur était assez forte pour ébranler mes tympans.

« Oyez ! Oyez ! » renchéris-je en tapant dans mes mains. Papa et même Jude se joignirent aux acclamations. Seul Talbot s'en abstint, mais un petit sourire flottait sur ses lèvres.

Daniel se redressa de toute sa taille, comme s'il s'im-prégnait de cet instant si particulier. Il n'avait jamais eu de famille. Voilà que près d'une quarantaine de personnes l'entourait à présent. Au bout d'un moment, il s'éclaircit la voix et leva les mains pour faire taire la foule.

« Euh, vous pouvez vous relever maintenant si vous voulez. »

Lisa éclata de rire et se leva pour applaudir. Je courus vers Daniel et me jetai à son cou. Notre joie fut de courte durée car soudain, Sirhan poussa un gémissement atroce et se recroquevilla sur sa chaise. Il avait l'air encore plus ridé et décati qu'avant – si tant est que ce fût possible –, comme si les minutes qui venaient de s'écouler avaient fait peser cent ans de plus sur ses épaules. Ses yeux enfoncés dans leurs orbites se révulsèrent, ses paupières se fermant à demi. Je l'aurais cru mort sans les sifflements déchirants qui montaient de sa poitrine. Deux de ses hommes – son équipe médicale, supposai-je –, se penchèrent sur lui, vérifiant ses signes vitaux.

Je lâchai Daniel pour me rapprocher de Gabriel.

« Qu'est-ce qu'on va faire ? On ne peut pas le laisser mourir ici à Rose Crest.

– Il va falloir qu'on le transporte ailleurs. Dans un endroit reculé mais confortable. Aurais-tu une idée ?

– La cabane de papy Kramer. Personne n'y est allé depuis deux ans, mais c'est à quatre heures de voiture d'ici. »

L'assistant de Sirhan secoua la tête.

« Il a déjà fait un long voyage aujourd'hui. Je ne pense pas que ce serait sage de le déplacer encore ce soir.

– Demain alors, suggéra Gabriel. Nous trouverons un refuge pour lui ce soir et nous nous mettrons en route demain matin.

– Il y a toujours mon appartement, dit Daniel. Il pourrait prendre la chambre de maître à l'étage.

– C'est trop risqué, dis-je, me souvenant de ce que Slade m'avait dit à propos du Akh qui avait lu dans ses pensées. Personne ne devrait loger là-bas. »

Gabriel hocha la tête.

« Il peut prendre ma chambre, derrière la paroisse. J'ai l'intention de passer la nuit à méditer dans la forêt avant notre voyage. Je dois préparer mon esprit si je veux guérir Sirhan. » Il me prit la main. « Je voudrais que tu viennes à la cabane avec nous, Grace, pour me montrer précisément comment tu as opéré avec Daniel, afin que je sois sûr de m'y prendre comme il faut. Tu vas devoir rater encore un jour de cours, je le crains. »

Comment en étais-je arrivée à ce point dans ma vie où l'idée d'aller à l'école me paraissait l'unique élément anormal dans ce qu'il venait de dire ?

« Entendu », dis-je même si j'étais loin d'être sûre d'être capable de *montrer* à qui que ce soit ce qu'il fallait faire. Au moins, je pouvais apporter mon soutien moral au club des « tue ceux que tu aimes afin de les sauver ».

« J'aimerais que tu viennes aussi, Daniel. En ta qualité de successeur de Sirhan, il est impératif que tu sois présent quand il rendra son dernier soupir.

– D'accord », répondit Daniel.

Gabriel me lâcha la main et saisit l'épaule de Daniel.

« Nous devons aider Sirhan à survivre les prochains jours. Ensuite, tu auras un mois entier pour préparer la cérémonie.

– S'il rend l'âme dans un lieu reculé, demandai-je, ne pourrions-nous pas garder sa mort secrète ? Juste quelques jours ? Laisser passer l'éclipse avant de l'annoncer à tout le monde ? De cette façon, même s'il meurt plus tôt, nous aurions tout un mois pour nous préparer.

– Ce serait contraire à la loi de la meute, déclara un des Aînés.

– Certes, mais ne pourrions-nous pas l'enfreindre, juste un peu ? »

Gabriel secoua la tête.

« On pourrait essayer, mais une fois que le Hurlement de la mort aura commencé, tout le monde saura que Sirhan a trépassé. Les secrets ne serviront à rien.

– De quoi parles-tu ?

– Quand un vrai alpha meurt, sa meute le sent. Ils hurlent en son honneur, où qu'ils soient. C'est une sorte de phénomène surnaturel que rien ne peut arrêter. Les autres Urbat, et même les loups normaux et les chiens, reprendront l'appel. Avec le Hurlement de la mort, la nouvelle de la mort de Sirhan se répandra rapidement, et tous les Urbat désireux de rivaliser sauront qu'il est temps.

– Oh ! » fis-je. Que pouvais-je dire d'autre ?

L'un des gardes souleva le corps fragile de Sirhan dans ses bras. Un autre prit la bouteille d'oxygène.

« Faites attention à vous dans la forêt, dis-je. Le shérif a appelé à une battue tous azimuts contre les loups. De fait, *personne* ne devrait se changer en loup par ici, précisai-je en enveloppant la foule d'un regard entendu, à moins que vous n'ayez envie de finir en trophée sur le mur d'un chasseur. »

Les hommes échangèrent des regards graves.

« Merci pour cette mise en garde, dit Gabriel avant de s'en aller avec Sirhan et ses assistants.

– J'espère que Sirhan tiendra le coup, dis-je à Daniel.

– Moi aussi », me répondit-il. À sa voix, on aurait dit que le poids du monde entier pesait sur ses épaules.

29

L'attente

Tard ce soir-là

Nous avons passé les heures qui suivirent à préparer des lits de fortune pour nos quelque trente-cinq invités. Maman et moi avons fouillé dans tous les placards de la maison afin de réunir des couvertures, de vieux oreillers, des tas d'habits – tout ce qui pouvait nous servir à improviser de la literie.

C'était bizarre de penser que, quelques heures plus tôt, j'avais redouté que ces Urbat ne nous tuent. Voilà qu'à présent je m'ingéniais à améliorer leur confort sur le sol dur et froid de la grande salle de la paroisse où ils allaient passer la nuit.

Maintenant qu'ils avaient accepté Daniel comme successeur de Sirhan, et moi comme sa compagne, ils nous traitaient avec le plus grand respect.

« J'ai trouvé ce qu'il faut pour une vingtaine de personnes seulement, dis-je en revenant à la paroisse avec des cartons remplis de couvertures pour bébé, de draps, de sacs de couchage.

– Il va falloir s'en contenter », répondit Jude en me prenant un carton des mains.

April s'empara d'une brassée de sacs de couchage.

Lisa Jordan choisit une paire de draps *Star Wars* tout usés dans une des boîtes – ceux que Jude, Daniel, et moi utilisions pour dresser des tentes dans le salon quand nous étions petits.

« Je ne pense pas avoir dormi à la dure depuis 1991, quand Sirhan m'a prise dans sa meute », dit-elle.

Pour je ne sais quelle raison, je m'étais figuré qu'une meute de loups-garous vivant dans la montagne dormait toujours à la cosaque, dans des caravanes, des grottes, ou quelque chose comme ça. Cependant, vu la flotte de Cadillac – sans parler de l'Aston Martin – et la qualité des toges violettes de la meute, j'avais commencé à imaginer que le domaine de Sirhan s'apparentait plutôt à un élégant manoir européen.

Sirhan et sa bande nageaient dans l'argent, c'était clair. Pas étonnant que Caleb convoite le contrôle de cette meute qui lui vaudrait non seulement le pouvoir, mais en plus les biens du vieil alpha.

« On peut en loger quelques-uns chez moi, suggéra April. Ma mère est en voyage d'affaires et on a deux chambres d'amis. »

Je me tournai vers elle. Elle proposait un toit à une bande de loups-garous ? Pour je ne sais quelle raison, cela ne me surprenait pas vraiment.

Lisa lâcha ses draps et se dressa sur la pointe des pieds.

« Tu as la chaîne HBO chez toi ? demanda-t-elle. Sirhan interdit la télé au domaine. Ça fait des années que je n'ai pas vu un film.

– Oui, répondit April.

– Et de la réglisse ? T'en as ? Du pop-corn ? On pourrait se faire une soirée filles ! »

Lisa avait l'air plus heureuse qu'un chien avec un jouet neuf à ronger.

April sourit.

« Je viens de me racheter une trousse à manucure. »

Lisa poussa un cri de joie en abattant ses mains sur les bras d'April.

« Je n'ai pas mis de vernis à ongles depuis les années 1980. Tu ne peux pas savoir comme c'est dur de vivre avec une bande de vieux loups-garous grincheux ! Pas une fille en vue à des kilomètres !

– Tu veux venir, Grace ? demanda April avec un sourire plein d'espoir.

– Non, c'est gentil, mais amusez-vous bien. »

J'avais beaucoup trop de soucis en tête pour songer à regarder des films et à mettre du vernis.

April se tourna vers Jude.

« On n'est pas obligées de rester entre filles non plus. Tu peux venir aussi, si tu veux. Je promets de ne pas te mettre du vernis.

– Non, merci, répondit Jude en secouant énergiquement la tête.

– C'est ton petit ami ? » demanda Lisa à April alors qu'elles se dirigeaient vers la voiture de cette dernière. Un petit groupe de Urbat leur emboîta le pas en levant les yeux au ciel. S'ils voulaient dormir dans des lits confortables ce soir, ils allaient devoir supporter ces deux filles ricaneuses.

Je jetai un coup d'œil à Jude dont le regard nostalgique était resté rivé sur April.

« Si tu veux y aller, je te couvre auprès de maman. Rien qu'une fois. »

Il secoua la tête.

« Je tiens à rester ici ce soir. Dans la cage au sous-sol.

– Tu es sûr ?

– Je ne cherche pas de solution de facilité. J'ai vraiment envie de rentrer à la maison. C'est juste que la pleine lune commence demain. Je sens déjà son attraction. » Il serra dans son poing la pierre de lune qu'on lui avait donnée. « Je ne me sens pas encore capable de dormir sous le même toit que la famille. Il est préférable que je passe encore quelques nuits enfermé. C'est plus prudent.

– D'accord », répondis-je d'un ton hésitant. On avait franchi un grand pas en le persuadant de quitter sa cage. En l'enfermant à nouveau, je redoutais de faire marche arrière. Cela dit, sa requête me paraissait raisonnable. J'espérais juste qu'il ne baisserait pas les bras.

Je l'accompagnai à la cave, fermai la grille derrière lui, et verrouillai.

Il insista pour que j'emporte la clé. Je la glissai dans ma poche.

« À demain matin », dis-je avant de regagner l'escalier.

Il ne répondit pas.

Presque minuit

Daniel et moi avions décidé qu'il aurait été trop risqué de laisser les garçons retourner chez Margaret Duke. En rentrant à la maison, je ne fus guère étonnée de trouver presque toutes les surfaces confortables occupées par un jeune loup-garou. Brent dormait déjà sur le canapé du salon ; Ryan s'était fait un lit sous la table de la salle à manger avec des piles de coussins roses que Charity avait dû lui donner puisqu'ils provenaient de sa chambre. Zach ronflait dans le fauteuil de papa. Slade était vautré devant la télé sur le sofa et zappait d'une chaîne à l'autre. Quant à Talbot, installé par terre devant lui, il affûtait un pieu avec un couteau de cuisine de ma mère.

Je me réjouissais qu'ils soient là, je crois bien que leur présence me rassurait, au cas où il arriverait quelque chose.

« Grace, appela maman en remontant de la cave, j'ai trouvé encore quelques couvertures. Ça t'ennuie d'aller les porter à l'église ?

– Pas de problème, soupirai-je en reprenant mes clés.

– Laisse. Je m'en charge, intervint Talbot. Il est temps que je rentre de toute façon.

– Tu es sûr ? demandai-je, réalisant tout à coup que j'ignorais où il habitait. Tu peux rester ici. L'union fait la force, comme on dit.

– Ça ira », dit-il en ramassant son pieu aiguisé.

Maman lui tendit le paquet de couvertures.

« Tu peux rester, vraiment, si tu en as envie, insista-t-elle.

– Merci, mais ça commence à être un peu encombré par ici », répondit-il, les yeux fixés quelque part derrière maman. En suivant son regard, je m'aperçus que Daniel venait d'entrer. Je m'étais demandé si j'allais le revoir ce soir. Jarem, le grand Aîné à la peau sombre, avait insisté pour le présenter personnellement, et individuellement, à chaque membre du clan Etlu.

Je plongeai les yeux dans les siens. Il me sourit. Mon cœur s'emballa légèrement et je remarquai à peine que Talbot avait pris congé en se faufilant à côté de lui.

« Il est gentil, ce Talbot », remarqua maman. C'était son charme de garçon de ferme qui devait lui plaire.

« Euh ! » marmonnai-je sans parvenir à détacher mon regard de Daniel. Quelque chose avait changé en lui. La manière dont il se tenait, son sourire, même ses yeux. Il avait finalement accepté pleinement qu'il était un vrai alpha, et Lisa avait raison, ça lui allait bien.

Son sourire s'épanouit encore quand il s'avança vers moi dans le couloir. À mesure qu'il approchait, je sentis mes jambes se dérober sous moi.

« Eh bien, Daniel peut prendre la chambre de Jude au sous-sol si ton frère ne rentre pas ce soir, dit maman. Le lit est petit mais confortable. Bien plus que le sofa.

– Oui, un lit confortable. Bonne idée », balbutiai-je. Je me sentis piquer un fard quand je me rendis compte que j'avais dit ça à voix haute.

« Merci, madame Divine, dit Daniel sans me quitter des yeux. C'est très gentil à vous. »

Gentil, ça l'était. Et un peu bizarre, compte tenu du fait qu'a priori, maman ne portait pas Daniel dans son cœur. Ce geste attentionné était le signe qu'elle n'avait pas encore recouvré à cent pour cent sa santé mentale. Mais avant que j'aie le temps d'accueillir Daniel convenablement, elle me saisit par les épaules et me poussa devant lui en m'ordonnant de monter me coucher. Je compris alors les vraies motivations qui l'avaient incitée à proposer à Daniel des quartiers plus enviables qu'aux autres garçons.

La chambre de Jude au sous-sol était le point le plus éloigné de la mienne.

Mais ça n'avait pas d'importance parce que même à deux étages d'écart, même avec les ronflements et autres bruits produits par tant de dormeurs, je n'en continuais pas moins à sentir sa présence. Impossible de fermer l'œil, sachant qu'il était allongé sur un lit dans le noir sous le même toit que moi. Nous avions à peine eu le temps de parler de nous depuis qu'il était redevenu humain.

Comment pouvait-on passer toute une nuit dans les bras l'un de l'autre pour se retrouver séparés par deux volées d'escalier la nuit suivante ?

Je mourais d'envie de le voir, ne serait-ce qu'un instant. Passer quelques secondes seule avec lui dans le chaos de nos vies.

Et si je me glissais en bas discrètement…

Plus j'y pensais, plus cette idée me paraissait périlleuse.

À trois heures du matin, je n'y tenais plus. Mon corps vibrait de désir. Impossible de dormir sans l'avoir vu ne serait-ce qu'un instant.

Juste une minute. Un rapide « Salut, je t'aime, ne l'oublie pas. » Un baiser et puis je remonterais vite me coucher…

Je descendis les marches, passai sur la pointe des pieds devant les garçons endormis dans le salon. Slade n'était toujours pas couché. Il regardait des clips à la télé. Quand il leva les yeux vers moi, je faillis faire demi-tour.

« Euh, je dois faire un truc vite fait, chuchotai-je. Ne t'occupe pas de moi.

– D'accord », dit-il en hochant la tête, un sourire un peu trop complice aux lèvres.

J'avais le feu aux joues, et j'envisageai de remonter en quatrième vitesse, jusqu'à ce que je me rende compte que je me sentirais encore plus bête si je faisais ça sous ses yeux.

Je relevai la tête et, prétextant le besoin urgent d'un pull-over resté dans la buanderie, j'ouvris résolument la porte donnant accès au sous-sol, que je refermai avec soin derrière moi.

Mes pieds avançaient tout seuls, et je me propulsai rapidement, sans bruit, jusqu'à la porte de la chambre de Daniel. Je levai la main, prête à frapper pour voir s'il était réveillé, puis me ravisai.

Il dormait sûrement. Il devait être épuisé après tous les événements de la journée. Il allait penser que j'étais folle de le tirer de son sommeil au milieu de la nuit rien que pour lui dire bonjour...

Je baissai la main. C'était ridicule d'être venue. Je fis volte-face, prête à remonter les marches sur la pointe des pieds, quand la porte s'ouvrit derrière moi.

« Grace ? »

Il était là, debout, torse nu avec son pantalon en flanelle froissé, les cheveux tout ébouriffés comme s'il s'était agité dans son sommeil. À croire qu'il n'avait pas pu fermer l'œil non plus.

« J'espérais que tu viendrais, chuchota-t-il. Je n'y croyais pas, mais j'espérais.

– Ah bon ? »

Ses grandes mains m'enveloppèrent la taille, m'attirant contre son torse chaud. Nos bouches fusionnèrent avec fougue. Il m'attira dans la chambre et referma derrière lui.

« Je suis juste venue te dire un petit bonjour, murmurai-je, les lèvres contre sa peau.

– C'est tout ce que j'espérais. Bonjour, dit-il avant de m'embrasser avec encore plus d'ardeur.

– Bonjour », murmurai-je à mon tour en pouffant de rire jusqu'à ce que ses lèvres avides m'interrompent. Ses mains posées sur mes hanches me brûlaient la peau.

« Je devrais y aller, dis-je entre deux baisers bien que je n'eusse pas la moindre envie de m'arracher à lui.

– Tu devrais, marmonna-t-il alors qu'il me dévorait le cou.

– Je m'en vais. » Toute tremblante contre sa poitrine, je caressai son dos musclé du bout des doigts.

Abandonnant ma clavicule, ses lèvres s'emparèrent une fois de plus des miennes alors que j'essayais de m'écarter de lui.

« Vas-y, chuchota-t-il. Avant que je ne puisse plus te résister. »

Je lui volai un dernier baiser avant de battre en retraite vers la porte. La main sur la poignée, sens dessus dessous, je tentai de me rappeler l'autre motif qui m'avait poussée à descendre. Je voulais lui parler de quelque chose. Mais quoi ?

« Attends, Gracie, dit-il, évitant de s'approcher de moi comme pour mieux se garder de la tentation.

– Oui.

– Je voulais te dire quelque chose. J'avais une autre raison d'espérer te voir. » Il fit un tout petit pas dans ma direction, tendu de la tête aux pieds. « Au sujet de ce qui s'est passé à l'hôpital. Tu m'as appelé… ton fiancé, tu te souviens ? »

Je hochai la tête.

« C'était juste que… l'infirmière ne voulait pas te laisser entrer parce que tu ne faisais pas partie de la famille… » Avais-je raison de mentir ? « J'ai inventé… » À quoi bon continuer à lui cacher la vérité ?

« Mais quand on était en pleine session de guérison avec ton père, insista-t-il, quand on était connectés, je me rappelle un autre truc. Enfin ce n'est pas vraiment un souvenir. J'ai senti quelque chose… Comme si ce que tu avais dit à l'infirmière à notre sujet… comme si c'était… » Il passa sa main dans les cheveux en se mordant la lèvre. Il avait l'air de chercher les mots justes.

« Daniel, je…

– Ça sonnait juste… »

Mon cœur faillit s'arrêter de battre – une sensation pas forcément désagréable.

« Nous sommes fiancés pour de bon, pas vrai ? demanda-t-il en faisant deux pas décidés vers moi. Ça a dû se passer à l'entrepôt. La nuit où on était dans le cachot de Caleb ? »

Je me rapprochai à mon tour de lui, profondément émue.

« Oui, dis-je. Oui, Daniel… », mais ma voix fut presque couverte par la sonnerie du téléphone posé sur la table de chevet.

Perplexe, je fixai le portable. *Est-ce vraiment arrivé, ou l'ai-je imaginé ?* Daniel lui aussi n'en revenait pas. Qui pouvait bien appeler à trois heures du matin ?

Ça ne pouvait pas être une bonne nouvelle…

Le téléphone se remit à sonner. Je tendis la main et décrochai.

« Allô ? » fis-je, à moitié fâchée de cette interruption, effrayée aussi, ne sachant pas qui j'avais au bout du fil.

Rien. Absolument rien, à part le silence.

Je scrutai le petit écran en quête du nom de l'appelant. La situation me rappelait désagréablement quelque chose.

« Ça provenait de la paroisse, dis-je, mais personne au bout du fil.

– Quelqu'un a peut-être fait tomber le combiné par accident.»

Je portai à nouveau le téléphone à mon oreille.

« Allô ? » Je mis mes super-pouvoirs auditifs à contribution pour essayer de percevoir un bruit quel qu'il soit à l'autre bout du fil.

Ce que j'entendis en fond sonore, me glaça le sang : le cri perçant d'un Akh. Après quoi, la ligne fut coupée.

« Des Akh ! m'exclamai-je. Il y a des Akh à la paroisse ! »

Rapide comme l'éclair, Daniel attrapa sa chemise restée sur la commode. Il l'enfila à la hâte avant de me prendre le téléphone des mains.

« Qu'est-ce que tu fais ?

– J'appelle mon portable. Je l'ai donné à Gabriel avant qu'il file dans les bois. » Il porta l'appareil à son oreille et attendit une seconde. « Des problèmes à la paroisse, dit-il. On est en route. Retrouvez-nous là-bas. »

Il raccrocha rapidement avant de me prendre la main.

Nous remontâmes quatre à quatre l'escalier de la cave et fonçâmes dans la cuisine.

« Où allez-vous comme ça, les amoureux ? demanda Slade depuis son canapé.

– Il y a des Akh à la paroisse, dis-je. Il faut qu'on y aille le plus vite possible.

– Laissez-moi vous y conduire. » Avant même d'avoir achevé sa phrase, il s'était déjà emparé des clés de la Corolla sur leur crochet.

Je criai aux autres garçons de se réveiller et de nous suivre.

« Moi aussi, je viens, s'exclama papa qui descendait l'escalier en pyjama.

– Non. Reste ici ! » lançai-je. J'ignorais ce qui nous attendait là-bas et ne voulais pas risquer de mettre ma famille en danger.

30

Contrainte

Je me félicitais de la manière démente dont Slade conduisait alors que nous roulions à tombeau ouvert à travers les rues désertes de Rose Crest. En arrivant à la paroisse, tout paraissait calme. Pas de lumière aux fenêtres. Je commençais à me demander si ce cri de Akh n'était pas le fruit de mon imagination, quand je vis la porte d'entrée grande ouverte. Nous nous ruâmes à l'intérieur.

À peine entrée, je détectai des odeurs de Akh mais aussi de Gelal et de Urbat. D'autres relents inattendus – d'œufs pourris – m'assaillirent les narines. Je toussotai en plissant le nez.

« Qu'est-ce que c'est ?

– Je sais », répondit Brent en fonçant vers la salle de réunion, suivi de près par Slade et les autres.

Daniel s'apprêtait à leur emboîter le pas mais je l'arrêtai.

« Laisse-les s'en occuper. Viens avec moi. Il faut qu'on aille voir comment va Jude. Si quelqu'un a appelé, ça doit être lui. »

Nous dévalâmes l'escalier menant à la cave, l'odeur d'œufs pourris se dissipant au fur et à mesure. J'actionnai l'interrupteur, mais il ne se passa rien.

« L'électricité est coupée.

– Pas grave, dit Daniel. Je vois. »

Je concentrai mes pouvoirs jusqu'à ce que ma vision nocturne s'affine.

Nous nous dirigeâmes droit sur la grille. Sauf qu'elle n'était pas là – la grille, je veux dire. Elle avait été arrachée de ses gonds et jetée de côté tel le couvercle d'une boîte de conserve. Le lit était retourné, la couverture s'étalait par terre, la télé était renversée.

Jude était parti.

« Que s'est-il passé ? Une bagarre ? A-t-on kidnappé mon frère ?

– À moins que quelqu'un n'ait cherché à donner cette impression, répondit Daniel en se penchant pour examiner les charnières tordues de la grille.

– Pourquoi dis-tu ça ?

– Je ne sais pas… Mais cette grille a été arrachée… de l'intérieur.

– Hé ! les gars ! cria Slade du haut des marches. Il faut remonter ! »

Daniel lâcha la grille pour ramasser quelque chose. Qu'il me tendit. La pierre de lune pendait de son cordon déchiré.

Je fourrai la pierre dans ma poche sans dire un mot, et nous remontâmes les marches quatre à quatre.

Slade nous attendait en haut de l'escalier, tenant à la main ce qui ressemblait à une canette carbonisée.

« Qu'est-ce que c'est ?

– Un cocktail Molotov. Nous avons trouvé des bombes incendiaires aussi. Les mecs qui dormaient dans la salle de la réunion sont tous dans le coaltar.

– Tu es sûr qu'ils ne sont pas…

– C'est juste un gaz soporifique. Ils recouvreront leurs esprits d'ici peu. Ils auront sans doute mal au cœur.

Seulement… c'est Brent qui a fabriqué ça, Grace, ajouta Slade en brandissant le cocktail Molotov.

– Quoi ? » Je n'y comprenais plus rien. Brent ne nous avait pas quittés d'une semelle.

« Je veux dire que ce n'est pas juste une attaque de Akh. Ce sont les Rois de l'Ombre qui ont fait le coup. Ils sont venus ici. Ce sont eux qui ont mis tout le monde K.O. »

Je me tournai vers Daniel.

« Mais pourquoi anéantir toute la meute de Sirhan… ?

– Sirhan ? » s'écria Daniel. En quelques secondes, il avait quitté le bâtiment, Slade et moi sur ses talons. En nous engouffrant dans l'allée entre la paroisse et l'école, nous faillîmes nous heurter à Gabriel.

« Je suis venu aussi vite que j'ai pu, dit-il.

– Pas le temps de parler, répondit Daniel. Suivez-moi. »

Nous courûmes jusqu'à l'appartement du gardien. La porte était ouverte. Une forme imposante, hérissée de poils, gisait devant. Sans prendre le temps de voir ce que c'était, Daniel et Gabriel l'enjambèrent et entrèrent. Quelque chose accrocha mon regard – les lambeaux d'une toge bleue et la hampe brisée d'une épée gisant dans la mare de sang sous cette masse. C'était un loup – un des gardes de Sirhan. Il était mort.

En franchissant le seuil, je faillis trébucher sur un autre corps.

« Non ! cria Gabriel. Non ! »

Un corps gris, ratatiné, reposait sur le lit qui occupait presque toute la pièce. Une lance argentée émergeait de sa poitrine creuse. Du sang noircissait la fourrure tout autour.

« Ils l'ont tué ? demanda Slade.

– Non, répondit Daniel, les doigts pressés contre le cou décharné de Sirhan. Il respire encore. Je sens son pouls. L'un de ses cœurs bat toujours. »

Gabriel saisit le poignet de son ami.

« Oui, il est encore avec nous. Mais pas pour longtemps.

– Il faut le déplacer, m'exclamai-je. Vite ! Nous devons le sortir d'ici. » Je voyais mal comment la cérémonie du défi pourrait se dérouler dans la paroisse. « Il ne peut pas mourir ici !

– Les clés ! s'écria Slade. J'ai laissé les clés de ta voiture dans la paroisse.

– Prends celles-là ! » Daniel s'empara d'un trousseau resté sur le petit bureau et le lança à Slade.

« Tu veux que je conduise l'Aston Martin ? s'étonna-t-il, les yeux écarquillés, s'efforçant à l'évidence de dissimuler son excitation, les circonstances ne s'y prêtant guère.

– Oui, dis-je, emmène-nous loin d'ici. »

D'un geste rapide mais prudent, Daniel brisa la hampe qui dépassait de la poitrine de Sirhan. Après quoi, il enveloppa l'alpha dans le dessus-de-lit. Gabriel et lui soulevèrent son corps inerte avec précaution, et nous gagnâmes à la hâte la limousine garée dans le parking derrière la paroisse. Slade ouvrit une portière pendant que les deux hommes installaient Sirhan à l'intérieur sans perdre une seconde.

« Tiens le coup, mon frère », murmura Gabriel en reprenant le poignet de Sirhan.

Je fis le tour de la voiture et sautai sur le siège passager.

« Démarre ! s'écria Daniel dès que nous fûmes tous à bord. Dépêchons-nous de quitter la ville. »

Slade ne se fit pas prier. Nous fonçâmes à cent à l'heure jusqu'à la périphérie de Rose Crest. Il était tard, heureusement. Nous avions peu de risques de rencontrer d'autres voitures. Slade roulait au milieu de la chaussée, à cheval sur les doubles lignes jaunes.

Nous venions de dépasser l'écriteau VOUS VENEZ DE QUITTER ROSE CREST, REVENEZ NOUS VOIR BIENTÔT, quand Gabriel poussa un cri : « Nous sommes en train de le perdre !

– Vous voulez que je m'arrête ? demanda Slade.

– Non ! » braillai-je. Sirhan ne pouvait pas mourir là. En pleine route. Impossible d'organiser une cérémonie du défi à cet endroit. Nous avions besoin d'un site retiré. Loin de tout. Où personne ne s'aventurerait.

En apercevant la prochaine intersection, je m'écriai :

« Prends à droite ! »

Slade tourna brusquement le volant et nous bifurquâmes sur la vieille route de campagne que Daniel et moi avions empruntée la veille au soir.

J'aperçus le toit de la Ferme des Terreurs au-delà des arbres.

« On y est presque ! Tourne à gauche ! »

Slade obéit, heurtant au passage le pare-chocs arrière contre un poteau portant une pancarte À VENDRE.

« Quel dommage ! marmonna-t-il.

– Ce qu'on s'apprête à faire est bien pire. Continue tout droit !

– Mais il y a une barrière. » Il désigna la grille d'entrée, gardée par deux épouvantails.

« Fonce ! Tout droit ! Cramponnez-vous », criai-je aux autres.

Gabriel et Daniel agrippèrent Sirhan. Slade mit les gaz en faisant la grimace, et l'avant de la limousine heurta de plein fouet la grille métallique. Je m'arc-boutai au moment de l'impact. Le portail explosa et un des épouvantails alla retomber avec un bruit sourd sur le toit de la voiture.

« Hé ! » s'écria Slade juste avant qu'on s'engouffre dans une pyramide de meules de foin. De la paille vola partout

autour de nous mais nous poursuivîmes notre folle équi-
pée jusqu'au centre de la basse-cour où j'ordonnai à Slade
de s'arrêter.

La limousine fit une embardée, projetant des gerbes de
boue mêlée de foin, avant de s'immobiliser dans un crissement de pneus.

« Tu es cinglée ! beugla Slade.

– Tu es géniale, renchérit Daniel en ouvrant sa portière.

– Sirhan est en train de rendre l'âme ! » hurla Gabriel.

Daniel et lui sortirent le corps rabougri du vieil alpha de
la voiture. Si j'avais pensé qu'il avait l'air vieux, ce n'était
rien comparé à ce qu'il était désormais, réduit à l'état d'un
squelette recouvert d'une peau parcheminée.

Gabriel l'allongea dans la paille au milieu de la cour en
prenant sa tête sur ses genoux.

« Sirhan », dit-il. Des larmes coulaient le long de ses
joues pour aller se perdre dans sa barbe rousse. « Je suis
là, Sirhan. Je tiendrai ma promesse. Je te guérirai avant
que tu meures.

– Ne devrait-il pas être sous la forme du loup pour ça ?
demandai-je en regardant le corps mi-humain, mi-animal
de l'alpha.

– Il n'y a plus de distinction entre ses deux formes
désormais, répondit Gabriel.

– C'est maintenant ou jamais, intervint Daniel qui tenait
le poignet relâché de Sirhan.

– Donnez-lui le coup de grâce, dis-je. Qu'il meure de la
main de celui qui l'aime le plus au monde. »

En poussant un grand cri, Gabriel abattit sa main sur le
manche de la lance qui jaillissait de la poitrine du mou-
rant. Elle s'enfonça dans sa cage thoracique, envoyant
un jet de sang sur sa fourrure déjà trempée. Le corps se

contracta, puis avec une ultime plainte sifflante, la tête de Sirhan se renversa sur les genoux de Gabriel. Il était mort.

Nous nous agenouillâmes en silence dans la gadoue. Gabriel pleura en serrant le corps de Sirhan contre lui jusqu'à ce que subitement, sous nos yeux, le corps de l'alpha commençât à se transformer. Sa fourrure courte se volatilisa ; sa peau grise, fripée, prit des nuances olivâtres. Son museau rétrécit pour devenir un nez, une bouche, un menton creusé d'une fossette. En découvrant cette version humaine de Sirhan sous le clair de lune, je ne pus m'empêcher de penser que je savais désormais à quoi Daniel ressemblerait s'il vivait assez longtemps pour être un vieillard un jour.

« Ça a marché, mon frère, murmura Gabriel. Tu es guéri.

– Euh, comment sait-on si le remède a fait effet ? demanda Slade.

– La transformation, répondit Gabriel. En temps normal lorsqu'un Urbat meurt, il se transforme en loup. J'ai toujours pensé que c'était la preuve symbolique qu'il resterait à jamais un démon. Or le corps de Sirhan a repris forme humaine. J'en conclus que son âme s'est libérée de l'emprise du loup.

– Tu as raison, dis-je à voix basse. Quand j'ai guéri Daniel, il est redevenu humain. »

Sans un mot, Daniel se baissa sur le corps de son grand-père et croisa ses bras sur sa poitrine comme la momie d'un roi ancien.

Gabriel se balança d'avant en arrière, puis il pencha la tête, le regard fixé sur la lune. Un puissant hurlement sortit alors de sa gorge. Ce son me fit frémir de la tête aux pieds.

Daniel se leva, la tête inclinée en arrière lui aussi, et reprit ce cri. Slade l'imita. Bientôt d'autres plaintes – des chiens, des loups, quelque part au loin – se joignirent à eux, formant un chœur lugubre qui emplissait le ciel matinal de chagrin.

Le Hurlement de la mort avait commencé.

Il allait se propager, telle une vague dans un stade, jusqu'à ce que tous les Urbat sachent que le moment était arrivé.

Quarante-quatre heures.

Dans quarante-quatre heures environ, la cérémonie du défi débuterait à cet endroit précis.

31

Comprenez le message

Vendredi, quatre heures trente du matin

Slade nous raccompagna à la paroisse en roulant plus lentement cette fois-ci, même si je sentais que ça le démangeait de mettre les gaz. À notre arrivée, les hommes de Sirhan, le teint blême, encore sous le coup des gaz soporifiques, nous attendaient dans le parking.

« Le Hurlement de la mort », dit Jarem. Il avait dû grandir quelque part en Afrique, d'après son accent. « Nous l'avons entendu et colporté. Qu'est-il arrivé à Sirhan ?

– C'est fini, répondit Gabriel. Il a été guéri. »

Ils inclinèrent respectueusement la tête.

« Son corps est dans la voiture. Nous devrions l'emporter dans la forêt avec les deux gardes morts et organiser une cérémonie d'adieux comme il convient à des guerriers. »

Gabriel m'avait expliqué la procédure : il s'agissait de bâtir un bûcher funéraire pour y brûler leurs restes.

Une poignée d'Aînés s'en allèrent avec Gabriel prendre soin des défunts. Ils venaient de partir quand deux voitures s'engagèrent dans le parking. La guimbarde rouge d'April et la camionnette bleue de Talbot.

Lisa et April surgirent de la première. Talbot les suivit quelques secondes plus tard.

« On a entendu le hurlement, lança Lisa en nous rejoignant sur la pelouse.

– Moi aussi, dit Talbot. Que s'est-il passé ? »

Daniel leur fit part de l'attaque à la paroisse et de la mort de Sirhan. Lisa avait le visage baigné de larmes. À mesure qu'on lui précisait les détails, les yeux verts de Talbot s'assombrirent, sous l'effet de la colère, supposai-je.

« Où est Jude ? demanda April en explorant du regard les visages des hommes de Sirhan qui tournaient en rond sur le parking, toujours groggy. Il a accompagné les Aînés ou quoi ? »

J'hésitai, ne sachant pas trop quoi lui répondre.

« Non, dis-je finalement. Il a insisté pour passer la nuit à la paroisse, mais nous ne l'avons pas vu depuis l'assaut. J'ignore s'il a pris la fuite ou si les Rois de l'Ombre l'ont fait prisonnier. »

Il est même possible que ce soit lui qui les ait amenés ici.

April porta la main à sa bouche. Elle vacilla et faillit s'effondrer, mais Talbot la rattrapa à temps. Elle se cramponna à lui.

« C'est son anniversaire, mardi, balbutia-t-elle. Je pensais que finalement... »

Elle n'acheva pas sa phrase et poussa un petit cri perçant.

« On déterminera ce qui s'est passé, je te le promets.

– Ne perdons pas de vue le fait qu'il est peut-être à l'origine de l'attaque, souligna Daniel.

– Tu le penses vraiment ? » bredouillai-je en regardant mes mains. Cette idée venait de me traverser l'esprit, certes, mais je n'arrivais pas à l'admettre.

« Réfléchis, Grace. La porte de sa cage a été défoncée de l'intérieur, c'est évident à la manière dont les gonds ont été tordus. Les Rois de l'Ombre savaient exactement où tout le monde se trouvait dans le bâtiment. Ils avaient un plan d'attaque. Comment auraient-ils pu être aussi organisés à moins d'avoir une taupe ?

– Vous dites que Jude s'est échappé de sa cage et qu'il a laissé entrer les Rois de l'Ombre ? s'étonna April. Je ne peux pas le croire.

– Il a demandé à rester ici hier soir, n'est-ce pas, Grace ? demanda Daniel. Alors qu'il aurait pu dormir confortablement dans un lit ? »

Je hochai la tête.

« Et on n'a pas la moindre idée de ce qu'il a fait de sa soirée d'hier avant que vous l'enfermiez. Exact ? »

J'acquiesçai.

Talbot en fit de même.

« Il aurait très bien pu envoyer un message aux Rois de l'Ombre pour qu'ils le retrouvent ici à une heure précise, dit-il. En leur indiquant où trouver Sirhan et les autres et en leur faisant part de notre plan pour essayer de différer la cérémonie au-delà de l'éclipse.

– Tu te trompes, à mon avis, dis-je. Il avait envie de changer. Il était déterminé à s'amender. » Notre réconciliation m'avait semblé sincère. Je ne pouvais pas admettre qu'il nous ait trahis. « C'est peut-être ce Marrock qui…

– J'ai cru Jude, intervint Daniel. Je l'ai vraiment cru.

– Une seconde ! s'exclama Lisa. C'est pas lui, ton frère ? » Elle pointa le doigt vers quelqu'un qui marchait en chancelant dans le parking à quelques mètres de nous.

« Jude ! » April et moi avions crié en même temps.

Au son de nos voix, il releva la tête. Puis il s'élança vers nous d'un pas saccadé. April tenta en vain de l'arrêter en se pendant à son cou quand il passa à côté d'elle, mais il continua son chemin jusqu'à moi et leva le bras. Quelque chose de métallique brillait dans sa main.

« Jude… »

Le regard vide, il abattit le couteau qu'il serrait dans son poing, visant mon cœur. J'esquivai juste à temps. April hurla. Jude bascula en avant et sa lame se planta dans l'herbe.

Mon frère avait-il vraiment cherché à me tuer ? M'étais-je trompée à ce point sur son compte ?

Il lâcha le couteau, l'air hébété. Se releva et se mit à marcher en rond.

« Qu'est-ce qui se passe à la fin ? » s'écria Daniel. Talbot et lui firent mine de s'emparer de mon frère, mais il se déroba prestement avec des gestes brusques.

Il porta ses yeux morts sur moi et s'avança d'une démarche toujours aussi désarticulée, comme si une partie de son être voulait approcher, mais que ses pieds résistaient. Je reconnus ces mouvements étranges. Ils me rappelaient ces filles qui dansaient à la soirée transe.

Soudain Talbot prit son élan, une grosse pierre à la main, prêt à l'abattre sur la tête de mon frère.

« Non ! hurlai-je. Ne fais pas ça. Il est en transe. »

Jude ramassa prestement le couteau. Son bras se balança à la verticale comme s'il s'apprêtait à frapper de nouveau.

Talbot lui attrapa le bras par-derrière et le cala contre lui. La lame tomba à terre.

« En transe ? » s'exclama Daniel.

Jude releva brutalement la tête comme pour donner un coup de boule à Talbot.

« Oui, dis-je. Il faut qu'on le sorte de cet état.

– Je m'en charge. Désolé, mon pote », dit Daniel à un Jude atone avant de lui flanquer son poing dans la mâchoire.

La tête de Jude partit sur le côté avant de basculer vers l'avant. Il semblait inconscient. Puis son corps, retenu par Talbot, s'agita de soubresauts, comme s'il avait une attaque.

« Ça va aller, vous pensez ? » demandai-je.

Jude releva la tête et braqua son regard vitreux sur moi. Il ouvrit la bouche pour parler, mais les mots qu'il prononça n'étaient pas les siens.

« Sirhan n'est plus. Le Hurlement de la mort s'est tu. La cérémonie débutera demain. Tu viendras. Tu te battras. Les Rois de l'Ombre lécheront le sang sur ta gorge. »

Il referma la bouche, ses traits se tordirent comme s'il essayait d'empêcher quelqu'un de parler avec sa voix. Il secoua la tête, mais ajouta deux autres phrases. « Là, nous amènerons l'enfant. Tu te battras ou il mourra. »

Daniel lui asséna un nouveau coup de poing en pleine figure. Talbot ne put retenir Jude qui s'effondra, sans connaissance.

Daniel parcourut du regard les toits environnants.

« Jude était sous contrôle, ce qui veut dire qu'il y avait probablement un Akh dans les parages en train de tirer les ficelles.

– Je m'en occupe, dit Lisa. Je vais fouiller le coin.

– Je viens avec toi », lança Talbot. Il enjamba le corps inerte de Jude et ils s'éloignèrent.

« Ça va aller, vous croyez ? » demanda April en s'agenouillant dans l'herbe à côté de Jude. Il gémit quand elle lui prit le pouls.

Une terreur glaçante m'avait saisie depuis les dernières paroles que mon frère avait prononcées.

« Qu'a-t-il voulu dire en parlant de cet enfant qu'ils amèneraient avec eux ?

– Je n'en sais rien », répondit Daniel.

Jude émit une plainte sinistre en roulant la tête d'avant en arrière. Encore tout étourdi, il me regarda en battant des paupières.

« Gracie, dit-il, et cette fois-ci, j'eus la conviction que c'était bien lui qui s'adressait à moi. J'ai essayé de les arrêter. J'ai essayé… Ils ont dit qu'ils allaient le chercher… J'ai tout fait pour les arrêter, mais c'est trop tard.

– Je sais », dis-je. Je m'assis sur la pelouse à côté de lui et pris sa main dans la mienne. « Ils ont eu Sirhan.

– Non. » Il secoua la tête de plus belle. « Pas Sirhan. C'est lui qu'ils voulaient, je les ai entendus en parler… » Il tourna la tête encore et encore comme s'il s'efforçait de s'éclaircir l'esprit et me pressa faiblement la main. « Gracie, les Rois de l'Ombre, ils ont pris la direction de la maison… »

32

Mauvaises actions

Vendredi matin, toujours

Baby James avait disparu.

Les Rois de l'Ombre l'avaient enlevé.

En rentrant à la maison, nous trouvâmes une fenêtre du salon cassée, et une de ces bombes artisanales confectionnées par Brent sous la table basse. Mes parents qui devaient attendre notre retour gisaient inconscients sur le canapé. Daniel prit le temps de vérifier leur pouls pendant que je me ruais dans l'escalier. Charity, allongée sans connaissance dans son lit, ignorait probablement tout de ce qui s'était passé. James s'était volatilisé. Ainsi que son petit lit, sa couverture et tout le reste.

Nous organisâmes sans perdre un instant une expédition de secours. Tous les membres du clan Etlu se portèrent volontaires pour nous aider à chercher les traces éventuelles laissées par les kidnappeurs, mais ce fut peine perdue.

Rien.

Strictement rien.

La moindre piste olfactive semblait s'évaporer. Chaque piste aboutissait à une impasse. Vers huit heures et demie, soit quatre heures plus tard, nous nous rassemblâmes de nouveau à la maison pour envisager de nouvelles stratégies.

« Je ne comprends pas, dis-je en arpentant le salon. Comment se fait-il qu'il n'y ait strictement aucune trace ? Quand ils m'ont enlevée, Gabriel n'a eu aucun mal à suivre leur piste jusqu'à l'entrepôt. »

Assis sur le canapé à côté d'April, Jude se racla la gorge.

« Si Gabriel les a retrouvés la dernière fois, c'était parce que les Rois de l'Ombre tenaient à ce qu'il en soit ainsi. C'était un guet-apens, rappelle-toi. »

La mémoire m'étant revenue, je hochai la tête.

« S'ils ne veulent pas qu'on les trouve, on ne les trouvera pas, ajouta mon frère. D'où leur nom. Les Rois de l'Ombre ont le don de se cacher dans l'obscurité. »

Je me frottais la figure en continuant à faire les cent pas autour de la table basse. La première fois que James avait été kidnappé – par Jude, alors qu'il était sous l'influence du loup –, j'avais pensé que le pire était de *ne pas savoir* ce qui lui était arrivé. Cette fois-ci, le fait de *savoir* qui le détenait… ce qu'ils étaient capables de lui faire…

C'était pire…

« J'avais promis à James d'assurer sa sécurité », marmonnai-je.

C'est de ta faute, grogna le loup dans ma tête. Cela faisait presque une journée qu'il ne s'était pas manifesté. Du coup, je sursautai presque. *Tu as provoqué tout ça avec tes promesses. Des promesses que tu ne tiens jamais.*

C'est de ta faute.

De ta faute.

De ta faute.

J'attrapai ce que j'avais sous la main – la bible de papa, restée sur la table – et l'expédiai à travers ce qui restait de la fenêtre. Des bris de glace s'éparpillèrent sur le porche.

« C'est de ma faute ! m'écriai-je. J'avais promis à James de le protéger. Je lui en avais fait la promesse, et maintenant il a disparu. Ils me l'ont pris. »

Quelqu'un devrait payer de sa vie pour ça.

Je m'emparais d'un autre livre, sur le point de suivre le même chemin que le premier, quand Daniel me saisit la main. Il me prit dans ses bras. Je m'effondrai en sanglots contre sa poitrine. « C'est de ma faute, balbutiai-je.

– Chut, Gracie ! souffla-t-il en passant ses doigts dans mes cheveux. Ressaisis-toi. Ils cherchent à te faire perdre le contrôle, mais tu ne peux pas faire ça. Ne te laisse pas dominer en cédant à ces pensées. Caleb est un psychopathe. Ne va pas t'imaginer que tu aurais pu prévoir son comportement ou le provoquer en faisant une promesse. Tu n'y es pour rien. »

Je hochai la tête en essayant de trouver du réconfort dans ses paroles.

« Si quelqu'un est responsable, c'est moi, dit Jude en prenant le couteau posé sur la table basse devant lui – couteau avec lequel il avait tenté de me tuer quand il était en transe.

– Que veux-tu dire ?

– C'est à cause de moi si les Rois de l'Ombre ont déboulé à la paroisse. À cause du message que je leur ai envoyé.

– Quoi ? Tu leur as envoyé un message ? » s'exclama Talbot, qui était resté dans l'entrée avec les Aînés d'Etlu.

Jude s'absorba dans l'examen du couteau à la lame argentée en le tournant dans tous les sens.

« Le soir où tu m'as laissé sortir de ma cage pour aller voir papa à l'hôpital… », reprit-il en jetant un coup d'œil à April. « Je ne me suis pas contenté de faire l'aller-retour comme je l'ai dit. J'ai fait halte dans un cybercafé en ville et j'ai envoyé un mail à une adresse que Caleb utilise pour refourguer des marchandises en ligne. Dans mon message, je lui disais que j'étais détenu à la paroisse et je le suppliais d'envoyer les Rois de l'Ombre à mon secours. Et de me reprendre au sein de sa meute… »

Jude leva les yeux vers moi.

« S'il te plaît, n'oublie pas que c'était avant que je te parle hier. Avant que je décide que j'avais vraiment envie de rentrer à la maison. J'étais désorienté, je ne savais plus ce que je voulais. J'ai pensé que s'ils acceptaient de me reprendre, s'ils venaient me chercher, ma décision se ferait d'elle-même… » Il posa la lame à plat sur son bras et la glissa de haut en bas en faisant la grimace. Je sentis l'odeur de sa peau brûlée par l'argent.

« Lorsqu'ils ont débarqué l'autre soir, ça m'a rendu malade. Ils avaient fini par se pointer, mais je n'avais aucune envie d'aller avec eux. Ils n'étaient pas du tout là pour moi en fait. Ils cherchaient juste à se débarrasser de Sirhan. Ils ne seraient peut-être pas venus du tout si je ne leur avais pas parlé de la paroisse. Ils n'auraient probablement pas enlevé Baby James non plus. Tout est de ma faute. » Il referma son poing sur la lame du couteau, la laissant lui brûler les doigts.

« Ne fais pas ça, Jude ! » m'exclamai-je.

Le loup dans ma tête voulait que je me répande en invectives contre mon frère. Que je l'accuse d'avoir introduit les Rois de l'Ombre dans nos vies. Mais j'en étais incapable. Daniel avait raison. Il ne m'était plus possible de céder au loup de quelque manière que ce soit. J'avais eu la force de le maintenir presque complètement en échec depuis mercredi – depuis que j'avais trouvé la force de chasser la colère et de commencer à pardonner.

J'avais éprouvé un tel sentiment de liberté à ne plus avoir ce monstre dans ma tête. Je n'allais pas le laisser revenir. Je refusais de nourrir cette bête plus longtemps.

Je me libérai de l'étreinte de Daniel pour m'approcher de Jude.

« Tu n'avais aucun moyen de savoir ce qu'ils avaient l'intention de faire. Au moins, tu es maintenant conscient que tu ne voulais plus les suivre.

– Et puis surtout, tu connais l'adresse mail de Caleb, intervint Daniel. Nous pouvons nous en servir pour le contacter. On peut peut-être lui proposer une rançon en échange de James… »

Jude secoua la tête. À mon grand soulagement, il posa le couteau et plongea sa main intacte dans la poche de sa veste.

« Je t'ai volé ton portable tout à l'heure », marmonnat-il en regardant April d'un air penaud.

Elle évita son regard, probablement perturbée à la pensée qu'à deux reprises maintenant au cours de la conversation il avait reconnu avoir trahi sa confiance.

« J'ai déjà envoyé un message à Kaleb aujourd'hui, dit-il en tendant le téléphone à Daniel. C'est tout ce que j'ai eu en retour. »

Il lut le message à haute voix. C'était le même que celui que les Rois de l'Ombre nous avaient transmis par l'intermédiaire de Jude : « Sirhan est mort. Le Hurlement de la mort s'est tu. La cérémonie aura lieu demain. Tu viendras. Tu te battras. Les Rois de l'Ombre lécheront le sang sur ta gorge. Là, nous amènerons l'enfant. Vous vous battrez, ou il mourra. »

En entendant un cri perçant venant de l'escalier, je me rendis compte que maman avait dû écouter notre conversation depuis le palier. Comme elle avait très mal au cœur à cause des gaz soporifiques, elle était restée allongée. C'était la première fois que ce message parvenait à ses oreilles.

« J'ai essayé d'envoyer un autre mail, précisa Jude, mais le compte a été fermé entre-temps.

– Quel est l'intérêt de ce message ? demanda Slade, assis sur la première marche de l'escalier. Il est assez évident que Daniel combattra pendant cette cérémonie, non ? Pourquoi enlever le bébé pour l'obliger à prendre part à la lutte ? Il y sera de toute façon. Ça doit cacher quelque chose d'autre.

– C'est son plan B, expliqua Brent. Caleb a toujours un plan de rechange. Il est parano. Il a impérativement besoin d'un moyen de se replier.

– D'accord, mais pourquoi imposer qu'on se batte alors qu'on a l'intention de le faire de toute façon ? Ça ne tient pas debout.

– Ça veut dire que moi aussi je vais me battre, dis-je en me redressant de toute ma hauteur. Jude n'était pas censé me poignarder quand il a essayé tout à l'heure. Il cherchait juste à attirer mon attention. Le message s'adressait à moi. Caleb veut que je prenne part au combat, et c'est ce qu'il aura.

– Hors de question ! intervint Talbot. Pourquoi te plierais-tu à ce que Caleb exige ?

– Et pourquoi est-ce qu'il te voudrait, toi ? renchérit April.

– Il a un truc pour elle », répondit Talbot d'un ton écœuré.

Je lui décochai un rapide coup d'œil.

« Et pas toi peut-être ? »

Il me fusilla du regard.

« Si Caleb tient à ce que tu te battes, j'estime que tu devrais être aussi loin du champ de bataille que possible. Il...

– Non ! protestai-je. Il a dit que si je ne participais pas à la lutte, James mourrait. Ce qui veut dire que je vais me battre. Quand Daniel arrivera à la cérémonie, je serai à ses côtés. Je l'aurais probablement fait de toute façon, que cela plaise à Caleb ou non. Je me battrai. Vous ne pouvez pas m'arrêter. Personne ne fera de moi une Wendy.

– Une Wendy ? Qu'est-ce que tu racontes ?

– Wendy, de Peter Pan ! » ripostai-je sur le même ton. Je devais avoir l'air de délirer complètement, mais ça m'était égal. « Pendant que Peter et les garçons perdus affrontaient les pirates, Wendy faisait le ménage dans cette stupide maison perchée dans les arbres, sous prétexte qu'ils voulaient qu'elle soit leur mère. Très peu pour moi ! On ne me mettra pas sur la touche. Je vais me battre pour mon petit frère. Un point, c'est tout.

– Elle déraisonne, décréta Talbot. Dis-lui de nous laisser s'occuper de ce coup-ci. »

Daniel vint se planter à côté de moi.

« Si Grace a envie de combattre, elle combattra. »

Talbot fronça les sourcils. Son attitude me laissait pantoise. C'était lui qui m'avait appris à me battre, m'encourageant à tirer parti de mes pouvoirs. Pourquoi cherchait-il à m'empêcher de prendre part à la cérémonie du défi ?

« Si Caleb veut qu'elle participe, reprit-il, c'est qu'il tient à la tuer de ses propres mains, à moins qu'il ne s'ingénie à la faire sortir de ses gonds au point qu'elle essaie elle-même de le tuer, ce qui l'obligera à succomber à la malédiction des Urbat.

– Ça n'a pas d'importance, décréta Daniel en posant sa main au creux de mon dos. Parce que c'est moi qui vais tuer Caleb Kalbi.

– Daniel ! » Je levai les yeux vers lui.

« Si je suis vraiment ce… Chien du Paradis, et si Dieu m'a créé pour anéantir le Mal, alors c'est ce que je vais faire. En commençant par Caleb.

– Mais je pensais… Tu avais dit que seuls les Gelal et les Akh étaient de purs démons ? Caleb reste humain. Il pouvait encore choisir de s'amender d'après toi… »

Daniel secoua la tête.

« C'est la preuve dont j'avais besoin, Grace. En enlevant Baby James pour se servir de lui contre nous, Caleb a clairement montré que l'étincelle d'humanité que j'espérais encore trouver en lui a disparu. Il incarne le mal pur, qu'il possède un cœur humain ou non. Et comme je ne suis pas assujetti à la malédiction des Urbat, je peux le tuer sans me perdre moi-même.

– Daniel… » Je plongeai mon regard dans ses yeux où je lus sa détermination à faire ce qui devait être fait. Il avait épousé sa mission de vrai Chien du Paradis.

« Excusez-moi ? » La voix à l'accent prononcé de Jarem s'éleva parmi le groupe des Aînés Etlu. « Vous est-il venu à l'esprit qu'avec cet enlèvement, Caleb cherchait notamment à nous empêcher de nous préparer convenablement à la cérémonie en nous embrouillant l'esprit ? Nous avons déjà perdu des heures précieuses qui auraient été mieux employées à planifier, à mettre les choses au point. »

Les autres Aînés hochèrent la tête – y compris Lisa.

« Le message précise qu'ils amèneront Baby James à la cérémonie, dit-elle. On peut partir du principe qu'il sera encore vivant à ce moment-là. S'il n'y a pas d'autre moyen de retrouver James, nous devons accepter que le meilleur

moyen de le récupérer est de nous préparer le mieux possible à la cérémonie. »

Daniel se tourna vers moi. J'acquiesçai d'un signe de
tête.

« Qu'il en soit ainsi », dit-il.

Il restait trente-neuf heures avant la cérémonie, et nous
devions être fin prêts pour affronter ce que Caleb et les
Rois de l'Ombre nous réservaient.

33

Préparatifs

Vendredi, onze heures du matin.
Trente-sept heures avant la cérémonie

En tout premier lieu, le Conseil décida que nous devions nous faire une idée précise du terrain sur le champ de bataille. La plupart des Aînés Etlu, ainsi que Daniel, moi et ceux que nous avions sélectionnés – mon père, Talbot et Jude – prirent le chemin de la ferme en compagnie des garçons. Plus la cérémonie approchait, plus ces derniers semblaient déterminés à se rapprocher de Daniel et de moi. Je trouvais leur attitude protectrice rassurante, même si elle m'agaçait un peu.

« Qu'est-ce qu'on fait si les propriétaires des lieux débarquent ? » demandai-je à Gabriel en cours de route. C'était certes un site abandonné aménagé en parc d'attractions pour Halloween, mais la ferme devait bien appartenir à quelqu'un. On n'aurait vraiment pas de chance si les propriétaires décidaient de faire une balade nocturne dans leur domaine pendant la cérémonie du défi.

« Aucun souci à se faire de ce côté-là, répondit Gabriel en sortant une vieille montre à gousset de sa poche. Dans une heure environ, nous serons nous-mêmes propriétaires du terrain.

– Comment ça ?

– J'avais remarqué la pancarte "à vendre" quand nous sommes allés là-bas avec Sirhan. J'ai appelé l'agence et fait une proposition en cash que les propriétaires ne pouvaient pas refuser, à la condition expresse que nous entrions en possession des lieux immédiatement. Un Aîné s'occupe de la paperasse ; il envoie un virement à l'heure où on parle.

– Cette pancarte concernait une parcelle de trente hectares en plus de la ferme. Ça a dû coûter une petite fortune.

– Tant que le successeur de Sirhan ne sera pas élu, le Conseil contrôle le patrimoine de Sirhan. Crois-moi, l'argent n'est pas un problème. »

La caravane d'Escalades s'engagea dans le champ qui faisait fonction de parking à proximité de la ferme, puis Gabriel nous conduisit vers la basse-cour. Les Aînés, en tenue de ville, s'assemblèrent autour de l'endroit où Sirhan avait rendu l'âme, la tête inclinée en un silence respectueux.

« Comment savent-ils où ça s'est passé ? » demandai-je à Daniel. Avant de partir, nous avions couvert de terre et de paille le sol trempé de sang.

« Ils le sentent. Je le sens, me répondit-il. Il a dû laisser une sorte d'empreinte de phéromones au moment de mourir.

– Est-ce ainsi que les challengers sauront où la cérémonie aura lieu ?

– Un grand nombre d'entre eux le sentiront. Et la rumeur circulera vite, répondit Jarem. Nous sommes à l'épicentre, ajouta-t-il, en s'adressant aux autres Aînés. Déterminons le périmètre du champ de bataille à partir d'ici. »

Huit d'entre eux se mirent dos à dos à l'endroit même où Sirhan avait trépassé, après quoi ils se déployèrent lentement en rayon, telles les roues d'un chariot.

Gabriel avait dû remarquer mon air perplexe.

« La loi de la meute spécifie que le champ de bataille doit être mesuré en pas. Cent pas, précisément, de manière à aménager un cercle d'approximativement 150 mètres à partir de l'épicentre où Sirhan est mort. Cela constituera le ring. Toute personne pénétrant dans ce ring dès lors que la cérémonie aura commencé devra se battre. Tout challenger qui quittera ce ring perdra son droit d'entrer en lice. »

Les Aînés continuèrent à avancer à pas mesurés jusqu'à ce qu'ils aient formé un cercle géant englobant la ferme, la cour et la grange délabrée. Daniel, Jude, Talbot, les garçons et moi rassemblâmes des pierres pour marquer la circonférence du ring.

Ensuite nous nous regroupâmes au centre. Daniel dessina le champ de bataille sur une page d'un carnet, traçant le pourtour des bâtiments, de la cour, puis un épais cercle noir figurant les limites. Je me félicitai qu'elles effleurent à peine la lisière du champ de maïs. Je n'aurais pas voulu affronter mes rivaux dans ce labyrinthe.

« Pourrais-tu expliquer les règles ? » demanda Gabriel à Jarem.

Jarem hocha solennellement la tête, comme si c'était un grand honneur qu'on lui demandait là.

« Le début de la cérémonie est assez… euh cérémoniel, si j'ose dire. Comme Daniel entrera en lice à la place du bêta, Gabriel, ce dernier doit le présenter au milieu du

ring comme le premier challenger. Un discours sera prononcé, et des marques spécifiques rendant compte de son
statut d'adversaire à battre seront peintes sur le visage de
Daniel. Quand Gabriel se sera retiré, on demandera alors
à Daniel d'inviter ses concurrents à monter sur le ring.

– À combien de challengers doit-on s'attendre ?
demandai-je.

– Lors d'une cérémonie normale, un ou deux, mais ce
sera différent cette fois-ci à cause de… » Jarem jeta un
coup d'œil dans la direction de Gabriel.

« À cause de moi, acheva Gabriel à sa place. Le clan Etlu
est très influent et très riche. Je suis connu pour mes aspi-
rations pacifiques, et un grand nombre de meutes anticipait
le décès de Sirhan depuis un bout de temps, avec l'espoir
de détourner sans difficulté le contrôle de cette meute à
leur profit. Le bref laps de temps qui reste avant la cérémonie en empêchera sans doute un certain nombre d'arriver à
temps, mais je pense pouvoir affirmer qu'il nous faut prévoir au moins cinq compétiteurs – en dehors de Caleb.

– Ils s'attendent à trouver Gabriel pour finalement faire
face à Daniel, soulignai-je. Un vrai alpha à la place d'un
bêta pacifique. Ça va leur faire un choc.

– C'est notre botte secrète, dit Ryan en assénant un petit
coup de poing sur le bras de Daniel. Je parie qu'un certain
nombre d'entre eux y réfléchiront à deux fois avant de se
mesurer à toi.

– Pas nécessairement, répondit Jarem. Nous pouvons
tirer parti de la surprise, mais notre stratégie ne doit pas
s'arrêter là. La plupart des Urbat hésiteraient à défier un
vrai alpha. Cependant, voilà des siècles qu'une cérémonie
de défi impliquant l'un d'eux n'a pas eu lieu, depuis que
Sirhan est devenu leader à la mort de son père. Je crains
qu'aux yeux d'un grand nombre de Urbat appartenant

à d'autres meutes que les nôtres, l'idée même d'un vrai alpha ne soit qu'une légende. »

Gabriel secoua la tête.

« Même quand on aura présenté Daniel comme le principal challenger, la majorité des concurrents estimeront être venus de trop loin pour ne pas briguer le rang d'alpha, qu'un vrai alpha soit présent ou pas. »

Daniel hocha la tête.

« Quoi qu'il arrive, il est donc clair que Caleb ne sera pas mon unique challenger ?

– Certainement pas.

– Que se passe-t-il quand il y en a plusieurs ? demanda mon père.

– Ils doivent tous en découdre. Le dernier l'emporte.

– Qu'est-ce qui empêche Daniel de se servir de son *mojo* de vrai alpha pour les soumettre à son autorité ? demandai-je.

– *Mojo* ? s'enquit un des Aînés parmi les plus âgés. Qu'est-ce que c'est ?

– L'essence, le pouvoir, répondis-je en agitant ma main devant Daniel. Il peut faire ce truc qui incite les autres à se prosterner devant lui.

– Ah oui ! fit l'Aîné. C'est son principal atout. En tentant de défier un vrai alpha, on prend effectivement le risque de se retrouver parmi ses sujets. »

Je n'aimais pas le mot « sujet ». Caleb dirigeait sa meute comme un dictateur, un général cruel, Sirhan, comme un roi plutôt bienveillant. À mes yeux, une meute devait davantage s'apparenter à une grande famille, un peu particulière certes.

« Ils ne se soumettront pas tous à la volonté d'un vrai alpha, souligna Gabriel. Ça n'a marché que pour une poignée des acolytes de Caleb à l'entrepôt, souvenez-vous. »

Je hochai la tête.

« Ton *mojo* ne fera pas effet sur tout le monde, ajouta Jarem à l'adresse de Daniel, et certainement pas sur Caleb. Il ne reconnaissait même pas l'autorité de son propre père. Ceux qui ne se soumettront pas de leur plein gré devront y être réduits par la force – ou achevés. Il faut que tu sois le dernier homme debout pour triompher. »

Daniel sombra dans le silence, tentant d'assimiler toutes ces données. Pour finir, il leva les yeux vers Jarem.

« Qu'entends-tu par "achevés" ? Que faut-il faire pour être le dernier debout ?

– Quoi que cela exige de toi, il faudra t'y plier. Une fois que toi, ou tout autre concurrent, pénétrera dans l'arène, il y a quatre possibilités. Tu peux sortir volontairement des limites du ring et te désister ; te soumettre à un autre adversaire et devenir son sujet ; tu risques d'être tué par un autre, ou tu seras le dernier homme debout, et donc le vainqueur. Il faut que tu comprennes que la cérémonie du défi est un combat pour la soumission ou la mort. »

Je chassai la terreur qui faisait palpiter mon cœur. Je n'aimais guère l'idée que Daniel ou moi allions nous battre à mort. Je projetais de lutter jusqu'à ce que le sort de Caleb soit scellé, et Baby James sauvé. Après quoi, je quitterais l'arène, laissant Daniel l'emporter. Mais c'était partir de l'hypothèse on ne peut plus aléatoire que Daniel et moi serions encore debout à la fin.

Daniel inspira à fond avant de souffler lentement entre ses dents.

« Je ne tuerai pas les autres challengers. Caleb, oui. Tous les Gelal et les Akh qui monteront sur le ring, certainement. Ce sont des démons purs et durs, et il est de mon devoir de les détruire. Mais les autres concurrents éventuels ? Ils ne méritent pas de mourir pour l'unique raison qu'ils auront défié mon autorité. Je ne les tuerai pas.

– Une fois sur le ring, tu te soumets ou tu forces les autres à le faire, dit Jarem. Tu tues ou ils te tuent.

– Il est aussi nul que Gabriel », intervint un Aîné à barbe noire du nom de Bellamy. Lisa m'avait raconté qu'il prétendait avoir été pirate dans les Caraïbes. « Nous perdrons la meute au profit de Caleb si nous choisissons un lâche.

– Ce n'est pas un lâche, protestai-je. C'est juste qu'il ne fait pas partie de ces barbares vieux de cinq cents ans qui s'imaginent que tuer à tort et à travers est la seule chose à faire.

– Je me battrai, dit Daniel. J'utiliserai mon *mojo*. Mais je ne tuerai aucun de mes rivaux en dehors de Caleb. »

Lisa l'enveloppa d'un regard plein de fierté.

« Ta stratégie devra consister à mettre tes adversaires à mal au point qu'ils te supplient d'accepter leur soumission. »

Daniel déglutit avec peine. L'idée de blesser quelqu'un lui répugnait, mais il ne souleva aucune objection. Mieux valait ça plutôt que d'éliminer radicalement de parfaits inconnus.

« Tu perdras dans ce cas, déclara Bellamy, venant narguer Daniel. Marrock a eu raison de s'en aller. Tu es trop jeune pour comprendre ce qui fait l'étoffe d'un héros. »

Daniel tint bon, fusillant Bellamy du regard.

« Tu peux me défier toi-même sur le ring si tu le souhaites », lâcha-t-il en serrant les dents. Je sentis l'énergie irradiant de ses épaules jusqu'à ce que le géant barbu fasse un grand pas en arrière, s'écartant de lui.

« Non, dit ce dernier. Mais je t'aurai prévenu. Si tu ne tues pas, c'est toi qui mourras. » Il pointa mon index vers moi. « Et ta petite amie aussi. »

Daniel détourna les yeux quand Bellamy fit allusion à moi.

« Pas nécessairement », intervint Talbot qui avait gardé le silence jusque-là. Il ajusta sa casquette sur sa tête. « Et si un autre challenger présent sur le ring éliminait tous ceux qui refusent de se soumettre à toi ?

– Rien ne prouve que ça arrivera, souligna Jarem. Les autres adversaires s'affronteront entre eux, certainement, mais on ne peut espérer qu'ils s'entre-tueront tous.

– Et si je faisais moi-même partie des challengers ? » ajouta Talbot.

Daniel le dévisagea en fronçant les sourcils.

« Tu veux me défier ?

– Non. Je combattrai côte à côte avec Grace et toi, mais je n'aurai aucun scrupule à tuer quelqu'un qui tentera de lui faire du mal. Je peux être ton bourreau de soutien – si les circonstances l'exigent. »

Mon père leva les deux mains.

« Ne comptez pas sur moi pour cautionner cette idée. Je ne peux pas rester là à vous écouter parler de trucider tous ces gens…

– Vous devriez rentrer chez vous alors, riposta Bellamy.

– Même si c'est le seul moyen de revoir votre fils vivant ? » demanda Jarem.

Sans un mot, papa laissa tomber ses bras le long de son corps.

Daniel continuait à fixer Talbot, les yeux plissés.

« Et après ? demanda-t-il. À la fin de la cérémonie, tu fais quoi ?

– Je me soumets à toi, répondit Talbot. Pour m'assurer que tu es le dernier homme debout.

– Et qu'est-ce que tu y gagnes ?

– Ta confiance. Une place au sein de ta meute. En dehors de mon bref passage chez les Rois de l'Ombre, j'ai vécu seul depuis l'âge de treize ans. Je rêve d'appartenir à un groupe. » Il sourit à Daniel – un de ces chaleureux sourires qui donnaient l'impression qu'on était amis depuis toujours.

« Ce plan me convient », annonça Jarem.

Daniel soupira en se tournant vers moi.

« Tu devrais aussi avoir ton mot à dire, Grace. Fait-on venir Talbot avec nous sur le ring ? Nous sommes capables de nous battre, toi et moi. Est-ce qu'on le laisse se charger du sale boulot ? »

Mon regard passa de Daniel à Talbot puis à mon père qui se détourna à la hâte pour que je ne puisse pas voir son visage. Ça devait être dur d'entendre sa petite fille débattre de la question de tuer des gens ou pas.

« Qu'il vienne avec nous, dis-je, mais seulement si c'est absolument nécessaire. J'estime que tous les challengers, si impitoyables soient-ils, devraient avoir la possibilité de se soumettre d'abord.

– Je suis d'accord, dit Daniel.

– Si c'est ce que vous voulez », conclut Talbot.

Daniel lui tendit la main, et ils scellèrent leur pacte par une solide poignée de mains. Mon estomac se noua à la pensée que, dans un peu plus de trente-six heures, nous nous battrions tous pour notre vie, côte à côte.

Quelques minutes plus tard

En dehors des quelques règles que Jarem avait déjà évoquées – les limites du ring, le fait que la victoire irait au dernier debout –, pour ce qui était du reste de la cérémonie, je commençais à comprendre que ce serait la mêlée générale. Tous les coups seraient permis.

Toute une panoplie d'armes était autorisée – à l'exclusion des véhicules. Les challengers pouvaient choisir de concourir sous forme humaine ou animale – le loup étant le choix le plus avantageux dans la mesure où la plupart des Urbat étaient plus forts dans cet état. Chaque meute pouvait envoyer au combat autant de compétiteurs qu'elle le souhaitait.

« Comment se fait-il que les autres meutes n'en envoient pas une kyrielle dans ce cas ? Nous en aurons bien plusieurs. N'auraient-ils pas de meilleures chances de l'emporter ?

– En général, une meute ne propose qu'un seul champion à la fois, dans la mesure où elle risque de le perdre, expliqua Lisa. La plupart des meutes sont réduites. Le clan Etlu ne compte que quarante membres – ne *comptait,* devrais-je dire, avant que Marrock et ses laquais s'en aillent et que vous vous joigniez à nous. Les Oberot sont trente-sept, mais les autres meutes comportent moins d'une douzaine de membres. Si tu n'as que dix personnes dans ta bande, tu ne vas pas mettre la vie de cinq hommes en péril. Même deux serait considéré comme un risque trop important, tu comprends ? »

Je hochai la tête.

« Il faut se méfier particulièrement des loups solitaires, les challengers qui n'ont pas de meute à proprement parler. Ce sont eux qui se battent le plus violemment.

– C'est Caleb qui doit nous inquiéter le plus, rappela Talbot. Les autres adversaires ne sont que des digressions. Caleb va débarquer ici avec une armée de Gelal, de Akh et de Urbat, ne l'oubliez pas. Il n'a que faire des victimes collatérales. Il prévoit de lancer autant de Rois de l'Ombre qu'il pourra sur ce ring.

– Et si l'on en juge par le bataillon qu'il n'a pas hésité à envoyer à cette soirée transe, enchaîna Daniel, il doit avoir un paquet de Gelal et de Akh sous la main.

– Est-ce autorisé ? demanda Lisa à Jarem.

– Ça ne s'est jamais vu auparavant. Les Gelal et les Akh ne se mêlent pas aux Urbat d'ordinaire, mais ça n'a rien d'illégal. »

Je me frottai la joue. Quelques minutes plus tôt, je me tracassais à l'idée d'affronter une poignée de challengers. Il semblait à présent qu'il y en aurait plusieurs douzaines, voire plus.

« Et l'éclipse dans tout ça ? demandai-je. Ne rendra-t-elle pas Caleb encore plus menaçant ?

– La cérémonie débute à minuit, répondit Lisa. L'éclipse n'est pas censée commencer avant midi vingt-cinq. Nous devons nous assurer que le sort de Caleb sera réglé avant ça. L'éclipse peut durer plusieurs heures. Plus tôt nous en aurons fini avec ça, mieux ce sera.

– Il serait préférable que nous concentrions l'essentiel des affrontements ici, dit Daniel en désignant la zone marquée "basse-cour" sur la carte. Afin que les combats se déroulent dans une zone ouverte.

– Mais si la maison et la grange se situent sur le ring, les gens peuvent aller se battre à l'intérieur, non ? » demandai-je.

Jarem acquiesça.

« La grange ne me fait pas trop peur, dit Daniel. Elle est assez vaste. En revanche, la maison, j'y suis allé, les pièces sont exiguës, encombrées, il y a beaucoup trop de cachettes. En poursuivant un adversaire là-dedans, on risque de tomber dans une embuscade. »

Brent tressaillit comme s'il avait reçu une décharge électrique.

« Et si on faisait exploser la baraque ? s'exclama-t-il, une lueur de joie délirante dans le regard.

– Quoi ? » La réaction venait de Daniel et de moi, à l'unisson.

« Serais-tu en train de suggérer qu'on fasse sauter la ferme ? demanda Daniel.

– Pourquoi pas ? » Brent pressa un doigt sur l'arête de son nez comme s'il remontait une paire de lunettes imaginaire. « Ça foutrait les boules aux Rois de l'Ombre de la voir partir en flammes. Les Akh et les Gelal détestent autant le feu que Slade. »

Ce dernier lui jeta un regard noir.

« Qu'est-ce qu'il y a ? Je disais juste… » Brent haussa les épaules.

« Ce n'est pas une mauvaise idée, lançai-je. Et si on arrivait à attirer tout un tas de Akh et de Gelal dans la maison avant de la faire sauter ? On se débarrasserait d'eux par la même occasion ?

– Bien parlé ! » Brent avait déjà commencé à cogiter. « Bon, je vais avoir besoin d'un détonateur à distance…

– Ce gosse est-il vraiment capable de fabriquer une bombe assez puissante pour dégommer la maison ? demanda Bellamy en croisant les bras sur sa poitrine.

– Croyez-moi, dit papa, il sait y faire. »

Brent lui adressa un sourire penaud.

« Euh… désolé. »

Mon père le gratifia d'un petit signe de tête.

Je me tournai vers les autres garçons.

« Pensez-vous que vous pourriez concocter un plan destiné à attirer un maximum de démons dans ce piège ? Une sorte d'appât ?

– Pas de souci », répondit Zach. Ryan acquiesça.

« Si cette bicoque prend feu, pas question que je m'en approche, déclara Slade. Je préfère me battre au corps-à-corps dans la grange avec vous.

– Ça doit pouvoir s'arranger, dis-je, me réjouissant d'avoir un combattant supplémentaire dans notre camp.

– Moi aussi, je veux me battre avec vous, lança Lisa. Je ne blaguais pas quand j'ai dit que je suivrais Daniel dans la lutte. »

Jarem était sur le point de protester. Les Aînés ne participaient-ils pas aux combats d'habitude, ou une raison particulière l'incitait-elle à vouloir qu'elle reste en dehors de tout ça ?

Jude se racla la gorge pour attirer l'attention. Il était silencieux depuis tellement longtemps que j'avais presque oublié sa présence. Il leva la main comme un gamin à l'école.

« Et moi, qu'est-ce que vous voulez que je fasse ? »

Je me tournai vers Daniel. Force était d'admettre que je n'avais aucune envie que Jude se joigne à nous sur le ring. Je n'étais pas sûre qu'il soit assez stable pour un tel combat.

Daniel prit la parole avant moi.

« Je doute que Caleb limite son attaque à ceux qui se trouveront à l'intérieur de la zone de combat. Nous devons nous préparer à l'éventualité que le reste de la meute ait à se battre à l'extérieur. Serais-tu disposé à les aider à s'organiser ?

– Oui », répondit Jude, et je compris qu'il était soulagé qu'on ne lui ait pas demandé de défier les challengers sur le ring.

« Nos gardes sont entraînés au combat, dit Jarem, mais les autres membres du clan ne sont pas des guerriers pour la plupart. Nous avons appliqué les principes pacifiques de Gabriel depuis le dix-huitième siècle. Du coup, nous avons perdu la main.

– Je peux aider Jude à leur donner un cours accéléré, suggéra Talbot. Ils vont avoir besoin d'un maximum de soutien. »

*Vendredi, milieu d'après-midi, trente-trois heures
avant la cérémonie*

Gabriel appela le reste du clan Etlu à se joindre à nous. Nous répartîmes les tâches avant de nous mettre au travail. Daniel et une poignée d'Aînés continuèrent à débattre de la stratégie à appliquer pendant que j'envoyais Zach et Slade au magasin de sports acheter toute une panoplie d'arbalètes et de couteaux de chasse. Malheureusement, depuis le Hurlement de la mort la veille au soir, le maire avait élevé le montant de la prime pour la tête d'un loup à dix mille dollars – si bien que la boutique avait été dévalisée. Notre nouvelle ferme se trouvant sur une parcelle privée de trente hectares, j'espérais juste qu'on n'aurait pas droit à la visite inopinée de chasseurs demain soir.

Bellamy supervisait l'équipe chargée de tailler des pieux sur le porche. Talbot et Jude avaient organisé un camp d'entraînement dans la grange pour tous ceux qui souhaitaient se perfectionner dans l'art de combattre les démons. April avait pris sur elle d'aller acheter un stock de flambeaux à sa boutique de costumes préférée. Lisa et elle les plantèrent à intervalles de trois mètres tout autour du ring.

Brent avait achevé de mettre au point son projet d'explosifs. Nous envoyâmes des messagers chercher le matériel dans trois quincailleries distinctes du comté – histoire de ne pas trop se faire remarquer –, puis Brent s'installa dans la grange et s'absorba dans la fabrication de sa bombe, avec Ryan pour assistant – celui-ci étant au demeurant quelque peu réticent.

Je tâchais de m'occuper l'esprit en passant d'un groupe à l'autre, donnant un coup de main ici et là quand c'était nécessaire. Je cherchais désespérément à parer à l'angoisse qui croissait en moi à l'approche de la cérémonie. Et puis je me faisais un sang d'encre pour Baby James. Chaque fois que j'entendais la voix du loup grogner dans ma tête, je m'arrêtais pour faire des exercices de respiration en tenant la pierre de lune serrée dans mon poing.

Maman et Charity préparèrent un déjeuner gargantuesque, de quoi nourrir une armée. Ma mère avait soigneusement désinfecté la cuisine de la ferme avant de se lancer dans un marathon culinaire visant à soutenir le moral de ces hommes qui allaient sauver son bébé. Je m'empiffrai, histoire de m'occuper les mains principalement, avant d'aller faire un tour à la grange pour voir où Talbot et Jude en étaient. Ils entraînaient un petit groupe de jeunes issus de la meute de Sirhan.

A priori, ça ne se passait pas aussi bien que je l'avais espéré…

« Non, pas comme ça, aboya Talbot à un de ses élèves – un jeune Urbat à la tête rasée. N'essaie jamais de poignarder quelqu'un quand la lame de ton couteau est pointée vers le bas. »

Jude et les autres se tournèrent vers eux. Accoudée à la balustrade branlante de la terrasse, j'observais la scène.

« Si tu le tiens comme ça, ton adversaire n'aura aucun mal à te le prendre. »

Joignant le geste à la parole, en un clin d'œil, il délesta le garçon de son arme. Il orienta la lame vers le haut et en menaça le malheureux qui fit un bond en arrière en braillant.

Talbot l'attaqua une seconde fois.

« Tu vois ! Tu n'arrives pas à me le prendre, là ! »

L'élève secoua la tête. En relevant les yeux, Talbot m'aperçut. Il rendit le couteau au jeune Urbat en le positionnant convenablement dans sa main.

« Exerce-toi. »

Talbot battit en retraite alors que l'autre brandissait maladroitement sa lame vers le ciel.

Il récupéra quelque chose sur une botte de foin et me rejoignit en montant les marches d'un pas alerte. Adossé face à moi à la balustrade, il me gratifia d'un de ses doux sourires, comme s'il était venu m'apporter une offrande de paix.

« C'est pour toi, dit-il en tendant ses mains où reposait une épée enchâssée dans un fourreau en bois. Je t'ai promis de t'en donner une. Si tu insistes pour prendre part au combat, je tiens à ce que tu aies la meilleure dont je dispose. »

Je me saisis de l'épée sans dire un mot et sortis la lame de sa gaine pour l'inspecter. Je l'avais déjà vue lors de nos séances d'entraînement, à l'époque où Talbot était mon mentor. C'était un glaive de kung-fu à la lame en acier légèrement incurvée, avec une poignée également en acier marqueté de bois. Un bout de tissu rouge vif pendait au bout.

« Tu te rappelles comment t'en servir ? »

Je hochai la tête en rengainant l'arme. Elle me plaisait énormément, mais je n'étais pas sûre de pouvoir accepter un tel cadeau de sa part. Même si j'avais consenti à ce qu'il participe à la cérémonie du défi, il continuait à me mettre mal à l'aise.

« Comment ça se passe ? » demandai-je en pointant le menton vers les garçons en train de s'entraîner en contrebas.

Talbot glissa ses pouces dans les passants de sa ceinture.

« Pour des membres d'un clan qui se fait appeler Etlu, la plupart se battent comme des pieds. Les plus âgés ont encore quelques capacités qui leur restent des temps jadis, mais ils se sont fait du tort en passant les dernières centaines d'années à méditer dans la montagne. » Il secoua la tête d'un air désapprobateur. « Quel gâchis !

– Tu trouves que c'est mieux d'utiliser ses pouvoirs pour piller des bijouteries en ville ? » répondis-je en haussant les sourcils.

Il se rembrunit.

« Tu m'en veux encore pour tout à l'heure ? »

Je haussai les épaules. J'avais tellement de raisons de lui en vouloir, à commencer par la manière dont il avait insisté pour que je reste en dehors des combats.

« Je suis désolé, Grace. C'est juste que… tu as ce merveilleux pouvoir de guérir. Si quelqu'un que tu aimes comme ton père est blessé, tu as la capacité de le sauver. Et si c'est toi qui étais touchée ? Qui te guérirait ? »

L'inquiétude était tangible dans son regard.

Mes épaules s'affaissèrent.

« Vous avez essayé de me guérir un jour, Gabriel et toi. Après ce qui s'est passé à l'entrepôt.

– *Essayer* est le mot clé. Ça n'a pas aussi bien marché que ta méthode à toi. » Il tapa du talon contre les barreaux de la balustrade. « Tu pourrais peut-être m'enseigner ce que tu sais faire… Comme ça, je m'inquiéterais moins qu'il t'arrive quelque chose.

– Je suis sûre que Gabriel te l'a déjà expliqué quand…

– En toute honnêteté, Grace, je ne me souviens pas de grand-chose. J'étais tellement obnubilé par l'idée de te sauver, je n'étais pas vraiment attentif…

– C'est sûrement pour ça que ça n'a pas trop bien fonctionné. Il faut être totalement concentré. Te vider la tête. Ne penser à rien à part à l'amour, ou la compassion, que t'inspire la personne que tu soignes. S'efforcer de l'imaginer à nouveau en pleine possession de ses moyens. » Je me mordis la lèvre au souvenir de ce qui était arrivé la première fois que j'avais tenté de guérir mon père. « Sinon, ça peut être dangereux, si jamais tu canalises accidentellement ta peur, ta colère ou ta haine. »

Talbot hocha gravement la tête.

« C'est ce qui s'est passé avec ton père la première fois ? Tu as dit que tu avais fini par lui faire encore plus de mal.

– Gabriel m'a expliqué que c'est comme laisser ton loup intérieur attaquer l'autre. La magie de la guérison s'est retournée contre lui. Au lieu de guérir ses blessures, il les a avivées. J'ai même fait du mal à Gabriel. En rouvrant une entaille déjà guérie sur sa joue. Tu as vu toi-même l'effet que ça pouvait faire quand cette magie n'est pas employée à bon escient. Je n'avais jamais vécu quoi que ce soit de tel auparavant. »

Talbot examina ses mains comme s'il pouvait y déceler un potentiel guérisseur.

« C'est un sacré pouvoir à gérer, dit-il en se mordant la lèvre.

– Guérir est épuisant. Après avoir soigné mes parents, j'ai sombré dans l'inconscience pendant dix heures d'affilée. Ça ne doit pas être bon de s'y adonner régulièrement. Ce n'est pas comme si je pouvais soigner tout un hôpital d'un seul coup. J'y laisserais sans doute ma peau.

– Tes pouvoirs ne sont-ils pas censés décupler pendant l'éclipse de la lune ? Si tu parvenais à canaliser suffisamment l'énergie de la lune, peut-être serais-tu en mesure de faire du bien à des tas de gens ?

– Ou beaucoup de mal, si je ne fais pas attention. » Je regardai mes mains à mon tour en me disant qu'elles pourraient être des armes bien plus dangereuses encore que le glaive.

Talbot en saisit une et la plaça sur son cœur, la pressant contre sa poitrine.

« Tu arriverais peut-être à guérir la douleur que je ressens là, quand je te regarde.

– Talbot, s'il te plaît. » Je me détournai, prête à m'éloigner.

« Pardonne-moi. Je n'aurais pas dû faire ça. Tu appartiens à Daniel, il t'appartient. J'ai compris. Vous allez parfaitement bien ensemble. Il n'en reste pas moins que je donnerais n'importe quoi pour faire partie de ta vie, Grace.

– Je ne vois pas comment c'est possible, répondis-je.

– Hé, Talbot ? lança le jeune Urbat à la tête rasée. Je m'y prends bien, là ? » Il brandit son couteau et fit mine de le planter.

Profitant de cette distraction, je pris l'épée et filai rejoindre Daniel et les Aînés dans la ferme.

Sans prendre la peine de me retourner.

Vendredi soir, vingt-neuf heures avant la cérémonie

Nous continuâmes à nous activer jusqu'à ce que le soleil se couche. Gabriel annonça alors que son clan et lui allaient se retirer pour méditer – comme le voulait la tradition à la pleine lune. Il me recommanda de ramener ma famille chez moi. Nous reprendrions les préparatifs le matin venu.

Mes parents et Charity montèrent dans l'une des Escalades. Daniel prit le volant. Mais Jude décréta qu'il voulait être enfermé à nouveau pour la nuit.

« Il y a un silo vide dans le champ voisin, dit-il. Je peux y dormir cette nuit. Vous n'aurez qu'à venir me libérer demain matin. »

J'avais le cœur lourd à la pensée qu'une fois de plus, il ne rentrerait pas à la maison avec nous, mais je m'abstins de le contredire. Nous marchâmes en silence jusqu'au silo. Avant que Jude referme la porte entre nous, je lui glissai la pierre de lune dans la main.

Il replia ses doigts dessus et ferma les yeux en poussant un tel soupir que je me sentis coupable de l'avoir gardée pour moi toute la journée.

« La journée a été dure, Gracie, chuchota-t-il.

– Je sais. C'est beaucoup de travail, mais nous sommes quasi-prêts pour la cérémonie. Et nous sauverons Baby James.

– Ce ne sont pas les préparatifs qui m'ont coûté. J'étais presque content d'avoir tant de choses à faire, de pouvoir me concentrer sur quelque chose. C'est penser à l'avenir qui m'est pénible. Comment pourrais-je un jour tenir James dans mes bras sans que la culpabilité m'étouffe, sachant que si je n'avais pas impliqué les Rois de l'Ombre dans nos vies, il ne lui serait rien arrivé ? J'ignore quand je remettrai les pieds à l'école, quand je retournerai à la paroisse en faisant semblant d'être normal. Rien que l'idée m'est presque insoutenable… »

Je hochai la tête. J'éprouvais la même chose que lui en un sens, même si ce n'était probablement rien comparé à ce qu'il endurait.

« Tu y arriveras pourtant, je le sais. »

Il esquissa un hochement de tête avant de tirer la lourde porte derrière lui. J'espérais que mes paroles avaient fait écho dans son esprit.

34

Rencontre
de l'âme et du corps

Vendredi soir, plus que vingt-six heures

En me garant dans notre allée, j'aperçus Daniel qui se balançait sur les plus hautes branches du noyer. On aurait dit qu'il essayait d'atteindre la lune étincelante au-dessus de lui. La tête renversée en arrière, il avait le visage inondé de cette belle clarté lunaire. Quand je le vis ouvrir la bouche, je redoutais presque qu'il ne pousse un hurlement, mais il se borna à prononcer mon nom.

« Ça va ? demandai-je.

– Je la sens, dit-il. L'attraction de la lune. Elle m'appelle. Je me souviens d'avoir éprouvé ça quand j'étais dans la peau du loup blanc : cette attirance irrésistible qui me maintenait sous son joug. Le loup veut que je lui prête attention à nouveau. Que je le libère.

– Ce n'est pas une bonne idée. »

Daniel détourna son regard de la lune.

« Je trouve aussi. » Il sauta au bas de l'arbre en s'arc-boutant sur une branche, et atterrit presque sans bruit devant moi. « Je veux que tu saches que quand je dis que je sens l'attrait de la lune, ou du loup, ce n'est pas la même chose que lorsque Jude ou toi percevez sa présence. Ce n'est plus cette voix épouvantable qui s'efforce de me faire accepter d'horribles idées. Je ne représente pas un danger pour vous.

– Je comprends. Le loup dans ta tête n'est pas un démon. C'est un pur membre de la Meute du Ciel.

– Il n'empêche que je dois le combattre constamment. Il veut que je me défasse de ma forme humaine, que j'épouse mon état naturel.

– Tu veux dire que le loup blanc n'était pas ton état naturel ? » Je le saisis par les deux bras. Il avait la peau brûlante. Cela raviva le souvenir de la nuit où il avait lutté corps et âme pour rester humain. Je lui attrapai les coudes, sentant le besoin de m'arrimer à lui. Pour l'empêcher de s'en aller à nouveau. « Pas ça ? Pas toi ? Pas Daniel ?

– C'est ce que le loup a l'air de penser. » Imitant mon geste, Daniel me prit les bras et tapota son annulaire contre ma peau. « Ça m'aide beaucoup », dit-il à propos de sa bague en pierre de lune. Celle qui avait appartenu à Sirhan. Gabriel la lui avait donnée après la mort de ce dernier – en souvenir du grand-père qu'il n'avait jamais connu. « Et toi aussi tu m'aides. Rien que ta présence me donne envie de garder forme humaine. Pour être avec toi.

– Tu as intérêt à rester tout près de moi alors, dis-je en le serrant fort contre moi.

– Je vais me changer en loup pendant la cérémonie du défi, dit-il. J'ai peur que pendant l'éclipse, l'attrait du loup blanc ne soit tellement puissant que je n'arrive pas à retrouver forme humaine. »

Je hochai la tête, consciente qu'il risquait d'être en position de faiblesse s'il ne se transformait pas, contrairement
aux autres challengers.

« Je continue à parier sur toi, dis-je. Mais sous ta forme
humaine. »

Il gloussa.

« Toute ma vie, j'ai voulu être normal. Désormais, je
me satisferai d'avoir deux bras, deux jambes et un visage
humain.

– J'aime ton visage, chuchotai-je dans l'espoir de m'alléger le cœur.

– Moi aussi, j'aime le tien. » Il m'embrassa avec des
lèvres qu'on aurait dites en feu. Nos bouches fusionnèrent jusqu'à ce qu'un grand frisson me parcourt des pieds
à la tête. Je compris qu'il luttait encore contre le loup. « Tu
veux bien passer la nuit avec moi ce soir ?

– Oui, répondis-je en l'étreignant.

– Le loup a tort, dit-il en déposant un baiser sur mon
épaule. Cet instant – toi et moi ensemble, sous le vieux
noyer –, c'est mon *vrai* état naturel.

– Nous nous retrouvons toujours ici à la fin. C'est rassurant.

– On est chez nous, à la maison. »

Je soupirai dans ses bras, consciente que, dans vingt-
quatre heures, je n'aurais plus aucune idée de ce à quoi
ressemblait « la maison ». Si nous échouions à la cérémonie du défi, cette famille que j'avais tant lutté pour
reconstituer risquait d'être totalement déchirée. Je pouvais perdre tous ceux que j'aimais.

Et si nous réussissions… si nous arrivions à sauver
James… si Daniel et moi devenions les alphas d'une
nouvelle meute… je n'avais toujours pas la moindre idée
de ce à quoi notre foyer ressemblerait. Serions-nous

contraints de quitter Rose Crest pour prendre la tête du clan des Etlu ? En laissant derrière nous ma famille enfin réunie ?

Samedi matin, quinze heures et demie
avant la cérémonie

Lorsque je me réveillai, des rayons de soleil se déversaient à flot à travers les joints de la fenêtre condamnée du salon. Dès qu'il avait commencé à faire trop frais sous l'arbre, nous étions rentrés, Daniel et moi. On était restés assis sur le canapé, blottis dans les bras l'un de l'autre. Il m'avait demandé de lui faire un compte rendu détaillé de nos « fiançailles ».

« Je veux pouvoir au moins faire semblant de me le rappeler », m'avait-il dit, mais je savais qu'il cherchait quelque chose pour le distraire de la bataille contre le loup blanc qui faisait rage en lui.

Je lui racontais des histoires jusqu'à ce que la chaleur de son corps s'atténue. Il avait fini par s'endormir, la tête sur mon épaule.

Il s'agita un peu à côté de moi. On aurait dit un ange avec les rais de soleil qui dansaient dans sa chevelure dorée.

On s'activait dans la cuisine. Des portières de voitures claquèrent ; les voix des garçons nous parvenaient par la fenêtre cassée. J'avais l'impression qu'ils étaient en train de charger quelque chose d'encombrant à l'arrière du camion de Talbot.

Daniel s'étira en bâillant.

« Que se passe-t-il ? » demanda-t-il, désorienté par le sommeil.

On était samedi matin. Une journée qui serait probablement la plus longue de notre vie.

« Ça commence », répondis-je.

Samedi après-midi, plus que huit heures

Daniel et Jude décidèrent de laisser tomber les leçons d'entraînement de Talbot pour passer la journée à méditer avec Gabriel, dans la prairie au fond de la ferme. J'avais vraiment envie qu'ils soient prêts à se battre, je savais qu'ils avaient fait le bon choix. Alors que le soleil n'allait pas tarder à se lever, je sentais moi-même de plus en plus l'attrait de la pleine lune.

Lisa avait dû s'en rendre compte. Elle ôta ses boucles d'oreilles en pierre de lune et me les tendit.

« Tu es sûre ?

– Je te dois bien ça. Je veux dire, je suis assez sexy pour me la péter avec une seule boucle, mais quand même, je te suis reconnaissante de m'avoir évité ça. » Elle me décocha un sourire espiègle. « Il faudra juste que je fasse gaffe de ne pas me transformer en loup ce soir. Je ne voudrais pas te tuer accidentellement à la place d'un Roi de l'Ombre.

– Merci. » Je refermai les doigts sur les deux petites pierres que je gardai serrées dans mon poing tout l'après-midi.

Plus que deux heures

Maman servit un dîner tardif à toute la troupe. Nous nous éparpillâmes dans la cour de la ferme pour nous restaurer en nous forçant un peu pour prendre un maximum de forces. À nous voir assis là en petits groupes, partageant des assiettes de poulet frit et de purée, un passant aurait pu supposer qu'il s'agissait d'une grande réunion de famille. Sauf qu'on se préparait à la bataille et non pas à un lancer de ballons ou à une course en sacs.

J'étais installée sur le porche avec Daniel, mes parents, Jude, April et Charity.

« Vous avez un plan sympa pour ce soir ? » lança April.

Daniel gloussa.

Charity saisit une cuisse de poulet.

« James adore ça, dit-elle. Il dit que ça ressemble à un petit micro. Vous vous rappelez comme il tenait ça devant sa bouche en fredonnant : "Alouette, gentille Alouette…" » Sa voix se brisa. Elle reposa le morceau dans son assiette et essuya les larmes qui perlaient aux coins de ses yeux.

Je lui caressai le dos.

« Sauf qu'il prononçait Alaouette ! »

Charity sourit tristement, puis elle se mit à sangloter.

« Et s'ils ne l'amenaient pas ce soir ? S'il était déjà…

– Il ne faut pas penser à ça, intervint maman. Il nous reviendra, je le sais. Jude le ramènera à la maison. »

Jude baissa la tête en serrant son pendentif contre sa poitrine.

Quelques minutes de silence s'ensuivirent. Je tripotai le poulet dans mon assiette.

Quand la porte d'entrée s'ouvrit, nous sursautâmes tous.

Gabriel nous rejoignit sur la terrasse.

« Il est temps, dit-il. Les autres ne vont pas tarder. Finissons de nous préparer. »

Daniel et moi nous levâmes et le suivîmes dans la ferme. Le reste de la famille nous emboîta le pas pendant que le clan Etlu se dispersait dans les différents empla-cements prévus. April alla chercher deux housses noires sur le canapé poussiéreux du salon. « J'ai pensé que vous devriez porter des toges, comme tout le monde, dit-elle. Je les ai confectionnées moi-même.

– Merci. » Je lui pris les housses des mains. Je tendis à Daniel celle qui portait son nom puis je suspendis la mienne sur mon épaule. Je sortis les clés de l'Aston Martin de ma poche et les remis à maman.

« Je veux que vous montiez dans cette voiture, papa, Charity, April et toi, et que vous filiez d'ici. Roulez aussi loin et aussi vite que possible. Allez chez Carol, ou chez mamy. Quelque part loin d'ici. Au cas où ça tournerait mal. »

Maman regarda le trousseau avant de lever les yeux vers moi.

« Non, dit-elle. Ils vont ramener James ici. Pas question que je m'en aille. Il va avoir besoin de moi.

– C'est trop dangereux, maman. Tu ne peux pas rester…

– Meredith, dit papa en posant sa main au creux de son dos, si on s'éloignait de quelques kilomètres au moins, histoire d'être hors de danger. Grace n'aura qu'à nous appeler dès qu'ils auront récupéré James. Nous viendrons le chercher. »

Après quelques instants de réflexion, maman accepta.

« Tu ne viendras pas avec nous ? me demanda t-elle. Même si je te supplie ?

– Ma place est ici. »

Elle hocha la tête.

Papa s'avança vers moi et m'étreignit. Il esquissa une croix sur mon front.

« Que Dieu soit avec toi. »

Maman nous serra, Jude et moi, dans ses bras, puis ils s'en allèrent avec April et Charity.

Brent, Ryan et Zach firent leur apparition quelques instants plus tard. Ryan et Zach étaient armés de fusils de chasse – ceux que j'avais volés aux chasseurs qui avaient tenté de tuer Daniel.

Brent me tendit une petite pochette noire.

« Ne me dis pas que c'est encore un de vos petits stratagèmes ? »

Les garçons appréciaient un peu trop ce séjour dans une maison hantée ; ils en étaient venus à essayer de faire peur à tout le monde avec les vestiges des décorations d'Halloween qui leur tombaient sous la main. J'avais failli défaillir quand Brent m'avait attirée dans le grenier à foin après le déjeuner pour me montrer quelque chose de « vital ». À savoir, une fausse hache de la taille d'une bicyclette qui se balançait du plafond quand on appuyait sur un bouton. Ce truc ridicule avait failli me cogner l'épaule, mais les garçons avaient trouvé mon expression « hilarante ».

« C'est une oreillette, m'expliqua Brent. C'est le porte-parole de Sirhan qui me l'a donnée. J'ai l'autre dans l'oreille, ajouta-t-il en la désignant. Comme ça on pourra communiquer pendant que vous êtes sur le champ de bataille.

– Bien, dis-je. Vous savez exactement ce que vous êtes censés faire, non ? »

Ils hochèrent tous la tête de concert.

« Pas d'erreur, dis-je. Attendez mon signal avant d'agir. »

Ils acquiescèrent avant de courir prendre leur poste à l'étage. Leur plan était notre arme secrète contre les Rois de l'Ombre – mais c'était très dangereux et je redoutais que quelque chose n'aille de travers.

Gabriel posa sa main sur l'épaule de Daniel en me regardant.

« Je vous accorde quelques instants, vous deux. »

Il inclina légèrement la tête avant d'entraîner Jude dans la cuisine, nous laissant seuls. Dès qu'ils eurent disparu, Daniel m'attira contre lui. Il m'étreignit pendant deux bonnes minutes sans qu'on échange un seul mot. Je me demandais si ce n'était pas la dernière fois qu'il me tenait dans ses bras. Allions-nous survivre à cette nuit ? Fallait-il nous dire adieu…

Non. Ce n'était pas le moment des adieux. Je refusais de lui dire au revoir.

Un coup de klaxon retentit. Je jetai un coup d'œil par la fenêtre. Une longue procession de voitures s'engageait dans le parking derrière la maison.

Daniel me caressa le visage et essuya de ses pouces les larmes que je n'avais même pas senties couler.

« Ce n'est pas un adieu, murmurai-je.

– On ne se dira jamais, jamais, adieu. » Il me donna un baiser qui me fit penser à du chocolat noir – amer et délicieux à la fois, me laissant sur ma faim.

« Ils sont arrivés, cria Gabriel du haut de l'escalier. Les premiers challengers sont là. Daniel, viens avec moi, s'il te plaît. »

Quand il s'arracha à moi, je pressai sa main dans la mienne tout en adressant un petit signe de tête à Gabriel – reconnaissante du bref instant qu'il nous avait accordé. Je n'aurais plus l'occasion d'être seule avec lui cette nuit. Pas dans ce ring, au milieu des innombrables spectateurs venus assister à ce moment fatidique où nos avenirs allaient se décider à la lueur d'une lune rouge sang.

35

Le défi

Minuit

Je sortis sur la terrasse de derrière et me postai face au champ de bataille. Je mis mon oreillette en place et redressai mes boucles d'oreilles. La brise se leva, agitant ma toge autour de moi. Je dégainai mon glaive.

J'avais craint qu'April n'ait choisi quelque chose de clinquant, avec des paillettes, pour ma tenue de cérémonie, mais en ouvrant la housse qu'elle m'avait donnée, j'avais trouvé une toge magnifique, cousue à la main, de la couleur d'un récif de corail. Un tissu satiné, rose orangé – qui me rappelait néanmoins un peu trop mes draps.

Je portai mon regard sur le pourtour du ring éclairé par les torches et la clarté d'une pleine lune surdimensionnée. Il ne restait plus que vingt-cinq minutes avant le début de l'éclipse. J'espérais de tout mon cœur qu'on arriverait à arrêter Caleb et son armée avant. Sinon, la lune virerait au rouge et ce serait l'enfer. Le clan Etlu se tenait en cercle dans l'enceinte cernée de flambeaux, « les gardiens du ring de cérémonie » selon la formule de Jarem. Ils tenaient leurs lances parfaitement droites en dépit du vent violent qui secouait leurs toges aux couleurs de joyaux.

Au-delà des gardiens, je distinguais des silhouettes qui rôdaient dans les champs alentour. Je surpris le reflet de la lune étincelant dans plusieurs paires d'yeux.

Des Urbat. Des masses de Urbat.

Au moins une centaine, d'après ce que je pouvais en juger.

« Sont-ils tous là pour se battre ? » demandai-je à Lisa d'une voix qui laissait transparaître mon inquiétude, en prenant place près d'elle entre deux torches. « Ils sont tellement nombreux.

– Ce sont principalement des spectateurs. » Elle remit sa lance d'aplomb. « Enfin, je l'espère.

– D'où est-ce qu'ils sortent ?

– De partout. Une cérémonie du défi est l'un des rares événements susceptibles de les faire affluer en masse. » Elle parcourut la foule du regard. « Je dénombre des représentants d'au moins une quinzaine de meutes distinctes, ajouta-t-elle. Les Oberot ont envoyé leurs alphas. Ils ne seraient pas venus si l'un d'eux au moins ne prévoyait pas de participer aux combats. Ça fait un bout de temps qu'ils prévoient de faire fusionner nos deux meutes.

– Des nouvelles de Caleb ? » J'explorai l'assemblée des yeux, sans reconnaître qui que ce soit. Pas de Akh ni de Gelal. Pas un Roi de l'Ombre à l'horizon.

Lisa secoua la tête.

« Ça ne fait que commencer. »

Elle se mit au garde-à-vous, sa lance à la main, le regard tourné vers la grange d'où Gabriel, en toge bordeaux, venait d'émerger. Une autre personne vêtue d'une tenue scintillante, comme si elle avait été tissée dans de l'or pur, lui emboîtait le pas. Le capuchon dissimulait son visage, mais à la façon dont il se tenait, je vis tout de suite qu'il s'agissait de Daniel.

À côté de Lisa, Jarem se mit à frapper le sol de sa lance. Cela ne produisit qu'un faible bruit, mais Lisa et les autres porteurs de lance ne tardèrent pas à l'imiter, cognant encore et encore leur arme contre la terre dure. On eut bientôt l'impression d'entendre des tambours tribaux battant le rappel pour annoncer l'arrivée de Daniel et de Gabriel. Ils marchèrent en cadence jusqu'à l'épicentre du ring. Gabriel s'approcha de la plateforme en bois que Bellamy avait construite à l'endroit où Sirhan avait rendu l'âme. C'était là que la cérémonie devait débuter – et s'achever. Le vainqueur serait déclaré à cet endroit précis.

Des murmures s'élevèrent dans la foule, couvrant peu à peu les battements de tambour, chacun se demandant pourquoi Gabriel n'était pas entré seul sur le ring.

Gabriel leva les bras. Les martèlements cessèrent, et la foule se tut.

« Bon nombre d'entre vous sont venus ce soir convaincus qu'en tant que bêta de Sirhan, je serais le premier challenger », lança-t-il. Il parlait d'une voix forte qui portait loin, bien que ce ne soit pas forcément nécessaire avec tout ce monde doté de pouvoirs auditifs. « Cependant, avant-hier soir, Sirhan a désigné un nouveau successeur. Son petit-fils. Daniel Etlu du clan Etlu. »

Au signal de Gabriel, Daniel abaissa son capuchon. Ses cheveux étincelaient sous la lueur des flambeaux, presque aussi dorés que sa toge. Il avait trois lignes noires peintes sous les yeux. Une autre lui descendait du haut du front jusqu'à la pointe du nez. C'étaient les marques rituelles du premier challenger, ce qui signifiait qu'il était l'homme à abattre pour pouvoir se hisser au rang de nouvel alpha.

Tel un guerrier tribal, il avait une apparence farouche, primale.

La clameur enfla dans l'assemblée, certains se demandant pourquoi ils ignoraient que Sirhan avait un petit-fils, d'autres s'étonnant de la ressemblance entre Daniel et Sirhan quand il était jeune.

Gabriel haussa encore la voix pour se faire entendre au-delà du brouhaha.

« Daniel ne ressemble pas seulement physiquement à son grand-père. C'est un vrai alpha. »

Daniel monta sur l'estrade et promena son regard sur tous ces gens réunis autour de l'arène. Cherchait-il son père ? Je sentais l'énergie irradier de son corps par ondes successives.

« Un vrai alpha », cracha quelqu'un avec dépit. Je me demandai si le propriétaire de cette voix envisageait de combattre ou pas.

Daniel leva les bras comme Gabriel l'avait fait. La foule se figea.

« Moi, Daniel Etlu, dit-il, répétant les paroles rituelles que Jarem lui avait enseignées, successeur choisi de Sirhan Etlu et premier challenger, en appelle à tous ceux qui souhaitent défier mon droit à prendre la tête du clan Etlu. Montez sur le ring si vous revendiquez ma place. Tous les autres devraient se retirer par mesure de sécurité. »

Gabriel s'inclina légèrement devant lui avant de sortir rapidement du ring. Il alla prendre sa place à côté de Jude parmi les gardiens, face à la grange.

« C'est à nous », dis-je en prenant une grande inspiration.

Lisa, Talbot, Slade et moi avançâmes côte à côte pour aller nous poster derrière la plateforme. Le brouhaha reprit quand tout le monde se rendit compte que nous étions là dans l'unique but de soutenir Daniel.

Aucun autre challenger ne se présenta. Pas de signe des Rois de l'Ombre. Je cherchai Caleb dans la foule en attendant que le premier vrai challenger apparaisse. Un Urbat d'âge mûr et un jeune homme qui devait être son fils échangeaient des regards vifs, paraissant s'interroger pour savoir lequel d'entre eux entrerait en lice.

Au bout d'un moment, l'aîné adressa un signe de tête au plus jeune, qui s'avança alors dans l'arène en se glissant entre deux gardiens.

La foule se tut, prenant la mesure du premier challenger.

« Voici Anton Oberot, fils de Serge. Le bêta du clan Oberot. »

L'assemblée continua à garder le silence quand un second challenger se présenta. Un homme imposant vêtu d'un pantalon de l'armée et d'un chemisier noir moulant qui laissait apparaître une montagne de muscles. Il tenait un objet empaqueté dans chaque main.

« Qui est-ce ? soufflai-je.

– Je n'en sais rien, répondit Lisa. Un loup solitaire, probablement. Ou bien un mercenaire payé pour se battre au profit de quelqu'un d'autre.

– Je m'occupe des deux premiers », annonça Daniel.

Trois autres combattants pénétrèrent sur le ring. Je reconnus immédiatement le plus grand. Les deux autres devaient être ses lieutenants.

« Marrock ! J'étais sûre qu'il viendrait. » Lisa plissa le nez et resserra sa poigne sur sa lance. « Je m'en charge.

– Je prends les deux autres », dit Talbot. Cherchait-il à avoir le même nombre d'adversaires que Daniel ?

Un nouveau challenger se présenta – une femme, enveloppée dans des épaisseurs de tissu bleu ciel, avec des bracelets dorés et des tatouages au henné sur les bras.

« C'est Mahira, l'alpha des Varkolak, me dit Lisa. Redoutable. Elle est devenue l'alpha de sa meute en décapitant le bêta, son propre frère, à la dernière cérémonie du défi où je suis allée. »

Je frissonnai dans le vent glacial. Soudain, à ma grande surprise, Mahira fit tomber de ses épaules la masse d'étoffe bleue dont elle était couverte et se retrouva complètement nue devant nous, sans que cela semble la gêner le moins du monde.

Slade faillit chavirer.

« Bon, fis-je. Cette petite miss nue comme un ver est ma responsabilité. Vous n'arriverez jamais à vous concentrer, les mecs, si c'est vous qui l'affrontez. »

Un dernier candidat apparut dans l'arène. Il avait les cheveux blancs comme neige bien qu'il eût l'air plutôt jeune, en dehors de ses yeux plissés.

« C'est Christopher Varul, s'exclama Lisa. Un pur sang. Les Varul ne se mêlent pas aux impurs. Ils n'admettent pas au sein de leur meute les Urbat comme moi, engendrés par la contamination et non par la naissance. S'il devenait l'alpha, il ne fait aucun doute qu'il se débarrasserait de tous ceux qui n'ont pas le sang aussi pur que lui.

– On ne peut accepter ça », déclara Slade en brandissant son couteau en direction de Christopher.

Une autre minute passa. Nous attendions tous en silence que quelqu'un d'autre lance un nouveau défi. Où étaient les Rois de l'Ombre ? Caleb ? Mon petit frère ?

« Comment se fait-il que Caleb ne se soit pas encore présenté ? demandai-je.

– Je n'en sais rien, répondit Daniel en tirant sa longue épée de son fourreau. Qu'est-ce qu'il attend ? »

Les gardes commencèrent à marteler le sol de leurs lances. Mon cœur battait en cadence, l'anxiété me crispant de la tête aux pieds. Il ne restait plus que quinze minutes avant l'éclipse. Comment neutraliser Caleb avant, s'il n'apparaissait pas ?

Je compris tout à coup que c'était peut-être précisément le motif de son retard.

Le grondement des lances atteignit une ampleur assourdissante avant de s'interrompre subitement.

« Commencez ! » braillèrent les gardes.

Nous échangeâmes tous un rapide regard puis, poussant un cri strident, le loup solitaire en pantalon de treillis chargea Daniel. Les autres challengers l'imitèrent aussitôt. Daniel serait leur principale cible, il nous incomberait de les neutraliser.

S'écartant des autres à grands pas, le loup solitaire lâcha les mystérieux paquets qu'il tenait, révélant deux longs fouets en chaîne. Des chaînes en argent, à n'en point douter. Qu'il fit tournoyer devant lui comme des hélices.

« Bon sang ! Des fouets en chaîne ! s'exclama Talbot. J'aurais dû y penser. »

L'homme s'attaqua sans attendre à Daniel, qui écarta son fouet d'une ruade.

Les autres challengers se rapprochèrent d'eux. Notre petite bande en renfort se dispersa, chacun jetant son dévolu sur la cible qu'il s'était choisie.

Je courus après Mahira qui s'élança vers l'estrade. Elle prit son élan et bondit, se changeant en plein vol en une grosse louve brune qui atterrit à quelques mètres de l'endroit où s'affrontaient M. Fouet en chaîne et Daniel.

« Hé », criai-je. Je ramassai une pierre de la taille d'un ballon de base-ball et la balançai de toutes mes forces sur la nuque de la louve brune.

Elle se retourna vers moi en grognant.

« Viens me chercher ! »

J'attendis une demi-seconde pour m'assurer qu'elle avait mordu à l'hameçon avant de foncer vers la grange, suivant la stratégie que nous avions mise au point dans le but d'éloigner les autres challengers de Daniel le plus possible.

À l'instant où je m'engouffrai dans la grange, la louve brune commençait à me mordiller les talons. Je pivotai sur moi-même et abattis le plat de mon glaive contre sa tempe. Elle poussa un cri et se jeta sur moi, ses grandes pattes griffues en avant. Je les écartai d'un coup d'épée, ce qui me valut une vilaine entaille au bras. Sous sa forme de loup, elle était plus puissante que moi, d'autant que je devais faire plus attention que jamais de ne pas éprouver l'*envie* de la tuer.

Elle me chargea de nouveau, les babines retroussées. Je changeai mon glaive de main, et avec une vigueur mesurée, je l'enfonçai dans une de ses pattes avant. Sa fourrure s'imprégna de sang.

Elle hurla de douleur et de colère. Je battis en retraite et gravis l'échelle qui menait au grenier à foin, pensant que ça me donnerait un moment de répit pour guérir ma blessure.

La louve passa sous l'échelle. Envisageait-elle de reprendre forme humaine pour grimper après moi ? J'aurais dû me douter qu'une solution plus facile s'offrait à elle.

Elle fit dix pas en arrière et sauta, atterrissant à quelques mètres de moi. Je me relevai à la hâte et courus vers le fond du grenier. Les planches pourries craquaient sous mes pas. C'était l'endroit où ce gosse était passé à travers le plancher le mois dernier, ce qui avait obligé la Ferme des Terreurs à fermer ses portes. J'enjambai le trou dans le sol et m'élançai vers la fenêtre qui donnait sur la basse-cour. Peut-être arriverais-je à sauter sans dommage ?

La louve gronda. En jetant un coup d'œil par-dessus mon épaule, je la vis prendre son élan pour bondir sur moi, toutes griffes dehors. Dans un moment de panique – à moins que ce n'eût été un éclair de génie –, j'expédiai mon glaive vers le boîtier métallique qui faisait saillie du mur. Il pivota sur lui-même et heurta le gros bouton rouge. Celui que Brent m'avait indiqué pour déclencher le mécanisme. Alors que mon adversaire s'élançait dans les airs, je me baissai pour esquiver la fausse hache qui avait jailli de son support métallique au plafond. Elle n'était pas très aiguisée, mais elle heurta la louve en plein air et la fit basculer en arrière. Elle atterrit sur les planches pourries avec une force telle que les planches se désagrégèrent, et elle passa à travers le plancher. Je l'entendis geindre dans sa chute, puis un bruit affreux me fit tressaillir. Je m'avançai avec précaution sur les planches grinçantes et jetai un coup d'œil dans le trou béant qu'elle avait laissé.

Ce que je vis me provoqua un haut-le-cœur : le corps de la louve brune, empalé sur un pilier brisé à l'étage en dessous.

Elle gémit en se tordant en tous sens, puis ce fut le silence. Son corps se relâcha, pendant tel un morceau de viande sanguinolent au bout d'une brochette. Elle n'était pas morte, je le savais. Le pieu était en fer et non pas en argent, et il ne l'avait pas décapitée. Il ne faisait aucun doute en revanche qu'elle souffrait le martyre. Le sang qu'elle avait perdu allait la mettre hors d'état de nuire pendant un bout de temps.

Un horrible frisson me parcourut. Je n'arrivais pas à détacher mon regard de cette vision.

On y est presque, chuchota mon loup. Je sentais son exaltation à la pensée que j'avais failli tuer. Il attendait la suite avec impatience. **Je vais pouvoir me libérer.**

Achève-la.

Je secouai la tête en plaquant mes mains sur mes oreilles pour sentir la chaleur apaisante des pierres de lune. *Non*, dis-je au loup. *Je n'ai aucune intention de la tuer. Je ne veux pas qu'elle meure.*

Je reculai jusqu'à la fenêtre du grenier pour avaler une succession de goulées d'air frais dans l'espoir de chasser le loup de ma tête. Cependant, la scène que je découvris dehors était loin d'être rassurante. Juste en dessous de moi, Daniel était en plein combat avec M. Fouet en chaîne et Anton Oberot. Ses talents d'escrimeur maintenaient Anton en respect, et son aptitude à esquiver d'un bond les coups de fouet semblait agacer au plus haut point son autre adversaire. Il était sur la défensive, multipliant les manœuvres pour repousser ses deux attaquants en même temps.

Puis M. Fouet en chaîne nous surprit tous en s'en prenant violemment à Anton. Son fouet s'enroula autour du cou du Russe ; il tira brusquement le bras en arrière, expédiant Anton dans les airs avant de le rabattre sans ménagement à terre. Anton s'agrippait à la chaîne qui lui enserrait le cou. L'argent devait lui brûler la peau. De la grange, j'entendis l'éclat de rire de son agresseur quand il expédia son autre fouet par-dessus son épaule, prêt à cingler Anton en pleine figure. Mais à l'instant où le fouet s'envolait, Daniel en fit de même. Il s'interposa devant Anton, prenant l'essentiel du coup de fouet sur le bras. La chaîne s'enroula autour. Avant que qui que ce soit ait le temps de réagir, Daniel tira de toutes ses forces dessus, envoyant M. Fouet en chaîne voler au-dessus de sa tête. Il atterrit plusieurs mètres plus loin et roula sur le dos.

Daniel tendit la main à Anton pour l'aider à se relever. À mon grand étonnement, le Russe s'inclina légèrement devant lui avant de quitter le ring à petites foulées. J'en conclus qu'il s'était désisté par respect envers ce que Daniel venait de faire pour lui.

J'étais en train de me dire que tous ces challengers n'étaient pas des mauvaises gens quand l'homme au fouet se remit sur pieds et se rua à nouveau sur Daniel.

Je ne vis pas ce qui se passa ensuite car une scène agitée en dessous de moi attira mon attention. Lisa Jordan, se battant lance contre lance, avait acculé Marrock dans la grange. Talbot et un des lieutenants de Marrock y pénétrèrent dans leur sillage, lance contre épée. En l'espace de quelques secondes, Talbot avait entaillé la gorge du lieutenant d'un coup de lame en acier. Ce n'était pas une blessure mortelle pour un Urbat, mais l'homme plaqua une main sur son artère d'où jaillissait un flot de sang et lâcha sa lance à pointe d'argent.

Lisa et Marrock s'affrontaient farouchement – tourbillonnant, bondissant, esquivant les coups de l'adversaire d'une manière qui me fit penser à un film de kung-fu. Mais Marrock expédia un coup de pied dans le ventre de Lisa, lui arrachant un cri. Elle bascula en arrière dans un monceau de bottes de paille.

« Attention ! » hurlai-je alors que Marrock levait sa lance, sur le point de l'embrocher.

Entendant mon cri, Talbot s'empara de la lance du lieutenant tombé et l'expédia dans le dos de Marrock. Lisa s'écarta d'une roulade à l'instant où Marrock s'effondrait dans la paille, la lance faisant saillie sous son omoplate droite. Talbot se jeta sur lui et saisit l'extrémité de la lance

– pour l'extraire, pensai-je a priori, mais à la place il la tordit avec vigueur dans tous les sens. Marrock beugla. La lance à pointe d'argent lui brûlait les entrailles en plus de le taillader.

« Pitié ! supplia Marrock entre deux hurlements de douleur. Pitié ! Je me rends ! »

Talbot tourna la lance une fois de plus, un pied sur sa victime pour avoir un meilleur appui. Marrock brailla de plus belle.

« Arrête ! s'écria Lisa. Il a dit qu'il se rendait. »

Talbot continua son manège avec encore plus de hargne.

« Arrête ! » criai-je à mon tour du haut du grenier à foin, mais il ne m'entendit pas non plus apparemment. Je pris mon élan et sautai dans la grange. J'atterris dans une mangeoire et courus vers Talbot en l'appelant à tue-tête. Une rage féroce habitait son regard tandis qu'il s'obstinait à enfoncer la lance dans le dos de Marrock. L'éclipse n'avait pas encore commencé, mais elle avait déjà de terribles effets sur Talbot.

« Arrête ! » répétai-je en le giflant de toutes mes forces.

Il lâcha son arme et me toisa – les yeux toujours empreints de la même rage. Puis il cligna des paupières et se frotta la joue sur laquelle ma main avait laissé son empreinte.

« Pourquoi tu as fait ça ?

– Il s'est rendu. Laisse-le partir.

– D'accord. » Il attrapa l'épée, la tira hors du corps de Marrock et la jeta de côté.

« Il n'y a pas de quoi, aboya-t-il à l'adresse de Lisa qui en resta bouche bée.

– Grace ! Grace ! » cria une voix. Je n'arrivais pas à déterminer d'où elle venait, et je crus que le loup me parlait à nouveau dans ma tête. Sauf qu'elle ressemblait drôlement à celle de Brent. « Grace ! Grace ! Réponds ! »

Je me rendis compte que la voix provenait de mon oreille. J'avais oublié que je portais une oreillette.

« Qu'y a-t-il, Brent ?

– Toujours pas de Rois de l'Ombre à l'horizon. Qu'est-ce que tu veux qu'on fasse ?

– Attends encore, répondis-je. Ils vont venir. »

Brent jura si fort que mon tympan vibra.

« Slade a besoin d'aide, on dirait ! »

Je m'élançai dans la cour. Daniel et M. Fouet en chaîne s'affrontaient toujours, mais je n'eus pas le temps d'évaluer la situation parce que Slade courait droit vers nous en plein milieu du champ de bataille, deux loups géants sur ses talons.

« Je pourrais avoir un coup de main ? appela-t-il.

– Je croyais que tu étais censé te charger d'un de ces types, dis-je à Talbot.

– J'étais occupé ailleurs.

– Tu veux qu'on les arrête ? brailla Brent dans mon oreille.

– Non ! Reste à ton poste ! »

Slade nous dépassa à fond de train. Talbot se rua sur le plus gros loup. Lisa, dépossédée de son arme, sauta sur le dos du plus petit et le bourra de coups de poing de part et d'autre de la tête. J'expédiai mon glaive vers l'arrière-train de l'animal, lui tranchant un bout de la hanche gauche. Il chancela avant de s'effondrer. Je brandis à nouveau mon glaive, prête à attaquer, mais il baissa la tête, la queue entre les pattes et gémit, manifestant ainsi sa soumission.

L'autre s'immobilisa brusquement avant d'envoyer valdinguer Talbot d'une ruade. Slade lui balança son poing dans la figure, mais au lieu de prendre sa revanche, la bête fit volte-face pour nous affronter, Lisa et moi. Il plissa ses yeux jaunes, gratta le sol d'une patte, tel un taureau sur le point de charger, avant de foncer vers moi au galop.

Je levai mon glaive en déglutissant péniblement, prête à me défendre. Mais alors qu'il s'apprêtait à bondir sur moi, Talbot lui sauta sur le dos et lui trancha la gorge d'un coup d'épée. D'un autre balancement du bras, il acheva de le décapiter.

« Qu'est-ce que… ? »

Je dévisageai Talbot, sidérée qu'il puisse terrasser ce loup de la sorte, révoltée aussi par ce qu'il venait de faire.

« Tu… tu n'étais pas censé le tuer, sauf en dernier ressort. C'est ce qui était prévu. »

Il me rendit mon regard, les mains couvertes de sang.

« Je t'ai dit que je tuerais toute personne qui tenterait de te faire du mal.

– Grace, cria Brent dans mon oreille. L'éclipse. »

En levant les yeux au ciel, je vis une tache rouge grignoter le bord de la lune, tel du sang imprégnant peu à peu une éponge blanche. L'éclipse venait de commencer, et déjà une vague d'énergie me parcourait la colonne vertébrale. Mes pouvoirs s'amplifiaient.

« Caleb a-t-il apparu ? demandai-je à Brent, sachant qu'il avait un meilleur point de vue que moi de sa cachette.

– Non. »

Je pivotai sur moi-même, scrutant tous les visages autour de moi. J'étais certaine que Caleb allait faire son entrée à l'instant où l'éclipse commencerait. Il n'aurait pas manqué cette chance de dramatiser au maximum sa venue.

Un rugissement féroce déchira l'air. Je pensais que les Rois de l'Ombre étaient finalement arrivés, mais ce cri venait du rival de Daniel, le Urbat qui avait perdu ses deux fouets. Fou de rage, il tendit ses mains tremblantes vers le ciel, qui se transformèrent sous mes yeux en pattes griffues. Il se mit à quatre pattes ; son corps se balança, pris de convulsions. Son pantalon en treillis se réduisit en lambeaux alors que son corps explosait sous la forme d'un loup rouge géant deux fois plus imposant que la normale.

« Wouah ! s'exclama Brent. J'aimerais bien qu'on me donne les mêmes stéroïdes que lui.

– C'est l'éclipse », dis-je.

Le loup rouge s'accroupit dans la paille à dix mètres de Daniel.

« Tu veux qu'on… ?

– Non. Pas encore. »

Daniel redressa les épaules en une posture majestueuse. Il écarta les bras, son épée dans une main. De l'autre, il fit signe au loup d'attaquer.

Le loup rouge prit du recul et bondit sur lui. Daniel esquiva et abattit la poignée de son épée sur le crâne de son agresseur. Le loup secoua la tête pour reprendre ses esprits et, dans son élan, parcourut encore quelques mètres.

Je courus vers eux, prête à soutenir Daniel si nécessaire, mais avant que j'aie couvert ne serait-ce que la moitié du trajet, le loup fit un bond en l'air, juste à la droite de Daniel. Daniel fit passer son épée dans sa main droite et la planta dans la cage thoracique de l'animal, puis, animé d'une force brute, il expédia le loup dans les airs avant de le rabattre violemment à terre sur le dos. De son épée, il cloua au sol le loup rouge qui griffait désespérément l'air de ses pattes.

Daniel dominait sa victime de toute sa taille. Je voyais la fièvre dans ses yeux. Non pas de la rage comme dans le regard de Talbot, mais l'ardeur, la détermination d'un guerrier.

« Rends-toi ! » ordonna-t-il au loup rouge. Je percevais les ondes d'énergie que diffusait son corps. « Rends-toi et je t'épargnerai ! »

Le loup se recroquevilla en signe de soumission. Daniel extirpa l'épée de son torse. L'autre se remit sur pattes et quitta le ring en rampant sur le ventre. Je remarquai alors que la plupart des gardes assemblés autour de l'arène s'étaient prosternés devant Daniel. Comme s'ils avaient entendu eux aussi son appel à la soumission. En jetant un coup d'œil par-dessus mon épaule, je vis que Lisa et Slade eux aussi avaient mis un genou à terre.

Seul Talbot était resté debout, les vestiges sanglants de sa victime à ses pieds.

Daniel lâcha son épée dans la paille et agrippa son épaule. La plaie avait dû se rouvrir pendant la bataille. Il posa un regard adouci sur moi. Je courus jusqu'à lui.

Et maintenant ? pensai-je. Tout était-il terminé maintenant que tous les challengers étaient terrassés, les Rois de l'Ombre n'ayant pas apparu ?

Je n'étais qu'à quelques mètres de Daniel quand Brent hurla dans mon oreille.

« Grace ! Arrête-toi ! La grange ! »

Je fis volte-face.

Rien en vue.

« Lève les yeux. »

Dès que mon regard se porta sur le toit, je les vis. Des rangées de Rois de l'Ombre perchés comme des gargouilles au bord du toit.

Caleb se dressait au sommet, la girouette en forme de coq tourbillonnant à ses pieds.

« Désolé d'avoir raté la première partie, dit-il, mais je suis là à temps pour le clou du spectacle. »

Un horrible chœur mêlant hurlements, cris perçants, grognements fit écho dans la nuit tandis que des vagues de Rois de l'Ombre déboulaient du toit et se répandaient sur le champ de bataille.

36

La vraie bataille commence

Quelques secondes plus tard

Ils étaient tellement nombreux. Les Rois de l'Ombre. Je n'aurais jamais imaginé qu'il y en avait autant. Ils continuaient à déferler du toit, envahissant peu à peu le ring. Caleb avait dû passer la semaine entière à entraîner de nouvelles recrues Akh et Gelal. Combien d'entre eux avaient été des adolescents comme les autres ? J'imaginais des refuges pour sans-abri, des foyers, vidés de leurs occupants. J'essayais de me souvenir qu'ils étaient déjà morts quand je m'attaquai à mon premier Akh en lui enfonçant mon glaive dans le cou.

Je voyais à peine Daniel pourtant à quelques mètres de moi. Juste des flashs de sa chevelure blonde ou de son épée alors qu'il dégommait l'un après l'autre les démons qui ne cessaient d'affluer. Lisa, Talbot et Slade, à l'autre bout du champ de bataille, avaient complètement disparu de ma vue, mais les giclées d'acide et les explosions de poussière qui fendaient l'air dans cette zone de l'arène me prouvaient que deux d'entre eux au moins se battaient toujours.

Je terrassai deux autres Akh et un Gelal d'un coup d'épée en me demandant pourquoi je m'étais contentée d'un pieu par le passé.

Cependant, les Rois de l'Ombre n'étaient pas tous des démons purs et durs. Je dus battre en retraite alors que je m'apprêtais à décapiter un Urbat adolescent. Il grogna et se transforma presque instantanément en un gros loup couleur fauve. Presque aussi imposant que le loup rouge que Daniel avait affronté.

D'autres grognements montèrent des troupes de Caleb. Quatorze autres garçons se changèrent en loup – à une vitesse encore accélérée par l'éclipse.

Je n'arrivais pas à croire qu'ils soient aussi colossaux. Daniel le serait encore plus s'il prenait la forme du loup blanc, mais je savais qu'il ne le libérerait pas pendant l'éclipse.

Au milieu de tout ce massacre, Caleb riait comme le fou qu'il était.

« J'y vais ? » hurla Brent dans mon oreille.

Je l'avais presque oublié dans mes efforts pour tenir tête aux Rois de l'Ombre. Depuis combien de temps s'époumonait-il ?

« Vas-y ! » répondis-je alors que le loup fauve se déchaînait sur mon crâne.

Au moment où je lui assénais un coup d'épée, un craquement puissant retentit. Une balle siffla à quelques centimètres de mon oreille et mon assaillant poussa un cri. Il tomba à terre, touché à l'épaule par une balle en argent.

« Dis à Ryan de faire gaffe ! hurlai-je. Il a failli m'atteindre.

– Ces balles ne volent pas droit ! » C'était la voix de Ryan en fond sonore dans mon oreillette.

« Tire un peu vers la gauche, dis-je, me souvenant de ce qu'avaient dit les chasseurs auxquels on les avait dérobées. Tu dois viser à gauche de la cible ! »

Un nouveau coup de feu ébranla l'air, et la tête du Gelal qui me fonçait dessus éclata. Il fit encore cinq pas chancelants avant d'exploser en une giclée de liquide vert. J'attrapai le Akh le plus proche de moi en guise de bouclier. Il braillait quand l'acide l'aspergea. Je le projetai sur un loup noir qui le réduisit en pièces sans se préoccuper du fait qu'ils appartenaient au même camp.

En jetant un rapide coup d'œil en direction de la ferme, j'aperçus Ryan, Zach et Brent aux fenêtres des chambres à l'étage. Ryan et Zach braquaient leurs fusils sur la foule en contrebas à travers les vitres brisées.

« Encore ! » criai-je.

D'autres déflagrations suivirent, dispersant les Rois de l'Ombre en tous sens. J'entrevis Lisa en train d'en découdre avec un loup fauve. Une flèche provenant de la ferme vint se ficher dans l'arrière-train de l'animal.

En levant rapidement les yeux, je vis sur le toit un des Urbat du clan Etlu armé d'une arbalète. Deux autres archers se joignirent à lui, conformément à notre plan. Ils abattirent plusieurs Akh avec leurs flèches en bois.

Une nouvelle salve de coups de feu ébranla le champ de bataille.

« Ne vous emballez pas trop avec ces balles », leur rappelai-je. Je n'avais pu acheter que deux boîtes de munitions en argent à M. Day avant que son stock arrive à épuisement – il en avait distribué à tous les chasseurs venus en ville pour la chasse au loup.

« Vous voyez Caleb quelque part ? demandai-je à Brent, me rendant compte qu'il s'était volatilisé.

– Non ! »

Je jurai entre mes dents. Un cri s'éleva de quelque part dans la foule, et je découvris avec effroi que plusieurs Rois de l'Ombre s'étaient lancés aux trousses des gardes postés à la périphérie, sans se préoccuper du fait qu'ils n'étaient pas censés prendre part au combat. Nous avions prévu cette éventualité. Jude et Gabriel intervinrent aussitôt, entraînant les démons porteurs de lance dans une bataille endiablée afin de protéger les gens autour de l'arène.

« Je l'ai trouvé ! s'écria Brent. Il est tout en haut du ring, côté nord, près du champ de maïs. »

Je tendis le cou. En vain.

« Concentrez vos tirs sur lui. »

Deux autres coups de feu retentirent.

« On n'arrive pas à l'atteindre. Il y a trop de Rois de l'Ombre autour de lui. »

Je n'étais pas étonnée que Caleb utilise ses troupes en guise de bouclier.

« Continuez à tirer dans sa direction jusqu'à ce qu'il soit suffisamment en rogne pour envoyer ses hommes à vos trousses dans la maison. C'est ce qu'on cherche. »

Je fis une pirouette pour parer à l'attaque d'un nouveau loup-garou. Je l'affrontais pendant qu'une pluie de balles et de flèches s'abattit sur le haut du ring. Les Akh poussaient des cris, les Gelal grognaient. Finalement, j'entendis Caleb éructer un ordre. Les hordes de démons reportèrent leur attention sur la ferme, les yeux rivés sur les garçons qui se profilaient aux fenêtres. Mon équipe.

L'un d'eux émit un cri à glacer le sang, après quoi une cinquantaine d'assaillants fondirent sur la ferme.

Brent jura en les voyant arriver.

« Attends ! ordonnai-je. Pas encore. »

J'entendis Ryan débiter un chapelet de jurons.

« On y est presque ! »

L'armée diabolique sauta comme un seul homme sur la terrasse. Ils défoncèrent la porte, les fenêtres et envahirent la maison.

« Encore une seconde !

– Ils montent l'escalier ! » brailla Brent, debout sur un rebord de fenêtre, prêt à sauter, comme Ryan et Brent.

Quand la quasi-totalité des Rois de l'Ombre eut investi la maison, je beuglai :

« Maintenant ! »

À l'instant où les trois garçons jaillissaient des fenêtres pour atterrir sur le porche, je vis la première vague d'assaillants entrer dans une chambre. À peine avaient-ils touché le sol, les garçons se mirent à courir comme jamais – sous l'effet de l'adrénaline et de l'éclipse. Zach avait perdu son fusil en sautant, mais Ryan se cramponnait au sien comme si sa vie en dépendait.

Les archers descendirent du toit du côté donnant sur la cour.

« Fais-moi exploser tout ça ! » hurlai-je dès que Brent et les autres eurent atteint le centre du ring.

Il enfonça du pouce le détonateur qu'il serrait dans son poing. Ses compagnons s'arc-boutèrent en prévision de l'explosion.

Mais il ne se passa rien.

Brent examina le détonateur. Appuya à nouveau sur le bouton. Toujours rien.

Les démons commençaient à se frayer un chemin à travers les fenêtres du deuxième étage, déterminés à se jeter sur leurs proies.

« Ça s'est déconnecté ! hurla Brent. Il faut que je déclenche le truc manuellement.

– Brent ! Non ! »

Mais il rebroussait déjà chemin en direction de la ferme. Il ouvrit à la volée un boîtier fixé à la balustrade du porche. D'après le schéma qu'il m'avait montré, je savais qu'un fil courait de ce boîtier aux explosifs que nous avions disposés à l'intérieur.

« T'inquiète. J'ai le temps ! » dit-il tandis que ses doigts s'activaient rapidement.

Des Akh et des Gelal sautaient déjà des fenêtres sur le porche.

Entre-temps, Ryan et Zach m'avaient rejointe sur le ring.

« Dépêche-toi ! criâmes-nous à l'unisson.

– Ça y est ! » Il referma le boîtier et fit volte-face en agitant ses poings en l'air tel Rocky Balboa, prêt à prendre ses jambes à son cou avant que tout saute. Mais avant qu'il ait décollé, un Gelal l'attrapa par-derrière et le tira par-dessus la balustrade.

« Non ! » hurlai-je.

Je courus vers lui, mais je n'avais pas fait la moitié du chemin que la ferme explosa.

Tout se passa très vite. En un clin d'œil. Je fermai les yeux pour les protéger de la clarté aveuglante. Quand je les rouvris, tout avait disparu. Les démons. La maison.

Y compris Brent.

Il ne restait plus rien de lui.

37

Le guerrier et la guérisseuse

Trente secondes plus tard

Je n'entendais plus rien à part un horrible bourdonnement à me donner la nausée. Terrassée par le vertige, je n'arrivais pas à me relever.

« Non ! » hurla Ryan en courant vers la ferme. C'est ce que je lus sur ses lèvres, même si le bourdonnement m'empêchait d'entendre son cri. Et je perçus sa souffrance alors qu'il avançait en chancelant vers les décombres en flammes. Je voulais le retenir de peur qu'il ne s'approche trop. Il trouva le moyen d'abattre deux Akh qui avaient réchappé à l'incendie avant de tomber à quatre pattes devant le feu.

Je basculai et me laissai aller à terre, la tête dans la paille. J'arrachai mon oreillette avant de plaquer mes mains sur mes oreilles, concentrant mes pouvoirs guérisseurs sur mes tympans pour tenter d'arrêter cette douleur lancinante. Le bourdonnement s'amoindrit légèrement, la douleur se réduisit à des picotements, et je retrouvai suffisamment mes capacités auditives pour me rendre compte que quelqu'un m'appelait.

Plusieurs personnes en fait, vis-je en penchant la tête en arrière pour jeter un coup d'œil au champ de bataille. Ce geste me rappela le jour où j'avais été abattue par les loups dans l'entrepôt de Caleb. Du coup, la sensation de vertige redoubla. Le ring semblait étrangement vide. L'explosion déclenchée par Brent avait coûté la vie à la plupart des Akh et des Gelal présents. Il en restait une poignée, proté-geant Caleb, à l'extrémité nord du ring, et quelques autres éparpillés sur le terrain. D'après ce que j'entrevoyais dans l'épaisse fumée qui avait englouti l'arène, seuls cinq loups-garous avaient survécu au massacre. Je me demandais com-bien d'entre eux au total avaient été vaincus au combat, combien avaient fui dans les collines après la déflagration.

Daniel faisait partie de ceux qui m'appelaient à tue-tête. Je vis ses lèvres bouger tandis qu'il se débattait avec deux loups gigantesques qui semblaient faire de leur mieux pour l'empêcher de me rejoindre. La bataille était san-glante mais toute cette scène surréaliste avait l'air de se dérouler au ralenti. Je les voyais se heurter dans les airs, Daniel multipliant les coups d'épée pour parer aux griffes de ses assaillants.

Le fait que je voyais tout ça à l'envers, compte tenu de ma position, n'aidait probablement pas.

Talbot aussi criait mon nom. Je tournai la tête dans sa direction. Lisa et lui bravaient deux autres redou-tables loups. Même Slade et Zach, en train de décimer les quelques démons qui restaient, m'appelaient. Ils avaient l'air d'agiter les bras à mon adresse comme pour me signaler quelque chose. J'étais tellement sonnée par l'explosion que mon cerveau prenait un temps fou pour assimiler les informations.

Je roulai sur le ventre pour avoir une perspective nor-male sur les choses et relevai les yeux juste à temps pour voir une forme se précipiter sur moi, une lance à la main, tandis que de l'autre main, elle me faisait signe de m'écarter. Jude ! *Pourquoi est-il entré sur le ring ?*

Ses mots finirent par m'atteindre.

« File de là, Grace ! Vite ! »

Alors que je me mettais à genoux tant bien que mal, Jude expédia sa lance par-dessus mon épaule. Elle heurta quelque chose derrière moi et j'entendis un grognement. Je tournai juste assez la tête pour voir d'énormes mâchoires se refermer sur le col de ma toge. Le loup me souleva et, en quatre bonds géants, franchit toute la largeur de l'arène en m'emportant dans sa gueule. La lance plantée dans une de ses pattes avant ne lui avait apparemment fait ni chaud ni froid.

Un long cri perçant plus tard

Le loup brun me jeta au sol, ma hanche heurtant de plein fouet la terre dure. En levant les yeux, je m'aperçus que le regard jaune, assassin, fixé sur moi, était celui de Caleb Kalbi.

Un horrible sourire fendait son visage, me rappelant une version sinistre d'une lanterne citrouille avec ces yeux étincelants. Nous étions au nord du ring, à la limite jalonnée de flambeaux qui jetaient des ombres lugubres autour de lui.

« Je me réjouis que tu aies écouté mon message », dit-il.

Je me redressai péniblement, prête à le charger, mais deux Gelal et deux Ahk me saisirent les bras.

« Où est-il ? criai-je d'un ton furieux. Où est James ? Je suis venue. Je me suis battue. Comme vous le vouliez. Vous aviez promis de l'amener ! Où est-il ? »

Caleb se pencha vers moi.

« Tu le sauras bien assez tôt. »

Je hurlai en essayant de lui flanquer un coup de boule, mais les démons qui me retenaient me tirèrent en arrière, si fort que j'avais l'impression qu'ils voulaient me couper en deux.

Caleb ricana.

« Tu te crois assez forte pour te mesurer à moi ? »

Je gémis de douleur.

« C'est ça que vous voulez, hein ? C'est pour ça que vous teniez à ce que je sois sur le ring. Pour pouvoir vous affronter à moi ?

– Si je tenais à ta présence sur ce ring, c'était pour te détruire moi-même. D'une manière ou d'une autre. » Il se lécha les babines. « Tu es venue chez moi. Tu m'as volé mes garçons. Tu m'as obligé à quitter mon entrepôt. Je vais te le faire payer. Je te tuerai moi-même, puis je tuerai Daniel. Ainsi tout le monde saura que Caleb Kalbi est le plus fort des Urbat. »

Ses paroles confirmèrent ce que je soupçonnais depuis longtemps. Nous l'avions humilié sur son propre terrain, devant sa meute. Il voulait prendre sa revanche, d'une manière aussi publique que possible. Pour sauver la face devant la communauté des Urbat.

Voilà pourquoi il nous avait épargnés quand il avait porté l'assaut dans la nuit. Il nous avait *autorisés* – de son point de vue tout au moins – à vivre jusqu'à cet instant. Je m'étonnais que, dans son message, il n'ait pas requis aussi la présence de Talbot, puisque son ancien bêta l'avait trahi plus encore que nous. Mais peut-être s'était-il dit qu'il serait là de toute façon. Tout comme Daniel.

Mes pensées se tournèrent vers mes amis. Je n'avais pas la moindre idée de ce qu'ils devenaient au-delà du cercle de démons qui nous entourait, Caleb et moi.

Ce dernier claqua des doigts. Les Akh et les Gelal me tirèrent à nouveau sur les bras dans des directions opposées. Je hurlai.

Caleb me regarda en fronçant les sourcils, déçu, semblait-il.

« Tu es trop faible, dit-il en rôdant autour de moi. Tu me prives de mon plaisir. Tu es trop humaine. Pas assez de forces. Ni de hargne. Tu devrais laisser ton loup sortir, jouer un peu. » Il me décocha un grand sourire malveillant. « Là on pourrait vraiment s'amuser. »

À la mention de mon loup intérieur, ce dernier devint fou dans ma tête. Il n'avait qu'une seule envie : se mesurer à Caleb. *Laisse-moi sortir !* s'écria-t-il. *Accepte-moi.*

Prise de convulsions, je levai les yeux vers la lune à présent à demi imprégnée d'un rouge sang, de plus en plus puissante. J'avais l'impression qu'elle allait me tomber dessus. J'essayai de me concentrer sur les pierres de lune qui pendaient à mes oreilles, mais leurs vibrations me semblaient faibles, comparées aux cris du loup dans ma tête, à l'attrait de l'éclipse.

Relâche-moi !

Je pensais à ce que Talbot m'avait dit au sujet de la possibilité de canaliser l'énergie de l'éclipse. Je penchai la tête en arrière, absorbant les rais de la lune.

« Cesse de lutter, dit Caleb. Je le vois dans tes yeux. Tu as envie d'accepter son énergie.

– Je vais t'en faire voir de l'énergie ! » répliquai-je en concentrant tous mes pouvoirs dans mes bras que je repliai avant de les déployer, expédiant avec vigueur dans les airs les Akh et les Gelal qui me retenaient Ils atterrirent quelque part hors du ring ; deux gardes se jetèrent sur eux avec leurs lances. Caleb aboya un ordre, et le reste de ses troupes m'assaillit. Je me précipitai sur un des flambeaux que j'arrachai du sol et m'en servis pour empaler trois démons à la fois. Les deux Gelal et le loup noir encore en lice prirent la fuite en poussant des cris stridents et disparurent dans le labyrinthe.

Caleb restait seul, sans sa garde protectrice. Il rugit et se jeta à terre, presque comme s'il piquait une colère, mais au lieu de vociférer en donnant des coups de pied, il se changea subitement en un colossal loup gris et fauve. Il se redressa en griffant frénétiquement la terre de ses pattes puissantes. Le corps vibrant d'énergie, à quatre pattes, il me fusilla du regard. La gueule ouverte, il gronda, révélant des crocs longs comme mon pouce.

Je reculai d'un pas.

Nom de Dieu !

Il lança une patte griffue dans ma direction. Je m'écartai vivement, saisis un autre flambeau et lui sautai sur le dos avant qu'il ait le temps de se retourner. Je le frappai sur le crâne avec la torche qui se brisa en une gerbe de lanières de bambou sans lui faire grand mal. Le loup rua, se cabra, pour essayer de me déloger en tournant sur lui-même. J'entrevis au passage mes amis toujours aux prises avec leurs propres adversaires.

Le loup finit par me désarçonner et je volai au-dessus de sa tête pour aller me heurter à l'estrade à l'épicentre du ring. Je sentis ma jambe droite craquer à trois endroits différents en entrant en contact avec le rebord.

Un cri retentit, et je vis Jude se ruer sur Caleb. Il avait trouvé mon glaive avec lequel il s'attaqua au loup gris et fauve, mais ce dernier l'écarta d'un coup de patte. Jude vola à son tour dans les airs sur plusieurs mètres et atterrit sur le flanc.

Caleb se précipita vers l'estrade. En entendant des pas précipités, je jetai un coup d'œil derrière moi et vis Daniel s'élancer vers l'arrière de la plateforme. Le loup bondit au moment où Daniel, se servant du bord de l'estrade comme d'un tremplin, fonçait sur lui. Ils se télescopèrent plusieurs mètres au-dessus de moi. Daniel martela le loup de coups de pied et de poing, l'expédiant encore plus haut. Le loup enveloppa ses grosses pattes autour de Daniel. Ils retombèrent tous les deux brutalement à terre. Au moment de l'impact, le loup lâcha prise, Daniel se dégagea d'une roulade. Il se redressa, prêt à affronter une nouvelle attaque.

J'entendis un hurlement rageur. À proximité de la grange, Talbot venait d'enfoncer son épée dans le corps d'un grand loup noir. Il extirpa rapidement la lame ensanglantée et vola dans notre direction, agitant son épée au-dessus de lui en poussant des cris de guerre.

Le loup gris et fauve se jeta à nouveau sur Daniel. Ce dernier exécuta une pirouette aérienne. Ce faisant, il attrapa le loup par le cou entre ses chevilles et le retourna comme une crêpe. Daniel lâcha prise et atterrit miraculeusement sur ses pieds tandis que le loup partait en vrille dans les airs pour retomber violemment au sol à côté de Talbot.

Qui fit aussitôt mine de lui planter son épée dans la poitrine.

« Non ! cria Daniel. Je me charge de lui ! »

Le loup gris et fauve esquiva et la lame de Talbot s'enfonça dans la terre.

« Il a tué mes parents ! riposta Talbot en s'essuyant le front. J'ai attendu ce moment toute ma vie. »

Lâchant son épée, il se jeta sur le loup en le martelant de coups à mains nues.

Je tentai de me mettre debout sur l'estrade, mais ma jambe n'était pas d'accord. Slade et Lisa apparurent à mes côtés pour me soutenir, sans que je sache d'où ils avaient surgi.

Le loup planta ses dents dans le bras de Talbot et l'envoya valdinguer. Puis il se dressa sur ses pattes arrière, prêt à lui courir après. Daniel bondit sur l'animal d'un saut magistral. Il le saisit par les épaules, maintenant ses mâchoires claquantes à l'écart de son visage. Les griffes du loup réduisirent sa toge en lambeaux tandis qu'il se débattait.

En proie à un élan d'énergie colossal, Daniel écarta brutalement le loup qui vola sur plusieurs mètres avant d'atterrir violemment sur le dos. Talbot courut vers lui et l'attrapa par le cou avant qu'il ait le temps de retrouver son équilibre. L'animal émit une grande plainte en agitant ses pattes en tous sens sans parvenir à se libérer de la poigne de Talbot.

« Tu vas mourir, Caleb », grogna Talbot sous le nez de la bête. Il resserra encore son étreinte. Je l'avais déjà vu rompre le cou d'une créature à mains nues.

« Non ! » protesta à nouveau Daniel en s'emparant de l'épée que Talbot avait abandonnée.

« Comment ça, non ? » rugit Talbot.

Daniel posa son pied sur la poitrine du loup et braqua sa lame sur son visage jusqu'à ce que la pointe, coupante comme un rasoir, ne soit qu'à quelques centimètres de la zone poilue entre ses yeux.

« Transforme-toi, demanda-t-il d'une voix impérieuse qui fit vibrer l'air. Où est James ? Redeviens humain pour pouvoir me le dire ! » Il recula lentement l'épée comme s'il s'apprêtait à la planter dans le crâne de la bête. « Transforme-toi. Tout de suite ! »

Le corps du loup trembla des pieds à la tête tandis que la métamorphose s'opérait. De son talon Daniel continua à clouer au sol le corps redevenu humain de Caleb. Talbot lui enserrait toujours le cou.

« Dis-moi où est James ! » répéta Daniel. Il avait baissé la voix, de sorte qu'il me fallut recourir à mes super-pouvoirs auditifs pour l'entendre. La foule dispersée dans les champs après l'explosion se rapprochait du ring maintenant, sentant venir le dénouement de la bataille. Ryan avait finalement quitté l'endroit où il était resté prostré dans le chagrin près du brasier pour rejoindre les autres sur l'estrade. Jude s'achemina lui aussi vers nous en tenant son flanc ensanglanté.

Caleb rit. Un son étouffé, désespéré, loin de cette hilarité démente qu'il avait manifestée plus tôt.

« Une poignée de mes hommes détiennent l'enfant. Je leur ai donné l'ordre de le tuer si je mourais. »

Talbot lui serra le cou un peu plus fort.

« Menteur ! Ça ne faisait pas partie du plan.

– Quel plan ? m'étonnai-je.

– J'ai toujours un plan B, souffla Caleb. Vous… me tuez et la dernière chose que vous entendrez… de l'enfant, ce sera ses cris.

– Ses cris ! » m'exclamai-je en tentant un pas mal assuré sur ma jambe cassée. Elle céda sous moi. Slade me rattrapa dans ses bras. « Si on peut entendre les cris de James, lui chuchotai-je, ça veut dire qu'il est là. Quelque part dans le périmètre ! »

Slade m'assit sur l'estrade.

« On va le retrouver. »

Il fit signe aux autres de le suivre.

Ryan me tendit son fusil.

« Au cas où, dit-il. Mais il ne reste que deux balles. »

Lisa piqua un sprint en direction de la grange. Ryan contourna à la hâte les ruines encore fumantes de la ferme. Slade disparut dans le labyrinthe. Tenant toujours son flanc des deux mains, Jude se dirigea à petites foulées vers la foule de spectateurs.

Je reportai mon attention sur Daniel, Talbot et Caleb.

« Tu as tout compris à l'envers, décréta Daniel d'un ton farouche sans cesser de pointer son épée sur la tête de Caleb. S'il arrive quoi que ce soit au petit garçon, tu me supplieras de mettre fin à tes cris. Maintenant dis-moi où il est ! »

Caleb lui décocha un regard méchant.

« J'ai bien peur qu'on ne soit dans une impasse alors, mon fils. »

Je me concentrai au maximum pour essayer d'envoyer un message télépathique à Daniel afin de le mettre au courant que nous étions sur la piste de James. Je ne pouvais pas l'en informer à haute voix de peur de mettre la puce à l'oreille de Caleb. Je ne voulais pas lui donner de raison de se défendre à nouveau, ou pire, de donner le signal pour l'exécution de mon petit frère avant que nous l'ayons retrouvé. *On a juste besoin de maintenir Caleb à distance encore quelques minutes,* me dis-je, orientant ma pensée vers Daniel dans l'espoir qu'il percevrait ce que j'avais besoin qu'il sache.

« Les impasses ne m'intéressent pas », lança Talbot en tirant sur la tête de Caleb avec une telle force qu'il faillit la lui arracher. Ce dernier se tordit en tous sens et son corps se transforma à nouveau en loup. Talbot le lâcha et recula, laissant la tête de l'animal mort tomber mollement à terre, selon un angle bizarre.

Je plaquai mes mains sur ma bouche, retenant un cri. J'en entendis pourtant un : le cri strident, pitoyable d'un enfant faisant écho, quelque part dans le labyrinthe. Au même instant, le mur de maïs s'embrasa.

Jude se tourna dans cette direction.

« James ! »

Daniel releva brusquement la tête et rugit à l'adresse de Talbot :

« Qu'as-tu fait, malheureux ? Ils ont tué James à cause de toi ! »

Talbot était toujours agenouillé dans la paille, près du corps de Caleb.

« Il n'allait rien nous dire de toute façon. C'est comme si l'enfant était déjà mort. »

D'horribles sanglots me secouaient. Daniel me jeta un coup d'œil par-dessus son épaule, comme s'il avait senti ma douleur, puis il se jeta sur Talbot en brandissant son épée.

Je percevais la souffrance de Daniel, en plus de la mienne, alors qu'il hésitait à planter la lame dans la poitrine de Talbot. *Rends-toi ou meurs*, semblait-il penser.

Un autre cri provenant du labyrinthe nous fit redresser la tête brusquement.

« Je l'ai trouvé ! » C'était la voix de Slade. « J'ai trouvé James !

– Dieu soit loué ! » J'avais envie de me sentir soulagée, mais un dédale de maïs en feu se dressait encore entre mon petit frère et moi. Et c'était *Slade* qui l'avait entre les mains.

Jude fonça vers l'entrée du labyrinthe. J'aurais voulu pouvoir le suivre.

« J'espère pour toi que l'enfant s'en sortira ! cria Daniel à l'adresse de Talbot. À présent, rends-toi ! » Il fonça sur lui avec la force rayonnante d'un vrai alpha.

Haletant, Talbot lui rendit son regard noir. En prenant son temps, il mit un genou à terre, un poing au sol. À l'instant où il s'apprêtait à incliner la tête devant Daniel,

Slade jaillit du champ en flammes, serrant James contre sa poitrine. Sa toge en lambeaux, carbonisée, battait derrière lui tandis qu'il s'éloignait du feu aussi vite que possible.

« James est sauvé ! » m'écriai-je.

Daniel se tourna vers eux.

Talbot bascula en avant sur son genou.

« Jamais je ne me soumettrai à toi ! » cria-t-il en se jetant sur Daniel. Avant que ce dernier puisse réagir, Talbot envoya valser son épée d'un geste brusque. Daniel l'empoigna et ils entreprirent de se battre à mains nues.

« Tu as vraiment cru que j'allais me rendre ? souffla Talbot en bourrant son adversaire de coups. Que j'accepterais d'être ton laquais ? Même quand j'étais avec Caleb, c'est moi qui tirais les ficelles. Après l'avoir quitté, c'était pareil. Tu t'imagines qu'il était assez intelligent pour monter cette attaque à la paroisse ? Organiser l'assaut ce soir ? C'est moi qui ai tout manigancé.

– Je n'en serais pas si fier si j'étais toi, répliqua Daniel en abattant son poing sur l'épaule de Talbot. Caleb a échoué.

– C'est exactement ce que je voulais ! J'ai toujours su que je le tuerais sur ce ring, qu'ensuite j'achèverais le principal challenger. Si ce n'est qu'au départ, je pensais que ce serait Gabriel, et pas toi. Je préfère cette configuration d'ailleurs. »

Quoi ? Talbot avait été contre Caleb et nous à la fois pendant tout ce temps-là ? Nous dupant tous ? Jusqu'à cet instant même ?

Il me fallut quelques secondes pour en arriver à cette conclusion, mais je n'étais pas vraiment surprise. Je m'étais toujours demandé pourquoi Talbot avait travaillé pour Caleb, alors qu'il était responsable de la mort de ses parents. Depuis qu'on savait qu'il avait fait partie des Rois de l'Ombre, je n'avais jamais vraiment réussi à lui faire confiance. Mais l'élément qui sonnait faux, qui continuait à me troubler, c'était qu'il ait pu être contre nous depuis le début. Au fond de moi, j'avais pensé qu'il était amoureux. Même si je n'avais pas le moindre sentiment à son égard, je n'arrivais pas à admettre que toutes les déclarations d'amour qu'il m'avait faites se résumaient à des mensonges.

Je l'avais cru quand il m'avait déclaré qu'il était prêt à tout pour faire partie de ma vie – même si cela l'obligeait à aider Daniel à devenir son alpha.

Talbot changea de méthode de combat, multipliant les techniques wing-chun – un type d'affrontement qui maintient l'adversaire à faible portée. Daniel rendait coup pour coup. Il était plus grand et plus fort que son adversaire, mais le wing-chun est conçu spécifiquement pour les combattants de petite taille. Pour finir, Talbot abattit brutalement sa main sur la poitrine de Daniel, mais au lieu de le repousser, il s'y cramponna en poussant un rugissement rageur, à vous glacer le sang. Il leva son visage vers la lune rouge sang et des ondes d'énergie palpables déferlèrent dans son corps, son bras, à travers sa main, jusque dans la poitrine de Daniel.

Daniel ouvrit la bouche comme pour laisser échapper un cri de douleur, mais rien ne sortit. Ses bras étaient rivés le long de ses flancs – pétrifiés. Je vis de la peur, de la confusion dans son regard, et je compris qu'il ne pouvait plus bouger. Les yeux plissés, fixés sur la lune, les traits figés par la concentration, Talbot gardait sa main plaquée sur le torse de Daniel.

Qu'était-il en train de lui faire, pour l'amour du ciel ?

Je crus entendre Daniel émettre une plainte mais je me rendis compte que j'avais perçu sa douleur plutôt que de l'entendre. Une tache rouge apparut sur son épaule, imprégnant le tissu doré de sa toge. Du sang. La blessure provoquée par la balle en argent du chasseur s'était rouverte. Je sentis à nouveau qu'il criait et vis que les plaies à peine cicatrisées au niveau de ses poignets lacérés par le fouet en chaîne s'étaient brusquement rouvertes aussi.

Je regardai le visage de Talbot, tordu par la rage. En le voyant le tendre vers la lune rouge, je repensai à la manière dont j'avais canalisé l'énergie de l'éclipse pour me libérer de l'emprise des démons de Caleb. Je regardai sa main pressée contre la poitrine de Daniel en proie à de violentes secousses, comme si quelque chose le déchirait de l'intérieur.

« Il ne peut pas… » J'avais le souffle si court que ça faisait mal de parler. Je me forçai à me lever, retenant un cri de douleur quand je tentai de poser ma jambe cassée par terre. Pas le temps de la guérir. Il ne fallait même pas y songer. Je sentais les appels de Daniel. Je devais me porter à son secours. Tout de suite.

« Arrête, lui criai-je. Je sais ce que tu fais. Talbot ! Arrête ça tout de suite ! »

Je brandis le fusil de chasse que Ryan m'avait laissé.

Les mâchoires de Talbot se crispèrent. Sans qu'il lâche prise pour autant. Je tremblais sous l'effet des cris de souffrance de Daniel. Talbot était en train de canaliser l'énergie de la lune pour alimenter son pouvoir guérisseur – non, *l'inverse* du pouvoir guérisseur – contre Daniel. Il déversait en lui, de force, sa colère et sa rage, l'attaquant de l'intérieur à l'aide du loup dans sa tête. Nous en avions parlé hier encore quand il m'avait convaincue de lui expliquer mon pouvoir. Il avait prétendu qu'il voulait l'apprendre pour pouvoir me sauver la vie si nécessaire. Il s'était servi de ses prétendus sentiments à mon égard pour m'abuser.

Une entaille apparut sur la joue de Daniel, une autre sur sa main. Des blessures qu'il avait dû subir, et guérir, pendant la bataille. Le côté de sa toge en lambeaux était trempé de sang, à l'endroit où Caleb l'avait lacéré de coups de griffe.

« Tu veux toujours que je me soumette à toi ? lança Talbot. Ou tu préfères que je creuse un peu plus ? Quelles autres blessures anciennes recèle ton corps ? Ne t'aurait-on pas transpercé le cœur une fois, avec un poignard en argent ? Ça fait partie des histoires que je n'arrête pas d'entendre à ton sujet.

– Ne fais pas ça, Talbot ! Ne t'avise pas de...

– Qu'est-ce qui se passe, Grace ? Tu n'as pas envie que je fasse un trou dans le cœur de ton Daniel ? »

Je braquai le fusil sur lui. Le faisceau rouge du laser dansa sur sa chemise noire en faisant des zigzags, trahissant mes mains tremblantes. Je n'avais jamais braqué une arme sur qui que ce soit de ma vie.

« Ce fusil est chargé de balles en argent. » Au moins deux. « Et je sais tirer. »

Talbot éclata de rire. Un son léger. Il s'efforçait de ne pas se déconcentrer.

« C'est peut-être ça que je veux justement, Grace. Que tu me tires dessus. Que tu aies *envie* de le faire au moins.

– Qu'est-ce que ça veut dire ?

– Je suis doué pour persuader les Urbat de céder à leur loup intérieur. Caleb ne te l'a-t-il pas dit ? Je suis plus expert que lui. Je vais au fond des choses, moi. »

Il appuya sa main plus fort sur la poitrine de Daniel, agitant son corps secoué de soubresauts.

« Ne fais pas ça ! Arrête, s'il te plaît. Qu'est-ce que tu veux ?

– Pendant des années, j'ai cru que je n'avais qu'un seul désir : tuer Caleb, et me venger de la meute de Sirhan qui n'a rien fait pour empêcher la mort de mes parents. Je ne rêvais que de ça depuis que j'étais enfant. Mais Caleb est mort maintenant et je suis sur le point de vaincre l'alpha de la meute de Sirhan, comme je l'avais prévu. Le problème, c'est que tu m'as donné envie d'en vouloir plus. » Ses traits se tordirent, et je crus voir une expression de remords. « Une fois Daniel éliminé, j'arriverai peut-être à avoir ce que je veux le plus au monde.

– Alors tu nous as trompés tout du long ? Depuis l'entrepôt, tu as fait semblant d'être de notre côté ? Et tout ce que tu m'as raconté à propos de l'amour que tu me portais, qui te donnait envie d'être meilleur, ce n'était que des conneries !

– Non, répondit-il. Tu as vraiment eu un effet sur moi. Tu m'as donné envie de changer pour toi. » Il me jeta un rapide coup d'œil. « Quand on a quitté cet entrepôt, la seule chose que je voulais, c'était toi, Grace. On aurait fait un couple parfait. Pour lutter contre les démons. On aurait rattrapé le coup. Tu es tout ce que je désire, et j'ai essayé de m'améliorer pour toi. Mais tu refuses de me pardonner… »

Ma gorge se serra. Il avait raison. Avec tout ce qui s'était passé, je ne lui avais jamais vraiment pardonné. J'avais refusé de lui accorder une seconde chance, comme je l'avais fait pour Jude et les garçons. *Je suis responsable de tout ce qui nous arrive.*

« Et si je te pardonnais maintenant ? demandai-je, les dents serrées. Tu lâches Daniel et je te donne une seconde chance…

– Il est trop tard ! Tu m'as déjà dit que tu choisirais toujours Daniel plutôt que moi. Tu as fait en sorte que je te veuille et puis tu t'es arrangée pour que ça ne soit pas possible.

– C'est à ce moment-là que tu t'es retourné contre nous ? demandai-je. C'est toi qui as dit aux Rois de l'Ombre qu'on serait à cette soirée pour pouvoir intervenir et nous sauver, c'est ça ? Dans l'espoir de regagner notre confiance. Ensuite tu as informé les Rois de l'Ombre de notre plan pour prolonger la vie de Sirhan. C'est à cause de toi, et non de Jude, s'ils ont attaqué la paroisse.

– C'était facile. Caleb ne s'est même pas rendu compte que je le dupais lui aussi. Il m'a suffi de trouver un de ses Akh et de le laisser lire dans mes pensées. Celles que je voulais qu'il voie en tout cas. Je lui ai communiqué le plan d'attaque de la paroisse, pour anéantir Sirhan. Je ne voulais pas passer à côté de l'occasion d'exploiter le pouvoir de l'éclipse, alors j'ai persuadé les Rois de l'Ombre par la ruse de s'imposer dans la cérémonie de mise à mort de Sirhan. Caleb ignorait que j'avais l'intention de le tuer quand il est venu ici ce soir.

– Et James ? Il faisait partie de ton plan aussi ? » Je resserrai ma poigne autour du fusil pour que le point rouge du laser se stabilise sur sa poitrine.

« Non, ça, c'était Caleb. C'est lui qui a décidé d'enlever le gosse.

– Mais sans ton intervention, il ne serait pas venu ce soir-là. »

James a failli mourir à cause de Talbot. Depuis ma rencontre avec Caleb, j'avais réussi à museler mon loup intérieur, mais sa voix résonnait à présent en moi comme un cri dans un couloir vide. *Et maintenant il va tuer Daniel si je ne fais rien pour l'arrêter.*

« De mon point de vue, reprit Talbot, soit tu baisses ce fusil et tu me laisses tuer Daniel. Soit tu décides de me tuer et tu te changeras en loup-garou, comme le reste d'entre nous. C'en sera fini de cette connerie de la Divine.

– À quoi ça servirait ? Tu t'imagines qu'une fois Daniel parti, je vais t'aimer à la place ? Tu crois que si je me transforme en loup, je vais t'apprécier davantage ? Parce qu'alors, je serai mauvaise et je voudrai quelqu'un de mauvais comme toi dans ma vie ? Tu penses vraiment que ça marchera ?

– Ça vaut le coup d'essayer, répondit-il. Je n'ai rien à perdre. Je parie que tu te changeras en loup avant d'arriver à appuyer sur la détente. Je sais comment ça fonctionne. Caleb essaie toujours de précipiter les choses, mais moi j'apprends à connaître mes victimes. Je sais précisément comment les faire céder. » Talbot abattit son poing sur la poitrine de Daniel, lui envoyant une autre décharge d'énergie négative. Je perçus ses gémissements de douleur et de frustration alors que, paralysé par ce nouvel assaut, il était dans l'incapacité de neutraliser son adversaire. Du sang tachait sa chemise sous la main de Talbot.

Le fusil vacilla dans mes mains. Je m'efforçais de faire taire le loup qui m'exhortait à lui céder. À le laisser planter ses crocs dans la peau de Talbot. À l'égorger pour tout ce qu'il avait fait. *À cause de ce qu'il était en train de faire subir à Daniel...*

Talbot avait raison. Il me connaissait trop bien. Il savait exactement ce que j'avais dans le cœur. Ce qui me ferait basculer et m'inciterait à céder aux cris du loup dans ma tête. Je le lui avais dit moi-même. Daniel aurait toujours la première place dans mon cœur.

« Que choisis-tu ? demanda Talbot. Tu me laisses vivre et je le tuerai. »

Je brandis le fusil et orientai le faisceau du laser droit sur son cœur.

« J'ai pris ma décision. »

Il ne cilla même pas.

« Tu sais qu'il te suffit d'avoir *envie* de me tuer et tu es perdue.

– Je le sais. »

J'appuyai sur la détente. Une balle en argent jaillit de la chambre.

Je n'ai aucun regret, pensai-je alors que le projectile se logeait dans l'épaule de Talbot. Il poussa un hurlement, lâcha Daniel, bascula en arrière. Il plaqua sa main sur sa blessure et me regarda, une lueur de rage mêlée de stupeur brillant dans ses yeux.

« La différence, dis-je, c'est que je n'avais pas l'intention de te tuer, mais de te neutraliser. Ces balles font mouche à gauche de la cible. » J'appuyai une deuxième fois sur la détente, lui démolissant une rotule. Il s'effondra à terre en se tordant de douleur.

Je lâchai mon arme et me précipitai vers Daniel en rampant, incapable de marcher à cause de ma fracture. Soudain Jude apparut. En me serrant contre son flanc, il me porta jusqu'à l'endroit où Daniel gisait dans la paille.

Il me posa au sol et ensemble nous le redressâmes en position assise. Du sang dégoulinait de la plaie sur sa joue, mais ce qui m'inquiétait le plus, c'était la tache rouge qui imprégnait sa chemise. Je soulevai le tissu pour voir ce qu'il en était et découvris avec étonnement que tout ce sang provenait de la blessure par balle qui s'était rouverte à l'épaule. Il n'avait pas une seule marque sur la poitrine.

« Tout va bien, dit Daniel en serrant les dents. Il n'a pas pu atteindre mon cœur.

– Comment ça se fait ?

– Parce que ce n'est pas ce cœur-ci qui a reçu un coup de poignard. »

Je hochai la tête.

« Que veux-tu dire ? s'étonna Jude. Y a un truc que je n'ai pas compris, là.

– Quand j'ai poignardé Daniel l'année dernière, c'était un Urbat. Il avait deux cœurs, l'un sur l'autre. J'ai tué cette créature, et Daniel a ressuscité en quelque sorte. Sous une forme perfectionnée. Ce cœur, ce cœur unique, n'a jamais été percé. Il n'y avait pas de blessure à rouvrir. »

Je me rapprochai de Daniel et je l'aidai à retirer sa toge pour pouvoir examiner son épaule.

« De l'eau, bredouilla-t-il. J'ai la gorge tellement sèche.

– Je m'en occupe, dit Jude en se levant précipitamment.

– Merci, mon frère, dit Daniel en lui saisissant la main avant qu'il s'en aille.

– Pas de quoi… mon frère. » Jude pressa les doigts de Daniel puis se détourna.

« Son cœur mérite quand même d'être brisé. » C'était la voix de Talbot. Je me retournai vers l'endroit où on l'avait laissé se tortillant dans la poussière. Il s'était déplacé un peu vers la droite. Il tendit le bras en arrière, et une lance à pointe d'argent vola tel un javelot vers le torse de Daniel.

J'avais les mains prises dans les plis de sa toge et ne pus réagir assez vite. Jude poussa un cri et se jeta devant Daniel. Son cri se fit perçant quand la lame lui transperça la poitrine pour ressortir dans le dos. Il atterrit sur le flanc, un bras tendu, l'autre pendant mollement sur la hampe de la lance.

Je me démenai pour libérer mon bras et, lâchant Daniel, je rampai vers mon frère. En levant les yeux, je vis Talbot fuir en boitillant sur sa jambe blessée vers le champ de maïs en feu. Les gardes le laissèrent passer – respectant les règles de la cérémonie qui s'appliquaient toujours en théorie. Avant de détourner le regard, je crus voir une silhouette en toge verte lui courir après.

« Jude ! » m'exclamai-je, concentrant toute mon attention sur lui.

Il leva ses yeux suppliants vers moi et saisit la hampe de la lance d'une main faible. La quantité de sang qui se déversait de sa poitrine confirma mes pires craintes. Un de ses cœurs au moins avait été transpercé de part en part.

Avec une lance à pointe d'argent.

L'un des rares coups qui pouvaient être fatals à un Urbat.

« Jude, non ! »

Il avait réagi avant que j'aie le temps de le faire. Il s'était jeté devant la lance. Il avait sauvé la vie de Daniel.

« Gracie, murmura-t-il. S'il te plaît. » Il tenta de poser sa main sur la mienne. Les mots qu'il prononça ensuite ne produisirent aucun son. Il les articula avec un regard implorant planté dans le mien.

Je le pris dans mes bras. Sa tête se relâcha. Ses yeux se révulsèrent. Je tâtai son cou à la recherche du pouls. Il était sans connaissance, mais il n'était pas mort. Pas encore. Le pouls était presque indétectable.

« Accroche-toi, Jude. Tu vas t'en sortir. Tu vas t'en sortir. » Je me tournai vers Daniel qui se mit péniblement à genoux. « Je lui ai promis. Je lui ai promis que tout irait bien. Il faut qu'on fasse quelque chose. Qu'on le guérisse. »

Je brisai la hampe de la lance et extirpai la lame de son dos d'un coup sec. Je pressai mes mains sur la blessure. Le sang jaillit sous mes doigts tandis que je m'efforçais de concentrer sur lui toute l'énergie positive que je pouvais puiser en moi.

« Aide-moi, dis-je à Daniel. Aide-moi. Je ne peux pas y arriver toute seule.

– Tu ne peux pas, Gracie, me répondit-il. Tu ne peux rien contre l'argent.

– On peut au moins essayer, répliquai-je en l'empêchant d'écarter mes mains de la poitrine de Jude. Aide-moi, bon Dieu ! On a juré de lui venir en aide. »

Daniel me lâcha les bras et posa ses mains sur les miennes.

Mon visage était trempé de larmes, mais je m'obligeai à me vider la tête. Je pensais à tous les moments merveilleux que j'avais partagés avec mon frère. Quand nous construisions des cabanes dans le salon, quand on grimpait aux arbres, quand on passait des heures avec nos cannes à pêche sur un rocher près de l'étang de papy Kramer. De l'énergie afflua au bout de mes doigts, mais ça ne suffisait pas. Je focalisai alors mon esprit sur un autre souvenir. Lorsque Daniel et moi avions étreint Jude dans sa cellule à la paroisse. Ce que j'avais éprouvé quand Jude avait dit qu'il souhaitait notre aide. L'effet que ça m'avait fait de savoir que mon frère était finalement de retour.

De l'énergie jaillit de mes doigts et pénétra dans sa poitrine. Explosant sous mes mains avec une force telle que je basculai en arrière. Je me redressai et regardai Jude qui gisait toujours là, le torse traversé d'une plaie béante.

« Ça ne suffit pas, dit Daniel. On ne peut rien contre l'argent. Tu ne peux pas le sauver. »

Jude battit des paupières. Il tendit deux doigts vers moi sans parvenir à lever sa main.

Je lui caressai la joue.

« Tu m'entends ? Peux-tu te transformer en loup ? »

Il essaya de parler, mais rien ne sortit. Il hocha presque imperceptiblement la tête.

« Dans ce cas, ça suffira », dis-je à Daniel.

Le corps de Jude s'agita de soubresauts tandis qu'il s'efforçait d'accomplir la transformation. Je posai mes mains sur sa poitrine.

« Ça va aller », dis-je en canalisant à nouveau toute mon énergie en lui afin de lui donner assez de forces pour réussir le changement.

Jude poussa un cri et la transformation se fit. C'était sous la forme d'un loup gris qu'il gisait à présent devant moi. Le sang de sa blessure coulait à flot sur sa fourrure.

« Ferme les yeux », dis-je.

Les paupières du loup se fermèrent sur ses yeux violets.

Je ramassai la lance brisée et enveloppai mes doigts autour de la hampe. J'avais investi tellement d'énergie pour essayer de le guérir que j'arrivais à peine à lever le bras. Daniel posa sa main sur la mienne.

« Ensemble », dit-il.

Nous soulevâmes la lance et la plongeâmes en profondeur dans la blessure béante du loup. Son corps fut pris de convulsions, puis il se figea.

« Je t'aime », murmurai-je à mon frère avant d'extraire la lance.

Je serrai le loup dans mes bras en comptant mes battements de cœur. Trente au total. Jusqu'à ce que le loup se volatilise et que ce soit le corps de mon frère que j'étreigne.

C'était un cadeau terrible – la grâce barbare. Pour guérir Jude, il avait fallu que je le tue. Je pouvais soigner certaines personnes, rendre la vie à d'autres, mais pour d'autres encore – comme Jude –, l'unique don possible était la mort.

En le tuant, j'avais libéré son âme.

Tout allait s'arranger.

Je continuais à étreindre mon frère jusqu'à ce que j'aie la certitude qu'il n'allait pas revenir. J'écartai ses cheveux de son front et déposai un baiser sur la cicatrice au-dessus de son sourcil gauche. Je posai sa tête au sol. Daniel me tendit la main comme s'il savait ce dont j'avais besoin. Il m'aida à me relever et nous prîmes appui l'un contre l'autre pour nous soutenir. Blessés tous les deux, mais encore là. Ensemble nous nous tournâmes vers la foule assemblée à la périphérie du ring. Nos amis nous rendirent nos regards. Les garçons, à l'exception de Brent. Lisa qui tenait Baby James dans ses bras, Jarem à ses côtés. Gabriel et les autres Aînés. Les gardes Etlu de l'arène.

Au-delà de nos amis, toute une foule de spectateurs se pressait, témoins des moments les plus pénibles de mon existence.

Quelqu'un martela le sol à trois reprises avec sa lance, puis l'ensemble des membres du clan Etlu mirent un genou à terre, un poing au sol, la tête inclinée vers nous. Une partie des spectateurs les imitèrent.

Je levai les yeux vers Daniel qui me pressa la main en répondant à la question que je n'avais pas posée à voix haute.

« Oui, dit-il. C'est fini. »

Nous étions les derniers debout.

38

Veillée

Trois jours plus tard

Assise sur la balancelle, je contemplais le ciel orange qui offrait une toile de fond idéale au noyer que Jude, Daniel et moi avions passé une grande partie de notre enfance à escalader. J'inspirai plusieurs goulées d'air qui me glacèrent les poumons, mais étrangement, la douleur vive à chaque respiration me revigorait. Me donnant l'impression de me réveiller vraiment pour la première fois en trois jours.

Je n'avais que de vagues souvenirs de ce qui s'était passé durant les heures qui avaient suivi la clôture de la cérémonie. J'étais éreintée, luttant mentalement contre la fatigue qui m'avait terrassée après toute l'énergie que j'avais investie en Jude pour tenter de le guérir. Mais je n'avais pas eu un instant pour me reposer. Il y avait tant de choses à faire, tellement de décisions à prendre, d'autant plus que tout le monde se tournait désormais vers Daniel et moi.

Les Aînés avaient émis le souhait d'organiser une cérémonie d'adieu digne d'un guerrier en l'honneur de Jude – en l'incinérant comme ils l'avaient fait pour les cinq gardes Etlu que nous avions perdus lors des combats contre les Rois de l'Ombre. J'avais refusé, cependant, sachant que maman voudrait des funérailles en bonne et due forme. Ce qui nous avait contraints à gérer les conséquences juridiques de son décès en expliquant ce qui lui était arrivé d'une manière que le shérif et le reste de la communauté puissent accepter. C'était Daniel qui avait trouvé la solution. Le corps de mon frère présentait toujours une terrible entaille au flanc, où Caleb l'avait lacéré de ses griffes.

« Jude a succombé à l'attaque d'un loup, avait déclaré Daniel. Nous sommes allés à la chasse aux loups dans l'espoir d'empocher la prime de dix mille dollars. La bête nous a attaqués et Jude, en tentant de me sauver la vie, s'est battu avec elle. Il l'a tuée, mais s'est blessé mortellement avec sa propre arme. Nous apporterons sa dépouille, ainsi que la carcasse d'un des plus petits loups au shérif en guise de preuve. Tout le monde saura qu'il a péri en me sauvant la vie. Il faut que tout le monde le sache. »

Le shérif avait gobé notre histoire. Le maire avait décrété que Jude était un héros et attribua le montant de la prime à notre famille. Papa en avait fait don à un refuge pour sans-abri au nom de Jude. À cause du sacrifice de mon frère, toute la ville était présente à la veillée ce soir. Je m'étais trouvée dans l'obligation de répéter un nombre incalculable de fois notre version fallacieuse de la mort de Jude devant une foule de voisins, de paroissiens et quelques loups-garous surhumains, tous venus lui rendre hommage.

Ce jour-là, nous aurions dû célébrer le dix-neuvième anniversaire de Jude ; à la place, nous avions organisé une veillée.

Je m'étais échappée quelques minutes. J'avais réitéré tant de fois le même mensonge que j'avais presque fini par y croire moi-même. Mais je ne voulais pas oublier la vérité. Je tenais à ce que la souffrance qui en découlait me maintienne réveillée avec le sentiment d'être en vie.

Ce que Jude n'était plus.

En un sens, j'espérais qu'il ressusciterait comme ça avait été le cas de Daniel lorsque je l'avais guéri l'année dernière. Mais au fond de moi, je savais que ça n'arriverait pas. Tuer Jude n'avait pas été l'ultime sacrifice, comme pour Daniel, parce qu'en plongeant cette lance dans son cœur, je savais que je ne mettais pas mon âme en péril pour le sauver. Mon acte avait libéré son âme, mais cela n'avait pas suffi à lui rendre la vie.

Je me demandais si c'était mieux ainsi.

Si c'était ce que Jude aurait voulu.

Les mots qu'il avait articulés juste avant que j'essaie de le guérir – des mots qu'il avait été trop faible pour prononcer à haute voix – continuaient à faire écho dans ma tête, même s'ils n'avaient produit aucun son. « Laisse-moi partir, avait-il essayé de dire en me suppliant du regard. Laisse-moi partir. C'est plus facile… »

Il n'arrivait pas à envisager un avenir pour lui-même. Et peut-être que mourir en martyr, en se sacrifiant pour Daniel et moi, était la voie qui lui semblait la plus aisée pour s'en sortir…

Je secouai la tête. Jude était mort en héros aux yeux de tous. Ses dernières paroles, je les avais gardées pour moi. Personne n'avait besoin de les connaître.

En entendant les marches du porche craquer, je me rendis compte que je n'étais plus seule. Je levai les yeux et vis une silhouette vêtue d'une robe fourreau noire et de collants corail. Elle tenait un petit paquet enveloppé dans du papier de couleurs vives. Je battis des paupières à plusieurs reprises en me demandant si j'étais vraiment réveillée.

« Salut. » C'était Katie Summers.

« Salut.

– Je ne connaissais pas bien ton frère, mais je tenais à te dire que je suis désolée pour vous.

– Merci, dis-je en essuyant les larmes qui perlaient au coin de mes paupières.

– On m'a raconté ce qu'il avait fait pour Daniel…

– Oui. L'attaque du loup. » Je soupirai, consciente qu'elle aurait sans doute envie d'entendre la fausse version de la bouche d'un « témoin oculaire », comme tout le monde.

Elle secoua la tête.

« Je suis au courant de ce qui s'est passé en réalité. Alors ne t'inquiète pas, tu n'as pas besoin de me mentir. »

Je haussai les sourcils.

« Slade m'a expliqué et je sais ce que vous avez tous fait pour moi à cette horrible soirée. Slade et Brent n'ont pas vraiment réussi à me convaincre que j'avais bu du jus de pommes frelaté. » Elle esquissa un sourire. « Alors merci de m'avoir sauvé la vie, je veux dire. Tu es plutôt cool, tu sais ça ? »

J'émis un petit rire.

Elle tapota son petit paquet du bout de ses ongles rose corail. Je remarquai que les dessins du papier d'emballage étaient de son cru. Du coup, je repensai au cadeau de bon rétablissement qu'elle avait voulu que je remette à Daniel la semaine précédente. Resté dans mon sac à dos, en haut dans ma chambre. Lui en avait-elle apporté un autre le soir de l'enterrement de mon frère ?

« Euh, c'est pour Slade », dit-elle en me tendant le paquet. Je constatai alors que les motifs colorés qui ornaient le paquet étaient à l'image des tatouages en forme de flammes que Slade arborait sur les bras. « C'est un chronomètre.

– Un chronomètre ? Pour Slade. »

Elle piqua un léger fard.

« Il envisage d'essayer à nouveau d'intégrer la brigade des soldats du feu. Il ne te l'a pas dit ? »

Je secouai la tête. Il ne m'en avait pas touché un mot, mais cela ne me surprenait pas. Slade avait complètement changé depuis qu'il avait sauvé Baby James de l'incendie. Comme un homme qui aurait trouvé une nouvelle raison de vivre.

« J'ai pensé que je pouvais l'aider à s'entraîner, ajouta Katie. Le chronomètre, c'est pour s'assurer qu'il ne fait pas les manœuvres trop vite, si tu vois ce que je veux dire. »

J'acquiesçai en souriant.

« Sais-tu où je pourrais le trouver ? » Ses joues prirent une teinte presque aussi vive que ses collants. Manifestement, Slade lui avait fait forte impression en la sauvant des griffes de cet Akh l'autre soir.

« Il doit être dans le garage. Il répare l'Aston Martin.

– La Rapide ? » Elle écarquilla les yeux. « Tu sais, j'ai un truc pour les belles carrosseries. Il faut absolument que je pose mes fesses dans cette voiture.

– Ne te gêne pas pour moi », répondis-je en lui faisant signe de rejoindre les autres dans la maison. Je me sentais le cœur un peu plus léger à la pensée que Slade avait trouvé chaussure à son pied. Même en une triste journée, les gens avaient le droit d'avoir un peu de bonheur. Je me demandai si Slade nous accompagnerait le jour où Daniel et moi partirions avec le clan Etlu, ou s'il fallait en conclure qu'il comptait rester là.

Une minute plus tard, la porte d'entrée s'ouvrit à nouveau. Daniel me rejoignit sur la balançoire.

« Je t'ai apporté quelque chose à grignoter. » Il me tendit une assiette de jambon au miel accompagné de pommes de terre émincées au fromage, que maman avait toujours appelées ses « pommes de terre funérailles ». Un terme un peu trop poignant pour l'heure.

Je le remerciai. Il passa son bras autour de mes épaules.

Nous restâmes ainsi en silence. Je mangeai du bout des lèvres pendant que Daniel faisait osciller la balançoire. Au-delà du grincement des chaînes de la balancelle, je prêtais une oreille distraite aux voix de l'assemblée réunie dans la maison. Même si j'avais éprouvé le besoin de m'éloigner un peu d'eux, je me demandai comment j'allais supporter de les abandonner tous dans quelques jours.

Depuis dimanche, nous avions longuement débattu avec mes parents et les Aînés de la date et de l'organisation de notre départ dans les montagnes de Pennsylvanie afin que Daniel et moi prenions la tête de notre nouvelle meute. La majorité des Aînés voulaient partir sans délai, mais papa tenait à ce que nous restions au moins jusqu'à Noël. Quant à maman, elle restait inébranlable sur le fait que la meute devrait nous autoriser à finir nos études secondaires avant de nous accaparer.

Je voyais bien qu'elle désespérait à la pensée de perdre si vite un autre enfant. Je n'avais pas envie de partir moi non plus. De quitter ma famille, ma ville, et de renoncer à l'avenir dont j'avais rêvé. Comment allais-je pouvoir me servir de mes pouvoirs pour aider le reste du monde si je vivais en recluse dans les montagnes avec la meute ? Quelle autre solution avions-nous ? Daniel et moi avions la responsabilité de la meute désormais, et je pouvais difficilement leur demander de continuer à dormir sur le sol de la salle de réunion de la paroisse *ad vitam eternam* – surtout qu'ils étaient une bonne trentaine.

J'entendis une cascade de rires venant de la maison. Un mélange des voix de Bellamy, Gabriel, de Jack Headrick et de M. Day. Quand je les avais quittés pour aller prendre l'air, ils échangeaient des récits de voyage près de la table des rafraîchissements. Je songeai à Katie et Slade, probablement seuls tous les deux dans le garage. J'avais remarqué au passage que Ryan et Zach parlaient hockey avec des garçons de mon école. À cet instant, je vis Jarem et Lisa revenir du jardin. Ils marchaient l'un près de l'autre, leurs mains se touchant presque.

C'est alors qu'une idée se profila dans ma tête de la même façon qu'un tableau y prenait forme avant que je me saisisse d'un pinceau.

Je me levai de la balançoire en veillant à ne pas prendre trop appui sur ma jambe encore fragile et interpellai Lisa et Jarem.

« Que penserait la meute de se sédentariser, à votre avis ? »

Lisa, Jarem et Daniel me dévisagèrent.

« Comment ça ? demanda Lisa en se rapprochant du porche avec Jarem.

– Nous possédons un terrain de trois hectares à la périphérie de la ville maintenant. Vous croyez qu'ils seraient disposés à s'y installer ? On pourrait y construire le bâtiment qu'on veut. C'est assez loin du centre-ville pour qu'on soit tranquilles, tout en étant assez proche pour nous permettre d'avoir une vie relativement…

– Normale ? acheva Daniel avec un sourire espiègle.

– Aussi normale que possible pour un couple de loups-garous alphas ados », répondis-je en lui rendant son sourire. « Ce serait bien pour la meute aussi à mon avis. Ils ont vécu cloîtrés trop longtemps. Ils ont oublié le bien qu'ils pouvaient faire à la communauté grâce à leurs pouvoirs. Ça ne leur ferait pas de mal de commencer à vivre un peu plus. » Je hochai la tête à l'adresse de Jarem qui paraissait sceptique. « Nous soumettrons la décision à un vote, bien sûr. Il est question de leur existence à eux aussi. »

Lisa bondit sur le porche et me prit dans ses bras.

« Moi, en tout cas, je ne serais pas fâchée de changer de paysage. D'avoir la télé câblée. » Elle se tourna vers Jarem. « De pouvoir aller au cinéma. Je n'ai pas eu de rancard depuis 1986, tu sais.

– Un rancard. » Jarem répéta le mot comme s'il lui était totalement étranger.

« Tu verras, ça te plaira, dit-elle.

– Installer la meute à la ferme ? lança Gabriel du seuil de la maison où il venait d'apparaître. C'est une bonne idée. Pour ma part, je me suis attaché à Rose Crest. En outre, j'aimerais bien continuer à occuper les fonctions de pasteur assistant auprès de ton père, s'il m'y autorise. Et j'ai le sentiment que le reste de la meute serait prêt à vous suivre n'importe où, vous deux. »

Daniel me signifia son approbation en me pressant la main. Nous discutâmes un moment de la logistique, puis je pris congé des autres et retournai dans la maison à la recherche d'April. Elle était assise seule devant les photos de Jude que maman avait disposées sur la table. Cela lui avait fait beaucoup de peine de ne pas avoir eu la possibilité de dire au revoir à mon frère, évidemment, et j'espérais que le fait de ne pas avoir à se séparer de moi lui remonterait un peu le moral.

« Quand tu en auras envie, j'aimerais qu'on envisage ensemble d'autres projets de costume, lui dis-je en m'asseyant à côté d'elle pour lui prendre la main. Je crois qu'on va rester dans le coin, et je vais avoir besoin de mon Alfred. »

Elle hocha la tête. Au bout d'un moment, elle chuchota :

« Tu penses qu'on retrouvera Talbot ? Qu'on arrivera à l'empêcher de faire du mal à quelqu'un d'autre que Jude ? » Elle s'essuya les yeux. « On entendra à nouveau parler de lui à ton avis ?

– Oui », répondis-je. S'il y avait une chose dont j'étais sûre dans ce bas monde, en dehors de l'amour que Daniel et moi éprouvions l'un pour l'autre, c'était que Nathan Talbot trouverait le moyen de resurgir dans ma vie...

Une certitude qui se confirma un peu plus tard quand, blottie dans mon lit, j'entendis le bourdonnement de mon téléphone annonçant l'arrivée d'un texto. Bien que le numéro de l'expéditeur n'apparaisse pas, je sus qu'il venait de Talbot : *Tu veux toujours être un super-héros, Grace ? Eh bien, tous les héros ont leur némésis. Et je suis la tienne.*

39

Renouveau

Une semaine et demie plus tard

Je n'avais plus entendu parler de Talbot depuis le texto, mais je savais que ce n'était qu'une question de temps avant qu'il tente quelque chose pour attirer notre attention. En attendant, j'avais suffisamment de pain sur la planche, entre les dispositions à prendre pour reconstruire la ferme et pour déménager toute la meute et leurs possessions depuis un État éloigné. Sans oublier l'école, bien entendu. Daniel et moi avions une foultitude de cours à rattraper si nous voulions obtenir notre diplôme de fin d'année à temps.

Je n'en revenais pas que ma visite à l'imprimerie Print & Ship quinze jours plus tôt me soit complètement sortie de la tête. Tout au moins jusqu'à ce que je croise M. Barlow chez Day's Market le samedi après-midi. Il s'approcha de moi alors que j'attendais que Stacey encaisse mes achats – des chips et de quoi faire des sandwichs pour nourrir une meute composée de trente hommes aux appétits de loup qui avaient passé l'après-midi à monter une charpente. Barlow haussa les sourcils en voyant le contenu de mon chariot. Il ne me posa pas de questions pour autant. À la place, il sortit une feuille de papier pliée de son sac à dos.

« Ça n'a rien d'officiel, bien sûr, dit-il en me faisant un clin d'œil. Mais j'ai pensé qu'il aimerait le savoir au plus tôt. »

Trente minutes plus tard

C'était encore difficile de passer à proximité de l'endroit où Jude avait rendu l'âme, mais je savais que je finirais par m'y faire. La charpente de la nouvelle maison – première des constructions que Daniel envisageait de bâtir sur notre propriété – avançait vite. On projetait de finir avant les premières neiges de la saison, qui selon la météo devaient toucher Rose Crest aux environs de Thanksgiving. Je déposai mes courses devant Zach – qui, sous la tutelle de ma mère, s'était découvert certains talents culinaires –, avant de me rendre à la grange où Daniel était en train de travailler sur les plans de la maison. Il s'y était attelé avec un tel enthousiasme que j'en étais arrivée à me demander si Trenton avait une section architecture dans son programme de design industriel.

En me voyant arriver, Daniel lâcha son crayon, et son visage s'éclaira. Je lui rendis son sourire en espérant que jamais il ne cesserait de me regarder ainsi. Je le priai de me suivre, et ensemble nous marchâmes main dans la main jusqu'à l'arbre ancestral que nous avions découvert au fond de la propriété – un noyer encore plus vieux et plus imposant que celui qui se dressait dans le jardin familial. J'avais déjà commencé à le considérer comme « notre arbre ».

« J'ai quelque chose pour toi », lui dis-je en lui tendant le papier que Barlow m'avait remis.

Il le prit et lut le message à haute voix.

« *Cher Jack*

Je voulais juste t'informer que notre comité d'admission est très impressionné par les deux candidats venant de votre école – en particulier Daniel Kalbi. Bien que ses essais soient un peu approximatifs, je dois dire que son book nous a laissés pantois. C'est la première fois que nous voyons un tel talent doublé d'une passion aussi manifeste pour le design chez un postulant. Nous n'enverrons pas nos acceptations officielles avant le début de l'année prochaine, mais je pense pouvoir affirmer sans risque que l'Institut d'art Amelia Trenton sera heureux d'accueillir M. Kalbi parmi nos étudiants... »

Daniel s'interrompit et leva les yeux vers moi. Le choc, la confusion emplissaient son regard sombre.

« Je ne comprends pas, dit-il. Je n'ai jamais envoyé mon dossier de candidature. Avec tout ce qui s'est passé... je n'ai pas eu le temps d'y penser. Je n'en ai même pas parlé parce que je pensais que ça ne valait plus la peine maintenant...

– C'est moi qui l'ai envoyé. À l'époque où tu étais encore coincé dans la peau du loup. Je voulais m'assurer que tu avais un bel avenir devant toi... et puis ça m'est complètement sorti de la tête.

– Tu as fait ça pour moi ? » Il me prit dans ses bras. « Et toi ? L'autre candidat que mentionne la lettre, c'est toi, bien sûr. Je parie que tu seras prise toi aussi...

– Non. » Je secouai la tête. « Je n'avais le temps de remplir qu'un seul dossier, je me suis occupée du tien. Je pensais trouver un moment plus tard pour le mien, mais avec tout... »

Je haussai les épaules.

« Tu t'es sacrifiée pour moi ? » Il baissa les yeux. « Ce n'est pas juste. On pourrait peut-être écrire au gars chargé des admissions pour lui demander d'accepter un dossier de candidature en retard. »

Je secouai la tête.

« Ce n'est pas grave, je t'assure. Je sais maintenant que Trenton n'est pas fait pour moi. Je crois que j'avais juste envie d'y aller parce que tu y tenais. Après avoir lu la question du premier essai, je n'ai jamais pu me résigner ne serait-ce qu'à *commencer* à remplir mon dossier. Il s'agissait d'expliquer comment on allait se servir de nos talents pour rendre le monde meilleur. C'est à ce moment-là que je me suis rendu compte que j'avais une autre vocation.

– Que veux-tu dire ?

– J'adore l'art, vraiment, et il est évident qu'il fera à jamais partie de ma vie, mais je ne suis pas *passionnée* comme tu l'es par le design. Je ne vois pas comment je pourrais en tirer parti comme toi pour améliorer le monde qui nous entoure. Je n'arrête pas de penser à tous ces gens malades, blessés, dans notre entourage, de me demander comment je pourrais les aider. C'est ça que je veux faire de ma vie après l'école. Profiter de mes dons de guérisseuse pour venir en aide aux gens. Je deviendrai peut-être assistante sociale ou infirmière… » Je faillis éclater de rire en pensant que maman avait toujours voulu que je devienne infirmière, comme elle, et que j'avais renâclé à cette idée. « De cette façon, je peux choisir les gens que j'aiderai au cas par cas et apprendre à les connaître individuellement pour pouvoir leur prodiguer des soins.

– Et tu laisserais tomber l'idée de devenir un super-héros voué à la lutte contre le crime ? » Daniel me gratifia d'un de ses sourires malicieux. « Tu as un talent pour ça aussi, tu sais.

– Qui te dit que je ne parviendrais pas à associer les deux ? Guérir les gens la journée et lutter contre le démons la nuit ?

– Et gérer avec moi toute une meute de loups-garous repentis. Tu vas avoir du pain sur la planche, on dirait.

– Toi aussi, avec Trenton et tout le reste. »

Daniel tapota le creux de sa main avec la lettre.

« C'est absurde en fait, non ? Avec tout ce qui se passe. Compte tenu de toutes les responsabilités que nous avons maintenant, je ferais sans doute mieux de laisser tomber l'institut. »

Je sentais à la fois son espoir et sa douleur.

« Trenton n'est qu'à quelques heures de route d'ici. On trouvera un moyen pour que ça fonctionne. Tu peux jouer ton rôle d'alpha tout en menant la vie normale que tu as toujours rêvé d'avoir – enfin aussi normale que possible. Nous pouvons nous épauler. Rien ne t'empêche d'être un leader et un artiste, de même que je peux être une guérisseuse et une chasseuse de démons. »

Daniel hocha la tête. Il replia lentement la lettre et la glissa dans la poche de sa veste. Quand sa main réapparut, elle serrait autre chose entre ses doigts.

« J'ai quelque chose pour toi aussi. Je comptais attendre, mais je ne peux plus. Mais il faut d'abord que tu fasses quelque chose.

– Quoi donc ?

– Que tu fermes les yeux. »

Je m'exécutai.

« Je veux que tu fasses de ton mieux pour oublier quand je t'ai demandé d'être ma fiancée dans le cachot de Caleb.

– Comment ? Pourquoi ferais-je une chose pareille ? »

En rouvrant les yeux, sur le point de protester, je le trouvai, un genou à terre, sous les branches du noyer.

« Qu'est-ce que tu fais ?

– Je veux que tu oublies que je t'ai déjà demandé ta main. Que tu cesses de croire que je l'ai fait uniquement parce que je pensais qu'on allait mourir et que tu as dit oui juste pour me rendre heureux sur le moment. » Il se tapota la tempe. « J'ai perçu tes inquiétudes à ce sujet.

– Daniel, je… »

Il tendit la main dans laquelle un petit objet étincelait sous le soleil. Une bague. De l'or blanc avec un gros diamant rond entouré de deux pierres violettes plus petites, dans les mêmes tons que mes yeux.

« Je veux que tu oublies tout ça. C'est cet instant-ci qui doit rester gravé dans ta mémoire comme dans la mienne. » Il s'éclaircit la voix. « Grace Divine, maintenant que tout ce chaos est fini, une fois les cours terminés, quand tu auras un moment de libre et que tu ne seras pas occupée à botter les fesses des méchants ni guérir des âmes infortunées, dit-il, enjolivant les propos qu'il avait tenus la première fois qu'il m'avait demandé ma main, accepteras-tu de m'épouser ? »

Je plaquai mes mains sur mes joues, comme pour retenir les larmes qui venaient de jaillir.

« N'est-ce pas déjà entendu entre nous ?

– J'aimerais quand même l'entendre de ta bouche afin de pouvoir l'imprimer dans ma cervelle affaiblie par l'amnésie.

– Oui, répondis-je, je serai ta femme. » Je posai une main sur ma hanche. « Après Trenton. »

Il éclata de rire avant de me prendre dans ses bras. Mes lèvres fusionnaient avec les siennes, mes doigts s'enfonçaient dans sa chevelure, mon corps vibrait douloureusement dans l'attente. De nous. De notre avenir.

De l'inconnu.

Composé par Nord Compo Multimédia
7, rue de Fives, 59650 Villeneuve-d'Ascq

Achevé d'imprimer en mai 2012
Par Normandie Roto Impression s.a.s.
à Lonrai (Orne)
Dépôt légal : juin 2012
n° 107692-1 (121893)
Imprimé en France